KB113553

거미여인의 키스

El Beso de La Mujer Araña

EL BESO DE LA MUJER ARAÑA
by Manuel Puig

세계문학전집 37

거미여인의 키스

El Beso de La Mujer Araña

마누엘 푸익

송병선 옮김

민음사

일러두기

'원주'로 명시하지 않은 각주는 모두 옮긴이 주이다.

차례

1부

2부

1부

1장

"그녀는 보통 여자들과는 다른 이상한 점이 있는 것 같았어. 나이는 스물다섯 살이 조금 넘어 보였고, 얼굴은 고양이를 닮았어. 코는 귀엽고 오뚝하며 조그마했고, 얼굴형은……갸름하기보다는 동그랬으며, 이마는 넓었고, 볼은 도톰했지만, 아래턱은 고양이처럼 뾰족했어."

"그러면 눈은?"

"맑았어. 틀림없는 초록빛이었어. 그림을 더 잘 그리기 위해 눈을 살며시 감고 있었지. 그림의 모델로 삼고 있던 동물원의 검은 표범을 바라보고 있었거든. 처음에 표범은 우리 안에 누운 채 가만히 있었어. 그런데 그녀가 이젤과 간이의자를 움직이면서 소리를 내자, 그녀를 쳐다보더니 우리 안을 어슬렁거렸어. 그러더니 그녀를 보고 으르렁거리기 시작했어. 그때까지 그녀는 대상의 윤곽조차 잡아내지 못하고 있었지."

"그 동물이 그전에는 냄새를 맡지 못했어?"

"그래. 우리 안에 커다란 고기 조각이 있어서, 그 냄새밖에 맡을 수가 없었거든. 사육사가 표범이 소란을 피우지 못하게 창살 근처에 고기를 놓아두었어. 그래서 밖에서 나는 냄새는 아무것도 맡을 수 없었어. 화를 내는 맹수를 보자, 그녀는 점점 더 빨리 스케치를 하기 시작했지. 그녀는 표범이면서 동시에 악마와 같은 얼굴을 그리고 있었어. 그때 표범이 그녀를 쳐다보았어. 이 표범은 수놈이었지. 그녀를 갈기갈기 찢어 먹으려고 쳐다보는지, 아니면 더 흉측한 또 다른 본능에 이끌려 쳐다보는지는 아무도 알 수 없었어."

"그날 동물원에는 아무도 없었어?"

"응. 거의 아무도 없었어. 그날은 몹시 추운 겨울이었거든. 공원의 나무들은 거의 잎을 떨군 상태였지. 찬 바람이 불고 있었어. 공원에는 그녀 혼자만 있는 것 같았어. 자기가 가져온 조그만 간이의자에 앉아 있는 그녀와, 그림을 그리고 있던 도화지를 고정시킨 이젤만이 있는 듯했어. 거기서 조금 떨어진 기린 우리에는 여자 선생님과 함께 온 아이들이 몇 명 있었지만, 추위를 참지 못해 서둘러 돌아가 버렸어."

"그 여자는 추위를 타지 않았어?"

"그래. 추운 것을 느끼지 못하는 것 같았어. 흑표범을 그리는 데 도취된 나머지 마치 다른 세상에 있는 것 같았어."

"만일 도취되었다면, 다른 세상에 있었던 것이 아니지. 그건 모순인데."

"그래 네 말이 맞아. 그녀는 자신의 세계 속에 파묻혀 있었고, 자신이 그런 상태에 있다는 것을 깨닫기 시작했어. 다리를 꼬고 있었는데 굽이 뭉툭하고 높은 검은색 신발을 신었지. 앞이 터진 신발이라 검은색으로 칠한 발톱이 보였어. 반짝거리는 스타킹은 아마 실크로 만든 망사 종류였던 것 같아. 핑크빛을 띠고 있었는데, 그것이 그녀의 살색 때문인지, 아니면 스타킹 때문이었는지 전혀 알 수가 없었어."

"미안하지만, 내가 선정적인 표현은 하지 말아달라고 부탁했던 것을 기억해 줘. 그래봐야 여기에선 아무 소용도 없으니까."

"좋아, 네가 원하는 대로 해줄게. 그녀는 손에 장갑을 끼고 있었지만, 그림을 빨리 그리려고 오른쪽 장갑을 벗었어. 손톱은 길었고, 매니큐어는 거의 검은색에 가까웠어. 손은 새하얬었는데, 추워서 거의 보라색으로 변했지. 잠시 그림 그리는 것을 멈추고, 손을 녹이려고 외투 속으로 집어넣었어. 외투는 검은 벨벳으로 된 두꺼운 옷이었고, 어깨에는 두툼한 패드가 들어 있었어. 외투의 털은 복슬복슬한 페르시아고양이 털처럼 길었어. 아니 그 고양이 털보다 훨씬 더 길었어. 그런데 그녀 뒤에 누가 있었는지 알아? 누군가가 담배에 불을 붙이려고 했지만, 세찬 바람 때문에 성냥불이 꺼져버렸어."

"누구였지?"

"조금만 기다려. 그녀는 성냥 긋는 소리를 듣고 깜짝 놀라 뒤를 돌아보았어. 옷을 멋지게 차려입은 청년이었어. 잘생기지는 않았지만, 상냥해 보이는 얼굴이었지. 챙이 좁은 모자를 쓰고 헐렁한 외투와 폭이 넓은 바지를 입고 있었어. 그는 인사를 하듯이 모자챙을 만지면서 미안하다고 말했어. 그리고 그림이 너무 멋있다고 했어. 그녀는 청년이 이해심 깊고 차분한 사람이라는 인상을 받았어. 얼굴만 봐도 모든 걸 알 수 있는 법이니까. 그녀는 손으로 바람에 헝클어진 머리를 조금 매만졌어. 앞 머리칼은 둥글둥글하게 컬이 들어가 있었어. 당시의 유행처럼 머리칼은 어깨까지 늘어뜨렸는데, 끝에도 역시 파마한 것 같은 웨이브가 들어가 있었어."

"키는 그리 크지 않지만 머리칼이 검고, 약간 통통하지만 고양이처럼 날렵한 여자였겠군. 이 세상에서 가장 맛있는 부류의 여자지."

"자극적인 말을 하지 말라고 한 게 누구였지?"

"이야기나 계속해."

"그녀는 놀라지 않았다고 대답했어. 하지만 이런 말을 하는 도중에, 그러니까 머리를 매만지고 있을 때, 도화지가 떨어져 바람과 함께 날아가 버렸어. 청년은 달려가 도화지를 주워서 그녀에게 되돌려 주면서 미안하다고 말했지. 그녀는 괜찮다고 대답했는데, 청년은 억양으로 보아 그녀가 외국인이라는 사실을 눈치챘어. 그녀는 자기가 전쟁을 피해 도망 나왔으며, 부다페스트에서 미술을 공부했고, 전쟁이 터지자 뉴욕으로 왔다고 말했어. 청년은 태어난 도시가 그립지 않냐고 물었어. 그러자 그녀의 눈에는 한 점의 먹구름이 흐르는 것 같았지. 얼굴이 어두워지면서, 그녀는 도시 출신이 아니라 트란실바니아의 산악 지방 출신이라고 대답했어."

"드라큘라의 고향이군."

"맞아. 숲이 우거진 곳이었어. 그곳 맹수들은 겨울만 되면 배고픔을 참지 못해 미친 나머지, 마을로 내려와 사람들을 잡아먹었어. 그러면 사람들은 겁에 질려 양이나 다른 죽은 짐승들을 문밖에 내놓고는, 목숨만 살려달라고 애원했지. 어쨌든, 청년은 그녀에게 다시 만나고 싶다고 말했고, 그녀는 다음 날 오후에도 그곳에서 그림을 그리고 있을 것이라고 말했어. 그러면서 그때가 날씨가 좋은 마지막 시기라, 매일 오후에 그림을 그린다고 덧붙였지. 청년은 설계사였어. 다음 날 오후 그는 설계사 동료들과 함께 설계 사무실에 있었는데 그중에는 여자 동료도 한 명 있었지. 시계가 3시를 쳤어. 해가 저물려면 조금 더 기다려야 했어. 그는 자와 컴퍼스를 치우고, 사무실 맞은편에 있는 센트럴파크로 가려고 했어. 바로 그곳에 동물원이 있었거든. 여자 동료는 그에게 어디로 가길래 그토록 즐거운 얼굴이냐고 물었어. 청년에게 그녀는 그저 친구일 뿐이었어. 그녀는 그를 사랑하고 있었지만 그 감정을 드러내지 않고 있었던 거지."

"그 여자는 못생겼어?"

"아니야. 밤색 머리에 상냥한 얼굴이었어. 눈에 띌 정도는 아니었지만, 매우 호감 가는 얼굴이었어. 청년은 어디로 가는지 말하지 않고 사무실을 나왔어. 그녀는 그런 청년의 태도가 서운했지만, 자기의 감정을 아무도 눈치채지 못하게 했어. 그리고 더 이상 슬픔에 빠져 있지 않으려고 일에 몰두했지. 아직 동물원에는 어둠이 찾아오지 않았어. 겨울이었지만, 그날은 아주 이상하리만큼 햇빛이 가득 내리쬐었지. 그래서 모든 것이 전에 없이 훨씬 더 선명하게 보였지. 맹수 우리의 창살은 검은색이었고, 벽은 하얀 모자이크 타일이었고, 바닥에 깔린 자갈들도 하얬어. 나뭇잎을 떨군 나무들은 회색이었고. 맹수의 눈은 붉은 핏빛이었지. 하지만 이레나라는 그 여인은 그곳에 없었어. 며칠이 지났지만, 청년은 그녀를 잊을 수가 없었지. 그런데 어느 날 화사하게 장식된 번화가를 걷고 있는데, 어느 갤러리의 쇼윈도에 눈길을 끄는 것이 있었어. 그곳에는 표범만을 그린 어느 화가의 작품이 전시되어 있었어. 청년은 갤러리로 들어갔는데 그곳에 바로 이레나가 있었어. 그녀는 사람들에 둘러싸여 축하를 받고 있었어. 그다음은 어떻게 됐는지 잘 모르겠어."

"잘 기억해 봐."

"조금만 기다려…… 그곳에서 어떤 여인이 인사를 하자 그녀가 놀랐던가…… 그래, 이제 기억이 나. 그러자 청년도 그녀를 축하했어. 그러고는 이레나의 표정이 매우 달라진 것을 알게 되었어. 처음에 보았을 때는 눈에 어둠이 깃들어 있었는데, 그날은 매우 행복한 모습이었거든. 그는 이레나를 레스토랑으로 초대했어. 그녀는 비평가들을 그곳에 놔둔 채 청년과 함께 나왔어. 처음으로 바깥세상을 돌아다니는 것 같았어. 전에는 포로의 몸이었지만, 이제는 자유의 몸이 되어 그녀가 원하는 곳이면 어디든 마음대로 갈 수 있는 사람 같았지."

"하지만 넌 그 남자가 레스토랑으로 데려갔지, 그녀가 원하는 곳 어디든 데려갔다고 하지는 않았잖아."

"그렇게 정확하게 말하라고 요구하진 말아줘. 여하튼 청년이 헝가리 식당인지, 아니면 루마니아 식당인지, 좌우간 그런 곳에 멈추었어. 그러자 그녀는 다시 이상한 표정을 짓기 시작했어. 청년은 그녀의 동포들이 있는 장소에 데려가면, 그녀를 기쁘게 해줄 수 있을 것이라고 믿었어. 하지만 결과는 영 딴판이었어. 그러자 청년은 그녀에게 무슨 일이 있다는 것을 알아채고, 왜 그러느냐고 물었어. 그녀는 그 식당 때문에 당시도 한창 진행 중이던 전쟁이 다시 떠오른다고 거짓말을 둘러댔어. 그러자 그는 다른 곳에 가서 점심을 먹자고 했지만, 그녀는 청년의 시간이 넉넉지 않다는 것을 눈치챘어. 청년은 단지 점심시간에만 자유로우며, 그 후에는 다시 사무실로 돌아가야만 한다는 사실을 알았던 것이지. 그녀는 앞장서서 식당으로 들어갔어. 그리고 모든 게 순조롭게 진행되었어. 식당은 아주 조용했고, 두 사람은 맛있게 점심식사를 했어. 그러자 그녀는 다시금 자신의 삶에 행복해하는 것 같았어."

"청년은 어땠지?"

"그도 그녀가 자기를 배려하기 위해 콤플렉스를 이겨냈다는 사실을 눈치채고는 매우 기뻐했어. 그는 바로 그 식당으로 가서 그녀를 기쁘게 해주겠다고 처음부터 계획했었거든. 이런 것들은 두 사람이 서로를 알고, 일이 잘 진행되게 하기 위해서 필요한 것들이야. 그는 너무 행복해서 그날 오후에 직장으로 돌아가지 않기로 마음먹었어. 그러고는 그녀에게 우연히 그 갤러리에 들렀으며, 사실은 선물을 사기 위해 다른 가게를 찾고 있었다고 말했어."

"여자 동료 설계사에게 줄 선물 말이지?"

"어떻게 그걸 알았어?"

"그저 짐작일 뿐이야."

"너, 이 영화 봤구나."

"아니야. 정말 보지 않았어. 영화 이야기나 계속해."

"그러자 이레나라는 이 여인은 함께 선물을 사러 가자고 말했어. 이 말을 듣자, 청년은 두 개의 똑같은 선물을 살 돈이 있는지 생각했어. 하나는 여자 동료에게, 그리고 또 다른 하나는 그녀를 결성적으로 정복하기 위해서 말이야. 길을 걸으면서 이레나는 겨우 오후 3시밖에 안 됐는데 날이 어두워진다고 말했어. 하지만 그날 오후는 이런 일 때문에 전혀 우울하다는 생각이 들지 않는데, 매우 이상한 현상이라고 덧붙였지. 그러자 그는 어두워지면 왜 슬퍼지냐, 혹시 어둠을 두려워하는 것은 아니냐고 물었어. 그녀는 잠시 생각을 하더니, 그렇다고 대답했어. 그런 대화를 나누면서, 그는 그들이 찾고 있던 가게 앞에서 걸음을 멈추었어. 그러자 그녀는 불안한 듯이 쇼윈도를 바라보았어. 그곳은 새를 파는 아주 예쁜 가게였어. 새장에 갇힌 모든 종류의 새들을 밖에서도 잘 볼 수 있게 해놓았지. 새집 창살 사이로 이 사다리에서 저 사다리로 즐겁게 날아다니는 새도 있었고, 그물침대에 누워서 이리저리 흔들리는 새도 있었어. 또 배춧잎이나 리본초를 쪼아 먹고 있는 새도 있었고, 방금 갈아준 신선한 물을 조금씩 빨아먹는 새도 있었어."

"미안한데…… 주전자에 물 있어?"

"응. 화장실에 갔다 올 때, 가득 떠다 놓았어."

"그럼 됐어."

"조금 마실래? 아주 깨끗하고 신선한데."

"아니야, 됐어. 그러면 내일 마테차 마시는 데는 아무 문제가 없겠군. 이야기 계속해 봐."

"너무 그럴 필요 없어. 하루 종일 마셔도 충분한 양이니까."

"나한테 나쁜 습관 들이지 말아. 샤워하라고 감방 문을 열어주었을 때, 물을 떠와야 하는데, 그만 깜빡 잊었어. 네가 기억해 내지 못했다면, 아마 지금쯤 물 한 방울도 남아 있지 않았을 거야."

"난 그냥 물이 남아돌 정도라고 말한 건데…… 그런데 두 사람이 새를 파는 가게로 들어갔는데, 마치 악마가 들어온 것 같았어. 새들은 갑자기 미쳐 날뛰기 시작했고, 겁에 질려 새장 창살에 부딪치고 날아다니면서, 자기 날개를 마구 쪼기 시작했어. 주인은 어쩔 줄 몰랐지. 새들이 공포에 질려 소리를 지르는데, 그건 새들의 달콤한 노랫소리가 아니라 마치 까마귀 울음소리 같았어. 그녀는 청년의 손을 움켜잡고는 그곳을 나왔어. 그러자 새들은 즉시 조용해졌어. 그녀는 이만 가봐야겠다면서, 다음 날 밤에 만나자는 약속을 하고 헤어졌어. 그러고 나서 그가 다시 가게로 들어갔는데, 새들은 평화롭게 노래를 부르고 있었지. 그는 여자 동료에게 줄 생일선물로 새 한 마리를 샀어. 그러고는…… 그런데 그다음은 어떻게 되었는지 잘 기억이 나지 않아. 졸려 죽겠어."

"조금 더 해봐."

"졸려서 더 이상 영화가 생각이 나지 않아. 내일 계속하는 게 어때?"

"그래 잘 기억이 나지 않는다면, 내일 계속하는 게 좋을 것 같군."

"아침에 마테차를 마시면서 계속해서 얘기해 줄게."

"아니야. 밤에 하는 편이 나을 것 같아. 낮에는 쓸데없는 생각을 하고 싶지 않아. 그런 것보다 더 중요한 일들을 생각해야만 하거든."

"⋯⋯."

"내가 책을 읽고 있지 않는데 말을 하지 않는다면 그건 생각을 하고 있기 때문이야. 이것을 나쁘게 생각하지는 말아."

"아니야, 괜찮아. 나도 네 정신을 흐트러뜨리고 싶지 않아. 걱정하지 마."

"날 이해해 주는 것 같군. 고마워. 내일 보자."

"그래 내일 봐. 이레나와 멋진 꿈을 꾸도록 해."

"난 여자 설계사가 더 마음에 드는걸."

"그럴 줄 알았어. 안녕."

"내일 보자."

· · · · · · · · · · · · · · · · · ·

"청년이 가게에 들어가자 새들은 하나도 놀라지 않았다는 데까지 말했어. 그리고 그녀를 보고 새들이 그렇게 놀랐다고 했어."

"난 그렇게 말한 적이 없는데. 그건 네 생각일 뿐이야."

"그다음은 어떻게 됐지?"

"그들은 계속해서 만났고, 서로 사랑하게 되었어. 다른 여자들과는 뭔가 다른 그녀에게 그는 정신없이 빠져들었지. 한편 여자도 청년을 끔찍이 사랑했어. 사랑스러운 눈길로 그를 바라보고 어루만지며, 그의 품 안에 안기곤 했어. 하지만 그가 뜨거운 포옹을 하면서 키스하려고 하면, 그녀는 남자의 품에서 슬그머니 빠져나왔어. 그래서 남자의 입술과 그녀의 입술은 간신히 스치기만 했어. 그녀는 자기에게 키스를 하지 말라고 부탁하면서, 자기가 그에게 키스를 해주겠다고 제안했어. 그러고는 수줍은 소녀처럼 두툼하고 부드러운 입술로 입을 다문 채, 아주 가벼운 키스만을 했지."

"전에는 영화에 섹스 장면이 한 번도 없었어."

"좀 기다려. 잠시 후면 알게 될 거야. 그런데 어느 날 밤 청년이 그녀를 다시 그 식당으로 데려갔어. 그 식당은 그리 고급스럽지는 않았지만, 고풍스럽게 치장되어 있었어. 테이블에는 체크무늬의 식탁보가 씌워져 있었고, 식당 안은 모두 나무로 되어 있었어. 아니, 돌이었던가? 그래, 지금 기억이 나는데 안쪽은 마치 산골의 별장과 같은 분위기를 풍겼지. 가스등이 있었고 테이블에는 촛불만 켜져 있었어. 그는 투박한 와인 잔을 들고서 축배를 했어. 그날 사랑에 빠진 청년은 자기가 선택한 여인이 승낙만 하면 약혼할 생각이었어. 그녀는 행복에 겨워 눈에 눈물을 가득히 머금고 있었어. 서로 잔을 부딪치며 축배를 했어. 아무 말도 하지 않은 채, 잔을 비우면서 서로 두 손을 꼭 잡았어. 그런데 그때 누군가가 그들의 테이블로 오는 거야. 그러자 그녀가 갑자기 손을 뺐어. 그들에게 다가온 여인은 첫눈에 보아도 멋진 여자였어. 하지만 그녀의 얼굴에는 아주 이상한 무언가가 있었어. 뭐라고 꼬집어 말할 수는 없어도, 공포심을 자아냈지. 그녀의 얼굴은 여자의 얼굴이지만, 동시에 고양이의 얼굴 같기도 했어. 눈동자는 위로 치켜져 있는 이상한 눈이었어. 어떻게 말해야 할지 잘 모르겠는데, 눈의 흰자 부분이 거의 보이지 않을 정도로 커다란 초록색 눈이었고, 가운데에는 검은 눈동자만 있었어. 그리고 화장품 가루를 덮어쓴 듯이 피부는 매우 창백해 보였지."

"그런데 그녀가 아주 멋있었다고 말했잖아."

"그래, 멋졌어. 남자는 그녀가 입은 이상한 옷 차림새로 유럽 사람이라는 것을 한눈에 알아보았어. 그녀는 온통 바나나를 매달아 놓은 것 같은 머리모양을 하고 있었거든."

"바나나 모양이 어떤 건데?"

"그게…… 어떻게 설명을 해야지? 이마를 드러내 보이면서 뒤로 둥근 튜브처럼 말아 올린 건데."

"그래, 그건 별로 중요한 게 아니니까 계속 말해봐."

"그런데 생각해 보니 그게 아닌 것 같아. 아마 그녀는 머리 주위를 땋아서 머리를 감싼 것 같았어. 그 지역의 특색을 나타내듯이 말이야. 발까지 내려오는 긴 드레스를 입었는데, 어깨 위에는 짧은 여우 망토를 걸치고 있었지. 그녀는 테이블로 다가오더니 이레나를 증오에 찬 눈으로 쳐다보았어. 아니면, 누군가에게 최면을 거는 듯한 눈빛이었는데, 좌우간 아주 악의에 찬 눈빛이었어. 그러고는 테이블 옆에 서서 이상한 언어로 이레나에게 말하기 시작했어. 청년은 신사답게 일어나서 그 여인에게 다가갔지만, 고양이 같은 여자는 그를 쳐다보지도 않은 채, 이레나에게 다시 말을 했어. 이레나는 같은 언어로 그녀에게 대답했어. 하지만 아주 놀란 표정이었지. 청년은 두 여자가 주고받는 말을 한 마디도 알아들을 수 없었어. 그러자 그 여인은 그도 알아들을 수 있게끔 '난 널 금방 알아볼 수 있었어. 왜 그런지 넌 알 거야. 다음에 만나……'라고 이레나에게 말했어. 그러고는 청년을 쳐다보지도 않은 채 나가버렸어. 멍하니 서 있는 이레나의 눈에는 눈물이 가득했는데, 그 눈물은 웅덩이의 더러운 물처럼 탁해 보였어. 이레나는 한마디 말도 하지 않은 채 자리에서 일어나, 희고 긴 스카프로얼굴을 감쌌어. 청년은 테이블에 지폐 한 장을 놓아두고, 그녀의 팔을 끼고 식당을 나왔어. 그들은 아무 말도 하지 않았지만, 그는 그녀가 천천히 눈이 내리고 있는 센트럴파크를 겁에 질려 바라보고 있다는 것을 눈치챌 수 있었지. 그날 밤 내리는 눈은 도시의 모든 소음을 덮어버리는 것 같았어. 자동차들은 미끄러지듯이 조용히 달리고, 가로등은 떨어지는 눈송이를 비추고, 멀리서는 맹수의 울음소리가 들리는 듯했어. 도시 한복판에서 맹수의 울음소리가 들린다는 사실이 믿기 어렵겠지만, 동물원이 그곳에서 그리 멀지 않은 곳에 있었거든. 공원 안에 말이야. 그녀는 발걸음을 멈추고, 자기를 꼭 안아달라고 했어. 청년은 그녀를 두 팔로 안아주었어. 맹수들의 울음소리가 잠잠해지기는 했지만, 그녀는 추워서인지, 아니면 무서워서인지 벌벌 떨고 있었어. 그리고 들릴락 말락 한 목소리로 집에 가서 혼자 밤을 보내는 것이 두렵다고 했어. 남자는 지나가는 택시에 멈추라는 신호를 보냈어. 그들은 아무 말 없이 택시를 타고, 그의 아파트로 향했어. 그들은 택시 안에서도 전혀 말을 하지 않았지. 그렇게 그의 아파트에 도착했어. 그의 집은 아주 잘 보존된 고풍스러운 집처럼 생긴 아파트였어. 집 안은 어디나 카펫이 깔려 있었고, 여러 개의 기둥들이 떠받치고 있는 천장은 꽤 높았어. 계단은 검은 나무로 되어 있었고, 계단 난간에는 무늬가 정교하게 새겨져 있었지. 계단 입구에는 그곳의 기온에 맞게 자란 커다란 야자수가, 동양화가 그려진 멋진 화분에 심겨 있었어. 커다란 거울이 그 나무를 비추었지. 그 거울은 난간에 새겨진 무늬처럼 아주 공들여 만든 테로 둘러싸여 있었지. 그녀는 그 거울을 들여다보면서, 자기의 얼굴에서 무언가를 찾는 사람처럼 얼굴을 꼼꼼히 살펴보았어. 그 건물에는 승강기가 없었지만 별문제가 없었어. 그는 1층에 살고 있었거든. 카펫 위를 걷는 발소리는 마치 눈송이가 떨어지는 소리처럼 거의 들리지 않았어. 원래 청년 어머니의 소유였던 이 크고 멋진 아파트는 지난 세기말의 모든 물품을 소장하고 있는 듯한 분위기였어."

"청년은 뭘 했는데?"

"아무것도 하지 않았어. 그는 그녀의 내면에 무언가가 있다는 것과, 그것이 그녀를 짓누르고 있다는 것을 알았어. 그녀에게 술이나 커피 혹은 다른 음료를 마시겠냐고 물었어. 그녀는 아무것도 마시고 싶지 않다고 대답했어. 그리고 그에게 앉으라고 하면서 할 말이 있다고 했지. 그는 파이프 담배에 불을 붙인 채, 얼굴에 항상 스며 있는 온화한 표정으로 그녀를 쳐다보았어. 그녀는 그의 눈을 쳐다볼 용기를 내지 못한 채, 그의 무릎에 얼굴을 묻었어. 그러고는 자기가 자란 산지에서 전해 내려오던 무서운 전설을 이야기하기 시작했지. 그녀는 어렸을 때부터 그 이야기를 들으면 공포에 사로잡히곤 했어. 그 전설이 어떤 것인지 잘 기억이 나지 않는데, 아마 중세 때였던 것 같아. 한번은 그 마을이 폭설로 인해 몇 달 동안 고립되는 바람에 마을 사람들은 배고픔에 허덕였어. 남자들은 모두 전쟁에 나갔던 것 같아. 숲속의 굶주린 맹수들이 인가로 내려왔다던가…… 잘 기억이 나지 않아. 그때 악마가 나타나서, 마을 사람들이 먹을 것을 원한다면, 여자를 한 명 내놓아야 한댔어. 그러자 그 마을에서 가장 용감한 여자가 나섰는데, 악마는 자기 옆에 굶주린 성난 표범을 데리고 있었지. 그 여인은 죽지 않기 위해 악마와 무슨 협정을 맺었는데, 그다음은 어떻게 됐는지 잘 모르겠어. 좌우간 그 여인은 고양이 얼굴을 가진 여자아이를 낳았어. 그런 다음 십자군 전쟁에 참여했던 사람들이 돌아왔어. 그런데 그 여자와 결혼했던 병사가 집 안으로 들어와 그녀에게 키스를 하자, 그녀는 맹수처럼 남편을 산 채로 갈기갈기 물어뜯어 버렸어."

"잘 이해가 되지 않아. 네 이야기가 몹시 왔다 갔다 하는 것 같아."

"잘 기억이 나지 않아서 그래. 하지만 그리 중요한 대목은 아니야. 그래도 이레나가 말한 장면은 잘 기억이 나. 그 후 마을에서는 표범여인들이 계속해서 태어났어. 어쨌든 그 병사는 이미 죽었지만, 십자군에서 돌아온 다른 병사가, 그를 죽인 사람이 바로 그의 아내라는 사실을 눈치채고, 그녀를 뒤쫓기 시작했어. 그녀는 눈 속으로 도망쳤어. 그런데 눈에 찍힌 발자국이 처음에는 여자의 발자국이었는데, 숲 쪽으로 가니까 표범의 발자국으로 변해 있는 거야. 그 병사는 그녀를 계속 뒤쫓아 숲속으로 들어갔지. 이미 밤이 되어 있었어. 그때 어둠 속에 숨어서 그를 기다리는 빛나는 초록 눈을 보았어. 그러자 그는 칼과 단도로 십자가를 만들었고, 맹수는 꼼짝 않고 있더니 다시 여자로 바뀌었어. 그녀는 거기에 최면 걸린 사람처럼 잠을 자듯이 누워 있었어. 그때 가까이 달려오는 맹수들의 울부짖는 소리를 듣고서 비로소 그 병사는 뒤로 물러섰어. 이 짐승들은 여자의 냄새를 맡더니 달려들어 그녀를 먹어치웠어. 이 십자군 병사는 기진맥진한 상태로 마을에 도착해서 이 이야기를 했지. 이 전설은 표범여인의 종족은 아직도 멸종되지 않은 채 이 세상 어딘가에 숨어 있으며, 평범한 여인들 같지만 남자가 여자에게 키스를 하면 잔인한 짐승으로 변한다는 이야기였어."

"그러면 그녀는 표범여인이었나?"

"그녀가 알고 있던 유일한 사실은 어릴 때부터 이런 이야기를 들으면서 몹시 공포에 떨었고, 자기가 그런 여인들의 후손이라는 악몽을 항상 꾸어왔다는 거야."

"그럼, 식당에서 만난 여자는 이레나에게 뭐라고 말했는데?"

"청년도 바로 그것을 물어보았어. 그러자 이레나는 그의 품에 안겨 흐느끼면서, 그 여자는 단지 자기에게 인사만 했을 뿐이라고 말했어. 하지만 잠시 후에 용기를 내어, 그 여자가 자신에게 한 말을 털어놓았지. 자신이 누구인지 기억하라는 말과 얼굴만 보아도 그녀가 자기 종족임을 알 수 있다는 말이었어. 자기 고향의 방언으로 말이야. 또 남자들을 조심하라고 했다는 사실도 이야기했어. 그러자 청년은 갑자기 웃기 시작했어. 그러고는 이렇게 말했어. '그녀는 당신이 그 지역 사람이라는 것을 지레짐작으로 알았을 거야. 누구든 자기 나라 사람은 서로 알아볼 수 있으니까. 내가 만일 중국에서 미국인을 보면 다가가서 인사를 하지. 그리고 그녀는 전통에 얽매어 사는 사람이기 때문에 당신에게 조심하라고 말한 거야. 이제는 이해하겠지?' 그가 이렇게 말하자 그녀는 마음의 안정을 찾았지. 마음이 편안해지자 그의 팔 안에서 잠이 들었어. 그러자 그는 거기에 있는 소파에 그녀를 기대어놓고, 머리 밑에 베개를 놓아주고는 자기 침대에 있던 담요를 가져왔어. 그녀는 깊이 잠들었지. 그는 자기 방으로 가서 파자마와 비싸 보이지는 않지만 세련된 나이트가운으로 갈아입었어. 그녀의 잠자는 모습을 자기 방에서 바라보면서, 파이프 담배에 불을 붙이고 생각에 잠기면서 이 장면은 끝이 났어. 벽난로는 활활 타고 있었어. 아니 잘 기억이 나지 않는데, 아마 불빛은 나이트 테이블에서 새어나오는 것 같았어. 벽난로가 거의 꺼질 무렵, 이레나가 잠에서 깨어났는데, 빨간 숯불 하나만 남아 있었어. 이미 날이 밝아오고 있었지."

"추워서 잠이 깼군. 우리처럼 말이야."

"아니야. 잠을 깬 건 다른 이유 때문이었어. 네가 그렇게 말할 줄 알았어. 새장에서 노래하는 카나리아가 그녀를 깨웠던 거야. 처음에 이레나는 그 새에 가까이 가는 것이 두려웠지만, 그 새가 매우 즐겁게 지저귀는 것을 듣고는 가까이 가기로 용기를 냈어. 그 새를 쳐다보면서 깊은 숨을 내쉬었어. 안도의 한숨이었어. 새가 그녀를 보고도 놀라지 않았거든. 그녀는 부엌으로 가서 버터를 바른 토스트를 준비하고 시리얼과……."

"먹는 것에 대해서는 말하지 마."

"그리고 팬케이크와……."

"진심으로 부탁하는 거야. 먹는 것과 벌거벗은 여자들에 대해서만은 말하지 말아줘."

"알았어. 그러고는 그를 깨웠어. 그는 이레나가 자기 집에서 편안하게 있는 것을 보고 기뻤어. 그래서 영원히 자기와 함께 그 집에서 살고 싶지 않냐고 물어보았어."

"남자가 그때까지도 침대에 있었어?"

"응. 그녀가 아침식사를 침대로 가져갔어."

"난 잠에서 깨자마자, 아침 먹는 것을 좋아하지 않아. 난 일어나면 우선 이를 닦아. 이야기 계속해."

"알았어. 남자가 그녀에게 키스하려고 하자 그녀는 그를 가까이 오지 못하게 했어."

"이를 닦지 않아서 입 냄새가 심하게 나니까 그랬겠지."

"그렇게 계속 비아냥거리면, 더 이상 영화 이야기를 해주지 않을 거야."

"아니야. 제발 계속해 줘."

"그는 그녀에게 결혼하고 싶지 않냐고 다시 물었어. 그녀는 그를 열렬히 사랑하고 있으며, 또 그 집에서 나가고 싶지 않고, 그곳이 무척 마음에 든다고 말했어. 그러고는 그 집을 둘러보았어. 검은 벨벳으로 만들어진 커튼이 햇빛을 차단하고 있었지. 그녀는 커튼으로 다가가 햇빛이 들어오게 한쪽으로 걷었어. 그런데 그 커튼 뒤에는 레이스가 달린 또 다른 커튼이 있었어. 그러자 지난 세기말의 모든 장식이 제 모습을 드러냈어. 그녀는 누가 이렇게 예쁜 것들을 골랐느냐고 물었어. 남자는 그 모든 장식 하나하나마다 어머니의 손길이 닿아 있다고 대답하면서, 자기 어머니는 아주 훌륭한 분이며, 살아 계셨더라면 이레나를 딸처럼 사랑했을 것이라고 말하는 듯했어. 이레나는 그에게 다가가 존경의 키스를 했어. 성인(聖人)에게 키스하는 것처럼 말이야, 알아들었어? 그러니까 이마에 키스를 한 거야. 그러고는 이제 자기를 버리지 말아달라고 애원했어. 그녀는 항상 그와 함께 있고 싶고, 그녀가 원하는 것은 매일 아침에 일어나서 그를 보는 것밖에 없다고 말했어. 자기 곁에서…… 하지만 진짜로 그의 아내가 되기 위해서는 조금만 시간을 달라고 부탁했어. 모든 두려움이 사라질 때까지……."

"그녀가 무슨 생각을 하고 있는지 눈치챘지, 그렇지?"

"아마 자기가 표범여인으로 변할 수 있다는 두려움 때문에 그랬겠지."

"난 그녀가 불감증이라 남자를 두려워하거나, 아니면 성을 매우 폭력적인 것으로 생각하기 때문에 이런 것들을 꾸며댔다고 생각해."

"조금 기다려봐. 그는 이런 조건을 수락하고 결혼했어. 그리고 신혼 첫날밤이 되자, 그녀는 침대에서 잤고, 그는 소파에서 잠을 잤어.”

“어머니가 해놓은 장식을 보면서 말이지.”

“그렇게 비웃으면, 더는 말해주지 않을 거야. 난 내가 좋아하기 때문에 진지하게 이 이야기를 해주는 거야. 게다가 내가 왜 이 영화를 이토록 좋아하는지, 네게는 말할 수 없는 이유가 있어.”

“그게 무엇인지 말해봐. 뭐지?”

“싫어, 말 못 해. 이 영화의 주제가 무엇인지 말해주려고 했는데, 네가 비웃는 것을 보니 정말로 화가 나서 못 견디겠어.”

“아니야. 나도 이 영화가 좋아. 넌 이야기를 하면서 즐기고 있어. 그래서 나도 조금은 이 영화에 끼어들고 싶어. 이제 알겠지? 난 이렇게 오랫동안 남의 말을 듣고만 있는 사람이 아니야, 너도 알지? 그런데 갑자기 여러 시간 조용히 네 이야기만을 듣고 있어야만 하는 처지가 된 거야.”

“난 이 영화가 너를 즐겁게 해주고, 또 잠을 푹 잘 수 있게 해줄 거라고 생각했는데.”

“그래, 맞아. 두 가지 모두 사실이야. 이 이야기는 재미있고 잠도 잘 자게 해줘.”

“그런데?”

“하지만 네가 싫어하지만 않는다면, 네가 영화 이야기를 할 때, 그것에 대해 조금 평을 하고 싶어. 그래야만 나도 답답한 마음을 풀 수 있을 것 같아. 그게 공평한 것 아닐까?”

“하지만 그게 내가 좋아하는 영화를 비웃기 위해서라면, 난 싫어."

"그런 말이 아니야. 내 말은 단지 평을 곁들이면 어떻겠느냐는 거야. 가령 그 청년의 어머니를 네가 어떻게 상상했는지 따위를 물어보고 싶어."

"네가 더 이상 비웃지만 않는다면."

"약속할게."

"그러니까…… 잘 모르겠지만, 좋은 여자였을 것 같아. 매력적인 여자였을 거야. 남편과 자식들을 행복하게 해주고, 항상 깔끔하게 단장하고……."

"집에서 걸레질하는 모습을 상상해 봤어?"

"아니. 항상 완전무결했어. 레이스가 달린, 목이 긴 옷으로 목의 주름을 가리고 있었어. 모든 훌륭한 여자들처럼, 나이 때문에 진지해 보이면서도 조금은 애교를 떨 줄 아는 멋진 여자였어. 그런 여자들은 나이를 먹어도 여자로서 사랑받고 싶어 하거든."

"그래, 완전무결하군. 그녀는 식모를 부리면서, 돈 몇 푼 때문에 할 수 없이 일하는 그들을 착취했겠지. 당연히 그랬을 거야. 그녀는 자기 남편과 행복하게 살았지만, 그 남편은 그녀를 착취했고, 그가 원하는 대로 하게 했을 거야. 마치 노예처럼 집에 가두어놓고, 그를 기다리게 하면서……."

"잠깐, 내 말 좀 들어봐……."

"변호사 사무실이나 병원 진료실에서 돌아오는 남편을 매일 밤 기다리게 하면서 말이야. 그리고 그녀는 그런 제도에 전적으로 동의하면서, 그 제도에 반항하지도 않았겠지. 또한 자기 아들에게 이런 쓰레기들을 모두 물려주었고, 그래서 그 아들은 지금 표범여인과 만나는 거야. 그러니까 그녀로 인해 고통받는 것은 인과응보지."

"넌 정말 그런 어머니가 있었으면 하고 바라지 않아? 다정하고 항상 깔끔하게 가꾸는…… 자, 억지는 그만 부려."

"아니야. 내 말을 잘 이해하지 못했다면, 왜 그런지 설명해 주지."

"이봐, 난 졸려 죽겠어. 네가 그런 식으로 말하면, 화가 나서 못 견디겠어. 네가 그런 말을 꺼내기 전까지만 해도 난 아주 기분이 좋았단 말이야. 네게 영화 이야기를 해주면서 이 감방의 지저분한 것을 모두 잊을 수 있었단 말이야."

"나도 모든 것을 잊고 있었어."

"그런데 나와 너의 환상을 깨뜨리는 이유가 뭐지? 그래서 얻는 게 뭐야?"

"네게 좀 더 명확히 이런 문제를 제기해야 할 것 같군. 내 말이 암시하는 바를 이해하지 못하고 있으니까."

"아니야, 이런 어둠 속에서는 계속 암시적인 말로 해줘. 그게 훨씬 더 좋을 것 같아."

"아니야, 내가 설명해 줄게."

"좋아. 하지만 내일 해줘. 난 지금 네 비웃음에 지쳤거든. 내일 계속하기로 해. 너 대신 표범여인의 애인이 동료로 함께 있었으면 좋았을걸."

"그건 다른 문제야. 난 그런 것에 관심 없어."

"그런 것에 대해 말하기가 두려운 거지?"

"아니야, 두려운 것은 아니야. 단지 관심이 없다는 말이지. 넌 아무 말도 하지 않았지만, 난 너에 대해 모든 것을 알고 있어."

"그래, 내가 너에게 미성년자 보호법 위반으로 이곳에 있는 거라고 말해주었잖아. 이걸로 모든 것을 다 말해준 거야. 그러니까 심리학자인 체하지는 말아."

"솔직히 말해봐. 넌 그 남자가 파이프 담배를 피워서 마음에 드는 거지?"

"아니야, 그 청년이 다정하고 이해심 많아 보였기 때문이야."

"어머니가 그를 거세한 것이야. 그게 전부야."

"난 그가 마음에 들어. 그걸로 충분해. 넌 그의 여자 동료 설계사가 맘에 들지. 그런데 그것과 여자 게릴라하고는 무슨 관계가 있지?"

"그냥 표범여인보다는 좋다는 말이야."

"안녕, 내일 왜 그런지 설명해 줘. 잠 좀 자게 해줘."

"안녕."

· · · · · · · · · · ·

"그녀가 파이프 담배를 피우는 청년과 결혼하려는 데까지 말했지. 자, 이제 네 이야기에 귀를 기울일게."

"왜 그렇게 비아냥거리는 말투지?"

"아무것도 아니야. 어서 영화 이야기나 해줘."

"아니야, 네가 이야기해 봐. 영화를 본 나보다, 네가 그 파이프 담배를 피우는 청년에 대해 더 잘 알고 있으니까."

"너와 파이프 담배 청년과는 어울리지 않는 것 같아."

"왜?"

"넌 뭔가 목적이 있어서지, 그냥 순수한 사랑이라고 생각하는 것은 아닐 테지, 어때? 솔직히 말해봐."

"그럼, 물론이지."

"그래, 청년이 이레나를 좋아하는 이유는 그녀가 불감증이고 그런 그녀를 심하게 다루면 안 되기 때문이야. 그래서 그녀를 보호했고, 또 자기 어머니의 흔적이 가득한 집으로 데려간 거야. 물론 그의 어머니는 죽었지만, 가구나 커튼과 기타 잡다한 것들에서 그녀의 모습을 느낄 수 있었어. 네가 그렇게 말하지 않았어?"

"계속 말해봐."

"그 집에 있는 어머니 물건들을 손도 대지 않고 그대로 놓아둔 이유는, 그가 영원히 어머니의 집에서 어린아이로 머물고 싶었기 때문이야. 그리고 그가 집으로 데려온 사람은 성숙한 여인이 아니라, 소꿉장난하려고 데려온 철부지 소녀야."

"하지만 이건 모두 네 생각일 뿐이야. 그 집이 그의 어머니 소유인지 내가 어떻게 알겠어? 그렇게 말한 것은 내가 그 아파트를 몹시 좋아했고, 실내장식이 고색창연해서 어머니의 취향이었을 것 같아서지, 다른 의도는 없었어. 그가 이런 가구가 있는 집에서 세 들어 살고 있을지도 모르는 일이고."

"그럼 이 영화의 반은 네가 만들고 있었다는 말이네."

"아니야. 내가 마음대로 만든 것이 아니야. 난 맹세할 수 있어. 하지만 내가 본 것처럼 너도 볼 수 있게 하려면 부연설명이 필요할 때가 있어. 좌우간 이런 것들은 설명해야 알아들을 수 있으니까. 가령 집 같은 경우 말이야."

"솔직히 말해봐. 그 집은 바로 네가 살고 싶은 집이지?"

"그럼, 당연하지. 이제는 내가 참고 네 말을 들을 때가 온 것 같아. 너도 다른 사람과 똑같은 소리를 할 테니까."

"그러니까…… 네게 뭐라고 말했는데?"

"모두 똑같은 말을 하곤 했어. 항상 말이야!"

"그게 뭔데?"

"어릴 때부터 사람들이 나를 너무 귀여워해서 내가 지금 이렇게 되었다는 거야. 또 내가 엄마 치마폭에 파묻혀 있었기 때문에 지금 이렇게 되었다고. 하지만 사람은 항상 잘못된 것을 바로잡을 수 있는데, 난 남자보다 여자가 되고 싶어. 여자야말로 이 세상에서 최고의 존재거든."

"네게 그렇게 말하던?"

"그래. 그러면 난 항상 이렇게 대답했어…… 정말 멋있어! 나도 그 말에 전적으로 동의해! 여자는 이 세상에서 최고의 존재니까…… 난 여자가 되고 싶어. 난 내가 무슨 생각을 하고 있는지 잘 알고 있고, 내 머릿속에 아주 분명히 인식하고 있으니까 충고할 생각일랑 하지 마."

"내가 보기에 넌 그렇게 명확히 알고 있지 않아. 적어도 네가 방금 전에 한 말로 보아서는 말이야."

"그렇게 확실히 말해줄 필요는 없어. 그건 그렇고, 네가 원한다면 영화 이야기를 계속해 줄게. 듣고 싶지 않다면, 혼잣말로 조용히 말할게. 그럼 안녕, 스파라푸칠레."

"스파라푸칠레가 누구지?"

"너, 오페라에 대해서는 일자무식이구나. 「리골레토」에 나오
는 배신자야."

"다른 데로 새지 말고 영화 이야기나 해줘. 지금 그다음이
어떻게 되는지 알고 싶단 말이야."

"어디까지 말했지?"

"결혼 첫날밤에 남자가 그녀를 건드리지 않았다는 데까지
했어."

"그랬지. 남자는 응접실 소파에서 잠을 잤어. 참, 한 가지 잊
어버렸네. 그들은 이레나가 정신과 의사에게 치료를 받는 데
의견의 일치를 보았어. 그래서 그녀는 정신과 의사에게 가기
시작했어. 처음에 갔을 때 그녀는 끝내주게 멋지고 풍채도 좋
은 의사와 상담을 했지."

"네가 말한 끝내주게 멋진 남자란 어떤 사람인데? 거기에
대해 알고 싶은데."

"키가 크고, 머리칼은 검으며, 콧수염이 있고, 이목구비가
뚜렷하며, 이마가 넓은 남자야. 그런데 못된 스파라푸칠레
하고 다니는 조그만 콧수염을 하고 있지. 내가 잘 설명하고 있
는지는 모르겠지만, 짐꾼들이 달고 다니는 콧수염이야. 길에
서 파는 것 말이야. 어쨌든 그 정신과 의사는 내가 좋아하는
스타일은 아니었어."

"누가 그 역을 했는데?"

"조연이라 누가 했는지는 잘 기억이 나지 않아. 아주 잘생기

긴 했지만, 내 취향에서 보면 좀 마른 것 같았어. 그러니까 더
블재킷을 입으면 잘 어울리지만, 싱글을 입으면 안에 조끼를
입어야 하는 그런 스타일이었지. 여자들이 아주 좋아할 타입
이었어. 난 잘 모르겠지만, 그는 여자들이 자기를 몹시 좋아한
다는 것을 확신하고 있었어. 그 의사가 나타날 때부터…… 별
로 마음에 들지 않았어. 이레나 역시 그 의사를 별로 좋아하
지 않았어. 긴 소파에서 그에게 자신의 문제를 말하기 시작했
지만, 매우 불편했어. 자기 옆에 의사가 앉아 있는 것이 아니
라 어떤 놈팡이가 있다는 생각이 들었기 때문이야."

"영화가 상당히 멋진데."

"멋지다니, 뭐가? 유치해서 멋지다는 거야?"

"아니야, 아주 논리 있게 전개되어서 하는 말이야. 이 영화
아주 멋진데. 계속 이야기해 봐. 내 말을 믿어줘."

"그녀는 훌륭한 아내가 되지 못할까 걱정스럽다는 이야기
부터 시작했어. 그리고 다음에 올 때는 자신의 꿈, 그러니까
꿈속에서 표범으로 변하는 악몽에 대해 말하기로 약속했어.
이렇게 아무 일 없이 두 사람은 헤어졌어. 그런데 다음 약속
때 그녀는 의사에게 가지 않았어. 남편에게 거짓말을 하고 의
사에게 가는 대신, 표범을 보기 위해 동물원에 갔던 거야. 그
녀는 마치 홀린 듯이 거기 서 있었지. 무지갯빛이 나는 검은
벨벳 외투를 걸치고 있었는데, 표범의 털 역시 무지갯빛이 나
는 검은색이었어. 표범은 그녀에게 눈을 떼지 않은 채, 커다란
우리 안을 어슬렁거렸지. 그때 사육사가 나타나 한쪽 편에 있
는 우리 문을 열었어. 고기를 던져주고는 금방 다시 닫아버렸

지만, 고기를 걸어온 철사줄에 신경을 쓰다가 그만 우리의 자물쇠에 열쇠를 꽂은 채 가버렸어. 이레나는 이 모든 것을 보고 있었지만, 아무 말도 하지 않고 가만히 있었어. 사육사는 빗자루를 잡고 우리 근처에 여기저기 흩어져 있던 담배꽁초와 휴지를 쓸기 시작했어. 이레나는 슬그머니 우리의 자물쇠로 다가가 열쇠를 뺐어. 녹이 슨 큰 열쇠를 바라보면서 잠시 생각에 잠겼지. 그렇게 몇 초가 지나갔어."

"그걸 갖고 뭘 했지?"

"사육사가 있는 곳으로 다가가서 그 열쇠를 건네주었어. 마음씨 착해 보이는 차분한 늙은 사육사는 그녀에게 고맙다고 말했어. 이레나는 집으로 돌아와 남편이 돌아오기를 기다렸어. 이미 그가 사무실에서 돌아올 시간이었거든. 그런데 말해주는 게 하나 잊어버렸네. 아침에 그녀가 정성을 다해 카나리아에게 모이로 리본초를 주고 물을 갈아주면, 카나리아는 즐겁게 노래를 부르곤 했어. 남편이 돌아오자, 그녀는 포옹하면서 그에게 거의 키스를 할 뻔했어. 그녀는 몹시도 그의 입에 키스하고 싶어 했어. 그는 기뻐서 어쩔 줄 몰라하면서, 정신과 치료가 효과를 거두고 있다고 생각하기 시작했지. 그리고 정말 아내와 남편이 되는 순간이 다가왔어. 그런데 이런 중요한 순간에 남편은 중요한 실수를 범했지. 그날 오후 치료가 어땠느냐고 물었던 거야. 의사에게 가지 않았던 그녀는 죄책감으로 기분이 몹시 울적해졌어. 그래서 그의 품 안에서 빠져나와 거짓말했어. 치료하러 갔는데, 모든 게 잘되고 있다고 대답했어. 하지만 그녀가 품 안에서 벗어나자, 그 남자는 어떻게 해

볼 도리 없이 자신의 욕구를 참아야만 했어. 다음 날 남자가 사무실에서 다른 설계사들과 함께 있는데, 여자 동료는 청년이 수심에 싸여 있다는 것을 눈치챘지. 그동안 그를 계속 주시하던 여자 동료는 사실 그를 사랑하고 있었어. 그래서 청년의 기분 전환을 시켜주려고 퇴근하면서 술이나 한잔하자고 했어. 그러나 그는 할 일이 많아서 퇴근이 늦어질 것 같다면서, 그 제의를 거절했어. 그러자 그를 오래전부터 사랑해 왔던 여자는 자기도 남아서 일을 도와주겠다고 말했지."

"그 여자 동료가 맘에 드는데. 참 이상한 일이지? 네가 그녀에 대해 아무런 말도 안 했는데도 맘에 든다는 게 말이야. 상상이란 참으로 묘한 거야."

"그녀는 그와 함께 사무실에 남았어. 그녀는 보통 흔히 볼 수 있는 여자는 아니었어. 그가 결혼하자 그를 단념했고, 지금은 친구로서 그를 도와주려 했지. 그들은 퇴근 시간 후에 사무실에 남아서 일하고 있었어. 그 사무실은 컸고, 그 안에는 여러 개의 설계용 책상이 있었어. 모든 설계사들이 각자 작업 책상을 갖고 있었거든. 하지만 지금은 모두들 퇴근했고, 그 사무실은 온통 어둠에 덮여 있었지. 청년의 책상에는 유리가 깔려 있었는데, 그 유리 밑에서 빛이 비쳤어. 두 사람의 얼굴은 밑에서부터 빛을 받고 있었고, 벽에는 그들의 몸이 만들어내는 을씨년스럽고 희미한 그림자가 나타났어. 그 그림자는 꼭 거인의 그림자 같았지. 청년이나 여자 동료가 선을 그리기 위해 자를 잡으면, 마치 칼처럼 보였어. 그들은 아무 말도 하지 않고 일하고 있었어. 그녀는 자주 시계를 쳐다보았지. 그의 근심이 무엇인지 몹시 알고 싶었지만, 아무것도 물어보지 않았어."

"참 착한 여자군. 남을 존중할 줄도 알고, 신중한 걸 보니. 그래서 내 맘에 들었던 것 같아."

"그들이 일하는 동안 이레나는 기다리고 기다리던 끝에 사무실에 전화를 걸기로 마음먹었어. 여자 동료가 전화를 받아 청년을 바꿔주었어. 이레나는 질투가 났지만, 그것을 애써 감추었어. 청년은 이레나에게 늦게 간다고 말하려고 일찍 전화를 했지만, 아무도 전화를 받지 않았다고 말했어. 그녀가 그날 또다시 동물원에 갔으니 당연한 일이었지. 그가 그런 말을 하자, 그녀는 잠자코 있을 수밖에 없었어. 그 후 그는 계속해서 집에 늦게 들어오게 되었어. 항상 무슨 일이 생겼던 거야."

"아주 논리적으로 전개되는군. 멋있어."

"그런데 어디까지 말했더라…… 이제 넌 그가 정상이고, 따라서 그녀와 잠자리를 함께하고 싶어 한다는 걸 알았겠지."

"아니야, 잘 들어봐. 전에는 그녀가 그와 잠자리를 함께하지 않을 것이라는 사실을 알았기 때문에 즐겁게 집으로 돌아올 수 있었지. 하지만 지금은 정신과 치료를 받으면서 잠자리를 함께할 가능성이 있고, 그래서 그 청년은 불안해진 거야. 처음처럼 그녀가 어린 소녀 같았다면, 철부지 아이들처럼 둘이서 함께 소꿉장난하는 것으로 그칠 수 있었겠지. 다시 말하면, 그런 장난을 하면서 섹스와 관계된 것들을 시작했을 거야."

"철부지 아이들처럼 장난을 친다고. 아, 기분 나빠!"

"네가 좋아하는 설계사에 관한 한 그리 틀린 말은 아니야.

네 말을 반박해서 미안하지만."

"뭐가 틀린 말이 아니라는 거지?"

"아무런 실속 없이 장난치면서 시작할 거라는 사실."

"그래, 좋아. 영화 이야기나 계속하겠어. 하지만 한 가지만 물어볼게. 그러면 왜 그 남자가 지금 여자 동료와 그렇게 즐겁게 남아 있는 걸까?"

"결혼을 했기 때문에 아무 일도 일어나지 않으리라고 생각했기 때문이지. 그의 아내가 그를 전부 차지하고 있으니, 이제 그 여자 동료가 섹스 대상이 될 가능성은 전혀 없으니까."

"그건 네 상상일 뿐이야."

"너도 네 마음대로 생각하면서, 나라고 못하라는 법 있어?"

"계속해서 이야기해 줄게. 어느 날 밤 이레나는 저녁을 준비해 놓고 기다리고 있었어. 하지만 그는 집에 돌아오지 않았지. 촛불이 켜진 식탁에는 음식이 차려져 있었어. 그런데 그녀가 모르는 것이 하나 있었어. 청년은 그날이 결혼 1주년 기념일이라, 그날 오후 정신과 의사로부터 치료받고 나오는 그녀를 데리러 일찍 병원에 갔었어. 물론 만날 수는 없었지. 그녀는 그곳에 두 번 다시 가지 않았으니까. 그는 그녀가 오래전부터 의사를 찾아가지 않았다는 사실을 알고는 이레나에게 전화를 했어. 하지만 이레나는 집에 없었어. 이레나는 그날도 다른 오후와 마찬가지로 자신도 모르는 그 무엇에 이끌려 동물원으로 갔었거든. 그래서 청년은 낙담해서 사무실로 돌아왔고, 여자 동료에게 모든 것을 말하지 않고는 견딜 수가 없었어. 그들은 간단히 한잔하러 근처 술집으로 갔어. 그런데 그들이 원했던 것은 술을 마시는 것이 아니라, 사무실 밖에서 조용히 개인적인 이야기를 하려는 거였어. 이레나는 늦게까지 그가 돌아오지 않자, 우리에 갇힌 맹수처럼 어슬렁거리며 방 안을 돌아다니기 시작했어. 그러고는 드디어 사무실에 전화를 했어. 아무도 전화를 받지 않았어. 그녀는 신경이 몹시 날카로워져 아무것이나 하면서 기분을 풀려고 카나리아가 있는 새장으로 가까이 갔어. 그런데 카나리아는 그녀가 가까이 다가오자, 미친 듯이 날개를 휘저으며 조그만 새장 안에서 이리저리 부딪치며 날아다니고 자기 날개를 막 쪼았어. 그것을 보자, 그녀는 충동을 억제하지 못하고 새장을 열어 손을 집어넣었지. 새는 이레나의 손이 자기에게 가까이 오고 있음을 느끼자, 벼락에 맞은 것처럼 죽어 떨어졌어. 어찌할 바를 모르던 이레나는 악몽이 모두 되살아나는 걸 느꼈어. 이레나는 남편을 찾아 밖으로 뛰쳐나갔어. 남편만이 자기를 도와줄 수 있고, 이해해 줄 수 있다고 생각했기 때문이지. 그런데 사무실로 가려면 반드시 그 술집을 지나야 하는데, 거기서 남편과 여자 동료를 본 거야. 이레나는 너무나 기가 막혀 한 발짝도 움직일 수 없었어. 분노를 참지 못해 몸을 부들부들 떨었지. 분노가 아니라 질투 때문이었을 거야. 그들이 술집을 나가려고 일어나자, 이레나는 얼른 나무 뒤로 몸을 숨겼어. 그러고는 그들이 작별 인사를 하고 헤어지는 것을 지켜보았어."

"어떻게 작별 인사를 했지?"

"그는 그녀의 뺨에 키스를 했어. 그녀는 챙이 조그만 모자를 쓰고 있었어. 이레나는 모자를 쓰지 않았지만, 그녀의 곱

슬머리는 외로운 가로등 불빛 아래에서 반짝였어. 이레나는 남편의 여자 동료를 뒤쫓았어. 여자 동료는 지름길을 택했지. 사무실 맞은편에 있는 센트럴파크를 가로지르는 길이었는데, 마치 터널과 같았어. 그 공원에 있는 언덕을 뚫어 도로처럼 똑바로 만든 길이었어. 이 길은 차가 다니긴 했지만 교통량이 그리 많지는 않았어. 그때 버스가 그녀가 걸어가는 곳을 지나갔어. 가끔 그녀는 너무 많이 걷는 것이 싫어서 버스를 타기도 했지만, 버스가 너무 띄엄띄엄 다니기 때문에 어떤 때는 걸어가기도 했어. 이번에는 머리도 식힐 겸 걷기로 했어. 그건 청년과 말을 하고 나서 머리가 아팠기 때문이야. 그는 이레나가 자기와 잠자리를 함께하지 않으며, 또한 표범여인의 악몽을 꾼다는 이야기를 모두 그녀에게 말해주었어. 청년을 흠모하던 그녀는 정말로 혼란스러웠지. 이미 그를 포기했는데, 지금은 다시 희망이 생겼기 때문이야. 한편으로는 모든 것을 잃은 것만은 아니라는 사실이 기뻤지만, 또 다른 한편으로는 허망한 꿈을 꾸다가 또다시 고통을 받지나 않을까 두려웠지. 매번 빈손으로 끝날지도 모른다는 두려움이었어. 그녀는 빨리 걸으면서 이 모든 것을 생각했어. 몹시 추웠고 주위에는 아무도 없었어. 길 양옆에는 바람 한 점 불지 않는 어두운 공원만이 있었어. 공원의 나뭇잎들도 전혀 움직이지 않았어. 들리는 거라고는 뒤에서 나는 여자의 구둣발 소리뿐이었지. 그녀는 뒤를 돌아보았지만, 멀리 보이는 희미한 그림자만 보였어. 어두웠기 때문에 누구인지 알아볼 수도 없었어. 그런데 그 발소리가 갑자기 빨라지는 거야. 그녀는 긴장하기 시작했어. 너도 알다시

피 귀신이나 범죄와 같은 공포물 이야기를 들을 때는 예민해져서 조그마한 것에도 신경을 곤두세우는 법이잖아. 마찬가지로 여자 동료도 표범여인의 이야기를 떠올리면서 겁에 질렸어. 그래서 갑자기 발걸음을 재촉하기 시작했지. 하지만 정확히 반쯤 왔을 때, 그러니까 공원이 끝나고 사람들이 사는 동네가 시작되는 곳에 왔을 때였어. 집에서 네 블록 정도 떨어진 곳이었지. 그런데 뛰기 시작하면, 더 무섭게 느껴지는 법이잖아."

"몰리나, 잠시 이야기를 끊어도 될까?"

"물론이지. 그런데 조금 남았어. 오늘 밤에 할 이야기는 말이야."

"궁금한 것 중에서 하나만 물어볼게."

"그게 뭔데?"

"너, 화 안 낼 거지?"

"경우에 따라 다르지."

"아주 궁금한 게 있어. 너도 나중에 나한테 물어보아도 좋아."

"그래, 해봐."

"넌 누가 되고 싶어? 이레나야, 아니면 설계사인 여자 동료야?"

"이 바보야, 당연히 이레나지. 주인공이잖아. 난 항상 내가 여주인공과 같다고 생각해."

"계속 말해봐."

"발렌틴, 넌 누구와 같다고 생각하니? 그 청년이 머저리 같아서 헷갈리지?"

"그래, 실컷 비웃어도 좋아. 하지만 난 정신과 의사와 비슷하다고 생각해. 이건 신소리가 아니야. 난 아무런 이의도 달지 않고 네 선택을 존중했어…… 영화 이야기나 계속해."

"이 문제에 대해선 나중에 말하자. 내일도 괜찮고."

"조금만 더 이야기해 줘."

"그럼 아주 조금만 더 해줄게. 가장 중요한 순간에 조금 맛을 보여주어야, 이 영화를 더 좋아하게 될 테니까. 관객들에게는 이런 방법을 써야 돼. 그렇지 않으면 영화에 만족하지 않거든. 예전엔 라디오에서 항상 이런 식으로 하곤 했지. 그리고 지금은 텔레비전 드라마에서 이렇게 하고 있어."

"빨리 말해봐."

"여자 설계사가 뛰어야 할지, 말아야 할지 망설이는 데까지 했지. 그런데 이때 발소리가 더 이상 들리지 않았어. 그러니까 다른 여자의 구둣발 소리가 들리지 않았다는 거야. 그때 여자 설계사는 구둣발 소리와 다른 발소리를 들었어. 거의 소리가 들리지 않았어. 마치 고양이 발소리, 아니 그것보다 더 끔찍한 발소리 같았어. 고개를 획 돌려서 뒤를 바라보았지만, 그 여인은 보이지 않았어. 어떻게 갑자기 사라질 수가 있을까? 하지만 그녀는 또 다른 그림자를 보았어. 미끄러지듯이 걷고 있다가 즉시 사라지는 그림자였어. 그때 공원의 잡초 사이로 다니는 짐승의 발소리가 들렸어."

"그래서 어떻게 됐지?"

"내일 계속해 줄게. 안녕, 잘 자."

"정말 이럴 거야? 어디 두고 봐."

"내일 봐."

"안녕."

2장

"요리 솜씨가 일품인데."

"고마워, 발렌틴."

"그런데 너 때문에 나쁜 습관이 들 것 같아. 이건 내게 해가 될 수 있어."

"너 미쳤구나. 지금 이 순간을 즐겨! 즐기란 말이야! 넌 내일 무슨 일이 일어날지 생각하면서, 이 음식을 맛없이 먹을 거야?"

"몰리나, 난 현재의 순간을 즐기는 것에 동의할 수 없어. 아무도 현재의 순간만을 위해 살 수는 없어. 그건 지상의 낙원에서나 가능한 일이야."

"넌 지옥과 천국을 믿니?"

"잠깐만 기다려, 몰리나. 좀 더 엄밀하게 그런 주제를 토의

하고 싶다면 말이야. 우리가 나무를 보지 못하고, 가지만 본다면 고등학교 토론 수업처럼 애들 장난같이 되어버릴 거야.”

“나는 우리가 가지만 보고 있다고 생각하지는 않아.”

“그래, 좋아. 그럼 먼저 내가 생각을 정리한 다음, 너에게 제안을 하나 하지.”

“그래, 듣고 있을게, 말해봐.”

“난 현재의 순간을 위해 살 수는 없어. 정치투쟁의 기능을 수행하기 때문이야. 그래, 정치적 행동이라고 말할 수 있겠지. 알아듣겠지? 내가 이곳에서 이루 말할 수 없는 고통을 참아낼 수 있는 것도 모두…… 네가 만일 고문과 같은 것을 생각한다면, 그런 것은 아무것도 아니라고 말할 수 있어…… 하지만 넌 그것이 무엇인지 모르고 있어.”

“하지만 상상은 할 수 있어.”

“아니야, 넌 상상도 못 해…… 내가 이 모든 것을 참아내는 이유는…… 계획이 있기 때문이야. 가장 중요한 것은 사회 혁명이고, 감각적인 기쁨 같은 것은 부차적이야. 투쟁이 계속되는 동안, 아니 아마도 내 일생 동안 계속될 투쟁을 하면서 감각적인 기쁨을 느끼려고 하는 태도는 바람직하지 않아. 무슨 소린지 알지? 그런 기쁨은 사실상 내게는 부차적이기 때문이야. 위대한 기쁨은 다른 것이야. 가령, 내가 가장 고귀한 명분을 위해 봉사하고 있다는 사실을 아는 것…… 그러니까 바로 내가 가진 모든 사상이…….”

“네 사상이 무엇인데?”

“내 이상은…… 한마디로 말한다면 마르크스주의야. 난 그 사상의 기쁨을 어느 곳에서나 느낄 수 있어. 이곳 감방에서도 느낄 수 있고, 심지어는 고문받는 순간에도 마찬가지야. 이것이 나의 힘이야."

"그럼 네 애인은?"

"그것도 역시 부차적인 문제야. 그녀에게는 나도 역시 부차적 차원의 문제이지. 그녀도 무엇이 가장 중요한지는 알고 있으니까."

"네가 세뇌시킨 거지?"

"아니야. 우리 두 사람 모두 그 사실을 깨달았어. 내가 무슨 말 하는지 이해했지?"

"응……."

"몰라나, 내 말을 이해한 것 같아 보이지 않는군."

"그래. 하지만 신경 쓰지 마. 난 지금 자고 싶으니까."

"너 미쳤어! 그럼 표범여인 영화는? 어제 저녁부터 영화 이야기를 해주지 않았어."

"내일 해줄게."

"왜, 무슨 일이 있어?"

"아무 일도 아니야."

"얘기해 봐."

"아니야. 난 멍청이야. 그뿐이야."

"그게 무슨 소린지 더 자세히 말해봐."

"그래, 난 그래. 난 쉽게 상처받는 사람이야. 오늘 난 요리를 했어. 그런데 그중에서도 내가 좋아하는 아보카도를 네게 반이나 주었단 말이야. 그 반은 내가 내일 먹을 수도 있었던 거야. 그런데 나쁜 습관을 들인다고 면전에서 구박하다니⋯⋯."

"너무 그러지 마. 넌 너무 예민한 것 같아⋯⋯."

"그럼, 너라면 어떻게 하겠어? 난 그래. 매우 예민하단 말이야."

"그래. 너무 예민한 것 같군. 그런 건⋯⋯."

"왜 입을 다물지?"

"아무것도 아니야."

"말해봐. 발렌틴, 난 네가 뭐라고 말할지 알아."

"바보 같은 소리 그만해."

"말해봐. 넌 내가 여자 같다고 말하려고 했지?"

"그래."

"여자처럼 부드러운 게 뭐가 나쁘다는 거지? 수캐든 게이든 간에 감성적이고 싶은데도, 그렇게 될 수 없는 이유가 뭔데?"

"나도 잘 모르겠어. 하지만 너무 감성이 예민하다는 것은 남자가 되는 데 방해 요소야."

"왜? 고문하는 데 방해가 된다는 거야?"

"아니. 그런 고문관들을 없애버리는 데 방해가 된다는 거야."

"모든 남자들이 여자와 같았다면, 고문관 따위는 존재하지 않았을 거야."

"그럼 남자들이 없다면 넌 어떻게 하겠어?"

"그래, 네 말도 일리가 있어. 아주 못돼 먹은 놈들이지만 나도 남자를 좋아하니까."

"몰라나⋯⋯ 그런데 너는 남자들이 모두 여자 같다면 고문관들은 없었을 거라고 말했지. 바로 이 점에서 너는 일종의 문제를 상정하고 있어. 비현실적이기는 하지만, 어쨌든 하나의 문제를 상정하고 있어."

"말 풀어나가는 법 하나는 멋지네."

"뭐라고?"

"'일종의 문제'라고 말하는 네 어투가 매우 경멸적이라는 거야."

"듣기 거슬렸다면 내가 사과하지."

"사과할 필요는 없어."

"그래, 그러면 이제 기분 풀고, 날 너무 몰아세우지 말아."

"몰아세우다니? 웬 뚱딴지 같은 소리야?"

"그럼 아무 일 없었던 걸로 해두자."

"영화 이야기 해줄까?"

"그럼, 물론이지, 이 사람아."

"무슨 사람? 그런 사람이 어디 있지? 그가 도망치지 않도록 어디에 있나 말해봐."

"이제 농담은 그만하고 영화 이야기나 해줘."

"어디까지 했더라……?"

"내 애인인 여자 설계사가 더 이상 사람의 발소리를 들을 수 없었다는 데까지 했어."

"맞아. 그러자 공포에 떨기 시작했어. 주위에는 아무도 없었어. 너무나 무서웠어. 표범일지도 모른다는 공포에 질려 뒤를 돌아다볼 용기조차 낼 수 없었어. 잠시 사람의 발소리가 들리나 해서 멈추었지만, 아무 소리도 들리지 않았어. 바람 때문인지…… 아니면 다른 이유에서인지 덤불이 바스락대는 소리만 간신히 들을 수 있었지. 그러자 그녀는 절망에 빠진 사람처럼 비명을 질렀어. 그것은 신음과 흐느낌이 뒤섞인 소리였어. 그런데 바로 그때 버스가 그녀 옆에 섰고, 그 외침은 버스의 자동문 소리에 뒤섞여 들리질 않았어. 공기 빠지는 소리를 내는 수압식 문이었거든. 이렇게 그녀는 위험에서 벗어날 수 있었어. 운전사는 그녀가 그곳에 서 있는 것을 보고는 문을 열었던 거야. 그리고 무슨 일이 있었느냐고 물었지만, 그녀는 아무 일도 아니었다고, 단지 몸이 좋지 않아서 그런 것뿐이라고 대답했어. 그러고는 버스에 올라탔어…… 그건 그렇고, 이레나가 집으로 돌아왔는데, 헝클어진 머리에 진흙으로 엉망진창이 된 신발을 신고 있었어. 청년은 너무나 기가 막혀 무슨 말을 해야 할지 몰랐지. 또 자기가 결혼한 이 이상한 버러지에게 어떻게 해야 할지조차도 몰랐어. 집에 들어선 그녀는 그가 평소와 다른 얼굴을 하고 있다는 것을 눈치채고는, 목욕탕으로 가서 진흙으로 엉망진창이 된 신을 벗었어. 그녀가 그를 쳐다보지 않자, 그가 먼저 용기를 내어 말을 했어. 정신과 의사를 찾아갔는데, 거기서 그녀가 단 한 번밖에 가지 않았다는 사실을 알았다고 말했어. 그러자 그녀는 울면서 이제 그들의 결혼은 끝났으며, 자신이 미친 여자처럼 환각 상태에 있는 것인지, 아니면 그보다 더한 것인…… 표범여인일지도 모른다는 두려움을 느끼고 있다고 말했어. 그는 이 말을 듣자 다시 누그러졌지. 그리고 그녀의 팔을 꼭 잡고는 괜찮다고 말해주었어. 남자는 그녀가 어린 소녀 같다는 느낌을 받았어. 그렇게 모든 고민을 털어놓고 어찌할 바 모르는 그녀를 보자, 청년은 그녀를 다시 열렬히 사랑하고 싶은 감정을 느꼈어. 그는 그녀의 머리를 자기 어깨에 기대게 한 다음, 머리카락을 쓰다듬으면서 자신을 가지면 모든 일이 잘될 거라고 말했어."

"그 영화 참 괜찮은데."

"아직 끝나지 않았어. 계속할게."

"나도 알아. 거기서 끝날 리는 없으니까. 그런데 내가 왜 이 영화를 좋아하는지 알아? 한 여인이 한 남자에게 자기 자신을 맡기는 것이 얼마나 두려운 것인지를 보여주는 명확한 알레고리이기 때문이야. 섹스를 할 때면 여자들은 조금은 동물처럼 되어야 하기 때문이지. 너도 눈치챘겠지?"

"과연 그럴까?……."

"그런 부류의 여자들이 더러 있어. 일반적으로 그런 여자는 대단히 예민하고, 지나치게 정신적이며, 섹스란 더러운 것이고, 죄를 짓는 것이라는 생각을 갖고 자라거든. 이런 부류의 여자들은 문제가 있어. 아니, 아주 인생을 그르칠 사람들이지. 아마 모르긴 해도 거의 십중팔구는 결혼하면 불감증으로 고생할 거야. 그런 여자들은 내면에 일종의 장벽이 있는데, 그 장벽에 또 다른 장벽, 아니 두터운 벽을 쌓아. 그 벽은 총알도 뚫을 수가 없어."

"그럼 섹스보다 더한 행위는 상상도 못 할 일이겠네."

"이번에는 진지하게 말하니까, 넌 농담을 하는군. 너도 나와 똑같다는 것을 알겠지?"

"계속 말해봐. 위대한 지식의 목소리여!"

"아니야, 그만하자. 표범여인 이야기나 계속해."

"그래. 문제는 그가 그녀에게 다시 자신을 갖고, 의사에게 가도록 설득하는 일이었어."

"그러니까 내게로 보낸다는 소리군."

"그런데 그녀는 그 의사가 어딘지 모르게 자기 마음에 들지 않는 점이 있다고 말했어."

"물론이지. 병이 나으면 결혼 생활, 그러니까 섹스를 해야 하니까 말이야."

"하지만 남편은 의사를 다시 찾아가라고 설득했어. 그래서 그녀는 의사에게 갔지만 계속해서 두려움을 갖고 있었어."

"그런데 그게 무엇에 대한 두려움인지 알아?"

"뭔데?"

"넌 그 의사가 섹시한 사람일 거라고 말했었어."

"그래."

"바로 거기에 문제가 있는 거야. 그녀는 그 의사의 얼굴만 보아도 흥분하니까. 그래서 치료를 받으러 가지 않으려고 한 거야."

"그녀는 치료를 받으러 다녔어. 그리고는 그 의사에게 자기의 가장 큰 두려움은 남자가 키스하면 표범으로 변하는 것이라고 솔직하게 털어놓았어. 의사는 바로 그 대목에서 실수를 범했어. 그는 그런 두려움을 없애기 위해 자기는 그녀를 전혀 두려워하지 않으며, 그녀가 매력적이고 사랑스러운 여자라는 사실을 몸소 보여줌으로써 확인시키려고 했어. 그러니까 그는 별로 좋지 않은 치료법을 선택한 것이었어. 그리고 그녀를 소유하려는 욕망에 이끌려 키스할 기회를 찾았어. 그것이 바로 의사가 노렸던 거야. 하지만 그녀는 그에게 몸을 허락하지 않았어. 반대로 그 의사의 말이 정말로 옳으며, 자기는 정상적인 여자라고 느끼게 되었지. 그래서 병원을 나오자마자 기쁜 마음으로 설계 사무실로 발걸음을 옮겼어. 그러면서 그날 밤 자기 남편에게 몸을 주기로 결심했어. 너무 기쁜 나머지 숨도 쉬지 않은 채 달려갔어. 그런데 사무실 문 앞에 도착하자, 우뚝 멈춰 섰어. 이미 날이 저물어 모든 사람이 퇴근했는데, 그곳에서 남편과 여자 동료만 남아서 손을 잡은 채 말을 하고 있는 거야. 그게 우정의 표시인지, 아니면 다른 것인지 알 수는 없었어. 그는 아래를 쳐다보면서 말하고 있었고, 여자 동료는 다 이해한다는 듯이 듣고 있었어. 그들은 누가 들어왔는지조차 눈치채지 못했어. 이 대목에서 잘 기억이 나지 않아."

"잠시 기다리면 기억이 날 거야."

"그러고는 수영장의 장면과 또다시 설계 사무실 장면, 그리고 마지막으로 정신과 의사와 함께 있는 장면이 나오는 것 같아."

"그 표범여인이 나와 함께 있다면서 끝낼 생각은 하지 말아."

"알았어. 서두르지 말아. 네가 원한다면, 기억나는 대로 대충 말해줄게."

"좋아."

"설계 사무실에서는 그와 여자 동료가 이야기를 나누고 있었어. 그때 문이 삐걱하고 열리는 소리를 듣고는 말을 멈추었지. 문 쪽을 쳐다보았지만 아무도 없었어. 설계 사무실에는 어둠이 짙게 깔려 있었어. 단지 그들의 책상에서만 불길한 불빛이 퍼져 나왔어. 그런데 동물의 발소리가 들리는 거야. 종이를 밟는 소리가 들렸던 거지. 아, 이제 기억이 나네. 어두운 구석에 종이를 버리는 휴지통이 있었어. 그 동물이 휴지통을 밟았는데, 그때 종이 소리가 난 거야. 그러자 여자 동료는 비명을 지르면서, 그의 뒤에 숨었어. 청년은 '거기 누구 있소? 누구요?'라고 소리쳤어. 그때 처음으로 이빨 사이로 바람이 새는 듯한 동물의 숨소리가 들려왔어. 그는 자신을 어떻게 지켜야 할지 몰라서 커다란 자를 집어들었어. 무의식적으로 그랬는지는 몰라도 어쨌든 그는 십자가가 귀신과 표범여인을 놀라게 한다는 이레나의 말을 떠올렸어. 책상에서 흘러나오는 불빛이 벽에 거인처럼 커다란 그림자를 만들고 있었어. 하나는 여자 동료를 꼭 껴안고 있는 그의 그림자였고, 또 다른 하나는 몇 미터 떨어진 곳에 있는, 긴 꼬리가 달린 맹수의 그림자였어. 그는 마치 손에 십자가를 쥐고 있는 듯이 보였어. 그건 다름 아니라 제도용 자 두 개로 만든 십자가 형태였지. 그때 무섭게 울부짖는 소리가 나더니 놀란 맹수가 어둠 속으로 황급히 달아나는 발소리가 들렸어. 좋아, 그런데 그다음은 어떻게 됐는지 잘 기억이 나질 않아. 아마 그 여자 동료가 집으로 돌아오는 장면 같은데, 그 집은 여자들만 사는 아주 큰 호텔 같았어. 그러니까 여성 전용 클럽 같은 곳인데, 지하에 커다란 수영장이 있었어. 여자 설계사는 그동안 일어났던 일 때문에 신경이 곤두선 상태였지. 그래서 그날 밤 남자들의 출입이 금지된 그 호텔로 들어오자, 마음을 가라앉히기 위해 잠시 수영을 하는 게 가장 좋은 방법이라고 생각했어. 밤이 깊었기 때문에 수영장에는 아무도 없었지. 지하에는 탈의실과 옷을 걸어놓는 로키가 있었어. 그녀는 수영복을 입고는 그 위에 가운을 걸쳤어. 그녀가 그러고 있는 동안 호텔 문이 열리고 이레나가 나타났지. 이레나는 안내 데스크에 있는 여자에게 남편의 여자 동료에 대해 물어보았어. 그러자 데스크의 여자는 아무 의심도 하지 않은 채 그녀가 방금 전에 수영장으로 내려갔다고 말해주었지. 이레나는 여자였기 때문에 들어가는 데 아무 문제가 없었거든. 그냥 들어가기만 하면 되니까 말이야. 지하의 수영장은 어두웠어. 탈의실에서 나온 여자 동료가 수영장의 조명을 켜자 수영장의 물 밑까지 환해졌지. 그녀는 수영모자를 쓰기 위해 머리를 올리고 있었는데, 그때 발소리를 들었어. 그녀는 놀라서 관리인 아주머니냐고 물었어. 하지만 아무 대답도 없었지. 그러자 겁에 질려 목욕가운을 집어던지고 물속으로 뛰어들었어. 수영장 한복판에서 어두컴컴한 수영장 주위를 둘러보았어. 그런데 화를 참지 못해 이리저리 서성이고 있는 검은 맹수의 숨소리가 들리는 거야. 거의 보이지는 않았지만, 수영장 구석에서 그림자 하나가 미끄러지듯이 움직였어. 숨소리는 들릴락 말락 했어. 이빨 사이로 으르렁거리는 소리였지. 맹수의 초록색 눈이 수영장 한복판에 있는 그녀를 노려보고 있었어. 그러자 여자 설계사는 미친 듯이 비명을 지르기 시작했어. 그러자 관리인 아주머니가 내려와 수영장의 불을 모두 켜고는 무슨 일이냐고 물었지. 그런데 그곳에는 아무도 없었어. 관리인 아주머니가 왜 그렇게 비명을 질렀느냐고 묻자 그녀는 너무나 창피했어. 왜 그토록 겁에 질렸는지 설명할 수가 없었거든. 생각해 봐. 어떻게 거기에 표범여인이 들어왔다고 말할 수 있겠어? 그러자 그녀는 거기에 누군가가 있었으며, 동물이 숨어 있는 것 같았다고 말했어. 관리인 아주머니는 기가 막힌 얼굴로 그녀를 쳐다보고는, 친구가 찾아왔는데 그 발소리에 놀란 것이 아니냐고 말했어. 그런 말을 하고 있는데 갈기갈기 찢긴 가운이 바닥에 떨어져 있고, 거기에 동물의 발자국까지 있는 거야. 젖은 발로 밟은 것 같은데…… 내 얘기 듣고 있어?"

"그럼. 그런데 오늘 밤에는 왜 자꾸 다른 생각이 나는지 모르겠어."

"무슨 생각?"

"아무것도 아니야. 집중이 잘 되지 않아서……."

"괜찮아. 왜 그런지 말해봐."

"자꾸 내 여자 동료가 생각나."

"이름이 뭔데?"

"알 필요 없어. 그녀에 대해 네게 한 번도 말하지 않았지만, 난 항상 그녀를 생각하고 있어."

"그런데 어째서 너한테 한 번도 편지를 쓰지 않지?"

"편지를 쓰는지 안 쓰는지 네가 어떻게 알아! 말해줄 수 있는 것은 다른 사람 이름으로 편지가 오지만 그건 그녀의 편지란 사실이야. 너, 내가 샤워하러 갈 때, 내 물건들 뒤져보는 것 아니야?"

"너 미쳤구나. 넌 그녀의 편지를 보여준 적이 없었어."

"그래, 그랬지. 난 이런 문제에 대해서는 이야기하고 싶지 않

아. 하지만 나도 잘 모르겠어. 어쨌든 한 가지 말해주고 싶은 게 있는데…… 네가 표범여인이 여자 설계사를 뒤좇고 있다고 말했을 때부터 난 두려워지기 시작했어."

"무엇 때문에?"

"나 때문에 그런 것이 아니라, 내 여자 동료 때문에."

"아…… 그랬구나."

"이런 말을 하는 걸 보니, 내가 미치긴 미친 것 같아."

"왜? 말하고 싶으면 말해……."

"네가 표범여인이 그녀를 뒤좇고 있다고 말하자, 난 내 여자 동료가 위험에 빠져 있다는 생각이 들었어. 조심하라고, 너무 위험천만한 일은 하지 말라고 말할 수도 없으니, 이렇게 있는 내 자신이 너무 무력하게 느껴져."

"널 이해할 수 있어."

"너도 알겠지만, 그녀와 친구로 지내는 건 그녀 역시 투쟁하고 있기 때문이야. 몰리나, 이런 말을 하지 말았어야 하는 건데."

"걱정하지 마."

"이런 정보로 네게 부담을 주고 싶지 않아. 네가 모르는 편이 훨씬 낫거든. 그건 하나의 짐이야. 넌 네 문제만으로도 충분한데."

"너도 알겠지만, 나도 똑같은 느낌이야. 여기서는 아무것도 할 수 없으니까. 하지만 내 경우는 여자 문제가 아니야. 그러니까 젊은 여자가 아니라, 엄마 때문에 그런 거야."

"네 어머니는 혼자 계신 것이 아니잖아. 아닌가?"

"그래, 이모와 함께 계셔. 하지만 엄마는 몸이 몹시 편찮으셔. 고혈압에다 심장에 약간의 문제가 있어."

"하지만 그런 병은 오래 가기 마련이야. 몇 년씩 걸릴 수도 있고. 너도 알겠지만……."

"하지만 걱정 같은 것은 절대로 금물이야, 발렌틴."

"어쩔 수 없는 일이잖아……."

"그래, 내가 끼친 걱정보다 더 큰 걱정은 끼칠 수 없을 거야."

"왜 그런 말을 하는 거지?"

"생각해 봐. 감옥에 갇힌 아들이 있다는 것보다 창피한 세 어디 있겠어. 게다가 그 이유가……."

"그렇게 생각하지 말아. 최악의 경우는 이미 지나갔어. 안 그래? 그러니 이젠 네 어머니도 이런 사실을 받아들일 수밖에 없을 거야."

"그래도 나를 몹시 보고 싶어 하실 거야. 우리는 아주 가깝게 지냈거든."

"더 이상 생각하지 마. 그렇지 않으면…… 내가 사랑하는 사람처럼 위험에 처해 있지 않다는 걸로 만족해."

"하지만 엄마의 위험은 몸 안에 있어. 적은 바로 그녀 내부에 잠복해 있어. 심장이 몹시 약하단 말이야."

"널 기다리실 거야. 네 어머니는 네가 여기서 나갈 거라는 사실을 알고 계셔. 8년이란 세월은 흐르게 되어 있어. 또한 네가 모범수로 조기에 나갈 수 있다는 희망도 있어. 이 모든 것이 네 어머니에게 큰 힘이 될 거야. 그렇게 생각하도록 해."

"그래, 네 말이 옳아."

"그렇지 않으면, 넌 미쳐버릴 거야."

"네 애인에 대해 좀 더 말해줘. 네가 하고 싶다면……."

"글쎄 뭐라고 해야 할까? 여자 설계사와는 전혀 상관이 없는데, 왜 그녀를 떠올렸는지 알 수가 없어."

"예뻐?"

"그럼, 물론이지."

"못생겼을 거야. 그런데 왜 그렇게 웃어, 발렌틴?"

"아무것도 아니야. 나도 내가 왜 웃는지 모르겠어."

"뭐가 좋아서 그렇게 웃는 거야?"

"나도 모르겠어……."

"분명히 뭔가가 있는 거야. 그래서 웃는 거야."

"너와 나 때문에 웃는 거야."

"왜?"

"나도 잘 모르겠어. 글쎄 어떻게 설명해야 할지 잘 모르겠어. 생각할 시간 좀 줘."

"그럼, 이제 그만 웃어."

"내가 왜 웃는지 알게 되면 말해줄게."

"영화 이야기 끝까지 해줄까?"

"그래. 제발 좀 부탁해."

"어디까지 했었지?"

"여자 설계사가 수영장에서 목숨을 구한 데까지 했어."

"그다음에 어떻게 됐더라…… 그러고는 표범여인과 정신과 의사가 만나는 장면이 나왔어."

"미안한데…… 화내지 마."

"무슨 일이야?"

"내일 계속하는 게 좋겠어, 몰라나."

"조금만 더 하면 끝나는데."

"네 이야기에 정신을 집중할 수 없어서 그래. 미안해."

"재미없어?"

"아니야. 그래서 그런 게 아니야. 머리가 복잡해서 그래. 조용히 있고 싶어서 그런 거야. 그러면 내 히스테리가 가라앉을까 해서. 내 히스테리 때문에 웃은 것이지 다른 이유는 없었어."

"좋을 대로 해."

"내 여자 친구를 생각하고 싶어서 그래. 내가 이해할 수 없는 부분이 있어서 생각하고 싶은 거야. 너도 이런 경험이 있는지 모르겠지만, 무언가 깨달았다고 느낄 때, 그러니까 헝클어진 실 꾸러미를 풀 수 있는 실마리를 찾았을 때, 그걸 풀지 않으면…… 놓쳐버리고 말아."

"그럼, 잘 자. 내일 봐."

"그래, 내일 보자."

"내일이면 영화가 끝날 거야."

"내가 얼마나 서운하게 생각하는지 넌 모를 거야."

"너도 그래?"

"그래. 조금 더 길었으면 하고 바랐어. 그리고 나쁘게 끝이 날까 걱정되어서 그래."

"너, 정말 이 영화가 맘에 들었어?"

"그럼. 이 영화 때문에 시간이 참 빨리 지나갔어, 그렇지?"

"하지만 진짜로 좋아한 것 같지는 않은데."

"아니야, 정말로 맘에 들었어. 영화가 끝날 거라니 아쉽기 짝이 없어."

"이 바보야, 그럼 다른 영화 이야기를 들려주면 되잖아."

"정말이야?"

"그래. 내가 기억하고 있는 영화가 얼마나 많은데."

"아주 잘됐네. 그럼 넌 지금 네가 좋아하는 것을 생각하고 있어. 그동안 나는 내가 생각해야 할 일을 생각할 테니까. 됐지?"

"엉킨 실을 풀고 있네."

"그래."

"그런데 발렌틴 아가씨, 실이 다시 엉키면 빵점을 주겠어요."

"내 걱정은 하지 말아."

"그래 좋아. 더 이상 참견하지 않을게."

"날 발렌틴 아가씨라고 부르지 말아. 난 여자가 아니야."

"난 그렇게 생각하지 않는데."

"미안해, 몰라나. 하지만 네게 증명해 보이고 싶지는 않아."

"걱정하지 마. 요구하지 않을 테니."

"내일 보자. 편히 쉬어."

"내일 봐. 너도 편히 쉬어."

· · · · · · · · · · · · · · · · ·

"그럼 귀 기울여 들을게."

"내가 어제 말한 것처럼 마지막 부분은 잘 기억이 나질 않아. 남편은 그날 밤 정신과 의사에게 전화를 걸어 집으로 와

달라고 했어. 그리고 두 사람은 아직 돌아오지 않은 그녀를 기다렸지. 이레나 말이야."

"누구 집에서?"

"청년의 집에서 기다렸어. 그때 여자 동료가 청년에게 전화를 해서 자신이 있는 호텔로 와달라고 했어. 그리고 방금 전에 수영장에서 사건이 일어났으니, 경찰서까지 동행해 달라고 부탁했어. 그러자 청년은 정신과 의사에게 잠시만 기다려달라고 한 다음, 집에서 나왔어. 이제 잘 들어봐! 그래서 집으로 돌아온 이레나는 의사와 정면으로 마주쳤지. 밤이었어. 나이트 테이블의 불빛만이 방을 비추고 있었어. 책을 읽고 있던 정신과 의사는 안경을 벗고서 그녀를 쳐다보았어. 이레나는 그에 대한 욕망과 혐오감을 동시에 느꼈지. 이미 말했던 것처럼 그는 매력적이고 섹시한 남자였거든. 그리고 거기서 이상한 일이 일어났어. 그녀는 그의 품에 안겼어. 이레나는 자기가 아무 데도 의지할 곳이 없으며, 아무도 자기를 사랑하지 않고, 남편이 자기를 버렸다고 생각했어. 그런 그녀의 태도를 보고, 정신과 의사는 이레나가 섹스를 원한다고 해석했어. 또한 그녀에게 키스하고 그녀를 차지하게 되면, 자신이 표범여인이라는 이상한 생각에서 그녀를 해방시킬 수 있다고 생각했지. 그래서 그녀에게 키스를 했어. 둘은 서로 껴안고는 포옹하면서 키스했어. 그러다가 그녀는…… 슬그머니 그의 품에서 빠져나와 절반쯤 감은 눈으로 그를 쳐다보았어. 섹스를 원하면서도 동시에 그를 증오하는 듯한 초록색 눈이 빛나고 있었지. 그녀는 그의 품을 벗어나 지난 세기말의 멋진 가구가 있는 거실 구석으로 갔어.

그곳에는 벨벳 소파와 레이스 식탁보가 덮인 식탁이 있었어. 그런데 그녀는 나이트 테이블의 불빛이 미치지 않는 구석으로 간 거야. 그러고는 땅에 엎드렸어. 정신과 의사는 자신을 방어하려 했지만, 너무 늦게 상황을 파악했어. 어두운 구석이 한순간에 갑자기 흐려지더니 그녀가 표범으로 변해 있었거든. 그는 자신을 지키기 위해 벽난로에서 부지깽이를 잡았지만, 표범이 그를 덮쳤어. 그는 부지깽이로 표범을 찌르려고 했지만, 표범이 먼저 발톱으로 그의 목을 할퀴었지. 그러자 그 남자는 피를 콸콸 쏟으면서 바닥에 쓰러졌어. 표범은 으르렁거리더니, 치열이 고른 흰 어금니를 드러내고는 다시 발톱으로 그를 할퀴었지. 이번에는 얼굴이었어. 그렇게 조금 전에 키스했던 그의 입과 뺨을 갈기갈기 찢어버렸어. 이런 일이 일어나는 동안 여자 설계사는 자신을 만나러 온 이레나의 남편과 함께 있었어. 그는 호텔 프런트에서 정신과 의사에게 위험을 알리기 위해 전화를 걸었지. 이레나가 표범여인이라는 사실을 더 이상 의심할 여지가 없었어. 단지 이레나의 상상이 아니라 그녀는 정말로 표범여인이었으니까."

"아니야, 그녀는 광적인 살인자야."

"그런데 전화벨이 울리고 또 울려도 아무도 전화를 받지 않았어. 정신과 의사는 피를 흘린 채 쓰러져 죽어 있었던 거야. 그러자 남편과 여자 동료는 그곳에 있던 경찰과 함께 집으로 달려가서 조심스럽게 계단을 올라갔어. 방문은 활짝 열려 있었고 방 안에는 의사가 죽어 있었어. 그녀, 그러니까 이레나는 거기에 없었어."

"그래서 어떻게 됐어?"

"남편은 그녀가 어디에 갔을지 짐작할 수 있었어. 그녀가 갈 만한 곳은 거기뿐이거든. 밤이 깊었지만 그들은 공원으로 향했어. 더 정확히 말하자면 동물원으로 갔어. 그런데 한 가지 말한다는 게 잊어버렸네!"

"뭔데?"

"그날 오후 이레나는 다른 날과 마찬가지로 동물원으로 갔었어. 최면에 걸린 여자처럼 하염없이 표범을 바라보기 위해서였지. 사육사가 열쇠를 들고 맹수에게 고기를 주려고 왔는데, 이레나는 그때 그곳에 있었어. 전에 말했던 것처럼, 그 사육사는 건망증이 심한 늙은이였어. 이레나는 거기서 조금 떨어진 곳에 있었지만 모든 상황을 지켜보았어. 사육사는 열쇠꾸러미를 들고 우리로 가까이 와서 자물쇠를 열고 빗장을 젖힌 다음, 문을 열어서 그 안으로 고깃덩이를 던졌어. 커다란 고깃덩어리였어. 그러고 난 후, 우리의 문에 빗장을 채웠는데 자물쇠에 열쇠가 꽂혀 있다는 사실을 잊어버린 거야. 그가 표범 우리를 떠나자 이레나는 다가가서 열쇠를 빼서 주머니에 넣었어. 이 모든 것이 그날 오후에 일어난 일이야. 지금은 밤이 깊었고 정신과 의사는 죽었어. 남편과 여자 동료 그리고 경찰은 그곳에서 몇 블록밖에 떨어져 있지 않은 동물원으로 향했지. 표범 우리에 도착한 이레나는 손에는 열쇠를 든 채, 마치 몽유병 환자처럼 걷고 있었어. 잠자고 있던 표범은 이레나의 냄새를 맡자 잠에서 깼어. 이레나는 쇠창살 사이로 표범을 쳐다보고는 문으로 천천히 다가갔어. 열쇠를 넣고서 자물쇠를 열었어. 그러는 동안 그들은 동물원에 도착했지. 그 시간에 그 장소에는 아무 차도 없었지만, 경찰차들이 교통 체증으로 번잡한 도로에서 길을 비켜달라고 사이렌을 울리면서 다가오는 소리가 들렸어. 이레나는 빗장을 밀고서 우리 문을 열었어. 그녀는 마치 다른 세상에 있는 듯했어. 그녀의 촉촉이 젖은 눈은 슬픔과 기쁨을 동시에 보여주는 이상한 빛을 띠고 있었어. 표범은 펄쩍 뛰더니 단숨에 우리를 뛰쳐나왔어. 순간적으로 공중에 있는가 싶었는데, 그런 표범 앞에 바로 이레나가 있었어. 표범은 엄청난 힘으로 이레나를 밀어서 쓰러뜨렸어. 경찰차들이 가까이 오고 있었지. 표범은 공원을 뛰어다니더니 차도를 가로질렀어. 바로 그때 전속력으로 그곳을 지나가던 경찰차한 대가 표범을 치었어. 내려서 보니 표범은 죽어 있었어. 청년은 우리로 달려갔고, 그곳 자갈 위에 쓰러져 있는 이레나를 발견했어. 그곳은 바로 그가 이레나를 처음 만난 곳이었어. 표범의 발톱에 할퀸 이레나는 얼굴이 형체를 알아볼 수 없이 흉하게 일그러진 채 죽어 있었어. 여자 설계사는 청년이 있는 곳으로 왔어. 두 사람은 방금 전에 보았던 처참한 광경을 잊어버리려는 듯이 서로 껴안은 채 사라졌어. 이게 끝이야."

"……."

"마음에 들어?"

"그래……."

"많이, 아니면 조금?"

"그런 식으로 끝나니까 아쉬워."

"재미있게 시간 보냈지, 안 그래?"

"그럼, 물론이지."

"그랬다니 기뻐."

"내가 미쳤나 봐."

"그게 무슨 소리야?"

"그렇게 끝나니까 좀 아쉬워."

"그래, 그럼 다른 이야기를 해줄게."

"아니야, 그런 말이 아니야. 내가 이런 소리를 하면 네가 비웃을 텐데."

"말해 봐."

"내가 아쉽다고 한 건 그동안 등장인물들에게 정이 들었기 때문이야. 그런데 막상 영화가 끝나니까, 모두가 죽어버린 것 같다는 생각이 들어."

"발렌틴, 너도 조금은 정이 있는 사람이네."

"그런 건 어디에선가 드러나게 되어 있어…… 내 말은 인간의 나약함을 뜻하는 거야."

"그건 나약함이 아니야."

"사람이 정을 붙이지 않고는 살 수 없다는 것은 참 이상한 현상이야…… 그건…… 마치 우리의 정신이 쉴 새 없이 그런 감정을 분비해 내는 것 같아."

"너도 그렇게 생각하니?"

"……위에서 소화액이 나오는 것처럼 말이야."

"그런 것 같아?"

"그래. 그건 잘못 잠긴 수도꼭지 같아. 그러면 물방울들이 아무것에나 떨어지지만, 그걸 멈추게 할 수는 없거든."

"왜?"

"나도 잘 모르겠지만…… 컵에 물이 가득 차면, 넘치는 법이니까."

"네 여자 동료를 생각하고 싶지 않은 모양이구나."

"하지만 그럴 수가 없어…… 난 그녀의 것이면 무엇이든 애착이 가거든."

"그게 뭔지 조금 말해봐."

"뭐라고 말할까…… 어떤 대가를 치르더라도 그녀를 꼭 안아볼 수만 있다면. 단지 잠시만이라도."

"그런 날이 올 거야."

"그런데 가끔은 그런 날이 오지 않을 수도 있다는 생각이 들어."

"넌 종신형을 받은 게 아니잖아."

"그렇지만 그동안 그녀에게 다른 일이 일어날 수도 있어."

"편지를 써. 위험한 일은 하지 말라고, 그녀가 필요하다고."

"그렇게 할 수는 없어. 그런 식으로 생각하면 이 세상의 어떤 것도 바꿀 수 없어."

"넌 세상이 바뀌리라고 믿니?"

"그래. 네가 비웃어도 괜찮아…… 그렇게 말하면 비웃을 테니까. 하지만 내가 무엇보다도 먼저 해야 할 일은…… 세상을 바꾸는 것이야."

"하지만 이 세상을 갑자기 바꿀 수는 없어. 너 혼자 힘으로는 할 수 없어."

"난 혼자 있는 게 아니야. 그게 말이야…… 내 말 듣고 있어? 바로 거기에 진실이 있는 거야. 그게 중요한 거야! 이 순간에도 난 혼자 있는 게 아니야. 난 그녀와 함께 있고, 나와 그녀처럼 생각하는 모든 사람과 함께 있는 거야. 바로 그거란 말이야! ……난 그걸 잊을 수가 없어. 그런데 바늘귀에서 실이 빗나가듯이, 나도 가끔 잊어버린단 말이야. 하지만 지금은 다행히도 빗나가지 않았어. 난 지금 이 실을 놓을 수가 없어…… . 난 동료들로부터 멀리 떨어져 있는 것이 아니야. 난 그들과 함께 있단 말이야! 지금 이 순간에도 말이야! ……만날 수 없어도 괜찮아."

"그런 식으로 위안을 삼다니, 정말 멋진데."

"넌 바보 천치야!"

"무슨 말을 그렇게……."

"화내지 말아…… . 그런 말투로 말하지 마. 난 아무것에나 쉽게 속아넘어가는 몽상가가 아니야. 내가 그렇지 않다는 것을 넌 알고 있어! 난 술집에 앉아서 정치를 말하는 떠벌이가 아니란 말이야, 그렇지? 내가 여기에 있다는 것이 그 증거야. 난 술집에 있는 것이 아니란 말이야!"

"미안해."

"괜찮아…… ."

"네 여자 동료에 대해 말해준다고 해놓고는 아무 말도 해주지 않았어."

"그건 이제 잊어버리는 게 나을 것 같아."

"그럼 그렇게 할게."

"내가 말해주지 않을 이유는 없어. 그녀에 대해 말한다고 해서 내게 해로울 것은 하나도 없으니까."

"그렇다면 말해봐……"

"내게 해가 되는 것은 없어……. 그런데 이름은 말할 수 없어."

"네가 그 말을 하니까 여자 설계사로 나온 여배우 이름이 생각났어."

"이름이 뭔데?"

"제인 랜돌프야."

"그 이름은 들어본 적이 없는데."

"아주 오래전에 활동해서 그럴 거야. 대략 1940년대쯤. 네 여자 친구를 제인 랜돌프라고 부르도록 해."

"제인 랜돌프."

"제인 랜돌프 주연……「제7감방의 미스터리」."

"이 이름의 이니셜 하나는 그녀의 이름과……"

"어느 쪽 이니셜?"

"그녀에 대해 말해줄까?"

"좋을 대로 해. 어떤 유형의 여자야?"

"몰라, 그녀는 스물네 살이야. 나보다 두 살이 어리지."

"그럼 나보다 열세 살이 어린 거네."

"그녀는 항상 혁명적이었어. 처음에는…… 좋아, 널 염두에 두지 않고 말할게……. 성 혁명부터 시작했어."

"계속 이야기해 줘."

"아주 부유하지는 않았지만, 어쨌든 부르주아 가정 출신이 었어. 카바이토가(街)의 이층집에 사는 유복한 가정이었어. 그 런데 어릴 때와 사춘기 때 자기 부모가 서로 싸우는 모습을 보고는 망가지기 시작했어. 어머니를 속이는 아버지, 내가 말하고 싶은 게 뭔지 알지……."

"아니, 무슨 소린지 모르겠어."

"아내를 속였다는 건 다른 여자와 관계를 가졌다는 말이야. 어머니는 딸 앞에서 남편을 신랄하게 비난했고, 피해자가 되어버렸어. 난 결혼이란 걸, 더 정확히 말한다면 일부일처제를 믿지 않아."

"하지만 부부가 평생 서로 사랑하면서 사는 게 얼마나 아름다운 일인데."

"그렇게 살고 싶니?"

"그게 내 꿈이야."

"그렇다면 왜 남자들을 좋아하지?"

"그건 내 꿈과는 아무런 관계가 없어. 난 평생 한 남자와 결혼해서 살고 싶어."

"그렇다면 전형적인 부르주아 신사군."

"부르주아 숙녀지."

"하지만 이 모든 게 속임수라는 걸 모르니? 만일 네가 여자라면, 여자가 되길 원치 않을 거야."

"난 지금 환상적일 정도로 멋진 남자를 사랑하고 있어. 내가 원하는 건 평생 그의 곁에서 사는 거야."

"그건 불가능해. 그가 남자라면 여자를 사랑할 테니까. 그건 그렇고 넌 그 꿈을 버리지 않을 것 같군."

"네 여자 동료 이야기나 해줘. 나에 대해선 말하고 싶지 않아."

"내가 뭐라고 했더라, 음…… 뭐라고 이름 붙였지?"

"제인이야. 제인 랜돌프."

"그녀의 부모는 제인 랜돌프를 요조숙녀가 되도록 길렀어. 피아노, 프랑스어와 그림 레슨을 시켰어. 그리고 고등학교를 졸업하자 그녀는 가톨릭대학에 입학했어."

"건축을 공부했구나! 그래서 여자 설계사와 연관 지은 거지."

"아니야, 사회학과에 들어갔어. 거기서부터 집과 문제가 생긴 거야. 그녀는 국립대학에 들어가고 싶었지만, 부모는 그녀를 가톨릭대학에 입학시켰어. 거기서 한 남자를 알게 되었는데, 그들은 사랑에 빠졌고, 육체관계를 가졌어. 그 청년도 역시 부모와 함께 살다가, 집에서 나와 야간 전화 교환수로 일하고 있었어. 조그만 아파트에서 혼자 살고 있었는데, 그들은 거기서 온종일 함께 지내기 시작했어."

"그래서 공부를 계속하지 않았군."

"서로 알게 된 첫해에는 공부를 많이 하지 않았어. 하지만 후에 그녀는 열심히 공부했지."

"그는 공부를 그만두었겠네."

"맞아. 일을 했기 때문이야. 1년 후 제인은 집을 나와 그와 함께 살았어. 그녀의 집은 처음에 반대했지만, 후에는 그들의 관계를 인정했지. 모든 연인들이 그렇듯이, 그들은 너무 사랑했기 때문에 결혼하려고 생각했어. 그 청년은 결혼하고 싶어 했어. 하지만 제인은 구시대의 관습을 반복하고 싶어 하지 않았어. 그런 걸 믿지 않았거든."

"낙태했어?"

"그래, 한 번 했지. 그 낙태 수술은 그녀의 의지를 꺾기보다는 오히려 그녀의 생각을 더욱 확고히 해주었어. 아이가 생기면 그녀 자신이 성숙할 수 없으며, 따라서 발전할 수 없다는 것을 명확하게 알게 된 거야. 그녀의 자유가 제한될 테니까. 그녀는 어느 잡지사에 편집기자, 아니 정보를 캐러 다니는 사람으로 취직했어."

"정보를 캐러 다니는 사람이라고?"

"그래."

"듣기 거북한 말인데."

"그 일은 편집기자보다는 쉬운 일이야. 주로 거리에 나가 나중에 기사를 쓸 때 써먹을 정보를 찾아다니는 거야. 그 일을 하면서 정치부에서 편집기자로 일하는 한 청년을 알게 되었어. 즉시 그녀는 그가 필요하다는 것을 느꼈지. 그 바람에 다른 청년과의 관계는 전혀 진전이 없었어."

"왜 진전이 없었는데?"

"서로 줄 수 있는 건 이미 다 주었기 때문이야. 서로 강한 애착을 느꼈지만, 그러기에는 너무 젊었어. 그리고 아직도 모르는 것이 있었고…… 그러니까 그들이 원하는 것이 무엇인지 잘 몰랐던 거야. 그래서…… 제인은 그 청년에게 그들의 관계를 폭넓게 생각해 보자고 제안했어. 청년은 그 제안을 받아들였고, 그녀는 잡지사의 동료와 만나기 시작했어."

"그녀는 계속 청년의 집에서 함께 자고?"

"그래, 하지만 가끔은 그 집에서 자지 않았어. 그리고 마침내는 그 편집기자와 함께 살게 되었지."

"그 편집인은 어떤 정치 성향이었어?"

"좌익이었어."

"그러면 그녀를 완벽하게 교육했겠네."

"아니야. 그녀는 항상 변화의 필요성을 느끼고 있었어. 밤이 늦은 것 같은데, 그렇지?"

"벌써 새벽 2시야."

"몰라나, 내일 계속해서 말해줄게."

"내게 복수하는구나."

"아니야, 이 바보야. 피곤해서 그런 거야."

"난 피곤하지 않은데. 졸리지도 않고."

"내일 보자."

"그래, 내일 봐."

          · · · · · · · · · · · · · ·

"잠들었어?"

"아니, 졸리지 않다고 했잖아."

"나도 잠이 잘 오지 않아."

"졸리다고 했잖아."

"응, 하지만 그 말을 한 뒤에 생각해 봤어. 네 궁금증을 풀어주지 않아서……."

"내가 궁금해했다고?"

"그래. 내가 계속 이야기하지 않았으니까."

"괜찮아."

"기분 괜찮아?"

"응."

"왜 잠을 못 자지?"

"나도 모르겠어, 발렌틴."

"난 조금만 졸려도 금방 잠이 오는데. 잠을 푹 잘 수 있도록 방법을 가르쳐줄게."

"그 방법이 뭔데?"

"나한테 얘기해 줄 영화를 생각하는 거야."

"그 생각 한번 멋진데."

"하지만 멋진 영화로 생각해야 돼. 표범여인처럼 말이야. 잘 골라야 돼."

"제인 이야기 좀 더 해줘."

"안 돼. 나도 잘 모르지만 그건…… 우리 이렇게 하자. 내가 말하고 싶어지면, 기꺼이 말해줄게. 하지만 해달라고 조르지는 말아. 내가 말할 주제는 내가 고를 테니까. 너도 내 말에 동의하지?"

"그래, 좋아."

"그럼 이젠 영화 생각을 하도록 해."

"좋아."

"안녕."

"잘 자."

3장

　"파리였어. 독일군이 파리를 점령하고 몇 달 후였어. 나치군
대는 멋진 행렬을 지으며 개선문을 통과하는 중이었지. 에펠
탑을 비롯해서 곳곳에 하켄크로이츠[1]가 그려진 깃발이 펄럭
였어. 모두 금발에다 근사하게 생긴 독일 병사들이 행진하자,
프랑스 아가씨들은 박수갈채를 보냈어. 그곳에서 그리 멀지
않은 곳에 파리의 전형적인 좁은 거리를 지나가던 몇몇 병사
들이 정육점으로 들어갔어. 정육점 주인은 매부리코에 머리가
뾰족한 노인이었는데, 뾰족한 머리 위로 작은 모자를 쓰고 있
었어."

　"랍비처럼 말이지."

---

1) 나치를 상징하는 갈고리 십자가.

"아주 못되게 생긴 얼굴이었어. 병사들이 들어와서 정육점을 뒤지기 시작하자, 아주 겁에 질렸지."

"어디를 뒤진 거야?"

"전부 다 뒤졌어. 그들은 비밀 지하실을 찾아냈어. 그곳에는 몰래 사재기를 한 물건들이 꽉 들어차 있었어. 물론 암시장에서 흘러들어 온 것들이었어. 그 가게 앞으로 구경꾼들이 몰려들기 시작했어. 구경꾼들은 대개 주부들이거나, 베레모를 쓰거나 노동자 복장을 한 프랑스인들이었어. 그들은 못된 늙은이가 체포될 것이라고 말하기도 하고, 이제는 독일이 민중을 착취한 사람들을 모두 없애버릴 테니까 유럽에는 더 이상 굶주리는 사람이 없을 것이라고 말하고 있었어. 나치 병사들이 가게에서 나오자, 한 할머니가 그들을 지휘하는 잘생긴 젊은 청년 대위를 껴안으면서, '고맙네 젊은이'와 같은 말을 했어. 이런 말을 하는 도중에 소형 트럭 한 대가 좁은 길로 달려왔어. 그때 운전사 옆 좌석에 앉아 있는 한 사람이 그 병사들, 아니 사람들이 모여서 웅성거리고 있는 광경을 보자, 운전사에게 차를 멈추라고 했어. 운전사는 사팔뜨기였는데, 저능아와 범죄자의 중간형으로, 무시무시한 살인자처럼 보였지. 옆에 앉아 있던 사람이 명령을 내린다는 것은 쉽게 알 수 있었어. 그는 뒤를 쳐다보고는 싣고 있던 짐을 덮개로 잘 덮었어. 그 안에 들어 있던 것은 암시장에서 사 모은 식료품이었어. 그러고 나서 차를 후진시키더니 그곳을 빠져나갔어. 그렇게 한참을 달린 후, 명령을 내린 사람은 차에서 내리더니 파리의 전형적인 술집으로 들어갔어. 발을 저는 그는 굽이 아주 높은 구두를 신고 있었어. 그 신은 은으로 만든 아주 이상한 굽이 달린 신발이었지. 그는 전화를 걸어 암거래상 노인이 체포되었다고 전화로 알려주었어. 수화기를 놓으면서 '마키단[2] 만세'라고 말을 하면서 전화를 끊는 것 같았어. 그들은 전부 마키 단원들이었거든."

"너, 이 영화 어디서 봤어?"

"여기 부에노스아이레스에서. 벨그라노에 있는 어느 영화관에서 봤어."

"예전에는 나치 영화도 상영했나?"

"응, 내가 어렸을 때, 그러니까 제2차 세계대전 중에 이런 선전영화가 들어왔었어. 그런데 난 이 영화를 그 후에 봤어. 계속해서 상영했거든."

"어떤 극장인데?"

"벨그라노에는 독일인들이 모여 사는 곳이 있어. 그곳에 있던 조그만 극장이었어. 강 쪽이 아니라, 그 반대쪽에 있는 비야 우르키사 쪽의 지역이었어. 커다란 정원이 딸린 집들이 늘어서 있는 지역 말이야. 우리 집이 그 근처거든. 물론 서민층이 사는 쪽이긴 하지만."

"영화 이야기나 계속해."

"갑자기 장면은 엄청나게 멋진 파리의 어느 극장으로 바뀌었어. 그 극장은 모두 검은 벨벳으로 치장되어 있었어. 칸막이 좌석과 계단 손잡이는 모두 크롬으로 도금되어 있어서 번쩍번

---

2) 제2차 세계대전 중 독일군에 항거한 프랑스 레지스탕스의 한 분파.

쩍 빛났지. 난간도 마찬가지로 크롬 도금이 되어 있었어. 뮤직 홀이었는데, 막 공연이 시작된 탓인지, 몇몇 코러스걸들만 무대에 있었어. 모두 몸매가 끝내주더라고. 그런데 잊을 수 없는 장면이 하나 있어. 한쪽을 검은색으로 분장하고 있었던 거야. 그래서 앞 여자의 허리를 잡고 춤을 출 때, 조명 카메라가 그들을 비추면, 바나나로 만든 치마를 입은 흑인 여자들처럼 보였어. 심벌즈가 울리면 반대쪽으로 몸을 돌렸는데, 그러면 모두 금발의 여인이 되더라고. 그리고 바나나 대신에 스트라스[3]로 이어진 끈들을 걸치고 있었어. 마치 스트라스로 짠 아라베스크처럼 말이야."

"스트라스가 뭔데?"

"너, 다 알면서 그러는 거지."

"정말로 뭔지 몰라."

"지금 다시 유행하고 있어. 싸구려 물건인데, 다이아몬드 같은 거야. 반짝반짝 빛나는 유리조각으로 된 이미테이션 같은 거야. 그런 것으로 의상을 만들었거든."

"그런 걸로 시간 허비하지 말고, 영화 이야기나 계속해."

"춤이 끝나자 무대는 완전히 어둠에 휩싸였어. 곧 저 무대 뒤에서 한 줄기 불빛이 안개처럼 피어오르더니, 어느 여자의 멋진 실루엣이 보였어. 키가 크고 완벽한 몸매를 가진 멋진 여인의 형상이 나타났어. 처음에는 안개처럼 아주 흐려 보였지만, 조금씩 윤곽이 확실히 드러났어. 망사로 짠 베일을 하나

---

3) 초를 칠한 밀짚 장식.

씩 헤치며 무대 앞으로 다가왔고, 그래서 점점 그녀가 더욱더 뚜렷이 보였어. 그녀는 몸에 착 달라붙는 은실로 짠 옷을 입고 있었어. 상상으로도 만날 수 없는 멋진 여자였지. 그러고 나서 그녀가 노래를 불렀는데, 처음에는 프랑스어로, 다음에는 독일어로 불렀지. 그녀는 무대 위에 설치된 계단에 서 있었는데, 갑자기 번갯불 같은 빛이 직선으로 그녀의 발을 비추었어. 그러자 그녀는 아래쪽으로 내려가기 시작했어. 그녀가 발을 뗄 때마다 짠! 스포트라이트가 비추었어. 그녀가 다 내려오자, 이 직선 같은 빛이 무대를 전부 환하게 비추었지. 사실 그 선 하나하나는 계단을 에워싼 불빛이었어. 관객들이 그녀에게 정신이 팔린 사이에 그 불빛이 계단을 전부 환하게 밝히고 있었던 거야. 그런데 칸막이가 된 특별석에 젊은 독일군 장교가 있었어. 처음에 등장한 대위처럼 젊지는 않지만, 아주 멋지게 생긴 사람이었어."

"금발이었겠군."

"그래. 그리고 그녀는 아주 흰 피부에 머리는 진한 검정이었어."

"몸매는 어땠지? 말랐어, 아니면 근사했어?"

"키도 컸고 몸매도 아주 근사했어. 가슴은 그리 크진 않았어. 당시에는 날씬한 게 유행이었거든. 노래를 마치고 인사를 하는 중에, 그녀는 그 독일 장교와 몇 번 시선이 마주쳤어. 그러고는 분장실로 돌아왔는데, 거기에 누가 보냈다는 명함도 없이 아름다운 꽃 한 다발이 놓여 있었어. 그때 금발의 프랑스인 코러스걸이 문을 두드렸어. 참, 그런데 한 가지 말해주지 않은 게 있어. 그녀가 부른 노래는 아주 이상했어. 난 그 노래를 생각할 때마다 오금이 저려. 그녀는 노래를 부를 때, 허공을 뚫어지게 바라보았지. 행복에 찬 시선은 아니었어. 네가 믿지 않겠지만, 그녀는 몹시 겁에 질린 표정이었어. 하지만 동시에 그런 자신을 위해 무엇인가를 하려는 아무런 노력도 하지 않았어. 될 대로 되라는 식으로 포기한 것 같았어."

"그런데 무슨 노래를 불렀어?"

"무엇인지 알 수는 없지만, 사랑에 관한 노래임에는 틀림없었어. 너무나 인상 깊은 노래였어. 그건 그렇고, 분장실에서 금발의 코러스걸 한 명이 결혼의 꿈에 젖어 그동안 일어났던 일을 말해주었지. 그녀는 자기가 가장 존경하는 그 여가수에게 그동안 일어났던 일을 가장 먼저 알려주고 싶었던 거야. 그녀는 애를 가졌다고 말했어. 물론 그 여가수는 그녀가 미혼이라는 사실을 알고 있었기 때문에 무척이나 놀랐어. 그 여가수의 이름은 레니였는데, 난 그 이름을 영원히 잊지 못할 거야. 하지만 그 코러스걸은 걱정하지 말라면서, 애기 아버지는 독일군 장교이며, 그는 자기를 몹시 사랑하고 있다고 말했어. 또 그들은 곧 결혼준비를 할 거라고 했지. 그런데 그 코러스걸의 얼굴 표정이 갑자기 어두워지면서, 다른 일 때문에 몹시 걱정이 된다는 거야. 레니는 독일군 장교가 그녀를 버릴 것 같아서 그러느냐고 물었어. 그녀는 그래서가 아니라, 다른 일 때문이라고 대답했어. 레니가 그 일이 도대체 무엇이냐고 묻자, 그녀는 아무 일도 아니라고, 단지 바보 같은 생각을 해서 그렇다면서 방을 나가버렸어. 그러자 레니는 분장실에 홀로 남아서 어떻게 조국의 침략자를 사랑할 수 있는가를 생각했어. 그녀는 그렇게 생각에 잠겼는데…… 그때 자기에게 보내온 꽃을 보면서, 시중들던 하녀에게 그 꽃이 무슨 꽃이냐고 물었지. 레니는 그 꽃이 독일령 알프스에서 특별히 가져온 아주 비싼 꽃임을 알게 되었어. 그러는 동안 금발의 코러스걸은 전쟁 때문에 불 하나도 켜 있지 않은 어두운 파리 시내의 밤거리를 거닐었지. 그녀는 위를 쳐다보았어. 그리고 오래된 아파트 건물의 맨 위층에 켜진 불빛을 보고는 환한 미소를 지었어. 그녀는 오래된 시계를 브로치처럼 옷에 걸고 있었는데, 그 시계를 보고 거의 자정이 다 될 무렵이라는 것을 알았어. 그런데 불빛이 있는 그곳에서 창문이 열리더니, 맨 처음에 등장했던 젊은 독일군 대위가 얼굴을 내밀고는 뜨거운 사랑에 빠진 사람처럼 미소를 지으며 열쇠를 아래로 던졌어. 열쇠는 길 한복판에 떨어졌지. 그녀는 그 열쇠를 주우려고 했어. 하지만 처음부터 그 거리에는 그림자 하나가 어슬렁거렸어. 아니, 그게 아니라 그 아파트 근처에 주차해 놓은 차가 한 대 있었어. 어두워서 그 속에 사람이 있는지 없는지는 분간할 수가 없었어. 아니야! 지금 떠올랐어! 코러스걸이 그 동네를 걸어가고 있을 때, 누군가가 그녀를 뒤쫓는 것 같더라고. 그 발소리는 참으로 이상했어. 처음에는 발소리 같았는데, 나중에는 뭔가가 질질 끌리는 소리였거든.”

“절름발이였군.”

“절름발이가 나타나자 2인승 자동차가 도착하는 게 보였어. 운전을 하는 사람은 살인자의 분위기를 풍기던 바로 그 사팔

뜨기였어. 절름발이는 차에 타더니, 살인자의 얼굴을 한 운전사에게 신호를 했어. 자동차는 전속력으로 달리기 시작했어. 코러스걸이 좁은 길 한복판에서 열쇠를 주우려고 허리를 굽히는 찰나, 그들이 탄 차가 전속력으로 달려와서 그녀를 치어 버리고는 뺑소니를 쳤어. 그러고는 어둠이 가득 드리워진 차 한 대 없는 그 길로 급히 사라져 버렸어. 이 모든 것을 본 청년은 어쩔 줄 몰라하면서 아래로 달려 나왔어. 그녀는 신음하면서 죽어가고 있었어. 청년은 그녀를 품에 안았어. 그러자 그녀는 무언가를 말하려고 했어. 간신히 알아들을 만한 목소리로 그에게 두려워하지 말라면서, 아들은 아무 일 없이 태어날 테고 아버지가 자랑스러워할 훌륭한 사람이 될 거라고 말했어. 그리고 커다랗게 눈을 뜬 채, 허공을 바라보며 죽었어. 이 영화 재미있어?"

"아직 잘 모르겠어. 계속해서 이야기해 줘."

"좋아. 그러자 다음 날 아침 레니를 소환하는 장면이 나왔어. 독일 경찰은 죽은 그 여자가 레니에게 가슴속에 간직하고 있던 깊은 말을 모두 했다는 사실을 알고 있으니, 아는 대로 모두 말하라고 했어. 레니는 그녀가 독일군 대위와 사랑에 빠졌다는 사실밖에는 아는 것이 없었어. 하지만 그들은 레니의 말을 믿지 않았어. 그래서 몇 시간 동안 붙잡아 놓았지. 그런데 그때 전화가 울렸어. 그리고 그녀는 잘 알려진 가수니까, 그날도 다른 날과 마찬가지로 무대에 설 수 있도록 감시병을 붙여 석방하라는 명령을 내렸어. 레니는 무척 놀랐지. 그날 밤도 노래를 부른 후에 분장실로 돌아와 보니, 또 알프스의 꽃이 놓여 있더라고. 그녀는 누가 꽃을 보냈는지 알아보려고 명함을 찾았지. 그때 자기가 개인적으로 가져왔으니 명함을 찾지 말라는 한 남자의 목소리가 들려왔어. 그녀는 놀라서 고개를 뒤로 돌렸어. 목소리의 주인공은 젊어 보였지만, 아주 높은 계급의 장교였어. 그리고 이 세상에서 둘도 없이 잘생긴 사람이었지. 그녀는 그에게 누구냐고 물었는데, 곧 그가 전날 밤에 칸막이 특별석에서 열렬하게 박수갈채를 보냈던 바로 그 장교라는 것을 알게 되었어. 그는 레니에게 자기는 파리의 비밀 조직을 파헤치는 독일군 정보부대의 책임자라고 말하면서, 그날 아침에 있었던 결례를 사과하기 위해 개인적으로 찾아왔다고 말했어. 그러자 그녀는 그 꽃이 독일에서 온 것이냐고 물었지. 그는 자기가 태어난 팔츠 지방의 고원 지역에서 나는 꽃이며, 그 지역은 눈 덮인 산봉우리 사이로 멋진 호수가 있는 곳이라고 말했어. 아 참, 한 가지 잊어버렸네. 그는 군복이 아니라, 연회복 차림이었어. 공연이 끝난 후, 그 장교는 파리에서 가장 멋지지만 아주 아담한 카바레에서 저녁식사를 하자고 그녀를 초대했어. 흑인들이 연주하는 오케스트라가 있는 카바레였는데, 사람들이 보이지 않을 정도로 어두웠지. 희미한 스포트라이트 하나가 밴드를 비추자 담배 연기로 자욱한 그곳의 광경이 보였어. 그들은 오래된 흑인재즈를 근사하게 연주하고 있었어. 그는 레니에게 왜 이름은 독일 이름인데, 성은 프랑스식인지를 물어보았어. 성을 뭐라고 말했는지는 잘 기억이 나질 않아. 그러자 그녀가 자기는 종종 독일 국기가 휘날렸던 국경 지대인 알자스 출신이라고 말했어. 하지만 레니는 그에게 자기는 프랑스를 사랑하도록 교육받았으며, 조국의 안녕을 원하는데, 외국 점령군이 프랑스를 제대로 도와줄 수 있는지 잘 모르겠다고 대답했어. 이 말을 듣자, 그는 독일의 임무는 애국주의라는 가면을 쓴 채 정체를 숨기고 있는 진정한 민중의 적으로부터 유럽을 해방시키는 것임을 전혀 의심하지 말라고 했어. 그러면서 독일산 소주를 주문했지. 그 순간 그녀는 스코틀랜드 위스키를 주문했어. 그를 곯려주려는 의도적 행동이었지. 그녀는 별로 위스키를 마시고 싶지 않았어. 그래서 겨우 입술을 적실 정도만 마시고서 피곤하다고 말했어. 그는 그녀를 집까지 데려다주었어. 운전사가 딸린 아주 굉장한 리무진이었지. 그녀가 사는 아담하고 예쁜 호텔 앞에 리무진이 멈추자, 그녀는 비아냥거리면서 다음 날도 계속해서 심문할 것인지 물었어. 그러자 그는 그런 일은 하지도 않았으며, 앞으로도 하지 않을 것이라고 대답했어. 그녀가 차에서 내리자 그는 장갑을 낀 그녀의 손에 키스했어. 그녀는 얼음주머니처럼 차갑고 쌀쌀맞게 그를 대했어. 이곳에 혼자 사는 것이 무섭지 않냐고 묻는 그에게 그녀는 정원 안쪽에 관리인 노부부가 살고 있다고 대답했어. 그런데 집 안으로 들어가려고 돌아섰을 때, 위층 창가에서 사라지는 그림자 하나를 보았지. 그녀는 공포에 질린 나머지 이런 사실을 그에게 말했지만, 그는 그녀의 아름다움에 눈이 부셔 아무것도 보지 못했어. 그녀는 그날 밤에 혼자 있기 두려우니 자기를 다른 곳으로 데려가 달라고 부탁했어. 그들은 그의 아파트로 향했지. 그의 아파트는 굉장히 화려했지만, 이상하게도 새하얀 벽에는 그림 한 점도 걸려 있지 않

앉아. 천장은 몹시 높았어. 가구는 거의 없었지만, 있는 가구들도 포장 상자처럼 어두운 색이었어. 하지만 아주 비싼 가구라는 것을 한눈에 알 수 있었어. 그 집에는 장식이라고는 거의 없었고, 흰색의 망사 커튼과 흰 대리석상이 몇 개 있었을 뿐이야. 그 대리석상은 그리스상을 본딴 것이 아니라, 인간의 형상을 꿈처럼 새긴 아주 현대적인 작품이었어. 그가 관리인에게 손님방을 준비하라고 지시하자 관리인은 그들을 아주 이상한 눈초리로 바라보았어. 그런데 그전에 그는 프랑스산 최고급 샴페인이 있다며 한잔하지 않겠느냐고 물어보았어. 그리고 샴페인은 마치 이 땅에서 용솟음치는 민중의 피와 같다고 말했어. 그런 다음에는 아주 환상적일 정도로 멋진 음악이 울려 퍼졌어. 그러자 그녀는 독일 것 중에서 가장 사랑하는 게 음악이라고 말했어. 그때 아주 높은 곳에 있는 창문으로 산들바람이 불어왔고, 흰색의 얇은 커튼은 마치 귀신처럼 바람에 흔들렸어. 그때 그 아파트에서 유일한 빛을 비추던 촛불이 꺼졌어. 빛이라곤 그녀를 은은히 비추는 달빛뿐이었지. 허리를 꼭 조여 맨 흰옷을 입은, 키가 훤칠한 그녀의 모습은 마치 대리석상처럼 보였어. 물론 그리 크지 않은 히프에, 발까지 내려오는 긴 스카프로 머리를 감싸고 있는 그녀는 마치 그리스 도자기와도 같았어. 스카프로는 머리를 꼭 동여매지 않고, 머리선이 보일 정도로 살짝 감쌌지. 그는 그녀가 너무 환상적이고, 이 세상을 초월할 정도로 아름다우며, 매우 고귀한 운명을 타고난 게 틀림없다고 말했어. 그의 말을 듣자 그녀는 몸을 떨었어. 그녀의 온몸을 이상한 예감이 휘감기 시작했던 거야. 그녀는 자기 생에서 매우 중요한 일이 벌어질 것이며, 그것은 거의 틀림없이 비극적으로 끝날 것임을 확신하는 듯했어. 손이 떨렸어. 그러자 술잔이 바닥으로 떨어졌지. 크리스털 잔은 산산조각이 났어. 그녀는 여신처럼 굳건해 보였지만, 동시에 두려움에 떠는 아주 연약한 여인이기도 했어. 그녀의 손을 잡고는 춥지 않냐고 묻는 그에게 그녀는 춥지 않다고 대답했어. 이때 음악이 더욱 힘차게 울렸고, 바이올린 선율이 장엄하게 흘러나왔지. 그녀는 그 멜로디가 무엇을 의미하느냐고 물었어. 그는 자기가 제일 좋아하는 곡이라면서, 이런 바이올린의 선율은 독일의 어느 강물과 같다고 말했어. 그 강물로 인간이자 신인 사람이 항해하는데, 그는 단지 한 개인에 불과하지만, 조국에 대한 사랑으로 모든 두려움을 떨쳐버렸으며, 조국을 위한 투쟁의 열정이 그를 두려움을 모르는 신과 같은 무적의 용사로 만들었다고 말했어. 음악이 최고조에 이르자, 너무 감격한 나머지 그의 눈에는 눈물이 괴어 있었어. 바로 이 장면이 영화의 가장 멋진 부분이었어. 그녀는 그토록 감동하는 그의 모습을 보자, 신처럼 패배를 모르는 그도 인간적인 감정을 갖고 있다는 것을 깨달았지. 그는 자기 감정을 숨기려고 노력하면서 창가로 갔어. 보름달이 파리 시내를 비추고 있었어. 그리고 집의 정원은 은빛으로 가득 찬 것 같았어. 나무들이 회색빛 하늘을 배경으로 윤곽을 드러내는 그런 밤이었지. 왜 파란색 하늘이 아니고 회색 하늘이었느냐 하면 흑백영화였기 때문이야. 재스민과 은백색의 꽃들이 분수를 둘러싸고 있었어. 그러자 카메라는 그녀의 얼굴을 정말로 멋진 회색으로 클로즈업했어. 그리고 떨어지는 그의 눈물을 완벽한 음영으로 잡아냈어. 눈에서 떨어지는 눈물은 그리 빛나지 않았어. 하지만 눈언저리로 흘러나오자, 목걸이에 달린 다이아몬드처럼 반짝반짝 빛났어. 그리고 카메라는 다시 은빛 정원을 비추었어. 네가 영화관에 있다고 생각해 봐. 그리고 네가 날기 시작하는 새라고 생각하면 쉽게 이해할 수 있을 거야. 왜냐하면 올라가면 올라갈수록 정원은 점점 더 작아졌고, 흰색의 분수는 마치…… 흰 크림으로 만든 머랭 과자처럼 보였고, 유리창과 흰 저택도 모두 마찬가지로 머랭 같아 보였어. 마치 동화 속의 과자로 만든 집들처럼 말이야. 그런데 이 두 사람이 보이지 않는 게 좀 섭섭했어. 보였더라면 마치 두 개의 조그마한 인형 같았을 텐데. 이 영화 맘에 들어?"

"아직 모르겠어. 넌 왜 이 영화를 그토록 좋아하는 거지? 넋을 잃고 이야기하는 것 같군."

"나보고 다시 보고 싶은 영화를 선택하라면, 아마 이 영화를 고를 거야."

"왜? 이건 더럽고 추잡한 나치 영화란 말이야! 그것도 눈치채지 못했어?"

"그게 말이야…… 내가 입 다무는 편이 나을 것 같아."

"입 다물지 말아. 몰리나, 말하려던 것, 말해봐."

"됐어. 난 이만 잘게."

"도대체 왜 그래?"

"다행히 불이 꺼졌으니, 네 얼굴을 보지 않아도 되잖아."

"그게 내게 말하려던 거야?"

"아니야. 더럽고 추잡한 것은 바로 너지, 영화가 그런 것이 아니야. 내게 말 걸지 마."

"미안해."

"……."

"정말, 미안해. 네가 그렇게 화낼 줄은 몰랐어."

"넌 믿지 않겠지만…… 내가 이렇게 화낸 것은 나치 선전물이라는 것을 몰랐기 때문이야…… 하지만 난 이 영화가 잘 만들어졌기에 좋아하는 거야. 그런 것과는 별개로 이건 하나의 예술 작품이야. 넌 잘 모르겠지만…… 네가 직접 보지 않았으니까."

"그런데 너 미쳤어? 그런 것 때문에 울다니."

"난…… 난…… 난 울 거야. 울고 싶단 말이야."

"그래, 네가 하고 싶은 대로 해. 미안해."

"너 때문에 운다고는 생각하지 마. 그 사람에 대한 기억이 떠올라서…… 그와 함께 있고 싶고, 이런 모든 걸 그에게 말하고 싶어서…… 내가 좋아하는 모든 걸 말이야. 너랑 함께 있는 대신 말이야. 난 오늘 하루 종일 그에 대해서 생각하고 있었어. 오늘은 그 사람을 알게 된 지 만으로 3년이 되는 날이야. 그래서…… 우는 거야."

"네게 다시 말하지만, 널 화나게 할 의도는 없었어. 네 친구에 대해 좀 이야기해 보지 않겠어? 그럼, 기분이 조금은 누그러질 테니까."

"뭣 때문에? 네가 그 사람 역시 추잡한 놈이라고 말할 빌미를 주라고?"

"아니야, 말해봐. 직업이 뭐지?"

"식당 웨이터야."

"좋은 사람이니?"

"그래. 하지만 주관이 뚜렷한 사람이야. 넌 믿지 않겠지만 말이야."

"왜 그 사람을 그토록 사랑하는 건데?"

"여러 가지 이유가 있어."

"가령……."

"그럼 솔직히 말할게. 무엇보다도 그는 잘생겼어. 그리고 그 다음은 똑똑해 보이기 때문이야. 하지만 그 사람은 명석한 두뇌를 발휘할 기회가 없었어. 그래서 그런 천한 일을 하고 있는 거야. 그런 일을 할 사람이 아닌데. 난 그를 도와주고 싶어."

"그 사람도 네가 도와주기를 바라고 있어?"

"그게 무슨 소리지?"

"네가 도와주어도 가만히 있느냐는 말이야."

"넌 참 못된 놈이야. 왜 그런 질문을 하는 거야?"

"나도 모르겠어."

"내 아픈 데를 찔렀어."

"네가 도와주는 것을 원치 않았구나."

"전에는 그랬어. 그런데 지금은 모르겠어. 무슨 생각을 하고 있는지 알 수가 없으니까."

"네가 말했던, 그러니까 전에 널 면회 왔던 그 친구야?"

"아니야, 면회 온 사람은 여자 친구였어. 비록 나처럼 몸은 남자지만 말이야. 여기 면회시간에 그는 일을 해야만 돼."

"한 번도 면회 오지 않았어?"

"응, 한 번도."

"불쌍하군. 일을 해야 하니까 말이야."

"내 말 잘 들어봐, 발렌틴. 넌 그가 그곳에서 일하는 사람과 순번을 바꿀 수도 있다고 생각하지 않니?"

"아마 주인이 허락하지 않을걸."

"당신들은 서로 감싸주는 데 명수군."

"당신들이란 누군데?"

"남자들 말이야. 같은 족속들이니까."

"같은 족속들이라니?"

"개새끼들이란 말이야. 네 엄마한테는 미안한 소리지만. 아무런 죄책감도 느끼지 않는 놈들이란 말이야."

"이봐, 너도 나와 같은 남자야. 그러니까 비웃지 마…… 그리고 그렇게 거리를 두지 마."

"그럼 너한테 가까이 갈까?"

"거리도 두지 말고, 가까이 오지도 말아."

"내 말 들어봐, 발렌틴. 난 그가 아내에게 극장 구경을 시켜주기 위해 언젠가 순번을 바꾸었다는 사실을 잘 알고 있어."

"결혼했어?"

"그는 정상적인 남자야. 이 모든 걸 시작했던 사람은 바로 나였어. 그러니 그는 아무 잘못도 없어. 내가 그의 인생에 끼어든 거야. 하지만 그를 도와주려고 그랬던 거야."

"어떻게 시작했는데?"

"어느 날 식당에 갔다가 그를 보았어. 난 미칠 것만 같았어.

하지만 이 이야기를 하자면 끝이 없어. 나중에 말해줄게. 아니, 아무 이야기도 하지 않는 편이 나을 것 같아. 네가 뭐라고 할지 모르니까."

"잠깐만, 몰리나. 넌 무언가를 착각하고 있는 것 같아. 내가 묻는 것은 네게…… 글쎄 이런 걸 어떻게 설명해야 할까?"

"호기심 때문이겠지. 아마 그게 이유일 거야."

"그게 아니야. 네가 무슨 생각을 하고 있는지 알아야 널 이해할 수 있을 것 같아서 그래. 우리가 이 감방에 함께 있으려면, 서로 이해하면서 지내는 편이 좋잖아. 난 너 같은 성향의 사람들에 대해서는 하나도 모르거든."[4]

---

4) 영국 학자인 웨스트(D. J. West)는 동성애의 신체적 기원에 관해서 주로 세 가지 이론이 있다고 말하면서, 이 이론들에 모두 반론을 제기한다. 첫 번째 이론은 비정상적 성행위가 남성과 여성의 피에 있는 남성호르몬과 여성호르몬의 불균형에서 유래한다는 사실을 증명하려고 한다. 하지만 동성애자들을 대상으로 직접 실험해 보면, 이런 이론을 입증할 만한 결과는 나오지 않는다. 즉, 호르몬 분배에 이상이 있다는 결론을 보여주지 못한다. 「동성애의 내분비학적 측면들」이라는 연구 결과에서, 스와이어(Swyer) 박사는 호르몬 양을 측정해 보면 동성애자들과 이성애자들 사이에는 그리 큰 차이가 없다고 밝힌다. 그뿐만 아니라 동성애의 원인이 내분비선에서 분비되는 호르몬이라면, 내분비선의 균형을 이루도록 주사약을 투입하면 치료할 수 있다. 하지만 호르몬을 투입하더라도 이 현상을 고칠 수는 없었다. 「정신 이상자인 남성 동성애자들의 남성호르몬」이란 글에서, 바라할(Barahal) 박사는 남성 동성애자들에게 남성호르몬을 주입한 결과, 당사자들이 익숙해진 성행위의 욕망만을 증대시키는 결과만을 얻었다고 밝힌다. 여자들을 대상으로 한 실험 보고서인 「여성의 성에 대한 비뇨기적 양성의 영향」에서 포스(Foss) 박사는, 여성들에게 많은 양의 남성호르몬을 주입한 결과, 여성들이 남성화되는 데 놀랄 만한 변화를 얻었다는 사실을 지적한다. 하지만 이는 단지 목소리가 굵어지고, 수염이 나며, 가슴이 작아지고, 음핵이 커지는 등

"그럼 무슨 일이 있었는지 빨리 대충 말해줄게. 그렇지 않으면 네가 지루해할 테니까."

"이름이 뭐야?"

"안 돼. 이름은 안 돼. 그건 나 혼자만 알고 있어야 돼."

"그래, 네가 좋을 대로 해."

"내가 그에게서 간직할 수 있는 유일한 것이 바로 그거야. 내 마음속으로 말이야. 말하고 싶은 마음은 굴뚝 같지만, 날

의 신체적인 변화와 관련이 있었다. 즉 성적 욕망은 증대하지만, 계속 여성으로 남아 있었다. 다시 말하면, 이미 레즈비언적인 습관에 물든 여성을 제외하고는, 욕망의 대상은 계속 남성이었던 것이다. 한편 이성애적인 남성의 경우, 여성호르몬을 주입하면 동성애적 욕구를 일깨워 주는 것이 아니라, 성적 에너지의 감소를 초래한다. 이 모든 것은 남성호르몬을 여성에게 주입하거나 여성호르몬을 남성에게 주입했을 때, 핏속에 섞인 남성호르몬과 여성호르몬의 비율은 성욕(性慾)의 종류와는 관계가 없음을 시사한다. 따라서 사랑하는 주체에 관한 성의 선택은 내분비적 행위, 즉 호르몬의 분비와는 특별한 관계가 없음을 확인시켜 준다고 볼 수 있다.

웨스트 박사에 따르면, 동성애자의 신체적 기원에 관한 또 다른 중요한 이론은 상호성(相互性, intersexuality)과 관련되어 나타난다. 동성애자들에게 호르몬의 비정상성을 검증하는 것이 불가능했기 때문에, 웨스트 박사는 또 다른 신체적 요인이나 그동안 잘 알려지지 않았던 비정상적 요인들을 살펴보기로 했다. 그래서 몇몇 연구가들은 동성애를 상호성의 형태로 분류해 보기로 했다. 이런 상호성애자 혹은 양성은 신체적으로 완전히 하나의 성에 속하지 않고, 두 종류의 성을 동시에 보여주는 사람들이다. 한 개인이 속하는 성은 임신하는 순간에 결정된다. 임상심리학에 따르면, 이것은 난자를 수정시키는 정자의 유전인자에 따라 좌우된다. 양성의 신체적 원인은 아직 명확히 규명되지 않았지만, 일반적으로 태아기에 일어난 내분비적 이상 현상 때문에 발생한다고 알려졌다. 이런 남녀 양성의 종류는 무척이나 다양한데, 어떤 경우는 성 내분비선(난소나 혹은 고환)과 신체적 현상이 서로 상이하게 나타날 수도 있으며, 또 다른 경우에는 성 내분비선이 난소나 고환과 뒤

위해서 이름만은 안 돼. 그걸 말할 수는 없어……."

"오래전에 알았어?"

"3년 전 오늘이었어. 9월 12일이었어. 그날 난 식당에 갔었어. 그런데 이런 이야기를 해도 되는지 모르겠네."

"괜찮아. 말해봐. 네가 말하고 싶을 때 말해줘도 좋아. 말하기 싫으면 하지 않아도 상관없어."

"창피해서……."

섞여 있기도 하며, 또 다른 경우에는 외생식기가 남성과 여성의 중간 단계를 보여주기도 한다. 심지어는 남성의 성기와 여성의 자궁이 동시에 있는 경우도 있었다. 랭(T. Lang) 박사는 「동성애자의 성(性) 결정에 관한 연구」에서 남성 동성애자는 유전학적으로 여성일 수 있으며, 이것은 그들의 신체가 남성적으로 완전히 바뀌어버린 결과라고 지적한다. 이런 가정을 증명하기 위해 그는 설문을 토대로 남성 동성애자들은 여자 형제들이 거의 없이 남자 형제들만 많은 가정에서 나타나며, 따라서 남성 동성애자들은 여자가 될 수 없었던 탓에 남녀의 중간 형태가 된다는 결론에 도달한다. 이런 자료는 매우 흥미롭긴 하지만, 랭 박사가 제시한 이론은 동성애자들의 99퍼센트가 정상적인 신체적 특징을 지니고 있다는 사실을 간과하기 때문에 결정적인 문제가 있다. 한편 패어(C. M. B. Pare) 박사는 대부분의 동성애자들이 육체적으로 정상이라는 사실에 입각해 연구한다. 그는 「동성애와 염색체의 성」이란 글에서 랭 박사의 연구를 완전히 뒤엎는다. 그는 현대 미생물학적 방법을 사용해 장기간 연구한 결과, 남성 이성애자뿐만 아니라 모든 남성 동성애자들이 생물학적으로 남성의 특징을 나타내고 있다고 밝힌다. 또한 랭 박사의 이론은 머니(J. Money) 박사도 반박한다. 그는 「성 역할의 정립」이란 글에서 상호 성애자들은 외관적으로 양성이지만, 사랑하려는 욕망의 대상을 선정하는 순간에는 양성적이 아니라는 점을 보여준다. 머니 박사는 이런 개인의 성적 충동은 그들이 난소를 지녔건, 고환을 가졌건, 또 두 개가 뒤섞인 분비선을 지녔건 간에 성 내분비선과는 관련이 없다는 사실을 입증하고 있다. 그들의 염색체와 외적, 내적 성기의 주요 특징이 서로 다른 성일 때에도, 상호 성애자들의 욕망은 그들이 교육 받아온 성과 일치함을 보여준다.

"괜찮아…… 마음 깊이 느끼는 감정은 항상 그럴 거야. 난 항상 그럴 거라고 생각해."

"친구 두 명과 함께 있었어. 정말 어찌할 수 없는 미친년들이었어. 하지만 귀엽고 발랄한 애들이었지."

"여자 친구 두 명이었어?"

"아니. 미친년이라는 것은 게이를 말하는 거야. 그 게이 중하나는 웨이터를 아주 못살게 굴었어. 그 웨이터가 바로 그였어. 난 처음에 그가 외모만 근사했지, 다른 것은 보잘것없을 거라고 생각했어. 하지만 그 미친년이 욕을 하자, 그는 화를 내지 않은 채 할 말을 다 했어. 그의 태도를 보고 너무나 감탄했어. 왜냐하면 일반적으로 웨이터들은 가난하기 때문에, 자기들이 하인이라는 콤플렉스를 갖고 있거든. 그래서 누군가가 그들에게 욕을 하면, 대답도 하지 않은 채, 수모를 당한 하인 같은 표정을 짓기 마련이야. 내 말 알아듣겠지? 그런데 그는 그렇지 않았어. 그는 왜 음식 맛이 제대로 나지 않는지 그 이유를 설명했어. 하지만 아주 점잖게 설명해서, 그년이 꿀 먹은

이런 모든 점에 바탕을 두고 살펴보면 동성애와 이성애는 신체가 정상적이건 아니건 간에 심리적 조건을 통해 획득되는 행위일 뿐, 내분비적 요소에 의해 이미 결정된 것은 아니라는 점을 시사한다.

웨스트 박사가 제시하는 동성애의 신체적 기원에 관한 세 번째이자 마지막 이론은 유전적 요인이다. 웨스트 박사는 지금까지 진지한 연구가 이루어졌지만, 제시된 증거들이 불확실하기 때문에 동성애가 유전적 형태를 구성하는 특징이라고 말하기는 힘들다고 지적한다. 이 중에서도 웨스트 박사는 칼만(F. J. Kallman) 박사의 「남성 동성애의 유전학적 측면에 관한 쌍둥이의 비교 연구」를 대표적인 예로 지적한다. (원주)

벙어리가 되어버렸지. 하지만 결코 무시하는 태도가 아니었어. 전혀 그런 태도는 아니었어. 그는 상황을 완벽히 통제하고 있었어. 난 즉시 그가 진짜 남자라는 냄새를 맡았어. 그래서 그 다음 주에 이 여자는 혼자 식당에 갔어."

"어떤 여자 말이야?"

"미안해. 그런데 그에 대해서 말할 때면, 난 남자가 될 수 없어. 내가 남자처럼 느껴지지 않아."

"그래 계속해 봐."

"그를 두 번째 보았을 때, 그는 잘 어울리는 마오쩌둥의 인민복처럼 목이 올라온 흰 유니폼을 입고 있었어. 그래서 더욱 근사해 보였어. 마치 영화의 주인공 같았어. 그의 모든 것은 완벽했어. 걷는 모습이나, 약간 허스키한 목소리이긴 하지만 그 목소리에서 울려 나오는 다정함, 이 모든 것이 완벽했단 말이야. 어떻게 네게 말해야 될지 모르겠어. 하지만 압권은 바로 음식을 나르는 태도였어! 그래, 그건 한 편의 시와 같았어. 한번은 샐러드를 갖다주는 그 사람을 보고 기절할 것 같았어. 그는 먼저 손님을 테이블로 안내했어. 그 손님은 여자였거든. 아주 능청맞은 여자였어! 그는 먼저 테이블 옆에 샐러드를 운반하는 이동용 테이블을 놓고는, 그곳에 샐러드 접시를 놓았어. 그리고 기름을 칠까요, 식초를 칠까요, 등등 이런저런 모든 것을 물어보았어. 그런 다음, 스푼과 포크를 집고서 샐러드를 섞기 시작했어. 어떻게 설명해야 할지 잘 모르겠는데, 좌우간 양상추와 토마토를 애무하는 식이었어. 부드러운 애무가 아니라…… 이걸 어떻게 설명해야지? 자신감이 넘치고 우아하고 부드러우면서 동시에 남자다운 움직임이었어."

"네게 남자답다는 기준이 도대체 뭔데?"

"여러 가지가 있지만, 내게는…… 그래, 남자에게 가장 근사한 점은 멋지게 생기고 힘이 센 거야. 힘이 세다고 과시하지 않지만, 자신 있게 나아가는 그런 태도지. 나의 웨이터처럼 걸음도 또박또박 걷고, 겁에 질려 말하지도 않고, 자기가 뭘 원하고 있으며 어떤 방향으로 가고 있는지 잘 아는 사람이야. 물론 전혀 겁내지 않고 말이야."

"그건 너무 이상화한 것 같군. 이 세상에 그런 사람은 아무도 없어."

"아니야, 있어. 그 사람이 바로 그렇단 말이야."

"그래, 그런 인상을 줄 수는 있겠지. 하지만 문제는 마음이야. 너도 말했던 것처럼, 권력이 없다면 이 사회에서는 아무도 당당하게 나아갈 수 없어."

"너무 질투하지 마. 한 남자에게 다른 남자 이야기를 하면, 그는 참지 못하고 욕을 하게 돼. 그런 점에서 당신들도 여자들과 똑같아."

"말도 안 되는 소리 하지 마."

"그것 봐, 너도 기분 나쁘게 느꼈잖아. 게다가 나에게 험한 소리까지 하네. 당신들도 여자들과 마찬가지로 서로를 이기려는 욕심이 강해."

"부탁이 있는데, 어느 정도 수준을 갖고 말을 하든지, 아니면 아무 말도 하지 말자."

"무슨 수준은 되고, 또 무슨 수준은 안 된다는 거지?"

"네게는 영화 이야기를 하라는 말 빼놓고는 아무 말도 할수가 없어."

"왜 나와는 대화가 안 된다는 거지? 왜 그래?"

"넌 토론할 자세가 되어 있지 않아. 한 주제를 중심으로 계속 나아가지도 않아. 그리고 쓸데없이 옆길로 새버리고."

"그렇지 않아, 발렌틴."

"네 마음대로 생각해."

"넌 너무 잘난 척해."

"그렇게 보였다면 할 수 없지."

"좋아, 그럼 내가 왜 너와 말할 수준이 되지 않는다는 건지 말해봐."

"나와 말하는 것이 그렇다는 얘기가 아니라, 토론할 수 있게 일관성을 유지하지 않는다는 말이야."

"나도 토론할 수 있다는 것을 언젠가 알게 될 거야."

"왜 계속해서 말하고 있는 거지, 몰라나?"

"우리가 계속 말하면, 넌 네가 생각하는 것과 반대의 사실을 알게 될 거야."

"그럼 무엇에 관해 이야기해 볼까?"

"글쎄…… 너는 무엇이 남자다운 것이라고 생각하는지 말해봐."

"날 놀리고 있군."

"그러니까…… 말해봐. 네게 남성다움이란 무엇이지?"

"음…… 그 누구에게 허풍 떨지 않는 것…… 심지어 권력을 쥐고 있더라도 말이야…… 아니야, 그것 이상이야. 허풍 떨지 않는다는 것은 다른 문제야. 중요한 건 그게 아니야. 남자가 된다는 것은 그 이상의 무엇이야. 그건 명령이나 팁 따위로 그 누구도 깎아내리지 않는 것이지. 그리고 더 중요한 것은…… 네 옆에 있는 누구에게나 자신이 열등한 존재가 아니라는 것을 느끼게 해주고, 또 마음 상하지 않게 하는 것이지."

"그건 성인(聖人)에게나 가능한 거야."

"그렇지 않아. 네가 생각하는 것처럼 힘든 일이 아니야."

"네 말을 잘 이해할 수 없는데…… 더 자세히 설명해 봐."

"나도 잘 모르겠어. 지금 이 순간 그게 무엇인지 나도 명확하게 파악하고 있지는 못해. 이거, 완전히 허를 찔렸군. 적당한 말이 생각이 나지 않아. 다음에 내 생각이 분명해지면, 그 주제에 대해 다시 말하도록 해. 그 식당의 웨이터에 대해 좀 더 말해봐."

"어디까지 말했었지?"

"샐러드 얘기까지 했어."

"그가 지금 무엇을 하고 있을지 누가 알겠어. 가여워…… 불쌍해, 그런 장소에서."

"여기가 훨씬 더 끔찍한 장소야, 몰라나."

"하지만 우리가 영원히 여기에 있는 건 아니잖아. 안 그래? 하지만 그의 인생에는 미래가 없어. 그는 영원한 형벌을 받고 있는 거야. 그 사람은 자신 있고 아무것도 두려워하지 않는다고 말했지. 하지만 가끔 그의 얼굴에 드러나는 슬픔이 어떤 것인지, 넌 상상도 못 할 거야."

"뭘 보고 알 수 있었지?"

"눈이었어. 그는 갈색과 초록색의 중간쯤 되는 맑고 푸른 눈을 가졌어. 아주 커다란 눈이었어. 눈이 얼굴을 먹어버린 것처럼 커 보였으니까. 하지만 그의 시선은 그런 눈과는 정반대였지. 가끔 눈을 보면 기분이 상했는지 아니면 슬픈지 알 수 있어. 난 그 점에 매혹되었어. 무엇보다도 일이 한가한 시간에 그의 눈에 우수가 서린 것을 볼 수 있었어. 그는 식당 뒤쪽으로 가서 웨이터들이 앉는 테이블에 앉았어. 그곳에 잠자코 있다가 담뱃불을 붙이면, 눈빛이 흐려지면서 이상해지는 것이었어. 난 자주 그곳을 드나들기 시작했어. 처음에 그는 내게 필요한 말만 했어. 난 항상 샐러드, 수프, 메인 요리, 디저트와 커피를 주문했어. 그건 내가 앉아 있는 테이블로 그를 자주 오게 하려는 의도였지. 우리는 점점 더 많은 것에 대해 대화를 나누었어. 물론 그는 즉시 나에 대해서 눈치챘어. 난 쉽게 탄로가 나거든."

"뭐가 탄로난다는 거지?"

"내 진짜 이름은 비제의 여주인공인 카르멘이라는 것."

"그래서 차츰 너와 얘기를 하게 되었구나."

"맙소사. 넌 하나도 못 알아듣고 있어. 내가 게이라는 것을 눈치챘기 때문에 내 근처에 가까이 오려고 하지 않았어. 그는 지극히 정상적인 남자였거든. 하지만 조금씩 이말 저말 하면서, 내가 그를 높이 평가하고 있다는 것을 알게 되었어. 그래서 자기 삶에 대해 말해주기 시작한 거야."

"전부 네게 음식을 갖다주면서 한 건가?"

"몇 주간은 그랬지. 하지만 어느 날 난 드디어 그와 함께 커피를 마시는 데 성공했어. 그가 낮에 일할 때였어. 그는 낮에 일하는 것을 몹시 싫어했어."

"근무 시간이 어떻게 되어 있었는데?"

"아침 7시에 시작해서 오후 4시경에 끝나거나, 아니면 저녁 6시경에 시작해서 대충 새벽 3시에 끝나곤 했어. 어느 날 그는 저녁 시간대에 일하는 것을 더 좋아한다고 했어. 난 왜 그런지 무척이나 궁금했어. 그는 내게 결혼했다고 말했었거든. 비록 결혼반지는 끼고 있지 않았지만 말이야. 그런데 그의 아내는 정상적인 일과 시간에 사무실에서 근무하고 있었어. 그러면 그의 아내와 무슨 일이 있는 것이 아닐까? 내가 커피 한잔 마시자고 그 사람을 설득하는 게 얼마나 힘들었는지 넌 상상도 못 할 거야. 그는 항상 할 일이 있다고 핑계를 댔거든. 처남 일이 있다든지, 차가 어떻게 되었다든지 하면서 말이야. 하지만 마침내 내 말을 들어주기로 하고 따라왔어."

"그래서 일어날 일이 일어나고 말았군."

"너 미쳤구나! 정말 넌 이런 일은 하나도 모르네. 이미 말했듯이 그는 지극히 정상적인 남자였어. 아무 일도 일어나지 않았어!"

"그럼 커피숍에서 무슨 말을 했는데?"

"잘 생각이 나지 않아. 그다음부터 무척 많이 만났거든. 그런데 그에게 가장 먼저 묻고 싶은 게 있었어. 왜 그처럼 똑똑한 사람이 그런 일을 하는지 궁금했는데 참으로 딱한 이야기를 들었지 뭐야. 물론 공부할 돈도 없고, 공부할 동기도 없는 가난한 가정의 수많은 사람들의 이야기야."

"공부를 하고 싶다면, 어떤 방식으로라도 그 문제를 해결하는 법이야. 이봐…… 아르헨티나에서 공부하는 것은 그리 어려운 문제가 아니야. 대학에는 수업료가 없으니까."

"그래, 하지만……."

"공부할 동기가 없다는 것은 또 다른 문제지. 그 점에 있어서는 나도 동감이야. 그건 바로 하층계급의 콤플렉스 때문이지. 그리고 사회가 그렇게 생각하도록 세뇌하기도 하고."

"좀 기다려, 내가 더 말해줄 테니까. 그래야 그가 어떤 종류의 사람인지 알 수 있을 거야. 그는 일등급이었어! 그 사람도 자포자기한 순간이 있었고, 그래서 그 대가를 치르고 있는 거라고 인정했어. 그는 자기가 열일곱 살 때였다고 말했어. 그런데 깜빡하고 말 안 한 게 있네. 그는 어렸을 때, 그러니까 초등학교 때부터 일을 했는데, 이런 건 부에노스아이레스의 변두리에 사는 가난한 가정에서는 아주 흔히 있는 일이지. 초등학교를 마치자마자 정비공장에 들어가서 일을 배웠어. 네게 말한 대로 열일곱 살, 즉 한창 젊을 때, 여자애들과 사귀기 시작했어. 그 일은 아주 성공적이었어. 그런데 그보다 더 나쁜 것은 축구를 시작했다는 거야. 어렸을 때부터 축구를 아주 잘해서 열여덟 살 때쯤 프로 축구단에 입단했어. 여기에 바로 그의 인생에 관한 모든 열쇠가 있어. 왜 프로 구단에서 축구를 계속하지 않았을까? 그는 입단하고 얼마 안 되어, 그 세계가 얼마나 더러운지 알게 되었어. 정실관계와 부정이 판치고 있는 세계였지. 여기에 그가 무슨 일을 했는지에 관한 열쇠가 있어. 이건 열쇠 중의 열쇠야. 그는 이런 나쁜 짓을 보면서 잠자코 있을 수가 없었어. 그래서 소리치면서 떠들곤 했지. 그는 약아빠진 사람이 아니었기 때문에 잠자코 있을 수가 없었던 거야. 왜냐하면 외곬이었거든. 난 처음부터 그런 냄새를 맡을 수 있었어. 이제 알겠니?"

"정치에 참여한 적은 없었어?"

"응. 그 문제에 있어서는 아주 다른 생각을 하고 있었어. 노동조합에 대해서는 말도 하지 말라면서 아주 적대적이었어."

"계속해 봐."

"그러고는 몇 년 후에, 그러니까 이삼 년 후에 구단에서 나와버렸어."

"그럼, 여자애들은?"

"넌 가끔은 쪽집게 같아."

"왜?"

"그가 축구를 그만둔 것은 여자들 때문이기도 했거든. 연습을 해야 하는데 여자들이 너무 많았어. 게다가 그는 훈련보다 여자애들한테 더 관심이 많았거든."

"자신을 제대로 관리하는 사람은 아니었군. 대충은 그럴 거야."

"그런데 아직 네게 말하지 않은 게 하나 있어. 그는 진지하게 애인을 사귀고 있었어. 나중에 그와 결혼한 여자였지. 그녀는 그가 축구를 계속하기를 원치 않았어. 그래서 그는 기술자로 공장에 들어갔어. 애인이 힘을 써주었기 때문에 괜찮은 대우를 받았지. 그러고는 결혼을 했어. 몇 년간 공장에서 일을 하자 곧 작업반장, 그러니까 그 분야의 책임자가 되었어. 그에

겐 아이가 둘 있었어. 첫아이인 딸을 끔찍하게 사랑했지만, 딸아이가 그만 여섯 살 때 죽어버렸어. 그 시기에 공장에서 감원이 시작되는데, 공장에서 줄 있는 사람만을 선호하면서부터 그는 공장의 골칫거리가 되었지."

"그다운 점이군."

"그래, 거기서부터 잘못됐다는 건 나도 인정해. 하지만 이제부터 무엇 때문에 놀랐는지 이야기해 줄게. 그것 때문에 난 그의 모든 것을 용서할 수 있었던 거야. 그는 임시직이어서 노동조합에 가입할 수 없었던 늙은 노동자들 편에 섰어. 그러자 공장주는 직장을 그만두든지, 아니면 그 일을 그만두든지 양자택일을 하라고 했어. 그는 그만두는 쪽을 택했어. 너도 알다시피 자의에 의해 직장을 그만두면, 한 푼의 보상금도 받지 못해. 그래서 그는 자기가 10년 넘게 일하던 공장에서 나와 거리로 나앉게 된 거야."

"그럼, 그때는 이미 서른 살이 조금 넘었겠군."

"물론이지, 삼십 대 초반이었어. 그는 그 나이에 일자리를 찾기 시작했어. 상상이 가니? 처음에는 아무 일자리도 잡을 수 없었어. 그런데 마침내 웨이터 자리가 났고, 그 일자리를 택할 수밖에 없었어."

"이 모든 게 그가 말해준 내용이군."

"그래. 아주 조금씩 말해주었어. 나는 그가 모든 것을 이야기하고 답답한 마음을 털어놓을 상대가 되었다고 생각해. 그는 나를 만나면서 큰 위안을 느꼈던 것 같아. 그래서 내게 정을 느끼기 시작했지."

"그럼 너는?"

"난 그를 더욱더 사랑하기 시작했어. 하지만 그는 내가 아무것도 못 하게 했어."

"무슨 일을 하려고 했는데?"

"난 아직도 공부하는 게 늦지 않았으며, 학위를 따야 한다고 설득하려고 했어. 아, 또 한 가지 잊어버린 게 있어. 그의 아내는 그보다 수입이 더 많았어. 한 회사의 비서로 일하고 있었는데, 거의 중견급 간부의 대우를 받았지. 그는 이것 때문에 몹시 속상해했어."

"그의 아내를 본 적이 있어?"

"아니. 그는 자기 아내를 소개해 주려고 했지만, 난 가슴속 깊이 그녀를 증오했어. 그가 밤새 그녀 곁에서 잔다는 생각만 해도 질투가 나서 죽을 지경이었거든."

"지금은 안 그래?"

"응, 지금은 안 그래…… 참 이상해."

"정말이야?"

"그래, 그런데 나도 모르겠어…… 그녀가 그와 함께 있고, 그래서 그가 외롭지 않다는 걸 생각하면 질투가 나질 않아. 난 지금 그와 한마디도 대화를 할 수가 없는 몸이니까. 식당에서 할 일이 없을 때, 그는 너무 지겨워서 담배만 피웠어."

"네가 그에게 느꼈던 감정을 그도 알고 있었어?"

"물론이지. 난 그에게 모든 것을 말했어. 우리 둘 사이에…… 무엇인가를 하자고…… 그를 설득할 수 있다는 기대를 했거든. 그런데 정말, 정말로 아무 일도 없었어. 난 평생에 단 한 번만이라도…… 난 그에게 애원했어. 하지만 그는 절대로 원하지 않았어. 그러자 그런 말을 계속 한다는 것이 창피하다는 생각이 들었어. 그래서 그와는 친구 사이로 만족하기로 했어."

"그런데 네 말을 들어보면, 아내와의 사이가 불편하다고 했는데."

"냉전 시기가 있었어. 하지만 그는 속으로 그녀를 무척이나 사랑했어. 게다가 자기보다 돈을 더 잘 버는 그녀를 존경하기까지 했단 말이야. 어느 날 그는 내게 무슨 말을 했어. 그 말을 듣자 난 그를 죽여버리고 싶었지. 그날은 아버지날이었어. 난 그에게 무엇인가를 선물하고 싶었어. 그는 자기 아이들을 끔찍이 사랑하는 아버지였거든. 난 그날이 아버지날이라는 것을 이용해서 그에게 무엇인가를 선물하고 싶었어. 그래서 파자마가 어떠냐고 물었는데, 바로 그게……."

"중간에 끊지 말고 말해봐."

"그는 파자마를 입지 않고 벌거벗은 채 잠을 잔다고 말했어. 그의 아내와 커다란 침대에서 말이야. 그 말 때문에 난 충격을 받았어. 하지만 그가 아내와 헤어지려는 순간이 있었어. 그래서 나는 환상을 가졌지. 허망한 꿈이었지만…… 넌 상상도 못 할 거야."

"어떤 종류의 꿈이었는데?"

"우리 집에 와서 나와 함께 살 수 있으리라는 기대였어. 나와 엄마와 함께 말이야. 그리고 내가 그 사람을 돕고, 그 사람이 공부할 수 있게 해주는 거지. 난 그이만 생각하면서 하루 종일 그 사람을 위해 모든 것을 준비해 주는 데 신경을 쓰는 꿈을 꾸었지. 옷도 챙겨주고, 책도 사고, 학교에 등록도 시키면서 말이야. 그러고는 점점 그에게 일을 하지 말라고 설득하려고 생각했어. 아이들 양육비로는 그의 아내에게 최소한의 부양비를 보내고, 자기 자신만 생각할 수 있게 하려고 했어. 그가 원하는 공부를 마칠 때까지, 또 슬픔을 완전히 떨쳐버릴 때까지 말이야. 이 생각, 너무 멋지지?"

"그래, 하지만 현실적이지 않아. 이봐, 한 가지 해결책이 있어. 그가 웨이터로 계속 일하면서, 자기 자신을 비하하지 않고, 그런 것에 구애받지 않는 거야. 아무리 자기의 일이 천하다 하더라도 한 가지 해결책이 있어. 그건 노조투쟁이야."

"그렇게 생각하니?"

"물론이지. 의심할 여지도 없이……."

"하지만 그런 것은 하나도 몰라."

"정치에 관해서는 어떻게 생각했지?"

"정치에 관해서는 전혀 몰랐어. 하지만 내게 노동조합의 병폐에 대해서는 말하곤 했어. 그의 말이 옳았을 거야."

"뭐, 옳다고! 노동조합이 잘못되었으면, 잘되도록 투쟁해야 돼. 그런 것을 바꾸기 위해 말이야."

"난 좀 졸려, 넌 어때?"

"난 전혀 졸리지 않아. 영화 이야기 조금 더 해주지 않을래?"

"글쎄…… 내가 그 사람을 위해 이런 것을 할 수 있다고 생각하면서 얼마나 행복해했는지 넌 알 수 없을 거야. 너도 알겠지만, 디스플레이어라는 직업은 하루 종일 즐겁지만, 하루 일과가 끝나면 가끔씩 왜 그런 일을 하고 있나, 라는 생각이 들어서 마음이 허전할 때가 있어. 그를 위해 무언가 할 수 있다면 얼마나 멋질까…… 그를 조금이라도 즐겁게 해주기 위해서 말이야, 그렇지 않니? 내 말을 어떻게 생각해?"

"글쎄, 잘 모르겠어. 조금 더 분석을 해봐야 할 것 같아. 지금은 아무 말도 할 수 없어. 조금만 더 영화 이야기 해주지 않을래? 그럼 내일 그 웨이터에 대한 생각을 말해줄 테니까."

"그럼, 그렇게 할까……."

"너무 일찍 불을 꺼버리는 것 같군. 이 초는 냄새가 지독해서, 네 시력을 망쳐버릴지도 몰라."

"그리고 산소도 없애버리지, 발렌틴."

"난 책을 읽지 않고는 잠이 안 와."

"그럼 조금만 더 말해줄게. 하지만 문제는 이야기를 하면 내가 잠이 오지 않는다는 거야."

"조금만 더 이야기해 줘, 몰리나."

"좋아. 우리 어디까지 말…… 했었지?"

"그렇게 하품하지 마, 잠꾸러기야."

"졸린데 어떻게 해."

"그런데…… 나도 하…… 품이 나네."

"너도 졸린 모양이네."

"내가 조…… 올리다고 생각하니?"

"그래, 잠이 안 오면 가브리엘 일에 대해서나 생각해 봐."

"가브리엘이 누구지?"

"웨이터야. 실수로 이름을 말해버렸네."

"그럼 내일 보자."

"안녕, 내일 봐."

"참, 이런 게 인생인가 봐. 네 애인을 생각하면서 밤을 지새우게 생겼으니."

"내일 네가 어떻게 생각하는지 말해줘."

"그래, 내일 봐."

"안녕, 내일 봐."

4장

"레니와 독일 장교의 로맨스는 그렇게 시작되었어. 그들은 미친 듯이 사랑하기 시작했어. 그녀는 매일 밤 무대에서 그에게 바치는 노래를 불렀어. 그 노래는 「하바네라」[5]였지. 무대의 막이 오르면 은박지로 만든 야자수가 보였어. 담배를 싸는 은박지 말이야, 알겠니? 그 야자수 뒤에는 유리알로 수놓은 보름달이 있었고, 실크로 만든 바다에도 달의 그림자가 비치고 있었어. 비춰진 달도 유리알로 만들어져 있었어. 열대지방의 항구, 그러니까 어느 섬의 선창가였어. 파도 소리만이 들려왔는데, 오케스트라는 마라카스[6]로 파도소리를 흉내냈지. 그곳

---

5) 쿠바의 무용곡.
6) 호리병박 모양으로 된 리듬악기.

에는 아주 화려한 돛단배가 있었는데, 도화지로 만들었지만 진짜 돛단배처럼 보였어. 앞머리가 희끗희끗한 잘생긴 남자가 키를 잡았어. 그는 마도로스 모자를 쓰고 파이프 담배를 피웠지. 그때 갑자기 스포트라이트가 그의 옆을 환하게 비췄어. 그 옆에는 객실로 향하는 조그만 문이 있었는데, 그곳에서 그녀가 나타났어. 아주 심각한 표정으로 하늘을 쳐다보고 있었지. 선장은 그녀를 쓰다듬으려고 했지만, 그녀는 그의 손을 피했어. 앞가르마를 탄 머리칼은 어깨까지 늘어뜨렸어. 소매가 없이 검은 레이스만 달린 비치지 않는 긴 드레스로, 가느다란 끈 두 개만 달려 있었고, 치마는 바람에 펄럭거렸지. 그때 오케스트라가 전주를 시작했어. 그녀는 바닷가에서 야생란을 꺾고 있는 어느 섬 청년을 바라보았지. 그는 살며시 웃으면서 자기에게 다가오는 섬 아가씨에게 윙크한 뒤, 그녀의 머리에 꽃을 꽂아주고 키스를 하고는, 그녀를 껴안은 채 정글의 어둠 속으로 사라졌어. 그녀의 머리에서 꽃이 떨어졌다는 사실도 알지 못한 채 말이야. 그러자 모래 위에 떨어진 야생란이 클로즈업되었는데, 정말 예뻤어. 그 야생란 위로 레니의 얼굴이 희미하게 겹쳐졌어. 마치 그 꽃이 그녀로 변한 것 같았지. 그러자 거센 바람이 불어왔어. 하지만 뱃사공들은 날씨가 좋다면서 곧 출항할 것이라고 소리쳤지. 그녀는 선창가를 내려와 백사장으로 가서 떨어져 있던 아름다운 꽃을 주웠는데 벨벳으로 만들어졌어. 그러고는 노래를 불렀어."

"뭐라고 노래했는데?"

"글쎄, 뭐라고 했느냐면…… 번역하지 않은 노래여서 그 내용은 잘 모르겠어. 하지만 매우 슬픈 노래였어. 진정으로 사랑했던 사람을 잃어버리고, 그를 잊을 수 없어서 운명의 손에 자기를 내맡기는 사람처럼 말이야. 그래, 분명히 그런 노래였을 거야. 왜냐하면 출항하기에 좋은 바람이 분다고 말할 때, 아주 슬픈 미소를 지으면서, 자기가 바람에 날려 어디로 가든지 상관없다고 말했거든. 그렇게 노래를 하면서 돛단배로 돌아갔어. 그 배는 조금씩 무대 한쪽으로 사라지기 시작했는데, 그녀는 뱃머리에 앉아 야자수 저편을 하염없이 바라보았어. 야자수 저편은 숲으로 어둡고 우거진 정글이 시작되는 곳이었지.”

“그녀는 항상 무언가를 하염없이 바라보면서 끝을 맺는군.”

“그런데 넌 그녀의 눈이 어땠는지 모를 거야. 흰 피부에 대조적으로 아주 까만 눈이었어. 그런데 중요한 부분을 잊어버렸네. 돛단배 뱃머리에 앉아 있는 끝 장면에서 그녀는 벨벳으로 만든 꽃을 머리 한쪽에 꽂았어. 그런데 그 야생란의 벨벳이 더 부드러웠는지, 아니면 그녀의 피부가 더 보드라웠는지는 알 수 없어. 그녀의 피부도 어떤 꽃의 꽃잎 같았어. 그래, 목련꽃잎 같다는 생각이 들었어. 이 장면에서 우레 같은 박수갈채가 터졌어. 그러고는 두 사람이 행복에 젖어 있는 짤막한 장면이 이어졌어. 그들은 오후에 경마장에 있었는데, 그녀는 훤히 비치는 투명한 두건을 쓰고 흰 옷을 입고 있었어. 그는 실크 모자를 쓰고 있었지. 그다음은 센강을 따라 유유히 떠다니는 요트에서 건배하는 장면이 나왔어. 그러고는 턱시도를 입은 그가 미리 예약해 놓은 러시아풍의 나이트 클럽 별실에서 촛불을 끈 다음, 어둠 속에서 조그만 보석상자를 열고 진주 목걸이를 꺼냈어. 어떻게 해서 그랬는지는 모르겠지만, 어둠 속에서도 진주 목걸이는 아주 놀랄 정도로 빛났지. 영화에서 사용하는 속임수가 분명해. 그다음은 그녀가 자기 침대에서 아침식사를 하는 장면이 나왔는데, 그때 하녀가 방금 전에 알자스에서 도착한 친척 한 명이 아래에서 그녀를 기다리고 있다고 전했어. 그리고 한 남자가 그 친척과 함께 있다고 말했지. 그녀는 흰색과 검은색 레이스가 달린 실크 네글리제를 입고 내려갔어. 그녀의 집에서 찍은 장면이었거든. 그 소년은 사촌동생이었는데 아주 허름한 옷차림을 하고 있었지. 그런데 그와 함께 온 사람은 바로…… 그 절름발이였어."

"어떤 절름발이?"

"코러스걸을 차로 치었던 그 절름발이 말이야. 그녀는 사촌동생과 이야기하기 시작했어. 사촌동생은 큰일을 부탁받았다면서, 프랑스인으로서 그녀가 자신의 임무를 도와주면 좋겠다고 말했어. 그녀는 무슨 임무냐고 물었지. 그들은 이 임무를 금발의 코러스걸이 시작했는데, 완수하길 거부했다고 말했어. 그들은 바로 마키 단원이었어. 그녀는 너무나 놀랐지만, 애써 그런 표정을 감추었지. 그들은 아주 중요한 비밀을 캐내라고 부탁했는데, 독일군들의 거대한 병기창고가 프랑스의 어디에 있는지를 알아내 달라는 것이었어. 그래야만 나치의 적들이 그곳을 폭격할 수 있으니까. 금발의 코러스걸은 그 임무를 수행했던 거야. 그녀는 마키 단원이었거든. 하지만 젊은 대위와 사랑에 빠지면서, 그 임무를 수행하지 않았던 거지. 그래서 그녀가 그런 사실을 점령군 당국에 고발하기 전에 미리 죽어버린 거지. 그 절름발이는 그녀가 자기들을 반드시 도와주어야만 한다고 말했고, 그녀는 생각해 보겠다면서 자기는 이런 일은 전혀 모른다고 대답했어. 그러자 절름발이는 그녀에게 '그건 거짓말이야.'라고 말하면서, 독일 정보기관의 책임자가 그녀를 사랑하니까 그런 자료를 꺼내 오는 것은 그리 어려운 일이 아니라고 말했어. 하지만 그녀는 용기를 내서 절름발이에게 자기는 그런 일을 할 성격이 아니라 절대로 할 수 없다고 대답했어. 그러자 절름발이는 그녀가 그 일을 해내지 않으면…… 보복을 받을 거라고 협박했어. 그때 그녀는 고개를 푹 숙인 채 턱을 덜덜 떨고 있는 사촌동생의 이마에 구슬 같은 땀이 송송 맺혀 있는 것을 보았어. 사촌동생은 인질이었던 셈이지! 그 절름발이는 그 불쌍한 소년이 아무 관련도 없지만, 단지 그녀의 친척이라는 이유로 이 일에 얽힌 거라고 분명히 말했어. 그 뻔뻔스러운 놈들은 가련한 소년이 살고 있던 알자스 지방까지 가서 끌고 온 거였어. 난 잘 모르지만, 거짓말을 둘러대 데려왔겠지. 즉 결론은 그녀가 마키단을 도와주지 않으면 아무 죄 없는 소년을 죽일 거라는 말이었어. 그래서 그녀는 가능한 한 그들을 돕겠다고 약속했지. 거기서 이 문제는 일단락되었어. 그다음에 그녀는 독일 장교의 집에 갔을 때, 서랍을 뒤지기 시작했어. 하지만 굉장히 두려움에 떨면서 뒤졌어. 그녀를 처음부터 이상한 눈초리로 쳐다본 관리인이 그 집에 있었고, 한시도 놓치지 않고 그녀를 감시하고 있다는 느낌을 받았기 때문이야. 그런데 그녀가 독일 장교와 또 다른 사람들과 정원에서 점심을 들고 있는 장면이 나왔어. 그때 독일 장교가 독일인 관리인에게 아주 진귀한 포도주를 술 저장고에서 찾아오라고 지시했어. 아! 또 깜빡 잊어버렸네. 그 포도주를 찾아오라고 부탁한 것은 바로 그녀였어. 관리인만 그 술이 어디에 있는지 알고 있었거든. 그러자 관리인은 그 포도주를 찾으러 갔지. 그녀는 흰 그랜드피아노 앞에 앉았어. 그 피아노는 전에 네게 말했던 그 거실에 있었어. 흰 레이스가 달린 커튼 너머로 그녀의 모습이 희미하게 보였어. 독일 장교가 노래를 불러달라고 부탁했기 때문에 그녀가 직접 피아노로 반주를 했어. 하지만 그녀는 속임수를 썼지. 자기 음반을 틀어놓고, 그의 개인 서재에 들어가서 서류를 뒤지기 시작했던 거야. 그런데 술 저장고가 있는 지하실 문 앞에 도착한 그 관리인이 깜빡 잊고 열쇠를 가져오지 않은 것을 알고는 열쇠를 찾으러 돌아왔어. 돌아오는 길에 정원 난간을 지나면서 창문으로 처다보았지만, 레이스가 달린 커튼 때문에 그녀가 피아노를 치고 있는지 아닌지 분간하기가 힘들었어. 이런 일이 벌어지고 있을 무렵, 독일군 장교는 정원에서 다른 고급 장교들과 대화를 하고 있었어. 화단에 꽃은 별로 없었지만, 오벨리스크처럼 이상한 형태로 자른 쥐똥나무들로 꽉 찬 프랑스식 정원이었지."

"그건 독일식 정원이야. 더 정확히 말하면 색슨풍의 정원이지."

"그걸 네가 어떻게 알아?"

"프랑스식 정원에는 꽃이 있고 화단은 반듯반듯하게 꾸며져 있어. 하지만 어딘지 모르게 좀 우중충하지. 그 정원은 독

일식 정원이야. 그래서 그 영화가 독일에서 만들어졌음을 알
수 있지."

"넌 어떻게 이런 걸 알아? 이런 것은 여자들의 일인데……."

"건축학에서 배우는 것들이야."

"너, 건축 공부했어?"

"그래."

"졸업했어?"

"응."

"그런데 왜 이제야 말하는 거야?"

"말할 기회가 없었어."

"넌 정치학을 공부했다고 했잖아?"

"응, 정치학도 공부했지. 다음에 말해줄 테니까 영화 이야기
나 계속해. 예술은 여자의 전유물이 아니야."

"며칠 내로 네가 나보다 더 게이라는 사실을 알게 될지도
모르겠네."

"그럴 수 있겠지. 그런데 지금은 영화 이야기를 듣고 싶어."

"바로 그때 관리인은 노랫소리는 들리지만, 그녀가 피아노
앞에 없다는 사실을 알고는, 그녀가 어디에 있는지 찾기 시작
했어. 그녀는 서재에서 모든 서류를 이리저리 뒤지는 참이었
지. 아 참! 그전에 그녀는 책상 서랍의 열쇠를 손에 넣는 데 성
공했어. 애인인 장교한테서 빼낸 거였지. 그리고 모든 군수품
이 숨겨진 지역, 즉 독일 병기고의 도면을 발견했어. 그런데 그
때 발소리가 들렸어. 그녀는 서재로 향하는 발코니에 급히 몸
을 숨겼어. 하지만 그곳은 장교들이 모인 곳에서 훤히 보이

는 장소였어! 그녀는 어찌할 바를 몰랐어. 그곳에 있으면 정원에 모인 장교들이 고개만 들어도 그녀를 볼 수 있기 때문이었지. 관리인은 서재로 들어와서 그곳을 둘러보았어. 그녀는 숨을 죽이고 가만히 있었어. 그런데 그녀는 레코드가 끝나간다는 사실을 알고는 어쩔 줄 몰랐어. 너도 알겠지만, 그 당시 음반은 한 곡만 수록하고 있었거든. LP가 없었던 때니까. 하지만 음반이 끝날 무렵 관리인은 서재를 나갔어. 그러자 그녀도 얼른 그곳을 빠져나왔어. 정원에 모인 모든 고위급 장교들은 넋을 잃고 그녀의 노래를 듣고 있었어. 음반이 끝나자, 기립해서 박수갈채를 보냈지. 그때 그녀는 피아노 앞에 앉아 있었고, 그래서 그곳의 모든 사람은 음반이 아니라, 그녀가 진짜로 노래를 부른 것으로 믿었어. 이 다음 장면은 독일군의 병기고 지도를 넘겨주기 위해 그녀가 절름발이하고 자기 사촌동생과 만나는 장면이었어. 약속 장소는 아주 크고 멋있는 박물관이었어. 센강변에 있는 박물관엔 노아의 방주 이전에 살았던 동물들로 가득 차 있었고, 벽은 온통 유리로 장식되어 있었어. 그들과 만나자 그녀는 절름발이에게 정보를 빼냈다고 말했어. 그러자 절름발이는 거들먹거리면서, 그 일은 그녀가 마키단을 위해 할 첫 번째 일에 불과하다고 했어. 그리고 일단 그녀가 자기네 스파이가 되었기 때문에, 그 일을 그만둘 수 없을 거라고 말했지. 그래서 그녀는 그 정보를 말해주지 않으려고 했어. 그런데 벌벌 떨고 있는 사촌동생을 보자, 어쩔 수 없이 병기고가 프랑스 지역의 어느 마을에 있는지 정확하게 그 이름을 말해주었어. 아주 못돼 보이는 그 절름발이는 만일 독일군 장교가 그녀가 배신했다는 사실을 알게 되면, 아주 미워할 거라고 말했어. 그러고는 다른 말도 했는데 잘 기억이 나질 않아. 그러자 사촌동생은 절망에 빠진 채 분노로 얼굴이 백짓장처럼 된 레니를 보았어. 그 사촌동생은 유리창을 바라보았어. 그들은 유리창 옆에 있었거든. 아마 엄청나게 큰 박물관의 5층이나 6층쯤 되었던 것 같아. 그때 절름발이가 눈치채지 못하게 그를 덮친 사촌동생은 유리창 문을 깨고 절름발이를 허공으로 던져버리려고 했어. 그런데 절름발이가 거칠게 저항하자, 사촌동생은 절름발이와 함께 자기 몸을 내던져 목숨을 잃고 말았어. 그녀는 무슨 일이 일어났나 보려고 모여드는 사람들 속에 섞여 들었지. 베일이 드리워진 모자를 쓰고 있었기 때문에 아무도 그녀를 알아보지는 못했어. 그 사촌동생, 참 훌륭하지, 그렇지?"

"그녀한테는 그렇지만, 그도 역시 조국의 배신자지."

"하지만 그 사촌동생은 마키단들이 마피아 같은 놈들이라는 사실을 눈치챘어. 영화 이야기를 더 들어보면 나중에 알게 될 거야."

"넌 마키단이 무언지 알고 있어?"

"응. 그들은 애국자들이지만, 영화 속에서는 그렇게 등장하지 않아. 내가 영화 이야기 조금 더 해줄게. 그런데…… 그다음 장면이 뭐더라?"

"널 이해할 수가 없어."

"그 영화는 너무나 멋진 영화야. 난 영화에만 관심이 있을 뿐이야. 내게 중요한 점은 이것뿐이야. 여기에 갇혀 있는 동안 미치지 않으려면, 이 영화처럼 멋진 일을 생각하는 것 빼놓고는 할 일이 없잖아, 그렇지 않아? ……그런지 안 그런지 대답해 봐."

"무슨 말을 듣고 싶은 거지?"

"내가 현실에서 탈출할 수 있도록 좀 내버려 둬달라는 말이야. 더 이상 현실을 비관할 필요는 없잖아. 내가 미치기를 원해? 하긴 난 이미 미친년이니까."

"그래, 솔직히 말하면, 네 말도 맞아. 여기서 네가 미칠 수도 있어. 그것은 네가 현실을 비관하기 때문일 수도 있지만, 스스로 네 자신을 소외시키고 있기 때문이기도 하지. 지금 네가 하는 행동처럼 말이야. 네가 말하는 것처럼, 아름다운 일만 생각하는 네 태도는 위험한 행동일 수 있단 말이야."

"왜 그렇지? 그렇지 않아."

"그렇게 현실을 도피하는 것은 마약처럼 해로운 거야. 내 말 좀 들어봐. 네 현실, 바로 네 현실은 이 감옥만이 아니야. 이 감옥을 뛰어넘어 생각해 봐. 내 말 알겠지? 그래서 난 책을 읽고 하루 종일 공부하는 거야."

"정치…… 정치가들이 정치를 하니 세상이 이렇게……."

"고리타분한 여편네 같은 말은 집어치워. 넌 여편네가 아니잖아…… 전에도 아니었고. 영화 이야기나 조금 더 해줘. 끝나려면 아직 멀었어?"

"왜? 재미없어?"

"영화가 맘에는 안 들지만, 재미는 있어."

"맘에 안 든다면 더 이상 얘기해 주지 않겠어."

"마음대로 해, 몰리나."

"물론 오늘 밤에 끝내기는 힘들어. 아직 멀었거든. 절반쯤 남았어."

"정치 선전물이라는 점에서는 흥미 있어. 그것뿐이야. 어쨌거나 일종의 다큐멘터리이니까."

"딱 잘라 말해. 이야길 해줘, 아니면 말아?"

"조금만 더 해봐."

"이젠 네가 선심 쓰는 것처럼 들리네. 잠이 안 온다면서 영화 이야기해 달라고 한 건 바로 너였어."

"그래서 나도 고맙게 생각하고 있어, 몰리나."

"이젠 내가 잠이 안 오네. 이거 아주 재미있는 현상인데."

"그러니까 조금만 더 얘기해 줘. 그럼 우리 두 사람 모두 잠을 푹 잘 수 있을지도 모르니까. 하느님의 가호가 있다면 말이야."

"무신론자들이 항상 하느님은 더 들먹거린단 말이야."

"그건 말하는 방식이 그래서 그런 거야. 자, 얘기해 봐."

"좋아. 그녀는 그동안 일어났던 일을 한마디도 말하지 않았어. 그리고 독일 장교에게 마키단이 무서워서 견딜 수가 없으니, 그의 집에서 묵게 해달라고 부탁했어. 그런데 이제 너무나 멋진 장면이 나와. 내가 말하지 않았는데, 그도 피아노를 칠 줄 알았어. 그는 수가 놓인 가운을 입고 있었는데, 거기에 대해선 더 이상 말하지 않을게. 얼마나 멋진지! 목에는 흰 실크 목도리를 두르고 있었어. 촛불만 켠 채, 조금 구슬픈 곡을 연주했어. 그녀와 약속을 했는데, 그녀가 늦게 왔기 때문이야. 그는 그녀가 더 이상 자기 집에 오지 않을 거라고 생각했어. 참, 한 가지 잊어버렸는데, 사람들이 그녀를 알아보지 못하자 그녀는 박물관을 빠져나왔어. 그러고는 정신 나간 여자처럼 온 파리 시내를 걷기 시작했지. 그녀는 그토록 사랑했던 사촌동생이 죽자, 제정신이 아니었어. 날이 어두워질 때까지 파리의 거리를 배회했지. 에펠탑을 지나 보헤미안들이 모이는 지역을 왔다 갔다 했어. 거리에서 그림을 그리는 화가들이 그녀를 바라보았고, 센강변의 가로등 밑에 있던 연인들도 그녀를 쳐다보았어. 그녀가 불쌍한 미친 여자처럼, 그러니까 모자에 달린 베일을 걷어 올린 채, 사람들이 자기를 알아보든 말든 개의치 않고 몽유병 환자처럼 걷고 있었기 때문이지. 그러는 동안 독일 장교는 촛불을 밝히고 두 사람분의 저녁을 준비하라고 지시했어. 하지만 촛불이 반쯤 탈 때까지도 그녀가 오지 않자, 그는 피아노를 치기 시작했어. 아주 느리고 슬픈 왈츠였어. 그때 그녀가 들어왔어. 그는 일어서서 그녀를 맞이하지 않고 계속해서 그 환상적인 왈츠를 쳤어. 구슬펐던 그 곡은 환희의 순간으로 점점 변하고 있었어. 말로 표현하기 어려울 정도로 낭만적인 부분이었지. 그리고 아주 명랑한 곡조였어. 그는 아무 말도 하지 않았지만 행복에 찬 미소를 머금고 있었어. 그러고는 그 음악이 계속해서 들리면서 이 장면은 끝이 났어. 그런데…… 넌 이 장면이 얼마나 멋있었는지 상상이 안 갈 거야."

"그다음은?"

"그녀는 아주 근사한 침대에서 잠을 깼어. 침대 전체가 밝은 융단으로 되어 있었어. 아마 연한 핑크빛과 초록색이 어우러져 있었던 것 같아. 침대 시트도 융단이었어. 이런 영화가 컬러가 아니라 흑백이었다는 점은 정말 유감스러워, 안 그래? 침대 옆에는 망사로 된 커튼이 둘러쳐져 있었어. 내 말 알아듣겠지? 그녀는 사랑에 흠씬 빠져 잠에서 깨어났어. 창문을 내다보았는데 가랑비가 내리고 있었어. 그녀는 전화기가 있는 곳으로 가서 수화기를 들었는데, 우연히 그와 어떤 사람의 대화를 엿듣게 되었어. 그들은 암거래를 일삼는 마피아 같은 사람들에게 어떤 처벌을 할 것인가를 토의하고 있었어. 그때 그녀는 사형에 처하라는 그의 말을 듣고 자기 귀를 의심했어. 그녀는 그들의 대화가 끝나기를 기다리고 있다가 수화기를 놓았어. 대화를 엿들었다는 사실을 눈치채지 못하게 말이야. 그러고 있는데 그가 침실로 와서 함께 아침을 들자고 했어. 이슬비에 젖은 창문 유리에 비친 그녀는 너무나 예뻤어. 그녀는 그에게, 그가 말했던 영웅처럼, 신독일 병사는 정말로 아무도 겁나지 않느냐고 물었어. 그는 조국을 위해서는 어떤 위험도 감수하겠다고 말했어. 그러자 그녀는 저항하지 못하는 힘없는 적을 죽이는 것은 겁나서 그런 것이 아니냐고 물었어. 어느 순간에 역할이 바뀌어 맨손으로 정면 대결해야 할지도 모르는 상황이 일어날 것이 겁나서 그러느냐고 말했어. 그는 그녀가 무슨 말을 하고 있는지 알아듣지 못하겠다고 대답했어. 그러자 그녀는 화제를 바꾸었어. 하지만 그날 집에 혼자 있게 되자, 마키단과 접촉해 무기고의 비밀을 넘겨주려고 절름발이가 준 전화번호를 돌렸어. 그가 사람을 사형시킬 수 있다는 사실을 안 순간, 그를 남자로서 보고 싶은 마음이 없어져 버린 거야.

그러고는 마키단에서 온 사람을 만나러 나갔어. 이런 것을 숨기기 위해 그녀가 리허설을 하고 있던 극장에서 만나기로 약속했지. 그녀는 어떤 사람이 자기에게 다가오면서 약속된 신호를 보내는 것을 보았어. 그런데 그때 텅 빈 극장의 복도로 누군가 도착하더니 레니를 불렀어. 그는 베를린에서 온 전보를 가져왔는데, 독일에서 제일 좋은 스튜디오에서 촬영하는 훌륭한 영화에 출연을 제안하는 내용이었어. 그 초청장을 가져온 사람은 점령군 장교였기 때문에, 그녀는 마키 단원에게 아무 말도 할 수 없었어. 그러고는 즉시 베를린으로 가기 위해 짐을 꾸려야만 했어. 맘에 들어?"

"아니. 이젠 잠이 오는데. 내일 계속하자. 괜찮지?"

"안 괜찮아. 이 영화가 맘에 안 들면 더 이상 이야기하지 않을게."

"어떻게 끝나는지 알고 싶어."

"맘에 들지도 않는데 뭣하러…… 이제 됐어. 내일 봐."

"내일 이야기하자."

"하지만 다른 것에 대해서."

"좋을 대로 해, 몰리나."

"안녕."

"잘 자."[7]

---

7) 토비스–베를린 스튜디오가 개봉 영화 해외 배급자들을 위해 발행한 초대작 「운명」에 관한 팸플릿(중간 부분).

외국 일류 여배우는 환영 팡파르를 받으며 요란하게 도착하는 것이 관례지만 레니 라메종은 대독일제국의 수도에 아무도 모르게 도착한다. 분장과

· · · · · · · · · · · ·

"왜 이렇게 저녁식사가 늦어지지? 옆방에는 한참 전에 밥을 준 것 같은데."

"그래, 나도 들었어. 이제 공부 안 할 거야?"

"응, 몇 시야?"

"8시가 조금 지났어. 다행히 오늘은 그리 배가 고프진 않아."

의상 테스트를 거친 후에야 비로소 기자회견이 열린다. 프랑스 가요계의 최고봉인 이 여신은 그날 오후 가장 유명한 자유세계의 국제 언론 대표들 앞에 모습을 나타낼 예정이다. 베를린의 그랜드 호텔에서 열리는 이 회견을 위해 일층과 이층 사이에 위치한 임페리얼 살롱이 예약되었다. 그곳 로비 커피숍에서 연주하는 오케스트라의 조용한 음악이 은은히 울려 퍼지고 있다. 많은 사람들은 레니를 파리의 최신 유행과 동일시하면서 경박한 찬사를 보내고, 그녀의 아름다움은 파리의 유행을 보여줄 것이라고 생각한다. 그곳에 있던 모든 사람은 레니가 달팽이처럼 빠글빠글한 파마를 하고, 얼굴에는 하얀 파운데이션을 바른 후, 양쪽 볼을 불그스레하게 화장한 판에 박힌 인형 같은 모습일 거라고 기대한다. 그리고 검은 마스카라와 무거운 가짜 속눈썹의 무게 때문에 눈도 제대로 뜨지 못할 것이라고 지레짐작한다. 하지만 그들의 호기심은 무엇보다도 그녀의 의상에 집중된다. 왜냐하면 여성의 실루엣을 제대로 표현하지 않는 디자인으로 유명한 울트라 린(프랑스를 지칭하는 말 — 옮긴이) 지역의 데카당트한 디자이너가 만든 옷을 입을 것으로 생각했기 때문이다. 쓸데없이 치렁치렁 늘어뜨린 그런 옷 말이다. 그녀가 나타나자 모여 있던 사람들은 급히 길을 터준다. 그곳에 운집해 있던 사람들 사이에서 깊은 감탄의 소리가 터져 나온다. 그들 앞에 나타난 여인은 기대와는 몹시 다르다. 그녀의 가느다란 허리와 동그란 엉덩이는 치렁치렁한 옷에 뒤덮인 것이 아니라 여성미를 제대로 보여주며, 그녀의 오똑 솟은 가슴도 그런 화려한 디자인에 눌려 있지 않다. 오히려 레니는 스파르타 출신의 여인처럼 희고 아주 단순한 디자인의 튜닉에 허리띠만 졸라맨 채 등장한다. 이 옷은

"참 이상한 현상이군, 몰리나. 너 어디 아픈 것 아니야?"

"아니야, 신경이 예민해져서 그래."

"저기 갖고 오는 것 같아."

"아니야, 끝 방에 있는 사람들이 샤워하고 돌아오는 소리야."

"소장실에서 무슨 말을 했는지 내게 말해주지 않았어."

"아무 말도 없었어. 새 변호사가 가져온 서류에 사인하라고 부른 거야."

그녀의 자태를 그대로 드러내 주었다. 깨끗한 얼굴은 산에서 자란 아가씨처럼 건강미를 한껏 풍기고 있다. 또한 머리는 가운데 가르마를 타서 똑바로 세운 뒤, 세 갈래로 땋아 정수리를 완전히 감싸는 형태로 되어 있다. 운동선수처럼 튼튼한 팔에는 소매가 없었지만, 똑같은 흰 튜닉 천으로 만든 조그만 망토가 어깨를 덮고 있었다. "우리가 추구하는 이상적인 아름다움은 항상 건강미여야 한다."라고 우리 지도자께서는 말씀하셨다. 지도자께서는 여성에 관해 좀 더 정확히 이렇게 말씀하셨다. "여인들의 사명은 아름다워지는 것이며, 자식들을 낳는 것이다. 독일에 다섯 명의 자식을 낳아준 여인은 이 세상에서 가장 유명한 법학자보다 더 훌륭하다. 국가 사회주의(나치)의 이데올로기 안에 여성 정치인이 설 자리는 없다. 왜냐하면 여성들이 자신들에게 맞지 않는 의회 의석을 차지한다는 것은 스스로 자신들의 존엄성을 떨어뜨림을 의미하기 때문이다. 독일제국의 부흥은 남성들의 사명이다. 하지만 현재 8천만 명의 국민에 불과한 제3독일연방공화국은 1세기 후, 그러니까 영광의 2040년에는 조국뿐만 아니라 셀 수 없이 많은 우리의 식민지의 운명을 다스릴 2억 5천만 명의 애국자를 필요로 할 것이다. 이것은 여성들의 사명이다. 종족의 퇴보에 관한 중대한 문제에 관해, 여성들은 다른 민족들의 교훈을 배운 후, 이런 문제는 동일 민족으로 구성된 의식적인 국민 주의로 극복할 수 있음을 깨달아야 한다."(「국가와 민족의 종합」) 레니를 초청한 베를린 스튜디오의 대표자는 임페리얼 살롱에서 아름다운 외국 여인에게 이 말을 되풀이한다. 레니의 순수한 아름다움이 그곳에 참석한 언론 대표들에게 강한 인상을 준 것과 마찬가지로, 이 말은 레니에게 강한 인상을 심어준다.

"위임장이야?"

"응, 변호사를 바꿨기 때문에 다시 사인을 해야 했어."

"널 어떻게 다루었지?"

"특별하지는 않았어. 평소와 마찬가지로 게이처럼 취급했어."

"잘 들어봐. 저기 간수들이 오는 것 같군."

"그래 저기 오는 것 같아. 저기 있는 잡지는 치워버려. 그들이 보면 빼앗아 갈 테니까."

다음 날 그녀의 새로운 이미지는 자유주의 국가의 모든 일간지에 일면 기사로 다루어진다. 하지만 레니는 자기의 아름다움을 찬양하는 기사를 읽는 데 시간을 허비하지 않는다. 그 대신 베르너에 대한 의구심을 억제하면서, 그에게 전화를 건다. 그러고는 파리로 돌아가기 전에, 베를린에서 머무르는 며칠 동안 신독일의 멋진 면을 발견할 수 있도록 도와달라고 부탁한다. 베르너는 그녀를 아주 거대한 스타디움에서 열린 독일 청년 집회로 데려간다. 그는 관용 리무진 대신 매우 빠르게 달리는 자기 스포츠카에 레니를 태운다. 그의 목적은 레니가 열광적인 관중과 일체감을 느끼게 하는 것이었고, 마침내 목적을 이룬다. 레니 곁을 지나가는 모든 사람들은 그녀에게 찬사를 보내지만, 그것은 화려한 옷을 입은 세련된 여신에게 보내는 찬사가 아니라, 치장하지 않은 건강한 여인의 멋진 자세에 대한 찬사였다. 사실 레니는 늠름한 군복을 떠올리게 하는 투피스로 된 단순한 디자인의 옷을 입고 다녔다. 알프스 지역의 전통적인 모직천은 산지를 상징하듯이 투박해 보였지만, 그녀의 여성미를 한껏 보여준다. 씩씩하게 보이기 위해 패드를 넣어 각지게 만든 어깨는 그녀의 실루엣을 한층 돋보이게 만들고 있다. 베르너는 그녀를 황홀한 표정으로 바라본다. 하지만 베르너는 레니가 거대한 스타디움을 정면으로 바라보면서 넋을 잃고 있다는 것을 미처 눈치채지 못한다. 레니는 그 충격에서 헤어날 수가 없다. 그래서 레니는 베르너에게 다른 유럽 국가들은 프랑스 수도에서 만들어진 여성 패션처럼, 미술과 조각뿐만 아니라 건축에서도 이내 사멸할 운명의 장식적이고 추상적인 예술, 경박하고 하루살이 같은 예술이 지배하고 있는데, 어떻게 그의 조국은 그토록 순수하고 감동적인 것을 창조할 수 있었느냐고 묻는다. 그는 어떻게 대답해야 할지 잘

"배고파 죽겠군."

"발렌틴, 제발 내 말 좀 들어. 뺏기고 나서 간수에게 불평하
지 말고."

"알았어……."

"……."

"……."

"받아."

알고 있지만, 즉시 대답하지 않고 잠시만 기다려달라고 부탁한다. 그리고 나
서 젊은 독일 청년들이 펼치는 잊기 어려운 장관을 구경하러 간다. 청년들
은 초록 잔디밭의 운동장에서 직선 형태로 정렬했다가, 갑자기 선의 형태를
무너뜨리고 물결치는 곡선의 형태를 취하더니, 다시 남성미를 보여주는 직
선 형태로 정렬한다. 그것은 검은색과 흰옷을 입은 젊은 남녀 운동선수들이
펼치는 체조 시범이었다. 레니는 한시도 눈을 떼지 않고 정신없이 이 장면을
바라본다. 그러자 베르너는 올림픽 시범 게임을 보던 레니에게 이렇게 평을
한다. "바로 이것이오. 영웅성이란 정치적 운명을 미래적 관점으로 이루는
것이오. 예술은 우리 시대의 정신을 표현할 때만 제 역할을 하지. 공산주의
와 미래주의 예술은 시대착오적이고 무정부적인 예술이오. 우리의 예술은
몽골이나 공산당의 무모한 행위와 부패한 아시리아의 산물인 기독교도들의
사기 행각에 대항하는 북유럽 문화요. 사랑과 명예는 서로 대립되는 개념이
오. 그리스도는 아마도 사원에서 장사치들을 주먹으로 쫓아낸 운동선수였
을 거요." 국가 사회주의의 진정한 인간 횃불인 청년들이 애국심에 불타서
계속 군가를 합창한다. "……다시 광명의 국기를 휘날려라. 청년 혁명가의
화산 같은 정열을 불태우고, 우리의 분노를 일깨우며, 냉정하고 확실한 머리
로 불신과 분노를 조직하라. 그렇게 인류를 선동하라." 이렇게 그들은 최고
선전 책임자인 괴벨스 제독의 구호를 인용한다. 레니는 베르너가 사형을 선
고하는 말을 들은 날부터 마음속에 심한 괴로움을 느끼고 있지만, 그날은
자기의 가슴이 환희로 가득 차는 것을 느낀다. 베르너는 그녀의 손을 잡고
자기의 가슴으로 가져가지만 그녀에게 키스할 용기를 내지는 못한다. 그녀
의 입술이 아직도 차갑지 않을까 두려웠기 때문이다. 그날 저녁 그들은 아

"옥수수 죽이네."

"그래."

"고마워."

"와, 이렇게 많이……."

"그러니 불평하지마."

"그런데 이 접시는…… 왜 이렇게 적지?"

"상관하지 마. 투덜거리기는…… 그래봤자 아무 소용도 없어."

무 말 없이 저녁식사를 한다. 베르너는 아무 말도 하지 않는다. 베르너는 레니가 왜 그런 행동을 하는지 짐작조차 하지 못한다. 단지 레니가 자기를 멀리하고 있으며, 그녀가 아무도 모르는 생각에 잠겨 있다는 것을 느꼈을 뿐이다. 두 사람 모두 안주를 거의 입에 대지 않는다. 그런데 갑자기 레니는 부드러운 모젤 와인 한 잔을 단숨에 마신 다음, 술잔을 활활 타고 있는 벽난로를 향해 힘껏 던져버린다. 술잔은 산산조각 난다. 레니는 말을 돌리지 않고 마음속에서 궁금하게 여기고 있던 것을 묻는다. "어떻게 당신처럼 훌륭하고 뛰어난 사람이 다른 사람을 죽이라고 명령할 수 있지요?" 베르너는 즉시 침착하게 대답한다. "그것 때문에 그동안 날 그렇게 멀리한 것이오?" 레니는 그렇다고 대답한다. 그러자 베르너는 주저하지 않고 정치부로 따라오라고 말한다. 레니는 그의 말을 따른다. 늦은 시간이지만, 정부 청사는 분주하게 움직이고 있다. 신독일은 밤낮으로 쉬지 않고 일하기 때문이다. 화려한 군복을 입은 베르너를 보자 모든 문이 열린다. 잠시 후 그들은 소형 영사실이 있는 지하실에 도착한다. 베르너가 즉시 영화를 돌리라고 명령하자 화면에 갑자기 빛이 비치기 시작한다. 이 영화는 세계의 기아(飢餓)에 관한 기록영화로, 아프리카 북부, 스페인, 달마시아, 양쯔강 유역, 그리고 아나톨리아 지방에서 일어나는 기아를 다루었다. 이렇게 기아로 신음하는 장면이 끝날 때마다, 항상 무자비해 보이는 두세 명이 나타난다. 그들은 항상 같은 사람들이었는데, 모두 죽음을 초래하는 방황하는 유대인이다. 이 모든 것이 아주 정확하게 카메라에 포착된다. 이들은 죽음을 예고하는 콘도르와 같은 장사꾼들이다. 그들은 가뭄이나 홍수로 재앙이 난 땅들을 하나도 빠짐없이 찾아다닌다. 그리고 식료품을 매점매석하면서 사탄의 향연을 조직한다. 그

"……."

"……."

"널 생각해서 아무 말도 하지 않은 거야, 몰리나. 그렇지 않았으면 이 더러운 죽을 그놈들 얼굴에 던져버리고 말았을 거야."

"그렇게 해봤자 아무 소용도 없어."

"이 그릇은 다른 그릇의 반밖에 안 되잖아. 저 간수 미친 것

들이 지나가자, 아브라함의 못된 자식들인 그들의 일당은 수학처럼 정확하게 동일한 작전을 전개한다. 우선 밀을 모두 사들인 다음, 조금씩 다른 곡식들을 사 모은다. 심지어는 동물 사료로 쓰이는 곡물까지도 사들인다. 그다음에는 육류, 설탕, 기름, 과일과 채소, 심지어는 통조림에 든 채소까지도 모두 사들인다. 그렇게 해서 온 도시가 배고픔으로 신음하게 만든다. 그러자 도시에 사는 주민들은 아우성치며 시골로 몰려들지만, 보이는 거라고는 여호와의 메뚜기에 약탈당한 시골의 황폐한 광경뿐이다. 그래서 모든 백성들의 얼굴은 움푹 패이고, 아무도 제대로 서서 걸을 수도 없게 된다. 이런 참혹한 대학살의 지평선 위로 굶주려 죽는 사람들의 얼굴이 뚜렷이 부각된다. 이들은 딱딱해진 빵 한 조각을 찾아 신기루로 향하는 사람들이다. 하지만 그들은 이런 빵 한 조각조차도 영원히 구경하지 못하고 죽어갈 사람들이다.

레니는 몸을 떨면서 그 영화를 지켜본다. 하지만 궁금증을 풀기 위해 불이 켜지기만을 학수고대한다. 사실 그녀는 베르너에게 잔인하고 파렴치한 두 사람 중 한 사람이 누구인지 물어보고 싶었다. 레니가 이 범죄조직의 두 두목에 대해 말하자, 베르너는 고민에서 해방되어 환한 표정을 짓는다. 그는 레니가 이 범죄자 중의 한 명을 알아보았다고 생각한 것이다. 그는 자기가 사형을 명령해서 레니를 비탄에 잠기게 한 그 범죄자라고 생각했다. 하지만 레니는 그 사람이 아니라 다른 범죄자에 관해 말한다. 베르너는 혹시 레니가 정보기관의 모든 요원이 거의 불가능하다고 단념한 그 범죄자를 알고 있는 것이 아닌가 해서 더욱 흥분한다. 왜냐하면 하코보 레비는 현재 모든 수사기관이 전력을 다해 찾고 있는 반나치요원이기 때문이다. 하지만 레니는 명확한 대답을 하지 않는다. 그녀는 어디에선가 기름이 흐르는 대머

아니야, 개자식들 같으니라고."

"발렌틴, 내가 이 조그만 그릇을 먹을게."

"아니야, 넌 항상 옥수수죽은 하나도 남기지 않고 잘 먹잖아. 그러니까 큰 그릇을 가져."

"아니야, 배고프지 않다고 말했잖아. 네가 큰 그릇 가져."

"이것 먹어. 고집 부리지 말고."

"아니야, 싫어. 내가 왜 큰 그릇을 먹어?"

리에다 고리대금업자의 긴 수염을 한 잔인한 그 얼굴을 보았다고 확신한다. 그래서 두 사람은 필름을 다시 뒤로 돌려, 그 범죄자의 얼굴이 나오는 화면을 정지한다. 레니는 그가 누구인지 기억하려고 갖은 애를 써보지만, 어디에서, 어떻게 그리고 언제 그 괴물 같은 사람을 보았는지 전혀 기억하지 못한다. 마침내 그들은 영사실을 나와 보리수 나무가 줄지어 있는 거리를 걷기로 한다. 레니는 계속 기억의 미로 속에 빠져 있다. 그녀는 전에 하코보 레비를 보았다고 확신한다. 하지만 혹시 악몽을 꾸다가 본 것은 아닌지 걱정한다. 베르너는 아무 말도 하지 않는다. 베르너가 레니에게 영화를 보여준 것은 스위스 국경 근처의 마을에서 체포된 그놈, 그가 사형에 처하라고 명령했던 그놈이 얼마나 벌레만도 못한 놈인가를 보여주려는 의도였다. 하지만 레니는 사랑의 천국이란 꿈이 깨어지지나 않을까 두려워하고 있던 베르너의 걱정을 일소하는 행동을 한다. 그녀가 베르너의 오른손을 다정하게 잡은 것이다. 레니는 보드랍고 흰 손으로 베르너의 굳은살이 박인 손을 잡고서, 자기 가슴으로 가져간다. 이제 모든 것이 확실해졌다. 레니는 히브리 사람인 몰로흐가 죽으면, 죄 없는 수백만 명의 영혼이 구제된다는 사실을 깨달은 것이다. 독일제국의 수도에는 가랑비가 촉촉이 내리기 시작한다. 레니는 베르너에게 꼭 껴안아 달라고 부탁하고는 마음의 평정을 되찾는다. 이튿날 해가 뜨면 그들은 아직 체포되지 않은 다른 맹수를 사냥하기 위해 떠날 예정이다. 하지만 바로 눈을 뜨는 순간 세상의 밀림에서 들려오던 맹수의 울음소리가 들리지 않는다. 왜냐하면 그들은 신들이 선택한 대지에 황금빛 저택을 지을 것이기 때문이다. 도덕으로 무장한 영웅들이 장사치들의 모든 속임수를 이겨내고, 첫 전쟁을 서전으로 장식한 바로 그곳

"네가 옥수수죽을 좋아하니까."

"난 배고프지 않단 말이야, 발렌틴."

"일단 먹기 시작하면, 다 먹을 수 있을 거야."

"아니야."

"이봐, 오늘은 맛이 괜찮은데."

"네가 이것 먹어. 난 별로 배고프지 않다니까."

"살찌는 게 무서워서 그래?"

에. 화사한 햇빛이 비치는 어느 일요일에, 레니는 베르너에게 파리로 돌아가기 전의 마지막 주말을 함께 보내자고 제안한다. 그리고 그날 하루 종일 알프스 고원지방의 아름다운 계곡을 구경하자고 말한다. 지도자의 휴양지가 있는 매혹적인 산지이며, 지도자가 도피해 있던 시절에 검소한 어느 농부 가족이 그를 잘 숨겨주고 보호해 준 곳이다. 푸르고 향긋한 냄새를 풍기는 푸른 초원 위로, 태양은 따스한 햇빛을 선사한다. 반면에 산들바람은 보초처럼 산봉우리에 우뚝 솟은 만년설의 싱그러움을 실어 온다. 푸른 초원 위에는 시골의 투박한 식탁보가 깔리고, 그 위에는 소탈한 소풍 음식이 차려졌다. 호기심을 억누르지 못한 레니가 베르너에게 지도자에 관한 것을 모두 물어본다. 처음에 그녀는 베르너가 말하는 의미를 제대로 이해하지 못한다. "자유민주국가의 사회·경제적 문제는 이제 막다른 골목에 와 있소. 이는 국제적 규모의 강력한 그룹이 아니라, 민중에게 기반을 둔 전체주의 형태를 취하고 있소. 모든 민중에게 만족감을 주면 쉽게 해결할 수 있다는 거요……." 그러자 그녀는 지도자의 개성에 관해 간단히 말해달라면서, 가능하면 그가 어떻게 권좌에까지 오르게 되었는가를 설명해달라고 부탁한다. 베르너가 말한다. "마르크스주의자들의 글과 유대인 관보는 독일인에게 혼란과 수치심만을 강조하고 있소. 그들은 계속해서 아돌프 히틀러가 체포되었다는 날조된 기사를 유포하고 있지. 하지만 도저히 있을 수 없는 일이오. 왜냐하면 아무도 그를 알아볼 수가 없기 때문이지. 지도자께서는 한 번도 자신의 모습을 사진에 담은 적이 없었소. 그는 비밀회합에 참석하기 위해 우리 영토를 이리저리 누비고 다녔소. 나는 가끔 그분과 함께 여행을 했소. 아주 위험한 경비행기로 말이오. 난 그 비행기를 잊

"그런 게 아니라……."

"그럼 먹어, 몰리나. 풀덩이 같은 이 옥수수죽이 오늘은 상당히 맛이 좋은데. 난 조그만 그릇으로도 충분해."

· · · · · · · · · · ·

"아아…… 아아……."

────────────

을 수가 없소. 시끄러운 엔진 소리가 나자마자, 우리는 금방 지상을 이륙해서 암흑의 밤을 향해 날아갔소. 어떤 때는 폭풍이 부는 밤에도 여행을 했지. 하지만 그분은 번개 따위는 전혀 두려워하지 않았소. 그리고는 마르크스주의라는 광기와 평화주의라는 독에 사로잡히거나 혹은 외국 사상에 짓밟힌 민중을 보며 자신이 얼마나 고통스럽게 느끼고 있는지 내게 열정적으로 말하곤 했소……. 우리가 어제 함께 왔던 길과 오늘 밤 우리가 다시 가야 할 알프스에서 베를린까지의 길을 우리는 자동차로 수없이 왕래했소. 그는 모든 길을 아주 잘 알고 있었지. 그 길들은 민중의 가슴으로 향하는 그의 길이기도 했소. 당신도 지금 여기에서 보는 것처럼, 우리는 차를 세우고 잔디 위에 식탁보를 깔고서, 나무 그늘에 앉아 보잘것없는 점심을 먹곤 했소. 지도자께서 드신 음식은 기껏해야 빵 한 조각, 삶은 계란 한 개와 과일 몇 조각이 전부였소. 비가 오는 날에는 차 안에서 도시락을 먹었소. 그리고 마침내 목적지에 도착해 비밀회합이 열리면, 그토록 꾸밈없는 사람이 위대한 사람이 되었고, 라디오 전파는 반군(叛軍) 라디오를 통해 거칠 것 없이 나오는 그분의 말씀을 방송했소. 그분은 목숨을 건 위험을 수없이 무릅썼소. 길거리가 피에 굶주린 마르크스주의자들 때문에 온통 공포에 떨고 있었기 때문이오." 레니는 넋을 잃고 이 말을 듣는다. 그러고는 더욱더 많은 것을 알고자 한다. 그녀는 평범한 여인들과 마찬가지로 지도자가 그런 힘을 갖게 된 비결이 무엇이냐고 묻는다. 그러자 베르너는 다음과 같이 대답한다. "……영도자께서는 말 한마디 한마디에 자기 자신을 보여주셨소. 그분은 자기 자신을 믿고, 자기가 말하는 모든 것을 믿고 있소. 오늘날 찾아보기 힘든 분이오. 진정한 권위 그 자체라고 할 수 있

"……"

"아아……."

"왜 그래?"

"아무것도 아니야. 이 여자분이 몹시 불편하셔."

지. 민중은 그의 진실됨을 믿고, 바로 그 진실됨에 매달린 것이오. 지도자가 그런 개성을 지니게 된 진정한 이유는 가장 충복이라고 자처하는 우리들에게도 영원히 미스터리로 남아 있을 것이오. 오직 기적이라고밖에는 설명할 수 없소. 하느님께서 그분에게 축복을 내린 것이오. 그리고 지도자의 믿음과 지도자를 믿는 믿음만이 이것을 설명할 수 있소. 믿음은 산까지도 움직일 수 있는 것이고……." 레니는 잔디밭에 누워 베르너의 맑고 푸른 눈을 쳐다본다. 그의 눈은 지도자의 진실됨을 굳게 믿고 있기에, 평온하며 자신에 차 있다. 레니는 그의 목을 팔로 감싸며, 감격에 젖어 다음과 같이 말한다. "……이제야 왜 당신이 지도자의 사상을 받아들였는지 이해할 수 있어요. 당신은 국가 사회주의의 의미를 제대로 포착한 거예요."

레니는 베를린 스튜디오에서 힘들게 일하면서 몇 주를 보낸다. 마지막 촬영이 끝나자, 전화로 달려가 파리에서 몹시 바쁘게 일하는 자기의 연인과 대화를 나눈다. 그러자 그는 레니에게 놀랄 만한 소식을 전해준다. 베르너는 그녀와 파리에서 만나기 전에 며칠 휴가를 얻었다면서, 사회주의 국민 공화국이라고 칭송되는 독일의 아름다운 장소에서 그녀와 함께 휴가를 보낼 수 있다고 말한다. 하지만 레니는 그에게 전해줄 더욱더 놀랄 만한 소식을 갖고 있다. 기록영화를 본 날부터 레니는 아직 체포되지 않은 범죄자의 얼굴이 누군지 한시도 생각을 멈춘 적이 없었다. 날이 갈수록 그녀는 이 범죄자를 파리에서 보았다는 확신을 가지게 되었다. 그래서 그를 찾기 위해 얼른 파리로 돌아가고 싶어 한다.

베르너는 레니에게 따를 위험이 두려웠지만, 레니를 비밀 첩보부대의 요원으로 받아들인다. 레니는 임무를 받아들이고 자신감에 차서 기차에서 내린다. 하지만 프랑스의 모습은 그녀를 서글프게 한다. 즉 그녀는 국가 사회주의 조국의 얼굴 속에 빛나는 환한 태양에 익숙해져 있었기 때문에, 인종 혼합 등으로 품격을 상실한 프랑스가 전혀 마음에 들지 않았던 것이다. 그녀는 조국 프랑스가 흑인화되었고, 유대인화되었다고 생각한다.(계속) (원주)

"무슨 여자?"

"나 말이야, 멍청아."

"왜 그렇게 신음을 내는데?"

"배가 아파서……."

"토할 것 같아?"

"아니……."

"비닐봉지를 꺼내는 게 좋겠군."

"아니야, 그만둬…… 이 아래쪽에, 창자가 끊어지는 것 같아."

"설사 아닐까?"

"아니…… 굉장히 아파. 그 위쪽이야."

"그럼…… 간수를 부를까?"

"아니야, 발렌틴. 이젠 괜찮아진 것 같은데……."

"어떤 느낌이지?"

"쿡쿡 쑤시는 것 같은데…… 굉장히 아파."

"어느 쪽이야?"

"배 전체가……."

"맹장염이 아닐까?"

"아니야, 난 벌써 수술했어."

"내가 먹은 건 괜찮은데…… 음식 때문에 그런 건 아닌 것 같은데."

"신경을 써서 그럴 거야. 오늘 아주 신경이 날카로웠거든. 이제 조금 괜찮아진 것 같은데……."

"몸에 힘을 빼. 가능한 한 말이야. 팔과 다리에 힘을 빼."

"그러니까 조금 괜찮은 것 같아."

"한참 전부터 아팠어?"

"응, 한참 됐어. 잠 깨워서 미안해."

"아니야…… 좀 더 일찍 깨우지 그랬어."

"널 귀찮게 하고 싶지 않았는데…… 아아."

"많이 아파?"

"쿡쿡 찌르는 것 같아…… 이제 조금 괜찮아진 것 같아."

"잠자지 않을래? 잘 수 있겠어?"

"글쎄…… 아아! 너무 아파."

"말하기 시작하면 좀 나을 거야. 그럼 아프다는 생각이 들지 않을 거야."

"아니야. 먼저 자. 밤새지 말고."

"아니야, 난 이미 잠 깼어."

"미안해."

"아니야. 나도 혼자 이렇게 깨서는 잠을 자지 못할 때가 많아."

"조금 통증이 가시는 것 같아. 아니, 어이구, 아아, 아파."

"간수를 부를까?"

"아니야, 통증이 가시는 것 같아……."

"너, 알아?"

"뭘?"

"나치 영화의 끝부분이 알고 싶어 견딜 수가 없어."

"맘에 들지 않는다고 했잖아?"

"그래. 하지만 어떻게 끝나는지 알고 싶어. 그 영화를 촬영한 사람들의 정신 상태와 어떤 종류의 선전을 하고 있는지를 알아보기 위해서 말이야.”

“그 영화를 직접 보면, 얼마나 멋지게 끝나는지 넌 상상도 못 할 거야.”

“이렇게 말하면서 통증을 잊을지도 모르니까, 조금만 더 이야기해 주지 않을래? 빨리, 끝부분만 말이야.”

“어이구……”

“다시 아파오기 시작하니?”

“아니, 아픈 게 가시기 시작했어. 그런데 아직도 쿡쿡 쑤시는 것 같아. 하지만 그것만 지나가면 하나도 아프지 않아.”

“영화는 어떻게 끝나?”

“어디까지 말했지?”

“그녀가 마키단을 위해 일하려고 했는데 독일에 촬영을 가게 되었다는 데까지 했어.”

“머릿속에 아주 잘 새겨놓고 있네, 그렇지?”

“보통 영화하고는 다르니까. 빨리 말해봐. 그래야 마지막 장면에 빨리 이를 수 있잖아.”

“그래. 그러고 나서 어떻게 됐더라? 음…… 아아…… 이건 너무 아파.”

“영화 이야기를 하도록 해. 그럼 아픈 걸 잊을 수 있을 거야. 말하면 조금 덜 아플 테니까.”

“내가 끝 장면을 얘기하지 않고 죽을까 겁나는 거지?”

“아니. 난 네가 아픈 걸 잊으라고 하는 말이야.”

“그녀는 촬영하러 독일에 갔어. 그러고는 운동하는 청년들을 보고 독일을 무척이나 좋아하게 되었어. 또 그가 사형에 처하라고 명령한 사람은 아주 잔인한 범죄자였고, 나쁜 일을 수 없이 저지른 사람이라는 것을 알고는 그를 용서했어. 그러자 그는 그녀에게 아직도 체포되지 않은 다른 범죄자의 사진을 보여주었는데, 그 범죄자는 독일 장교가 사형에 처했던 사람과 어느 정도 관련이 있었어. 아아, 아직도 조금 아픈데…… ."

"그럼 그만하고, 잠을 자도록 해."

"아니야. 잔다는 건 꿈같은 소리야. 그럴 수만 있다면…… 아직도 아파."

"그럼 통증이 계속되는 거야?"

"제기랄! 난 이런 통증은 한 번도 느껴본 적이 없어. 이젠 좀 괜찮은 것 같아……."

"그럼 나도 다시 잠을 자도록 해볼게."

"아니야, 잠깐만 기다려."

"내가 잠을 자야 너도 잘 수 있잖아."

"아니야. 난 잠을 못 잘 것 같아. 계속 영화 이야기해 줄게."

"좋아."

"어떻게 됐더라? 그래, 레니는 그 범인을 어디에선가 본 듯했어. 그런데 어디에서 보았는지 기억이 나질 않았어. 그러고는 파리로 돌아왔어. 그곳에서 그 범인을 본 것 같아서 말이야. 도착하자마자 식료품을 매점매석하는 암시장 조직의 우두머리를 만나기 위해 마키단과 접촉하기 시작했어. 이 모든 것은 절름발이가 요구했던 독일군의 병기고에 관한 비밀을 제공하겠다는 것을 미끼로 내건 덕분에 가능했지. 기억나지?"

"그럼. 그런데 넌 마키단이야말로 진정한 투사들이라는 사실을 알고 있겠지?"

"흥, 아주 날 바보년처럼 취급하네."

"그렇게 여자처럼 말하는 걸 보니 통증이 어느 정도 가셨다는 말이군."

"좋아, 마음대로 생각해. 하지만 이 영화에서 사랑의 장면들이 정말로 멋있다는 점은 분명히 알아두어야 돼. 그 장면들은 진짜 꿈과 같았어. 정치적인 건 아마 정부 관리들이 영화 감독에게 억지로 넣게 했을 거야. 이런 일들이 어떻게 이루어지는지 모르진 않겠지?"

"감독이 영화를 만들었다면, 그도 이미 그 체제의 공범으로서 죄를 짓고 있는 셈이야."

"이왕 내친김에 끝까지 이야기해 줄게. 어이구, 네가 그렇게 물고 늘어지니까 다시 아파오기 시작해, 아야."

"이야기해 봐, 그럼 괜찮아질 테니까."

"그녀는 마키단의 최고 우두머리와 만나야 병기고의 비밀을 제공하겠다고 말했어. 그래서 어느 날 그들은 그녀를 파리의 외곽 지역에 있는 어느 성(城)으로 데려갔어. 그녀는 자기 애인에게 병사들을 이끌고 자기 뒤를 뒤쫓아오라고 말했어. 그렇게 해야만 암시장의 주범인 마키단을 공격해서 뿌리를 뽑을 수 있으니까 말이야. 그런데 그녀를 데려간 운전사는 바로 그 절름발이와 함께 다니던 살인자처럼 생긴 사람이었어. 그는 독일 청년 장교가 이끄는 독일군들이 미행하고 있다는 사실을 눈치채고는 교묘한 방법으로 그들을 따돌렸어. 레니와 운전사는 성에 도착했어. 레니는 안으로 들어갔어. 그녀가 들어가자 그곳에 마키단의 두목이 있었어. 그런데 그는 바로 그 녀를 감시하던 관리인이었어!"

"어떤 관리인?"

"독일 장교 집의 관리인 말이야. 그러자 그녀는 그를 뚫어지게 바라보았어. 그러고는 그가 턱수염을 기른 무서운 사람이라는 것을 알아챘어. 바로 베를린에서 보았던 범죄자들을 찍은 영화에 나온 그 남자였어. 그녀는 그에게 비밀을 가르쳐주었어. 즉시 자기 애인과 독일 병사들이 도착해서 자기를 구해줄 것이라고 믿고 있었거든. 하지만 그들은 그녀의 흔적을 놓쳐버렸기 때문에 시간이 지났는데도 도착할 수가 없었어. 그녀는 혐오스럽게 생긴 운전사가 두목의 귀에 대고 독일군들이 자신들을 미행했을지도 모른다고 몰래 말하는 것을 엿들었어. 하지만 그녀는 관리인이 집에서 자기의 벗은 몸을 비롯해 다른 것들을 보려고 염탐하고 있었다는 사실을 상기하고는 마지막 카드를 쓰기로 했어. 그를 유혹하기로 한 거야. 한편 청년 장교와 그 일행은 빗속에서 차의 흔적을 뒤좇고 있었어. 그렇게 한참 동안 그 흔적을 찾으려고 애를 썼어. 그다음은 어떻게 되었는지 잘 모르겠지만, 어쨌든 길을 찾았어. 그녀는 살인범과 단둘이 있었어. 청년 장교 집의 관리인이었던 그는 사실상 마키단의 두목이자 세계적인 범죄자였어. 그들만의 은밀한 만남을 위해 저녁을 준비해 놓은 조그만 거실에서 그 범죄자가 그녀를 덮치려는 순간, 그녀는 고기를 찍어먹는 포크를 움켜쥐고 그를 찔러 죽였어. 그때 청년 장교와 그 일행이 성에 막 도착했지. 그녀는 도망치기 위해 창문을 열었는데 바로 창문 밑에 살인자의 얼굴을 한 운전사가 경비를 서고 있는 거야. 그 운전사를 본 청년 장교는 총을 한 방 쐈어. 하지만 그 절름발이, 아니 미안해, 절름발이는 이미 박물관에서 죽었지. 그 운전사는 총에 맞아 쓰러지면서 그녀를 향해 총을 쐈어. 그녀는 커튼을 붙잡고 떨어지지 않으려고 안간힘을 썼어. 독일 청년 장교는 아직도 커튼을 붙잡고 있는 그녀를 발견했어. 도착한 남자가 그녀를 품에 안자, 점점 기력을 잃어가던 그녀는 쓰러지면서 그에게 사랑한다고 말했어. 그리고 다시 두 사람이 베를린에 함께 있게 될 거라고 했지. 청년 장교는 그녀의 피로 물든 자기 손을 보고는 그녀가 심한 상처를 입었다는 것을 알게 되었어. 등을 쐈는지 가슴을 쐈는지는 잘 기억이 나지 않아. 그러고는 그녀에게 키스했지. 그가 입술을 떼었을 때, 그녀는 이미 죽어 있었어. 마지막 장면은 베를린에 있는 영웅들이 묻힌 판테온이었어. 그리스의 신전처럼 아주 멋진 기념비가 있는 곳이었는데, 그곳에는 전쟁 영웅들의 커다란 동상들이 줄지어 서 있었어. 거기에 바로 커다란 동상으로 된, 아니 더 정확히 말하면 실물 크기로 만들어진 그녀의 동상이 있었어. 그리스식의 긴 튜닉을 입은 그녀는 너무나 아름다웠어. 난 그 동상을 보면 얼굴에 하얗게 분을 칠한 그녀를 보는 것 같은 느낌이 들어. 그는 포옹하듯이 내밀고 있는 그녀의 팔에 꽃을 놓고는 그곳을 떠나갔어. 하지만 하늘에서 내려오는 듯한 한 줄기 빛이 그 동상을 비추었지. 눈에 눈물을 가득히 머금은 그의 뒤로, 팔을 내민 그녀의 동상이 쓸쓸히 그곳에 남아 있었어. 그녀의 기념탑에는 이런 비문이 새

겨져 있었지. "조국은 영원히 그대를 잊지 않으리라." 뭐 그런
문구였던 것 같아. 그는 혼자서 걸어갔지만 그 길에는 햇빛이
가득했어. 끝.

5장

"넌 점심때 뭐라도 먹었어야 했어."

"아무것도 먹고 싶지 않았어."

"왜 의무실에 가지 않는 거지? 거기서 뭔가를 주면, 그걸로 금방 나을 수 있을 텐데."

"금방 나을 거야."

"그런 눈으로 쳐다보지 마, 몰리나. 마치 내가 잘못해서 그런 것처럼……."

"내가 널 쳐다보고 있다고 말했니?"

"날 뚫어지게 바라보고 있잖아."

"너, 어떻게 된 것 아니야? 널 쳐다본다고 해서 널 원망하는 것은 아니야. 뭣 때문에 널 원망하겠어? 별 미친 소리 다하고 있네."

"그래, 그렇게 싸운다는 건 네가 좀 나았다는 말이군."

"아니. 난 하나도 낫지 않았어. 몸에 기운이 하나도 없으니까."

"혈압이 내려간 게 틀림없어. 그럼 공부 좀 할게."

"조금만 얘기해 봐, 발렌틴."

"안 돼. 지금은 공부할 시간이야. 난 계획대로 책을 읽어야 돼. 너도 알잖아."

"하루쯤 안 읽는다고 큰일 나는 건 아니잖아……."

"안 돼. 하루라도 건너뛰면 나쁜 습관에 젖게 돼."

"그런 건 '친구가 되어주기 싫어서 대는 핑계'라고 우리 엄마가 항상 말씀하셨어."

"나중에 말하자, 몰리나."

"엄마가 보고 싶어 죽겠어. 잠시라도 볼 수 있게 해준다면, 뭐라도 다 주겠어."

"야, 좀 조용히 해! 읽을 게 많단 말이야."

"그래서 귀찮단 말이지."

"잡지 가진 것 없어?"

"있지만, 글을 읽는 게 내겐 좋지 않아. 그림만 보아도 현기증이 나거든. 난 아직도 아프단 말이야."

"미안하지만, 그렇게 몸이 안 좋으면 의무실에 가는 게 어때?"

"됐어, 발렌틴. 공부나 해. 네 말이 옳아."

"못됐군, 그런 말투로 말하다니."

"미안해. 조용히 공부나 해."

"오늘 밤에 이야기하자, 몰리나."

"이번엔 네가 영화 이야기를 들려줘."

"내가 아는 영화는 하나도 없어. 그러니 네가 말해줘."

"네가 지금 영화 한 편 이야기해 주면 얼마나 좋을까. 내가 보지 않은 걸로 말이야."[8]

"우선, 기억 나는 영화가 하나도 없어. 게다가 지금은 공부할 시간이야."

"곧 네 차례가 돌아올 거야. 그럼 알게 될 거야…… 아니야, 농담으로 한 말이야. 내가 지금 무엇을 하려는지 알아?"

---

8) 이미 인용된 영국의 학자인 웨스트 박사는 동성애의 신체적 기원에 관한 이론을 세 개의 범주로 분류하고 그 이론을 하나씩 반박한 다음, 자신의 저서 『심리학과 동성애의 심리분석』에서 동성애의 원인에 관한 가장 일반화된 해석도 역시 세 가지 형태가 있다고 말한다. 웨스트 박사는 동성애의 성향을 반자연적 현상으로 규정하는 이론가들도 제대로 관점을 제시하지 못한다고 지적한다. 그들은 동성애 성향을 내분비학적 혹은 유전적 원인으로 설명하지만, 그것에 대한 구체적인 근거를 보여주지는 못한다. 웨스트 박사는 이러한 이론을 하나하나 반박하면서, 흥미롭게도 교회가 이 문제에 대해 가졌던 관점을 가장 진보적인 것으로 간주한다. 교회는 동성애적 충동을 수많은 '그릇된' 충동 중의 하나로 분류하지만, 사람들을 부추기는 자연적인 현상으로 본다. 반면에 현대 정신의학은 동성애의 원인을 심리적인 면으로 국한한다.

그렇지만 웨스트 박사의 지적처럼, 아무런 과학적 근거도 없이 일반인들 사이에 널리 퍼진 이론들이 아직도 존재한다. 이것도 크게 세 가지 이론으로 분류되는데, 첫 번째는 '도착이론'이다. 이 이론은 어느 개인이 악한 행동을 하듯이 동성애를 채택하는 경향이 있다는 것이다. 하지만 이 이론의 기본적인 오류는 악에 빠진 사람은 자신이 가장 탐하고 싶은 일탈을 자유롭게 선택하는 반면에, 동성애자는 이성애적 행동을 힘들게 성공한다고 하더라도, 그의 내면에 존재하는 동성애적 욕구를 제거할 수 없기 때문에 정상적인 성행위로 발전시킬 수 없다는 것이다.

일반인에게 잘 알려진 두 번째 이론은 '유혹이론'이다. 기번즈(T. Gibbons) 박사는 「청소년 범죄자들의 성적 행동」이란 글에서 이 주제를 연구한

"뭔데?"

"혼자서 영화 생각을 할 거야. 네가 좋아하지 않을 것 같은 아주 낭만적인 영화로 말이야. 그러면 나도 즐거워질 거야."

"그래, 아주 좋은 생각이군."

"그리고 오늘 밤에는 네가 아무거나 말해줘. 네가 읽은 것에 대해서 말이야."

"아주 멋진 생각이군."

다. 그리고 어떤 개인이 동성인 사람에게서 처음으로 자극을 받았을 경우에 동성애적 욕구를 의식적으로 느낀 적이 있다면, 대개 청년기에 일어나는 이런 유혹은 동성애적 행동의 시작이 될 수 있다는 웨스트 박사와 다른 학자들의 의견에 동의한다. 하지만 이 이론은 왜 그의 이성애적 욕구가 멈추는지 설명하지는 못한다. 이런 증상을 이성애적 욕망과 분리해 연구하는 경우, 왜 어느 개인이 항상 동성애만을 추구하는지 제대로 설명해 줄 수 없다. 즉 대부분의 경우 왜 동성애적 행위만을 고집하고, 이성애적 행위는 거부하는지 그 이유를 밝히지 못한다.

세 번째 이론은 '고립이론'이다. 이 이론에 의하면, 여자들과 접촉 없이 남자들 사이에서만 성장한 청소년이나, 이와 반대로 남자들과 접촉 없이 여자들 사이에서만 자라난 십 대 여자들은 그들 사이에서 성행위를 시작할 수 있으며, 이런 현상은 평생 동안 그들의 성행위가 된다. 루이스(S. Lewis)는 자신의 저서 『놀라운 쾌락』에서 한 예로 남자 기숙생들은 다른 남자와 최초의 성 경험을 가질 가능성이 있다고 말한다. 하지만 기숙사 내에서 이루어지는 동성애적인 사랑의 행위는 자유의지로 사랑의 대상을 선택한다기보다는, 성욕을 분출하기 위한 부득이한 필요성과 더욱더 밀접한 관련이 있다고 밝힌다. 웨스트 박사는 기숙사 남학생의 완전한 고립이나 혹은 특정 가정에서 발견되는 정신적인 고립에 의해 여성과의 심리적 접촉이 차단되는 환경이 동성애의 가장 결정적인 요소가 된다고 보고 있으며, 이 현상이 기숙사 내에서 일어나는 성적 유희보다 더욱더 주목할 만한 점이라고 말한다.

심리분석의 주요 특징은 기억을 더듬어 유아기의 기억을 일깨우는 것이다. 그래서 심리분석은 특수한 성적 취향이 어린 시절에 기원을 두고 있다

"난 지금 머리가 몽롱한 상태라, 네게 영화 이야기를 해줄 정도로 세세한 대목까지 떠올리지 못할 것 같아."

"멋진 영화를 생각해 봐."

"더 이상 신경 쓰지 말고 공부나 해…… '친구가 되어주기 싫어서 대는 핑계'라는 말을 잘 생각해."

"나도 그 말에 동의해."

"어느 숲속, 돌로 지은 아름다운 집들, 그런데 초가지붕이었던가? 지붕에 겨울 안개가 자욱하다. 눈이 없었으니 아마 가을이리라. 단지 안개만 끼었으니까. 초대받은 손님들이 편안한 고급 승용차를 탄 채 도착하고, 차들의 헤드라이트는 자갈길을 비춘다. 그 지역에서 가장 우아한 자태의 별장에는 우아한 나무울타리가 둘러져 있다. 창문이 열려 있었으니까 여름이리라. 소나무 향을 풍기는 공기가 싱그럽다. 거실에는 촛불이 켜져 있다. 여름 밤이라 장작을 피우지 않은 벽난로 주변에는 영국식 가구가 놓여 있다. 소파는 벽난로 쪽이 아닌 나무로 된 그랜드피아노를 바라보고 있다. 그 나무가 소나무였던가? 아

는 주장을 옹호한다. 『꿈의 해석』에서 프로이트는 성행위와 사랑의 문제는 거의 모두 개인의 신경쇠약증의 토대를 이룬다는 의견을 제시한다. 의식주 문제가 해결되면, 인간은 성욕과 감정적 욕구를 급히 만족시키고자 한다. 이 두 가지 욕망이 결합된 것을 리비도라고 하는데, 이것은 유아기부터 느낄 수 있다. 프로이트와 그의 학파는 리비도가 다양한 현상으로 나타나지만, 사회적 규범들이 리비도를 감시하고 억누르는데, 이것은 특히 가족이라는 사회집단의 핵심적인 토대를 보존하기 위해서라고 주장한다. 그래서 리비도의 가장 바람직하지 못한 두 가지 현상은 바로 근친상간적 욕구와 동성애적 욕구라고 밝힌다. (원주)

니면 마호가니였던가? 그래 백단이었어! 손님들에게 둘러싸인 눈이 먼 피아니스트, 눈동자가 없는 그의 눈은 자기 앞에 무엇이 있는지 볼 수 없다. 그러니까 사물의 겉모양을 볼 수 없다. 하지만 그의 눈은 정말 의미 있는 것들을 보고 있다. 첫 연주회다. 그 장님은 자신이 막 작곡한 노래를 그날 밤 모인 친구들을 위해 연주하려고 한다. 여자들은 멋지고 긴 드레스를 입고 있다. 그리 화려하지는 않지만 한적한 시골 분위기의 저녁식사에 맞는 옷이다. 아니 프로방스풍의 소박한 가구에 조명은 석유램프에서 나오는 빛인지도 모른다. 행복에 찬 젊은 부부들, 중년 부부들 그리고 몇몇 노인들이 음악을 연주하려고 준비하는 장님을 바라본다. 잠시 조용해지자, 장님은 바로 이 숲속에서 일어났던 사랑의 이야기에 영감을 받아 작곡한 곡이라고 설명한다. 초대받은 사람들이 그 곡과 더 많이 교감하도록 연주하기 전에 '이 사랑 이야기는 내가 어느 가을날 아침에 숲속을 거닐고 있을 때 시작되었습니다.'라고 이야기를 시작한다. 지팡이를 짚고 개의 안내를 받으면서 낙엽이 카펫처럼 깔린 길을 걷는다. 발소리가 아주 멋지게 들린다. 부스럭부스럭 소리가 나면서 갈라지는 낙엽은 마치 웃음소리 같다. 숲의 미소일까? 오래된 별장 부근에서 장님은 지팡으로 더듬으며 울타리 옆을 지난다. 그때 아주 이상한 것이 자기 앞에 있다는 확신이 든다. 이상한 것으로 둘러싸인 집, 그런데 무엇으로 둘러싸였을까? 그는 눈이 멀어서 아무것도 볼 수 없다. 이상한 것으로 둘러싸인 집, 그 벽에서 음악이 흘러나오는 것은 아니다. 그런데 자갈, 대들보, 거칠게 칠한 담벽, 돌을 휘감고 있는 덩굴이 모두 고동치고 있다. 이 모든 것이 살아 있는 듯한 느낌이다. 장님은 한동안 그곳에 발길을 멈추고 서 있다. 그러자 사물들의 맥박소리도 멈춘다. 숲에서부터 조심스럽게 천천히 집 쪽으로 걸어오는 발소리가 들린다. 어느 아가씨가 '당신과 개가 이 별장의 주인이신지 몰랐어요. 아니면 혹시 둘 다 길을 잃으신 건 아닌지요?'라고 말하는데, 그녀의 목소리는 너무도 달콤하다. 너무나 예의 바른 태도다. 장님은 그녀가 틀림없이 아침 햇살처럼 아름다울 것이라고 생각한다. 그녀의 눈을 쳐다볼 수는 없지만 그녀에게 인사하기 위해 모자를 벗는다. 불쌍한 장님이군, 내가 보잘것없는 식모인지도 모르고 모자를 벗어서 인사를 하는구나, 라고 그녀는 생각한다. 나의 추한 모습을 보고도 놀라움을 감출 필요가 없는 유일한 사람일 거야. '이 집에 사십니까?' '아니오. 지나가다가 잠시 쉬는 것이오.' '혹시 길을 잃으신 게 아닌가요? 제가 길을 가르쳐드릴게요. 저는 이 부락에서 태어났거든요.' 아니, 이 부락이 아니라 고을이라고 했던가? 부락과 고을이란 말은 예전에 쓰던 말이지. 아르헨티나에서는 마을이라는 말을 쓰지. 미국에서는 숲속에 있는 이런 멋진 부락을 뭐라고 부르는지 나도 모르겠다. '저도 우리 어머니처럼 하녀예요. 어렸을 때 어머니는 저를 보스턴으로 데려갔어요. 지금 어머니는 돌아가셨고, 그래서 저는 이 세상에서 완전히 외톨이가 되었지요. 저는 숲속의 마을로 되돌아왔어요. 저는 혼자 살고 있는 한 여인의 집을 찾고 있는 중이에요. 그 여자가 하녀를 구한다는 말을 들었거든요.' 삐걱거리면서 문이 열리더니 노처녀의 냉랭한 소리가 들린다. '무슨 일이지요?' 노처녀는 귀찮은 듯한 목소리로 묻는다. 못생긴 그녀는 맹인과 헤어지고 나서 그 집으로 들어간다. 노처녀에게 보낸 소개장을 보여주고 하녀로 그곳에서 일하기로 한다. 그리고 나자 노처녀가 설명한다. 그때 세들어 살 사람들이 곧 도착할 것이라는 전갈이 온다. '거짓말처럼 들릴지는 모르지만 이 세상에는 행복한 사람들도 있어. 믿기는 어렵지만 말이야. 그들이 도착하면, 얼마나 아름다운 한 쌍인지 알게 될 거야. 나 혼자 이렇게 큰 집을 다 쓸 필요는 없잖아? 난 아래층에 있는 아담하고 깨끗한 방 하나면 충분해. 넌 안쪽에 있는 식모방을 쓰도록 해.' 시골풍으로 지어진 아름다운 거실은 니스칠을 한 나무와 돌로 지어져 있다. 벽난로에는 장작이 탁탁 불꽃을 튀기며 타고 있다. 창문은 담쟁이덩굴로 뒤덮여 있다. 그리 크지 않은 창문에는 조그만 사각형의 창살이 쳐져 있다. 모두 볼품없이 촌스럽기만 하다. 신혼방으로 향하는 나무계단은 어두운 색이지만 왁스칠을 해 윤이 난다. 신혼방 옆에는 청년이 쓸 서재가 있다. 청년이 설계사였던가? 그날 오후까지 모두 정리하느라고 얼마나 서둘렀던지…… 노처녀가 청소를 감독한다. 화가 난 얼굴이다. 하녀가 서툴게 청소하자 잔소리를 하고는 곧 사과한다. '미안해. 신경이 몹시 날카로워서 자제할 수가 없어.' 하지만 무뚝뚝한 목소리에서는 전혀 미안해하는 기색이 없다. 이젠 노처녀의 꽃병을 닦아서 꽃만 꽂으면 된다. 그때 자동차가 가까이 오는 소리가 들렸어! 차에서 한 커플이 내린다. 금발머리의 약혼녀는 멋진 털옷을 입고 있다. 밍크코트였던가? 하녀는 창문에서 그들을 쳐다본다. 청년은 뒤로 돌아 차문을 닫는다. 하녀는 서둘러 꽃병에 꽃을 꽂기 시작한다. 꽃병이 떨어질 뻔했지만 거칠어진 손으로 간신히 꽃병을 잡는다. 다행히 물만 흘리고 꽃병이 깨지지는 않는다. 하녀는 집에 들어온 젊은 커플을 보고 싶어 참을 수가 없다. 하지만 웅크리고 앉아서 바닥을 닦는다. 노처녀가 집을 안내하는 소리가 들린다. 청년의 목소리는 기쁨을 감추지 못한다. 하지만 약혼녀의 목소리는 이 집을 마음에 들어 하지 않는 듯하다. 마을에서 떨어져 숲속에 외로이 있는 상황이 별로 내키지 않는 듯한 목소리다. 고개를 들어 그들을 쳐다볼까? 하녀 주제에 인사를 하는 것이 도리에 맞을까? 약혼녀의 목소리는 쌀쌀맞고 까탈스럽다. 하녀는 청년이 있는 곳을 슬쩍 쳐다본다. 보기 드문 미남이다. 하지만 그는 하녀에게 눈길도 주지 않는다. 약혼녀는 숲속에 외로이 있는 집이 너무 쓸쓸하고 밤이 되면 슬프기 짝이 없을 것이라고 투덜거린다. 그래도 청년은 마음을 바꾸지 않는다. 마침내 그 집을 얻기로 결정한다. 구두로 약속한 다음, 수표와 함께 계약서를 편지로 보내주겠다고 약속한다. 그리고 결혼식을 올린 후 며칠 안으로 도착할 것이라고 말한다. 청년은 하녀에게 거실에서 나가달라고 부탁한다. 하녀는 꽃병에 꽃을 꽂고 있다. 청년은 약혼녀와 단둘이 거실에 있고 싶어 한다. '조금만 기다리시면 이 꽃을 다 꽂을 수 있을 거예요.' '그것만으로도 충분해요, 이제 나가줘요.' 청년은 창가에 약혼녀와 나란히 앉아 부드러운 그녀의 손을 잡고 숲을 바라보고 싶어 한다. 긴 손톱에 매니큐어가 칠해진 약혼녀의 손은 집안일과는 거리가 멀어 보인다. 두껍고 작은 창문 유리에는 오래전에 새겨놓은 것 같은 글자가 비스듬히 적혀 있다. 아주 조잡하게 새겨진 글씨다. 그곳에는 한 쌍의 남녀 이름이 새겨져 있고, 그 밑에는 1914년이라는 글자가 적혀 있다. 청년은 약혼녀에게 약혼반지를 손에서 빼라고 한다. 그녀는 반지를 빼서 청년에게 건네준다. 마름모꼴로 세공된 커다란 보석이 반지에 박혀 있다. 청년은 반지로 창문에 두 사람의 이름을 새기려고 한다. 하지만 약혼녀의 이름을 쓰는 순간, 보석이 반지에서 떨어진다. 반지알이 빠져버린 것이다. 두 사람 모두 아무 말도 하지 않는다. 말을 하지는 않지만, 불길한 예감이 스쳐 지나간다. 불길한 음악이 울려 퍼진다. 나뭇잎이 모두 떨어져 버린 정원에 노처녀의 그림자가 비친다. 잠시 후 두 사람은 그 집을 떠난다. 곧 다시 만나자고 하면서 작별을 한다. 하지만 쉽게 떨쳐버릴 수 없는 불길한 예감은 갈수록 더해간다. 가끔 가을은 너무 슬퍼! 오후에 햇살이 비칠 때도 있지만 해는 너무 짧다. 기나긴 황혼이 드리우자, 노처녀가 하녀에게 말한다. '나도 한때는 결혼할 뻔했지.' 1914년에 전쟁이 터지고 약혼자는 전사한다. 결혼할 모든 준비가 되어 있었다. 숲속에 돌로 지은 집, 아름다운 웨딩드레스, 그녀가 직접 수놓은 식탁보와 침대 시트, 커튼, 모든 것이 준비되었다. '내가 이 비싼 천에 새긴 수 하나하나가 모두 내 사랑의 고백과도 같았지.' 거의 30년이 흘렀지만 그에 대한 사랑은 하나도 변하지 않는다. 약혼자와 이별하는 날 그녀는 이름을 새겨놓는다. '난 지금도 그때와 마찬가지로 그를 사랑하고 있어. 아니, 더 사랑하고 있는지도 몰라. 그 사람이 떠나버리고 나 홀로 여기에 외롭게 남은 그날 오후만큼 여전히 그 사람이 그리워.' 얼마나 슬픈 일인가! 가을날 오후에는 더욱더 그럴 것이다. 라디오에서 좋지 않은 뉴스가 흘러나온다. 미국은 또다시 전쟁에 참가한다. 두 번째의 쓸모없는 세계대전이다. 어제의 일이 다시 오늘 일이 된다. 노처녀는 침실에서 하염없이 울고 있다. 그녀는 추워서 몸을 떨고 있다. 벽난로에는 꺼져버린 몇 개의 장작만이 남았다. 거실에는 세상을 잊은 채 그녀만이 홀로 남아 다시 장작을 지필 수도 없다. 조심스럽게 부삽으로 마지막 남은 재를 떠낸다. 며칠 후에 한 통의 편지가 날아든다. 전에 그 집에 살고 싶어 했던, 아니 이미 그 집에 세를 들기로 했던 청년의 편지다. 청년은 공군에 입대했으며, 그들의 결혼식은 연기되었고, 그래서 전에 맺었던 계약을 취소하게 되어 매우 미안하다는 내용의 편지다. 역사는 되풀이되는 것일까? 이제 집에는 하녀도 필요 없다. 집을 빌릴 사람이 없으므로 그녀가 할 일이 없어졌기 때문이다. 하녀는 창밖으로 하루 종일 비가 내리는 모습을 바라보고 있다. 더 이상 할 일이 없어, 혼잣말만 되뇌면서……"

"책 읽는 것 지겹지 않아?"

"응. 네 몸은 어때?"

"갑자기 우울해져."

"자, 기운 내."

"이렇게 침침한 불빛에서 읽는데도 피곤하지 않아?"

"응. 이젠 습관이 되어서 괜찮아. 그런데 배는 어때?"

"조금 나아진 것 같아. 무슨 책을 읽고 있었는지 말해줘."

"글쎄, 뭐라고 말해야 할까? 철학책이야. 정치권력에 관한 것이지."

"뭐라고 말하는데?"

"정직한 사람은 정치권에 몸담을 수 없대. 책임감이 너무 강하기 때문이라고. 그래서 정치하기에는 적당치 않다고."

"그래, 그 말이 맞아. 정치하는 놈들은 모두 도둑놈들이야."

"난 그 반대라고 생각해. 정치적으로 행동하지 않는 사람은 책임에 대해 왜곡된 사상을 갖고 있기 때문에 그런 거야. 책임은 무엇보다도 사람들이 굶주려 죽지 않게 해야 하는 것이야. 그래서 내가 투쟁하는 거야."

"빌어먹을 놈. 무력투쟁의 희생자, 그게 바로 너란 말이야."

"모르면 잠자코 있어."

"사실을 사실대로 말하는 게 싫은 모양이네……."

"무식한 놈! 모르면 입 다물고 있으란 말이야."

"내 말이 맞으니까 그렇게 화를 내는 거지……."

"그만해! 책 좀 읽게 가만히 놔둬."

"알았어. 언젠가 너도 아프게 되면, 나도 네가 한 것처럼 똑같이 할 거야."

"몰라나, 당장 입 다물지 못해!"

"좋아. 나중에 네가 모르는 사실을 몇 가지 이야기해 주지."

"알았어. 그럼 안녕."

"안녕."

"사정을 설명하는 노처녀가 하녀에게 갈 곳이 없으면 집에 있어도 괜찮다고 허락한다. 노처녀도 외롭고 하녀도 쓸쓸하다. 두 개의 슬픔이 한데 모여 있는 것 같다. 아니 상대의 얼굴에서 자신의 얼굴을 보기보다, 혼자 있는 편이 더 나을 것이다. 하지만 어떤 때는 두 사람이 함께 있는 편이 나을 수도 있다. 2인분의 캔 수프를 나누어 먹는 데는……. 추운 겨울이다. 온 천지가 눈으로 뒤덮였다. 눈 덮인 세상은 더없이 고요하다. 흰 눈으로 뒤덮인 탓에 희미해진 소리를 내며 차 한 대가 집 앞에 멈춘다. 집 안의 유리창은 수증기로 흐릿하고, 바깥쪽은 눈으로 반쯤 뒤덮였다. 하녀는 손으로 유리창을 동그랗게 문지른다. 자동차 문을 닫는 청년의 뒷모습이 보인다. 왜 왔을까? 하녀는 기뻐하며 급히 문으로 달려간다. 얼른 달려가서 활기차고 멋진 청년을 맞아들여야지! 심술궂은 얼굴의 약혼녀와 함께 들어오도록 말이야! '앗! 죄송합니다.' 하녀는 자신도 모르게 흉한 표정을 짓고 이내 창피해한다. 가련한 청년은 무서운 눈으로 쳐다본다. 무서움을 모르던 조종사의 얼굴에 지금은 보기 흉한 흉터가 새겨져 있다. 청년은 노처녀에게 말한다. 자기가 사고를 당해 신경쇠약에 걸렸으며, 그래서 이제 전선으로 되돌아갈 수 없다고 한다. 그리고 자기 혼자 이 집에 세 들어 살았으면 좋겠다고 한다. 그를 보는 노처녀의 가슴은 말할 수 없이 아프다. 침통한 표정의 청년은 하녀에게 퉁명스럽게 말한다. 거의 명령조다. '내가 갖다달라는 것만 갖다주고, 날 혼자 있게 해줘. 지금 신경이 몹시 날카로우니까 아무 소리도 내지 마.' 하녀는 청년의 멋지고 명랑했던 얼굴을 떠올려본다. 그리고 나는 속으로 이렇게 묻는다. 얼굴을 아름답게 만드는 것은 무엇일까? 왜 아름다운 얼굴을 보면 가까이에 두

고 싶고, 어루만지고 싶고, 키스도 하고 싶을까? 잘생긴 얼굴
이란 코가 작아야 한다. 하지만 가끔은 큰 코도 매력적이다.
그리고 눈은 커야 된다. 그러나 작은 눈도 미소를 지으면 상관
없다. 작지만 다정한 눈이어야 한다…… 이마에서 시작된 흉
터는 한쪽 눈썹을 거처 속눈썹을 지나면서, 코를 스처 반대편
뺨까지 깊숙이 새겨져 있다. 흉터가 새겨진 얼굴, 소름 끼치는
시선, 악의에 찬 눈빛. 그는 철학 책을 읽고 있다. 하지만 내가
질문했다는 이유로 섬뜩한 시선을 던졌다. 남에게 못마땅한
시선을 던지다니 얼마나 못된 짓인가! 하지만 못마땅하게 처
다보는 것과 나에게 눈길조차 주지 않는 것 중에서 어느 것이
더 나쁠까? 엄마는 날 한 번도 그런 눈으로 처다보지 않았다.
난 미성년자와 관계를 가졌기 때문에 8년 형을 언도받았다.
하지만 엄마는 날 무서운 눈으로 처다본 적이 없다. 그러나 내
잘못으로 인해 엄마는 돌아가실지도 모른다. 그토록 고통받
은 한 여인의 심장이 지칠 만도 하다. 날 너무 많이 용서해서
지친 걸까? 엄마는 그녀를 이해하지 못했던 남편 앞에서 온갖
수모를 겪더니, 이제는 타락해 버린 아들 때문에 괴로워한다.
판사는 단 하루도 형량을 감해주지 않았다. 그리고 엄마 앞에
서 날더러 인간 쓰레기이며 더러운 게이라고 모욕했다. 또한
그 어떤 미성년자도 날 가까이해서는 안 된다면서 법정 최고
형을 선고했다. 판사가 이 모든 것을 말한 후에도 엄마는 판사
의 눈을 뚫어져라 바라보고 있었다. 마치 누가 죽은 것처럼
눈에는 눈물을 가득 머금은 채 고개를 돌려 나를 보더니, 미
소를 지었다. '세월은 금방 지나간단다. 운이 좋으면 나도 그때

까지 살아 있겠지.' 그래, 아무 일도 없었던 것처럼 금방 지나
갈 것이다. 그리고 지나가는 매 순간 심장은 뛸 것이다. 그런데
갈수록 맥박소리가 희미해지지는 않을까? 어머니의 심장이
지쳐서 더 이상 맥박소리가 나지 않으면 어쩌나 두렵다. 하지
만 난 저 개새끼한테 아무 말도 하지 않았다. 엄마에 대해선
한마디도 하지 않았다. 저놈이 한마디라도 허튼소리를 하면,
난 저 개새끼를 죽여버리고 말 거야. 저놈은 감정이 뭔지 알기
나 할까? 마음이 괴로워서 죽는다는 뜻을 알까? 저놈은 엄마
가 갈수록 더 심하게 아픈 데 대해 내가 죄책감을 느낀다는
사실을 알까? 엄마의 상태가 위중한 걸까? 우리 엄마가 죽는
건 아닐까? 내가 감방에서 나갈 때까지 7년을 기다릴 수 있을
까? 형무소 소장은 약속을 지킬까? 나에게 한 약속이 사실일
까? 사면일까? 아니면 감형일까? 어느 날 상처 입은 조종사의
부모들이 그 집을 찾아온다. 조종사는 2층에 있는 자기 방에
틀어박혀 나오지 않는다. '부모님을 보고 싶지 않다고 전해줘.'
그러나 부모는 청년을 만나보겠다고 고집한다. 거만하고 돈은
많지만 감정이 메마른 부부다. 부모가 돌아간다. 이번에는 약
혼녀가 찾아온다. '내 약혼녀에게 보고 싶지 않다고 전해줘.'
약혼녀는 계단에 서서 애원한다. '당신을 보여줘요. 당신이 어
떤 사고를 당했건, 제겐 아무 문제가 되지 않아요.' 약혼녀의
목소리는 위선적이다. 하는 말이 모두 거짓말 같다. 그러다가
갑자기 약혼녀는 돌아간다. 세월이 흐른다. 청년은 자기 서재
에 틀어박혀 그림을 그린다. 창문으로 눈 덮인 숲이 보인다.
봄 기운이 느껴진다. 부드러운 연초록 새싹이 돋아난다. 청년

은 야외로 나와 나무와 구름을 그린다. 하녀가 뜨거운 커피와 도너츠를 갖고 숲으로 온다. 하녀는 작은 이젤 위에 걸린 그림을 우연히 쳐다본다. 흉터 있는 청년이 깜짝 놀란다. 하녀가 그 그림을 보고 뭐라고 말했더라? 청년은 어떻게 하녀가 고상하고 순수한 마음씨를 지닌 여자라는 것을 알게 되었더라? 가끔씩 말 한마디로 영원히 다른 사람을 정복하는데, 그런 말들이 뭘까? 하녀가 그 그림을 보고 한 말이 무엇이었지? 뭐라고 했더라? 그 장면도 전혀 기억나질 않는다. 하지만 그다음에는 아주 중요한 장면이 나온다. 청년이 장님을 만난다. 장님은 자기 눈이 조금씩 시력을 잃어가자, 자기가 어떻게 체념했는지 말해준다. 어느 날 밤 청년은 하녀에게 프러포즈를 한다. '우리 두 사람 모두 외롭고 삶에 대해서 더 이상 아무런 희망도 없어. 사랑도 기쁨도 바랄 수 없지. 그러니까 서로 도와야 한다고 생각해. 난 당신을 부양할 돈이 약간 있어. 그리고 당신은 날 돌봐줄 수 있지. 내 건강은 갈수록 악화하고 있어. 하지만 나를 딱하게 여길 사람을 가까이에 두고 싶지는 않아. 당신은 나를 동정해 줄 수 없어. 당신도 나처럼 외롭고 쓸쓸한 사람이니까. 그러니 우리는 함께 있을 수 있어. 하지만 이것은 계약일 뿐이야. 단순히 친구 사이에서 하는 약속인 거야.' 장님이 청년에게 그런 생각을 갖게 했을까? 무슨 말을 해주었을까? 전혀 생각이 나지 않는다. 때로는 한마디의 말이 기적을 낳곤 한다. 나무로 지어진 성당에 장님과 노처녀가 증인으로

서 있다. 제단에는 꽃도 없이, 단지 몇 개의 촛불만이 밝혀져 있다. 성당의 긴 의자에는 아무도 없다. 하지만 청년과 하녀와 증인들의 얼굴은 엄숙하다. 오르간 연주자의 자리와 성가대의 자리도 비어 있다. 신부가 강론을 하고 축복을 내린다. 밖으로 향하는 신랑과 신부의 발소리가 텅 빈 성당 복도에 울려 퍼진다. 날이 저물자 그들은 조용히 집으로 돌아온다. 열린 창문으로 후텁지근한 여름 바람이 들어온다. 청년의 침대는 서재로 옮겨지고, 하녀는 청년의 방으로 거처를 옮긴다. 그러니까 전에 청년이 침실로 쓰던 방이다. 노처녀는 이미 결혼 만찬을 준비해 놓았다. 거실 창가에는 두 사람만을 위한 음식이 차려져 있다. 두 사람이 마주 보고 앉은 테이블에는 촛불이 켜져 있다. 노처녀는 다음날 만나자고 하면서 자기 방으로 돌아간다. 노처녀는 두 사람이 꿈꾸는 사랑을 회의적으로 바라보면서, 입가에 씁쓸한 미소를 짓는다. 신혼부부는 아무 말도 하지 않는다. 테이블에는 오래된 포도주가 한 병 놓여 있다. 아무 말도 하지 않은 채 두 사람은 건배를 한다. 서로 상대의 눈을 쳐다보지 못한다. 정원에서부터 귀뚜라미 우는 소리가 들려온다. 산들바람이 불어와 숲속의 풀과 나무들이 다정하게 속삭인다. 그때까지 한 번도 들어본 적이 없는 소리다. 그리고 촛대의 촛불에서 비추는 불빛도 이상하다. 그때까지 한 번도 본 적이 없는 신비한 불빛이다. 촛불은 점점 더 신비스러운 불꽃을 피운다. 주위에 있는 모든 것이 희미한 불빛 속에서 흐릿해진다. 그녀의 아주 못생긴 얼굴과 청년의 일그러진 얼굴도 촛불 속으로 스며든다. 어디에서 나오는지는 모르지만 배경음악이 잔잔하게 흐른다. 아주 감미로운 음악이다. 그녀의 얼굴과 청년의 이지러진 얼굴이 희미한 안개와 흰 불빛 속으로 사라진다. 단지 그들의 눈빛만이 반짝일 뿐이다. 점차로 안개가 걷힌다. 그러자 착하게 생긴 어느 여자의 얼굴이 나타난다. 바로 하녀의 얼굴이다. 하지만 몰라보게 아름다워져 있다. 볼품없던 눈썹은 연필로 그린 것처럼 예뻤고, 눈은 반짝반짝 빛나고 있다. 그녀의 속눈썹은 활처럼 길고 멋지게 휘어졌고 피부는 비단결 같다. 미소를 짓는 입가에는 고른 치열이 시선을 끈다. 비단결 같은 머리칼이 잔잔하게 물결친다. 그럼, 옥양목으로 만든 소박한 옷은? 레이스가 달린 우아한 이브닝드레스로 바뀌어져 있다. 그럼, 청년은? 거의 흉터를 찾아볼 수 없다. 촛불에 반사되고 있어서인지, 아니면 눈에 눈물이 고여서 그런지는 몰라도 그의 얼굴이 다소 비뚤어져 보인다. 청년의 얼굴은 눈물을 가득 머금고 있다. 난 눈물을 닦는다. 그러자 청년의 얼굴이 선명하게 보인다. 청년의 얼굴은 환하다. 보기 드문 미남이다. 하지만 손은 떨고 있다. 아니지, 떨고 있는 건 신부의 손이다. 청년의 손이 그녀의 손으로 다가간다. 소리가 난다. 숲속에서 부는 바람소리일까, 아니면 바이올린과 하프 소리일까? 두 사람은 서로 눈을 바라본다. 그들은 숲속에서 불어오는 향긋한 바람에 실려오는 바이올린과 하프 소리를 듣고 있는 것 같다. 서로 손을 잡는다. 입술을 가까이 한다. 첫 번째의 촉촉하고 진한 키스, 두 사람의 심장이 고동친다…… 그 소리는 하나가 된다. 하늘에는 별들이 총총 떠 있다. 테이블에는 이미 그들의 모습을 찾아볼 수 없다…… 식당 테이블에는 한 사람도 없다. 웨이터들은 손님을 기다리며 앉아 있다. 시간은 더디게 흘러가고 새벽의 적막만이 느껴진다. 왼쪽인가 오른쪽인가, 어쨌든 입 한쪽으로 방금 불을 붙인 담배를 문다. 그의 침에는 담배 냄새가 배어 있다. 아니 시가 냄새가 배어 있다. 쓸쓸히 먼 곳을 하염없이 바라본다. 창밖으로 비에 젖어 달리는 차 소리가 들린다. 차들은 꼬리를 물고 달린다. 그는 날 생각하고 있을까? 왜 한 번도 날 보러 오지 않는 걸까? 다른 동료와 하루도 순번을 바꿀 수 없는 것일까? 귀가 아프다고 그랬는데 의사한테는 갔을까? 그는 밤에 귀가 아파 견디지 못할 지경이라고 하면서, 다음 날 반드시 병원에 가겠다고 맹세했다. 그러나 다음 날 통증이 멎으면, 그 맹세를 잊어버리곤 했다. 한밤중에 식당에서 새벽에 오는 손님을 기다리면서 날 생각하다가, 다음 날은 꼭 면회하러 가야지 하고 생각했을 거야. 창문으로 그는 달리고 있는 자동차들을 바라본다. 비에 젖은 식당 정면의 유리창보다 슬픈 장면은 없다. 마치 식당이 서러워서 울고 있는 것 같다. 하지만 그는 그런 유리창을 바라보면서도 전혀 마음이 약해지지 않았다. 그는 남자이니까 모든 걸 참고 눈물도 보이질 않는다. 내가 누군가를 몹시 생각할 때면 항상 기억 속에 비에 젖은 그의 얼굴이 투명한 유리 위로 나타난다. 내 기억 속에는 희미한 얼굴만이 보인다. 엄마와 그의 얼굴이 보인다. 그는 날 기억할 텐데. 제발 면회 좀 왔으면, 날 보러 온다면 얼마나 좋을까. 처음에는 일요일에 오겠지만, 인생은 모두 습관의 문제다. 그러면 다른 날에도, 그리고 또 다른 날에도 날 보러 올 것이다. 그리고 내가 사면되는 날, 형무소 길모퉁이에서 나를 기다릴 것이다. 우리는 손을 잡고 택시를 탄다. 첫 번째 키스는 수줍고 짧게 한다. 입술을 다물고 하는 키스는 수줍고 짧은 키스다. 입술을 반쯤 열고 하는 키스는 촉촉하고 진한 키스이다. 그의 침에서는 시가 냄새가 날까? 내가 이 감방에서 나가기 전에 죽어버린다면, 그의 침이 어떤 맛인지 알 수 없을 텐데. 그런데 그날 밤은 무슨 일이 있었을까? 그들은 눈을 뜨자, 모든 것이 꿈이 아니었을까 걱정한다. 서로가 무척 근심스러운 얼굴로 아침 햇살이 드리운 자신들을 바라본다. 그런데 그 집에는 아름다운 여인과 이 세상에 둘도 없이 멋진 청년이 살고 있다. 그들은 노처녀 몰래 집에서 빠져나간다. 그녀가 혹시 무슨 말을 해서 모두 엉망이 될까 두려웠던 것이다. 그들은 새벽에 아무도 없는 숲으로 나가 떠오르는 태양을 바라본다. 아침 해는 너무도 아름다운 그들의 얼굴을 환하게 비춘다. 두 사람은 서로 꼭 붙어 있다. 원하는 키스를 할 정도의 거리다. 아무도 그들을 보지 못한 것 같았다. 그런데 그때 이상한 일이 일어난다. 그날 새벽 갑자기 숲 속을 걷는 발소리가 들리기 시작한 것이다. 나무들이 그리 크지 않기 때문에 몸을 숨길 수도 없다. 한 사람이 풀잎에 맺힌 이슬을 밟으며 천천히 걸어온다. 그 뒤에는 개가 한 마리 따라온다……. 바로 그 장님이다. 그들은 안도의 한숨을 내쉰다. 장님은 그들을 볼 수 없기 때문이다. 하지만 그들의 숨소리를 듣자 장님은 인사를 한다. 아주 정중하고 정말로 마음에서 우러나오는 인사이다. 장님은 무엇인가가 달라졌다는 것을 직감으로 알아챈다. 세 사람은 매혹적인 노처녀의 집으로 들어간다. 아침이라 별로 먹고 싶은 마음이 없어 미국식으로 아침식사를 하기로 한다. 신부는 자기가 식사를 준비하겠다고 한다. 잠시 청년과 장님만이 남는다. 장님은 도대체 무슨 일이 있었느냐고 묻는다. 청년은 그동안 일어났던 일을 모두 이야기한다. 장님은 몹시 기뻐한다. 하지만 청년이 '내 말 좀 들어보세요. 난 우리 부모님께 나와 사랑하는 아내를 보러 오라고 청할 것입니다.'라고 말하자, 갑자기 장님의 흰 망막 위에 불안한 그림자가 스쳐 지나간다. 장님은 불안을 감추려고 애를 쓴다. 청년의 초대를 받은 부모가 도착할 것이라는 기별이 온다. 청년과 그녀는 아래층으로 내려갈 용기를 내지 못한 채 침실에서 부모님을 기다린다. 자동차 한 대가 도착한다. 부모는 노처녀와 대화를 나눈다. 청년이 병이 완치되었다고 부모에게 편지했기 때문에 부모는 몹시 행복한 표정이다. 청년과 그의 아내가 2층 층계에 모습을 드러낸다. 그의 부모는 실망의 빛을 감추지 못하면서 씁쓸한 표정을 짓는다. 청년의 얼굴에는 예전과 같이 보기 흉한 흉터가 가로지르고 있었고, 그의 아내는 아주 못생긴 얼굴의 볼품없는 하녀였기 때문이다. 부모는 도저히 기쁜 척 꾸밀 수 없다. 그러자 잠시 후 청년은 의심하기 시작한다. 이 모든 것이 다 꿈이었단 말인가? 우리는 전혀 달라지지 않은 것인가? 그는 노처녀를 쳐다보면서, 그녀가 자기를 전과 같이 멋진 남자로 보기를 바란다. 노처녀는 입가에 쓰디쓴 웃음을 짓는다. 신부는 거울로 달려가 자신을 쳐다본다. 현실은 너무도 잔인했다. 청년도 거울 앞에 서 있는 그녀 옆으로 다가온다. 역시 보기 흉한 흉터가 얼굴을 가로지르고 있다. 그들은 어둠 속으로 도망간다. 서로 두려워 얼굴을 쳐다보지 못한다. 도시로 떠나는 부모님의 차 소리가 난다. 엔진 소리가 멀어진다. 신부는 자기가 하녀였을 때 썼던 옛날 방에 숨는다. 청년은 완전히 실의에 빠진다. 청년은 신부를 껴안고 있는 자화상을 찢어버린다. 미친 듯이 갈기갈기 찢는다. 노처녀가 장님에게 전화한다. 가을날의 황혼이 질 때쯤 도착한 장님은 신경쇠약에 걸린 청년과 못생긴 신부와 대화를 나눈다. 얼굴이 보이지 않도록 불은 꺼져 있다. 앞을 보지 못하는 세 사람은 하루 중 가장 쓸쓸한 시간에 모인 것이다. 노처녀는 문 뒤에서 그들의 대화를 엿듣는다. '아직도 어떻게 된 것인지 모르겠소? 내 얘기가 끝나면 제발 전처럼 서로 얼굴을 쳐다보시오. 난 요즘 당신들이 서로를 바라보지 않았다는 사실을 알고 있소. 또한 두 사람 모두 얼굴을 보이지 않으려고 서로 숨는다는 것도 알고 있소. 당신들이 행복하게 보냈던 저 아름답던 여름이 왜 그토록 매혹적이었는지 설명하기는 그리 어렵지 않소. 아주 간단히 말하자면…… 당신들은 서로를 아름답게 보았던 것이오. 당신들은 서로에게 아름다운 사람들이오. 서로 사랑하기에 마음을 보았기 때문이오. 이 말을 이해 못 하진 않을 것이오. 지금 당장 서로를 쳐다보라고 강요하진 않겠소. 하지만 내가 이 집에서 떠나면…… 그렇소, 전혀 걱정하지 마시오. 이 집의 오래된 돌 안에서 고동치는 사랑은 또 하나의 기적을 낳은 것이오. 당신들이 서로의 육체가 아니라 마치 장님처럼 서로의 마음을 바라보게 한 것이오.' 장님은 얼마 남지 않은 붉은 해가 질 무렵 집을 떠난다. 청년은 저녁식사를 하기 위해 2층으로 올라간다. 신부는 테이블에 저녁을 차린다. 하지만 거울을 보며 옷 매무새를 고치고 머리를 손질하기가 몹시 겁난다. 노처녀가 뚜벅뚜벅 걸어와 신부의 방으로 들어온다. 노처녀는 허공을 멍하니 바라본다. 그리고 격려의 말을 한다. 신부는 손이 떨려 제대로 머리를 빗지 못한다. 노처녀가 신부의 머리를 빗겨주면서 말한다. '난 장님이 말한 것을 듣고 있었어. 장님의 말은 하나도 틀린 게 없어. 내 애인이 프랑스의 격렬한 참호에서 돌아올 수 없다고 했을 때부터, 이 집은 사랑하는 두 연인을 기다리고 있었던 거야. 당신들 둘은 모두 선택된 사람이야. 사랑은 바로 그런 거야. 사랑은 아무런 대가도 바라지 않은 채 사랑할 수 있는 모든 사람을 아름답게 하지. 난 내 애인이 오늘 저 하늘나라에서 돌아오더라도, 날 전처럼 예쁘고 젊게 쳐다볼 것이라고 굳게 믿고 있어. 난 그럴 거라고 확신해. 그는 나에 대한 사랑을 간직한 채 죽었으니까.' 창가에 식탁이 차려지고, 신부는 서서 창문 너머로 어둠에 잠기고 있는 숲을 바라본다. 청년의 발소리가 들린다. 신부는 뒤를 돌아 그를 쳐다보기가 두렵다. 그의 손이 그녀의 손을 잡는다. 그러고는 그녀의 손에서 반지를 빼어 유리창에 그들의 이름을 새기기 시작한다. 청년은 비단결 같은 그녀의 머리를 쓰다듬으면서, 비단결같이 보드라운 피부를 어루만진다. 웃고 있는 그의 모습은 이 세상의 그 누구보다도 더 멋지다. 그녀도 고른 치열을 드러내며 환하게 웃는다. 그들은 행복에 잠겨 촉촉하게 키스한다. 장님의 이야기가 끝난다. 그러자 달콤한 소나타의 첫 소절이 울려 퍼진다. 그때 초대받은 또 다른 두 사람이 발소리를 내지 않으며 들어온다. 바로 청년과 그의 아내이다. 뒷모습만 보이지만 매우 우아하다. 하지만 등을 돌리고 있어서 그들의 얼굴이 예쁜지 아니면 못생겼는지는 알 수 없다. 아무도 그들이 방금 들은 이야기의 주인공이라는 사실을 눈치채지 못한다. 엄마는 이 영화를 너무도 좋아했어. 나도 그랬지. 다행히 이 이야기를 저 개새끼한테 하나도 해주지 않았어. 이제 내가 좋아하는 것은 한마디도 말하지 않을 거야. 그러면 나를 계집애 같다고 비웃는 일도 없을 테니까. 난 저놈이 아프지 않나 두고 볼 거야. 저놈에게 내가 좋아한 영화는 절대로 이야기해 주지 않을 거야. 그런 영화는 나 혼자만의 것이야. 내 기억 속에만 간직해 둘 거야. 저놈이 더러운 말로 내가 좋아하는 멋진 영화에 대해 이렇다 저렇다 말하지 못하게 할 거야. 저놈은 개새끼야. 그리고 저 빌어먹을 혁명은 개똥만도 못 한 거야."

        .   .   .   .

"이제 밥이 올 때가 되었어, 몰리나."

"아, 너도 입이 있구나……."

"그럼, 당연하지."

"난 쥐가 네 혀를 파먹었는 줄 알았는데."

"아니야. 쥐가 내 혀를 먹어치우진 않았어."

"그럼 웅크리고 혓바닥이 네 똥구멍을 핥을 수 있나 한번 해봐."

"미안하지만 난 그런 농담은 좋아하지 않아."

"알았어. 더 이상 말하지 말자, 알았지? 한 마디도 하지 말자고."

"……."

"아니야, 괜찮아."

"큰 접시에 있는 걸 먹어."

"아니야, 네가 먹도록 해."

"고마워."

"천만의 말씀."

6장

"다시는 너에게 영화 이야기를 해주지 않기로 굳게 마음먹었는데, 이 약속을 지키지 않아서 난 지옥으로 떨어질 거야."

"내가 얼마나 아픈지 넌 상상도 못 할 거야. 쿡쿡 쑤셔."

"그저께 나도 너랑 똑같이 그렇게 아팠어."

"갈수록 점점 더 심해지는 것 같아, 몰리나."

"그럼 의무실에 가야겠네."

"바보 같은 소리 하지 마. 그곳에는 가고 싶지 않다고 말했잖아."

"세코날을 조금 놓아달라고 해. 그럼, 아무렇지도 않을 테니까."

"아니야, 그런 주사를 맞게 되면, 이내 중독이 되어버려. 네가 잘 몰라서 그런 소릴 하는 거야."

"그럼 영화 이야기를 해줄게…… 그런데 내가 세코날에 대해 모른다는 말은 무슨 뜻이지?"

"아무것도 아니야……."

"자, 그러지 말고 말해봐. 아무한테도 말하지 않을 테니까."

"말할 수 없는 거야. 우리들, 그러니까 우리 동지들 사이의 약속이거든."

"발렌틴, 세코날에 관한 것만 말해봐. 그럼 나도 더 이상 묻지 않을 테니까."

"그럼 아무한테도 말하지 않겠다고 약속해."

"그래, 약속할게."

"어느 동료에게 일어났던 일인데, 그 주사에 중독이 되어버렸어. 그러고는 계속 설사를 하게 만들어서, 그의 의지를 완전히 빼앗아 버렸어. 그래서 정치범은 절대로 의무실에 가서는 안 돼. 내 말 알겠지. 절대로 안 돼. 너한테는 그 주사를 사용해도 아무 일이 없겠지만, 우리는 달라. 그것을 사용한 다음에 취조당하면, 더 이상 버틸 수가 없어. 그래서 그들이 원하는 대로 불게 되는 거야…… 아이구…… 아아. 너무 심하게 쑤셔…… 마치 창자가 뚫리는 것 같아…… 송곳으로 배를 찔러 대는 것 같아……."

"그럼 영화 이야기를 해줄게. 그럼 정신이 그쪽으로 쏠려서 아픈 걸 조금은 잊게 될 거야."

"어떤 영화 이야기를 해줄 거지?"

"네가 아주 좋아할 만한 것으로 하나 해줄게."

"아아…… 아이구, 나 죽겠네!"

"……."

"내가 신음을 하더라도 신경 쓰지 말고 이야기해."

"좋아, 그럼 시작할게. 그런데 맨 처음 장소가 어디였더라? 너무 많은 장소가 등장해서 말이야……. 그전에 한 가지 얘기 해 두고 싶은 게 있어. 이건 내가 좋아하는 영화가 아니야."

"그럼 뭐야?"

"이런 종류의 영화는 남자들이 좋아해. 네가 아프니까 이런 영화 이야기를 해주는 거야."

"고마워."

"그런데 어떻게 시작하더라?…… 잠깐만 기다려. 그래, 맞았어. 이름은 잘 기억나지 않지만, 프랑스 남부 지역에 있는 자동차 경주장이었어."

"르망이지."

"남자들은 어째서 자동차 경주에 관한 건 그렇게 잘 알지? 좋아, 거기서 남미 출신의 한 청년이 경주에 참가했어. 그는 갑부에다 플레이보이였어. 바나나 농장주의 아들이었지. 경주 예선전이었어. 청년은 다른 출전자에게 자동차 회사들은 민중을 착취하는 사람들이라면서, 그런 이유로 자기는 특정 자동차 회사를 위해 경주하지 않는다고 말했어. 그 청년은 자기가 손수 만든 차로 달릴 예정이었지. 독립심이 아주 강한 부류의 청년이었거든. 예선전이 벌어지고 있었어. 차례를 기다리는 동안 두 사람은 함께 음료수를 마시러 갔어. 청년은 아주 기분이 좋았어. 계산을 해보니까 훌륭한 성적으로 본선에 진출할 것 같았거든. 그 청년이 만든 차가 달리는 모습을 본 모든 사람들이 전부 그렇게 예상했지. 물론 그렇게 되면 이 보잘것없는 청년이 세계의 유명 자동차 회사들을 이겼다는 사실만으로도 그 회사들은 큰 타격을 입는 거야. 그런데 두 사람이 음료수를 마시고 있는 동안, 어떤 사람이 청년의 자동차에 가까이 접근했어. 스탠드에 있던 감시요원 중의 한 사람이 그 장면을 보았지만 못 본 척했어. 그와 한통속이었거든. 가까이 접근한 사람은 말할 수 없을 정도로 험상궂게 생긴 사람이었어. 그는 자동차 엔진을 두드리더니 무언가를 느슨하게 풀어놓고는 가버렸어. 청년은 음료수를 마신 후 돌아와서 경주에 출전하기 위해 헬멧을 썼지. 그러고는 무서운 속도로 출발했어. 하지만 세 바퀴를 돌 때 엔진에 불이 났어. 청년은 간신히 차에서 빠져나왔어. 아무 데도 다친 곳은 없었지만……."

"아이구, 애 낳는 것처럼 아파……."

"……하지만 차는 산산조각이 나버렸어. 자기 팀 멤버들이 모였을 때, 청년은 이제 다른 자동차를 만들 돈이 없으니, 모든 계획이 수포로 돌아갔다고 했어. 그러고는 그곳에서 그리 멀지 않은 몬테카를로로 갔어. 그곳에 청년의 아버지가 머물고 있었는데, 그는 굉장히 예쁘고 젊은 여자와 요트를 타고 있었어. 더 정확히 말하자면, 아버지는 아들의 전화를 받고는 자기가 머물고 있는 호텔 스위트룸의 테라스에서 만나자고 했어. 하지만 아버지의 애인은 따라오지 않았지. 아버지가 아들을 생각해서 그랬던 거야. 아버지는 아들을 무척 사랑하는 것 같았어. 아들의 전화를 받자 아버지는 기쁜 표정을 감추질 못했거든. 아들은 아버지에게 돈을 더 달라는 부탁을 하려고 했지만, 차마 말이 입에서 떨어지지 않았어. 아무 일도 하지 않은 채 빈둥빈둥 노는 게 부끄러웠거든. 하지만 아버지와 만나자, 아버지는 그를 다정스럽게 안아주면서, 차가 부서진 것은 걱정하지 말라고 했어. 그러면서 또다시 새로운 차를 만들 수 있도록 이미 생각해 놓았다고 말하면서, 아들이 경주에 나가 달리다가 목숨을 잃지 않을까 걱정이 된다고 했어. 그러자 아들은 목숨에 관한 문제는 더 이상 서로 거론하지 않기로 하지 않았느냐고 따졌어. 물론 아버지는 아들이 자동차 경주에 자기의 모든 정열을 바치고 싶어 하는 것을 알고는 아들을 자동차 경주에 전념하게 했었어. 그런 방법으로 청년을 좌익 학생들의 온상에서 멀어지게 할 수 있었거든. 그 청년은 파리에서 정치철학을 공부하고 있었어."

"정치학이겠지."

"그래, 맞아. 그러자 아버지는 청년에게 왜 잘 알려진 자동차 회사의 마크를 달고 달리지 않느냐고 물었어. 그는 아들을 성공이 보장되는 확실한 길로 이끌어주기 위해 궤도 수정을 하려고 했던 거야. 그러자 아들은 몹시 기분 나쁜 표정을 짓더니, 파리 학생들에게 물들지 않도록 끌어낸 것만으로도 아버지의 의도는 충분히 성공했으며, 자기는 자동차를 만드는 데 열중하는 동안 모든 것을 잊을 수 있었다고 했어. 하지만 문어처럼 모든 것을 삼켜버리는 세계적인 기업을 위해 일할 수는 없다고 단호히 말했어. 아버지는 하지 말아야 할 말을 공연히 했다고 말했어. 그리고 아들이 몹시 화를 내며 말하는 것을 듣자, 아들에게 자기의 전처, 그러니까 아들의 어머니가 생각난다고 했어. 그러면서 그녀는 성질이 불같았고 이상주의자였지만, 그랬기 때문에 그런 식으로 끝이 나지 않았느냐고 말했어. 그러자 청년은 뒤를 돌아 그곳을 나오려고 했어. 아버지는 자기가 한 말을 후회하면서 새 차를 만드는 데 필요한 돈을 모두 줄 테니 제발 가지 말라고 했어. 나도 잘 모르겠지만, 아들은 어머니를 각별히 사랑했던 것 같아. 그래서 문을 쾅 닫고 나가버렸지. 아버지는 테라스에서 몬테카를로의 멋진 부둣가를 바라보면서 생각에 잠겼어. 그는 진심으로 아들을 걱정했어. 그 부둣가의 요트란 요트마다 환하게 불이 켜져 있었고, 마스트와 돛에 줄지어 달린 조그만 전등들이 환하게 불을 밝히고 있어서 마치 꿈속의 나라를 보는 듯했지. 그렇게 수심에 잠겨 있는데, 전화벨이 울렸어. 요트에 함께 있던 젊은 아가씨였어. 아버지는 미안하다면서 해결해야 할 중대한 문제가 생겼기 때문에 그날 밤에는 카지노에 갈 수 없다고 했어. 청년은 호텔을 나갔는데 그곳에서 여러 친구들과 마주쳤지. 그 친구들은 그를 붙잡고 놓아주질 않았어. 그래서 함께 파티까지 가게 되었지. 청년은 의기소침해 있었어. 그래서 코냑 병을 들고는 다른 방으로 건너갔어. 그런데 한 가지 말하지 않은 게 있네. 파티는 몬테카를로 근교에 있는 꿈같은 저택에서 열렸는데 리비에라 해안에 줄지어 있는 정말로 환상적이고 화려한 저택 중 하나였어. 정원에는 돌계단이 있었는데, 계단 난간과 이 정원을 돌로 만든 커다란 항아리와 화병들이 멋지게 장식했지. 항아리와 화병 안에는 아주 예쁜 식물들이 자라고 있었어. 대부분이 커다란 선인장 같았어. 너, 용설란이란 식물 알아?"

"그럼."

"좋아. 바로 그런 식물이었어. 청년은 파티 장소에서 조금 떨어진 방에 가서 자리를 잡았어. 서재 같았어. 거기서 혼자 술을 마시다가 취해버렸어. 그때 누군가가 그곳으로 들어왔는데. 나이가 약간 들어 보이는 여자였어. 하지만 아주 우아하고 품위가 있는 여인이었는데, 그녀도 역시 손에 술병을 들고 있었어. 그가 있던 방은 매우 어두웠지. 불빛이라고는 열려진 창문 사이로 들어오는 달빛이 전부였어. 그녀는 청년이 있다는 사실도 모른 채, 앉아서 혼자 잔을 채우고 있었어. 그때 몬테카를로 해안에서 불꽃놀이가 시작되었어. 그날은 국경일이었거든. 그는 불꽃놀이가 시작할 때를 맞춰 건배하자고 그녀에게 말했어. 그녀는 깜짝 놀랐지. 청년은 두 사람 모두 똑같은 행동을 하고 있다는 제스처를 했어. 두 사람 모두 세상 일을 잊기 위해 나폴레옹 코냑 병을 들고 있었던 거야. 그녀는 참지 못하고 웃음을 터뜨렸어. 그는 그녀에게 도대체 뭘 그렇게 잊고 싶은 거냐고 물었어. 그러자 그녀는 청년이 먼저 그 질문에 대답하면, 자기도 말하겠다고 했지."

"다시 화장실에 가고 싶은데……."

"문을 열어달라고 할까?"

"아니야, 참을게."

"그럼 몸이 더 안 좋아질 텐데."

"문을 열어달라고 하면 내가 아프다는 것을 눈치챌 거야."

"아니야. 설사한다고 해서 널 의무실에 보내지는 않아……."

"아니야. 지금 문 열어달라고 하면, 오늘 벌써 네번째란 말이야. 참을 수 있을 때까지 기다려보자."

"얼굴이 백지장 같아. 이건 설사가 아니라, 뭔가 더 심각한 거야. 내가 너라면 의무실에 갈 텐데……."

"입 다물고 있어, 부탁이야."

"그럼 영화 이야기나 계속 해줄게. 잘 들어…… 배가 아픈 것은 전염병이 아니지? 내가 아팠을 때와 똑같은 증상이야…… 내가 병을 전염시켰다고 탓하지는 않을 거지?"

"음식 때문에 그럴 거야. 음식이 우리를 병나게 만든 거야. 너도 얼굴이 백지장 같았어. 하지만 곧 괜찮아질 거야. 이야기나 계속해……."

"난 며칠 동안이나 아팠지? ……한 이틀 정도였던가……."

"아니야. 하룻밤이었어. 다음 날은 괜찮았어."

"그럼 간수를 불러. 하룻밤 정도 아프다고 어떻게 되지는 않을 테니까."

"영화 이야기나 계속 들려줘."

"그래, 알았어. 그가 아주 우아한 여인과 만나는 데까지 말했지. 그녀는 나이가 들어 보였고 상류사회의 여인 같았어."

"몸이 어땠는지 말해봐."

"키는 그리 크지 않았어. 프랑스 여배우였어. 가슴은 꽤 컸지만 몸은 말랐어. 개미 같은 허리에 몸에 꼭 달라붙는 이브닝드레스를 입었어. 어깨끈이 없이 가슴 아랫부분이 단단하고 목이 훤히 드러나는 옷이었어. 무슨 옷인지 알겠니?"

"아니."

"아마 알 거야. 쟁반에 유방을 담아 갖다주는 것 같은 느낌이 드는 드레스 말이야."

"제발 좀 웃기지 좀 마."

"옷에 철사로 심을 박은 딱딱한 브래지어가 있는 옷이었어. 그녀는 그 옷을 입은 채 아주 천연덕스럽게 있었어. 마치 내 젖 좀 빨아 드세요 하는 식으로 말이야."

"정말로 부탁하는데, 웃기지 좀 마."

"웃으면 아픈 것을 잊어버리잖아, 이 바보야."

"바지에 똥을 쌀 것 같아서 겁난단 말이야."

"제발 그건 하지 마. 그럼 우리 모두 이 감방에서 죽을지도 몰라. 자, 그럼 계속할게. 결국 청년이 술을 마시는 이유를 먼저 말했어. 그는 아주 심각하게 하나도 남김없이 전부 잊고 싶어서 술을 마시고 있었다고 했어. 그녀는 그에게 기억하고 싶은 것이 하나도 없느냐고 물었어. 청년은 그녀가 이 방, 그러니까 서재에 들어온 순간부터 자기의 삶을 다시 시작하고 싶다고 했어. 그다음에는 그녀의 차례가 되었지. 난 그녀가 청년과 마찬가지로 모든 것을 잊고 싶다고 말할 줄 알았어. 그런데 그게 아니었어. 그녀는 살아가면서 많은 것을 얻었고 그래서 자기의 삶에 대해 몹시 감사한다고 말했어. 아주 유명한 패션 잡지의 편집장인 그녀는 자기가 하고 있는 일에 매력을 느끼고 있으며, 사랑스러운 아이들도 있고, 유산도 많이 물려받았다고 말했어. 그녀는 바로 궁궐같이 아름다운 그 저택의 주인이었던 거야. 하지만 잊고 싶은 것도 있다고 했어. 남자들과의 관계가 원만하지 않았거든. 청년은 그녀가 가진 모든 게 부럽다면서, 자신은 아무것도 가진 게 없다고 말했어. 물론 청년은 어머니와의 문제를 말하고 싶지 않았어. 그는 부모들의 이혼 때문에 몹시 괴로워하고 있었고, 자기가 어머니를 버렸다는 사실에 대해 심한 죄책감을 느끼고 있었거든. 멋진 커피 농장에서 부유하게 살고 있는 청년의 어머니는 남편이 그녀와 이혼을 하자마자 다른 남자와 재혼했지. 아니 곧 결혼할 예정이라고 했던 것 같아. 청년은 어머니가 혼자 살고 싶지 않아서 그랬다고 생각했어. 아, 그랬지! 이제 생각나네. 어머니가 청년에게 편지로 그런 말을 했어. 다른 남자를 사랑하지는 않지만 그와 결혼할 생각이라며 혼자 고독하게 보낼 삶이 두렵다고 했어. 또 청년은 노동자들이 학대받고 부당하게 취급받고 있는 자기 나라를 떠나온 점을 굉장히 찝찝하게 생각했어. 그는 혁명 사상을 신봉했지만, 억만장자의 아들이라는 이유로 민중은 아무도 그를 사랑하지 않았어. 또 어머니를 버린 것도 굉장히 가슴 아프게 생각했지. 청년은 이 모든 것을 그 여자에게 말했어. 그런데…… 넌 나한테 한 번도, 정말 단 한 번도 네 엄마에 대해서는 말하지 않았어."

"아니야, 말했어."

"하느님한테 맹세컨대, 한 번도, 정말 한 번도 말하지 않았어."

"어머니에 대해선 할 얘기가 없어서 그래."

"고마워, 나를 그렇게 믿어주니."

"그런데 왜 그렇게 비아냥거리는 말투로 말하지?"

"아니야, 됐어. 네 몸이 나아지면 말할게."

"아아…… 아아…… 미안해…… 아아…… 이 일을 어쩌지……."

"괜찮아. 침대 시트로는 닦지 마, 잠깐만 기다려."

"안 돼, 그만둬. 네 셔츠는 안 돼……."

"괜찮아. 이걸로 닦아. 침대 시트가 없으면 추워서 안 돼."

"이건 네가 갈아입을 옷이야. 이걸로 닦으면 네가 갈아입을 셔츠가 없을 텐데……."

"얼른 닦아. 잠깐만 기다려. 일어나 봐. 그래, 그렇게 하면 괜찮아. 조심해서 닦아. 침대 시트에 묻지 않게……."

"침대 시트에는 묻지 않았어?"

"응. 팬티에만 묻었어. 자, 빨리 벗어."

"부끄러운데……."

"잘했어, 조심해서 천천히…… 이제 가장 힘든 부분이 남았어. 이 셔츠로 닦아."

"정말 창피한데……."

"넌 항상 남자다워야 한다고 말했지…… 그런데 창피하다니, 그게 무슨 소리야?"

"팬티…… 잘 말아줘. 냄새나지 않게."

"걱정하지 마. 나도 그 정도는 할 줄 아니까. 자, 됐지. 셔츠 속에 모두 말아 넣었어. 이게 침대 시트를 빼는 것보다 쉽잖아. 자, 화장지 더 받아."

"아니야, 그건 네 거야. 네가 쓸 화장지가 없을 텐데……."

"네 화장지는 다 썼잖아. 자…… 쓸데없는 소리 하지 고……."

"고마워."

"고마워할 필요없어. 얼른 밑을 닦고 조금 자도록 해. 몸을 떨고 있으니까."

"화가 나 죽겠어. 화가 나서 울고 싶어. 내 자신에 대해 화가 치밀어."

"진정해. 네 자신을 원망한들 무슨 소용이 있겠니. 그건 미친 짓이야. 그러니 쓸데없는 소릴랑 하지 마……."

"내가 감옥에 갇힌 게 너무 화가 나."

"진정해. 그렇게 하려고 노력해 봐."

"아, 그래! 셔츠를 신문지로 싸면 냄새가 나지 않을 거야."

"아주 좋은 생각이야."

"그래, 맞아."

"이젠 자도록 노력해 봐. 그리고 잘 덮어."

"그래, 알았어. 그런데 조금만 더 이야기해 줘. 영화 얘기 말이야."

"어디까지 했는지 기억이 나질 않아."

"우리 어머니에 대해서 물어봤어."

"그래. 그런데 어디까지 영화 이야기를 했는지는 기억이 나질 않아."

"왜 너한테 우리 어머니에 대해 말을 안 했는지 나도 모르겠어. 나도 네 어머니에 대해 자세하게는 모르지만 어느 정도 상상은 가."

"난 네 어머니가 어떤 사람인지 전혀 상상이 가질 않아."

"우리 어머니는…… 굉장히 이해하기 힘들어. 그래서 너한테 말하지 않았던 거야. 내 사고방식을 마음에 들어 하지 않으셨어. 그리고 자기가 가진 모든 것을 지극히 당연하다고 생각했지. 어머니의 가족은 돈도 있고, 어느 정도 사회적 지위도 있어. 내 말 알겠지?"

"좋은 집안이구나."

"그래, 맞았어. 중산층이지만 좋은 집안이지. 어머니는 아버지와 별거 중이셨어. 우리 아버지는 2년 전에 돌아가셨고."

"네게 말하고 있는 영화와 약간 비슷한 것 같은데."

"아니야…… 쓸데없는 소리 하지 마."

"그래, 알았어. 하지만 어느 정도는 맞아떨어져."

"아니야, 아아…… 여기가 너무 아파……."

"영화는 마음에 드니?"

"제대로 정신을 차릴 수 없어. 하지만 계속해. 빨리 끝내줘."

"마음에 들지 않는 모양이구나."

"다음은 어떻게 되지? 간단하게 어떻게 끝나는지 말해줘. 하지만 전부 말해줘야 돼."

"좋아, 알았어. 청년은 자기보다 조금 연상인 이 여자와 사귀게 되었어. 그녀는 돈 때문에 청년이 자기를 사랑한다고 생각했어. 경주용 자동차를 다시 만들기 위해서 말이야. 그런데 청년이 갑자기 자기 나라로 돌아가야만 했지. 그녀와 사귀는 동안 아버지가 귀국했다가 게릴라들에게 납치되었거든. 청년은 게릴라들과 접촉하기 시작하고는, 자기가 그들과 같은 편이란 걸 납득시켰어. 그런데 청년이 위험에 처해 있다는 사실을 알고 유럽 여자가 그를 찾으러 왔어. 두 사람은 많은 돈을 지불하고 아버지를 구해냈어. 아버지와 청년이 모두 석방되려는 순간이 다가왔어. 청년이 게릴라들이 눈치채지 못하게 아버지와 자기를 바꿔치기했거든. 그런데 일이 잘못되어 게릴라들이 청년을 죽이려고 했어. 청년의 속임수가 탄로났기 때문이지. 하지만 아버지가 몸을 던져 청년 대신에 죽게 돼. 그러자 청년은 게릴라들과 함께 남기를 원했어. 유럽 여자는 혼자 파리의 직장으로 되돌아왔어. 그렇지만 그들이 헤어지는 장면은 너무나 슬펐어. 두 사람은 진정으로 사랑했지만, 서로 다른 세계에 속해 있었기 때문에 이별을 피할 수는 없었지. 이게 끝이야."

"그런데 어떤 점이 비슷해?"

"무엇하고?"

"내 경우와 말이야. 우리 어머니에 대해 말할 때 네가 말했잖아."

"그래, 아무것도 비슷하지 않아. 청년이 커피 농장이 있는 자기 나라로 돌아왔을 때, 그의 어머니는 옷을 아주 잘 차려입고 마중 나왔어. 그러고는 청년에게 유럽으로 다시 돌아가라고 말했어. 아, 한 가지 잊어버렸네. 영화 마지막에 아버지를 석방할 때 경찰과 총격전이 있었어. 그래서 아버지가 부상을 입고 죽었거든. 그러자 어머니가 다시 나타나서 어머니와 아들은 함께 있게 되었지. 다른 여자는 아니었어. 그를 사랑하던 여인은 이미 파리로 돌아간 후였으니까."

"그런데 잠이 오는 것 같아."

"그럼 자도록 해."

"그래, 알았어. 잠을 잘 수 있나 시험해 볼게."

"몸이 아프면 아무 때나 날 깨워."

"고마워. 날 이토록 생각해 주니."

"괜찮아. 잠을 자도록 해봐. 그리고 쓸데없는 생각은 하지 말아."

    ·   ·   ·   ·   ·   ·   ·   ·   ·   ·   ·   ·

"밤새 악몽에 시달렸어."

"무슨 꿈을 꾸었는데?"

"아무것도 생각이 나질 않아. 체한 것 같아. 하지만 곧 괜찮아질 거야."

"어째 빨리 먹어치우더라니! 다 낫지도 않은 주제에……."

"너무 배가 고팠어. 그리고 신경을 곤두세워서 그런 것 같아."

"발렌틴, 사실 넌 식사를 하지 말아야 했어. 오늘은 아무것도 먹지 말아야 해."

"하지만 배 속이 텅 빈 것 같은걸."

"그럼 이 회반죽 같은 맛대가리 없는 옥수수죽을 먹고 나서, 조금 누워 있도록 해. 책은 읽지 말고."

"하지만 아침 내내 자면서 시간을 허비했단 말이야."

"네 마음대로 해. 널 생각해서 한 소린데…… 네가 원한다면 재미있는 이야기 해줄게."

"아니야. 책을 읽을 수 있을지 시험해 보고 싶어."

"그런데 왜 네 엄마한테 일주일 내내 먹을 음식을 매주 가져올 수 있다는 말을 하지 않았지? 넌 정말 바보 같은 짓을 하고 있는 거야."

"난 어머니에게 그런 걸 강요하고 싶지 않았어. 내가 여기에 있는 것은 내가 자초한 일이야. 어머니하고는 전혀 상관없는 문제야."

"우리 엄마는 아파서 오지 못하는 거야, 너도 알지?"

"아니. 넌 나한테 아무 말도 하지 않았어."

"당분간 심장 때문에 침대에서 일어나면 안 된대."

"그랬구나. 몰랐어. 유감이야."

"그래서 먹을 것이 거의 다 떨어진 거야. 게다가 엄마는 다른 사람한테 그런 심부름 시키는 걸 좋아하지 않아. 엄마는 의사가 곧 밖에 돌아다녀도 괜찮다고 허락해 줄 거라고 생각해서. 하지만 그동안 나는 죽을 지경이지. 엄마는 자기가 아니면 그 어느 누구한테도 내게 먹을 것을 가져다주라고 시키지 않거든."

"넌 네 어머니가 곧 회복되지 않을 거라고 생각하니?"

"그런 희망을 버리지는 않지만, 적어도 몇 달은 걸릴 거야."

"만일 네가 여기서 나간다면 병이 낫겠지?"

"그걸 말이라고 하니! 넌 내 생각을 너무 잘 읽고 있어, 발렌틴."

"그건 당연한 거지."

"음식을 다 먹어치웠네. 아주 깨끗이 먹어치웠어. 넌 지금 제정신이 아니야."

"네 말이 맞아. 이제 배가 너무 불러 터질 것만 같아."

"누워서 조금 잠을 자도록 해봐."

"잠을 자고 싶지 않아. 어젯밤과 오늘 아침 내내 악몽에 시달렸어."

"줄거리를 끝까지 다 말해버렸으니, 그 영화 이야기를 해줘도 재미없을 거야."

"다시 아파오기 시작해. 으윽, 젠장……."

"어디가 아파?"

"배 위쪽이야. 그리고 아랫배도 아프고…… 윽…… 아주 기분 나쁘게 아파."

"몸에 힘을 빼. 내 말대로 해봐. 어쩌면 네가 너무 신경을 써서 그런지도 몰라."

"아아…… 내 창자에 누군가 구멍을 뚫는 것 같아."

"화장실에 가도록 문을 열어달라고 할까?"

"아니야. 더 위쪽이야. 배 속에서 뭔가가 타고 있는 느낌이야."

"한번 토해볼래?"

"싫어. 문을 열어달라고 하면, 의무실에 가라고 날 괴롭힐 거야."

"내 침대 시트에 토해. 잠깐 기다려. 내가 시트를 접을 테니, 그 안에다 토해. 그런 다음에 잘 접으면 냄새가 나지 않을 거야."

"고마워."

"괜찮아. 입속으로 손가락을 집어넣어."

"하지만 침대 시트에 토하면, 다른 침대 시트가 없는데 넌 추워서 어떻게 해?"

"괜찮아. 담요로 둘둘 말고 자면 돼. 자, 얼른 토해봐."

"아니야, 조금만 기다려. 조금 괜찮아지는 것 같아. 네가 말한 대로 몸에 힘을 쭉 뺄게…… 그럼 괜찮아질지도 모르니까."

. . . .

"유럽 여자, 똑똑한 여자, 아름다운 여자, 교양 있는 여자, 국제정치에 관해 지식이 있는 여자, 마르크스주의를 아는 여자, 하나부터 열까지 일일이 설명하지 않아도 되는 여자, 예리한 질문으로 남자가 생각을 하게 만드는 여자, 청렴결백한 여자, 고상한 취미를 가진 여자, 경우에 맞게 옷을 우아하게 입는 여자, 젊지만 동시에 성숙한 여자, 술 문화를 잘 아는 여자, 적절한 요리를 선택할 줄 아는 여자, 경우에 맞게 포도주를 주문할 줄 아는 여자, 자기 집에서 손님을 접대할 줄 하는 여자, 하인을 부릴 줄 아는 여자, 백 명 정도 초대한 파티를 제대로 준비할 수 있는 여자, 침착하고 다정한 여자, 욕망을 자극하는 여자, 라틴아메리카 사람들의 문제를 이해하는 유럽 여자, 라틴아메리카 혁명가를 높이 평가하는 유럽 여자, 하지만 식민화된 라틴아메리카 국가들의 문제보다 파리의 시내 교통을 더 걱정하는 여자, 매력적인 여자, 누가 죽었다는 소식 앞에서도 전혀 동요하지 않는 여자, 사랑하는 사람의 아버지가 죽었다는 전보를 여러 시간 감춰두는 여자, 커피 농장이 있는 정글로 돌아가는 자기의 젊은 연인을 따라가지 않겠다고 하는 여자, 파리에서 편집장 일을 게을리하지 않는 여자, 진정한 사랑을 좀처럼 잊지 못하는 여자, 자기가 원하는 것이 무엇인지 아는 여자, 결정을 좀처럼 후회하지 않는 여자, 위험한 여자, 모든 것을 쉽게 잊어버릴 수 있는 여자, 괴로운 추억을 잊을 수 있는 여자, 조국으로 돌아간 청년의 죽음까지도 잊을 수 있는 여자, 자기 조국으로 날아가는 청년, 비행기에서 조국의 푸른 산을 지켜보는 청년, 감격해 눈물을 흘리는 청년, 자기가 하고 싶은 일이 무엇인지를 아는 청년, 조국의 식민주의자들을 증오하는 청년, 자기의 원칙을 지키기 위해 목숨까지도 바칠 수 있는 청년, 노동자들이 착취당하고 있다는 사실을 이해하지 못하는 청년, 쓸모없다는 이유로 거리로 내쫓긴 늙은 노동자들을 목격한 청년, 돈이 없어 빵을 훔쳤다는 이유로 수감된 노동자들을 생각하는 청년, 그 이후 죄인이라는 수치심을 잊기 위해 술에 빠져드는 노동자들을 생각하는 청년, 전혀 망설임 없이 마르크스주의를 믿는 청년, 굳은 신념으로 게릴라 조직과 접촉하기 시작하는 청년, 그곳에 곧 조국의 해방자들이 모일 것이라고 생각하면서 하늘에서 산을 바라보는 청년, 자신이 또 다른 대농장주로 간주되는 것을 두려워하는 청년, 아이로니컬하게 자신의 몸값을 요구하기 위해 게릴라들에게 스스로 납치되는 청년, 비행기에서 내려 화려한 옷을 입고 있는 홀로 된 어머니를 포옹하는 청년, 눈에 눈물 한 점 보이지 않는 어머니, 전국 방방곡곡에서 존경받는 어머니, 고상한 취미를 가진 어머니, 열대 지역에서는 화려한 색이 제격이기 때문에 이에 맞추어 신중하고 우아하게 옷을 입은 어머니, 하인들을 부릴 줄 아는 어머니, 자기 아들을 좀처럼 똑바로 쳐다보지 못하는 어머니, 말 못 할 괴로운 문제가 있는 어머니, 고개를 꼿꼿이 들고 다니는 어머니, 반듯한 등이 의자의 등받이에 결코 한 번도 닿지 않는 어머니, 이혼한 후로 도시에 사는 어머니, 아들의 부탁에 못 이겨 커피 농장까지 동행하는 어머니, 아들에게 어린 시절 이야기를 해주는 어머니, 웃는 얼굴을 되찾은 어머니, 굳게 쥐었던 손을 펴서 아들의 머리를 쓰다듬는 어머니, 가장 행복했던 시절을 회상하는 어머니, 자식에게 어머니 자신이 설계한 열대나무가 우거진 오래된 공원을 함께 산책하자고 제안하는 어머니, 우아한 취미를 가진 어머니, 야자수 아래에서 어떻게 전남편이 게릴라들에게 희생되었는가를 말하는 어머니, 히비스커스 꽃이 만발한 풀숲 옆에서 어떻게 전남편이 무례한 하인을 총으로 사살했으며 그래서 게릴라들의 보복을 받은 것이라고 말하는 어머니, 커피 농장 뒤로 멀리 보이는 푸른 산을 배경으로 가냘픈 실루엣을 드러내는 어머니, 아들에게 아버지의 죽음을 복수하지 말라고 애원하는 어머니, 자기와 떨어져 있을지라도 유럽으로 되돌아가라고 아들에게 간청하는 어머니, 아들의 목숨을 걱정하는 어머니, 자선 모임에 참석해야 한다면서 갑자기 수도로 돌아가는 어머니, 자기의 롤스로이스에 느긋하게 앉아서 아들에게 조국을 떠나라고 다시 애원하는 어머니, 마음속의 긴장을 감추지 못하는 어머니, 뚜렷한 동기도 없이 긴장하는 어머니, 아들에게 무언가를 감추는 어머니, 자기 하인들에게 항상 친절했던 아버지, 자선을 베풀면서 항상 하인들의 경제 상황을 개선하려고 노력했던 아버지, 그 지역 노동자들을 위해 농촌에 병원을 설립한 아버지, 노동자들을 위해 주택을 지어준 아버지, 자기 아내와 심하게 말다툼하던 아버지, 아들에게 거의 아무 말도 하지 않았던 아버지, 아래층으로 내려와 가족들과 식사하는 법이 없었던 아버지, 노동자들의 파업을 결코 용서하지 않았던 아버지, 불순한 노동자 단체가 병원과 가옥을 방화했던 것을 결코 용서하지 않았던 아버지, 아내가 도시로 떠난다는 조건으로 이혼을 수락한 아버지, 방화를 용서하지 않아서 게릴라들과의 협상을 거부했던 아버지, 자기 농장을 외국 회사에게 임대하고 리비에라 해안으로 도망친 아버지, 알 수 없는 이유로 자기의 농장으로 되돌아간 아버지, 파렴치한으로 낙인찍힌 채 생을 마감한 아버지, 범죄자란 명목으로 처형된 아버지, 아마도 범죄자였을지도 모르는 아버지, 아들에게 그런 치욕을 감춘 아버지, 아들의 혈관에 범죄자의 피가 흐르게 한 아버지, 시골 아가씨, 아메리카 원주민과 백인의 피가 흐르는 아가씨, 싱싱한 젊음을 유지하고 있는 아가씨, 영양실조로 이가 누런 아가씨, 수줍은 아가씨, 주인공을 정신없이 바라보는 아가씨, 청년에게 비밀 메시지를 전하는 아가씨, 청년이 호의적인 반응을 보이자 안도의 한숨을 내쉬는 아가씨, 그날 밤 청년이 옛 친구와 만날 수 있도록 길을 안내하는 아가씨, 멋지게 말을 타는 아가씨, 자기 손바닥처럼 산길을 잘 아는 아가씨, 거의 아무 말도 하지 않는 아가씨, 자신에게 어떻게 말을 걸어야 할지 모르는 청년을 대하는 아가씨, 두 시간도 채 못 되어 게릴라가 있는 곳으로 청년을 안내하는 아가씨, 휘파람으로 게릴라 대장을 부르는 아가씨, 소르본 대학의 동료, 학생 투사였던 동료, 그 이후 만날 수 없었던 동료, 주인공의 정직성에 감동한 동료, 농민투쟁을 조직하기 위해 조국으로 돌아간 동료, 몇 년도 안 되어 게릴라 전선을 조직한 동료, 주인공의 정직성을 믿는 동료, 믿을 수 없는 사실을 청년에게 말하는 동료, 아버지와 농장 감독의 죽음을 야기한 수상한 이야기 뒤에 얽힌 정부의 음모를 간파하는 동료, 청년에게 농장으로 돌아가서 죄를 지은 책임자를 밝혀내라고 애원하는 동료, 아마도 실수를 저지른 것 같은 동료, 아마도 매복을 준비하고 있는 것 같은 동료, 해방투쟁을 계속 수행하기 위해 친구를 희생시켜야만 하는 동료, 청년이 저택까지 돌아가도록 길을 안내하는 아가씨, 아무 말도 하지 않는 아가씨, 과묵한 아가씨, 아마도 낮에는 일하고 밤에는 오랫동안 말을 타 피로에 지쳐 있을 아가씨, 가끔씩 뒤를 돌아보면서 청년을 수상쩍게 바라보는 아가씨, 아마도 청년을 증오할지도 모르는 아가씨, 청년에게 멈추라고 명령하는 아가씨, 청년에게 조용히 하라고 지시하는 아가씨, 아마도 그들 뒤를 쫓고 있을지도 모르는 멀리서 들려오는 순찰차의 소리를 듣는 아가씨, 청년에게 말에서 내려 잡초 뒤에 숨어 잠시 기다리라고 하는 아가씨, 청년에게 두 마리의 말고삐를 잡고 조용히 자기를 기다리라고 하는 아가씨, 그러는 동안 바위 위에 올라가 주위를 살피는 아가씨, 돌아와서 산길로 되돌아가라고 명령하는 아가씨, 잠시 후 군인들은 새벽까지 야전 캠프를 걷지 않을 거라면서 청년에게 밤을 지샐 수 있는 천연 동굴을 알려주는 아가씨, 습기 찬 동굴에서 추위에 떠는 아가씨, 도저히 속마음을 알 수 없는 아가씨, 청년의 눈을 쳐다보지도 않은 채 들릴락 말락 한 소리로 몸이 따뜻해지게 자기 옆에 누워달라고 부탁하는 아가씨, 말 한마디도 하지 않고 청년을 똑바로 쳐다보지도 않는 아가씨, 바보 아니면 아주 똑똑할 것 같은 아가씨, 싱싱한 육체를 가진 아가씨, 청년의 옆에 누운 아가씨, 숨이 가빠지는 아가씨, 조용히 청년에게 자기 몸을 허락하는 아가씨, 물건처럼 취급된 아가씨, 청년에게 다정한 말 한마디조차 건네지 않는 아가씨, 입에서 신맛이 느껴지는 아가씨, 땀 냄새가 코를 찌르는 아가씨, 청년과 잠을 자고도 아무렇지도 않아 보이는 아가씨, 청년이 사정한 정액이 몸에 흐르게 내버려 둔 아가씨, 피임에 대해서는 들어본 적이 없는 아가씨, 주인에게 착취당한 아가씨, 청년이 세련된 파리의 여인을 잊게 할 수 없는 아가씨, 오르가슴에 도달하고 난 후에도 애무해 줄 마음이 생기지 않는 아가씨, 자기의 수치스러운 이야기를 해주는 아가씨, 전 농장 관리인이 막 사춘기에 도달한 자신을 어떻게 강간했는지 말하는 아가씨, 어떻게 전 농장 관리인이 지금은 정부의 고위직에 올라갔는가를 말하는 아가씨, 전 농장 관리인이 청년 아버지의 죽음과 어떤 관련이 있음이 분명하다고 말하는 아가씨, 아마도 청년의 어머니가 이 모든 사실을 알고 있을 것이라고 감히 말하는 아가씨, 청년에게 잔인하기 짝이 없는 이런 사실을 알려주는 아가씨, 청년의 어머니가 전 농장 관리인의 품에 안겨 있는 모습을 본 아가씨, 오르가슴에 도달한 후에도 애무해 줄 마음이 생기지 않는 아가씨, 청년에게 뺨을 얻어맞고 쓸데없는 이야기를 했다고 욕을 먹는 아가씨, 몸을 주고도 버림받는 아가씨, 살인자의 피가 흐르는 잔인한 주인에게 착취당

한 아가씨."

"큰 소리로 잠꼬대하고 있었어."

"그랬니?"

"그래. 그래서 잠이 깨버렸어."

"미안해."

"몸은 어때?"

"땀으로 범벅이 되었어. 수건 좀 줄래? 촛불은 켜지 말고."

"잠깐 기다려. 지금 찾고 있으니까……."

"어디에 놓아두었는지 기억이 안 나…… 몰라나, 못 찾겠으면 그냥 둬."

"입 다물고 있어. 이제 찾았어. 내가 그렇게 멍청한 년처럼 보여?"[9]

---

9) 프로이트의 후계자들은 인류 역사를 통해 개인이 자기 자신을 억제하는 방법을 배우고, 그렇게 각 시대의 사회적 요구에 적응하기 위해 받는 고통에 대해 매우 큰 관심을 보였다. 그것은 본능적인 충동 요인들을 억누르지 않고는 사회규범을 준수하기란 불가능하기 때문이다. 부부라는 합법적 결혼 제도가, 한 사회가 제시하는 이상이 될 수는 있지만, 그것이 반드시 모든 사람의 이상이 될 수는 없다. 이러한 결혼에서 제외된 사람들은 사회적으로 바람직하지 않다고 여겨지는 자신들의 성향을 억압하거나 숨기는 것 이외에는 별다른 방법이 없게 된다.

안나 프로이트는 『유아들의 정신분석』에서 가장 일반화된 신경쇠약 증세로 금지된 자신의 모든 성적 욕구를 완전히 통제하려고 하거나, 심지어는 이런 욕구—사회적으로 부적당하다고 분류되지만 자연적인 욕구—를 모두 제거해 버리면서 자기 자신을 억압해 다른 상황에서도 타인들과 허용된 관계를 즐기지 못하는 개인의 형태를 들고 있다. 이와 같이 한 개인은 자기억압 능력에 대한 통제력을 상실하고 급기야는 임포텐츠, 불임, 강박관념적인 죄의식과 같은 극단적인 현상에 이르게 된다. 심리학자들은 일반적으

"몸이 차가워."

"금방 차 끓여줄게. 그것만 남았어."

"아니야, 그건 네 것이야. 그만둬. 금방 괜찮아질 거야."

"쓸데없는 소리 하지 마."

"하지만 네가 먹을 게 전부 거덜나고 있어. 너야말로 쓸데없는 소리 하지 마."

"괜찮아. 나한테는 먹을 것을 또 가져올 거야."

로 어린아이들의 지능과 감성이 너무 이르게 발달한 경우, 이것들이 아이들을 아주 강한 억압 행위로 이끌 수 있다는 패러독스도 지적하고 있다. 어린 아이는 태어날 때부터 리비도를 갖고 있으며, 어른들의 리비도와 별다른 차이가 없다는 점은 이미 증명된 사실이다. 어린아이들은 자기를 돌봐주는 모든 사람에게 정을 느끼고, 자기 몸과 타인의 몸을 갖고 장난하면서 즐거워한다. 하지만 우리 사회는 이러한 아이들의 표현 양식에 벌을 가하고, 그러면 어린아이들은 수치심을 느끼게 된다고 안나 프로이트는 덧붙인다. 이는 최초의 의식(意識)적 행위부터 사춘기까지 어린아이가 잠재기를 지나고 있기 때문이다.

주류 프로이트 학파들은 비주류 프로이트 학파들과 마찬가지로 초기의 유아적 리비도는 양성적으로 나타난다고 주장한다. 하지만 다섯 살이 지나면서부터 성적인 차이점을 인식하게 된다. 남자아이는 자기 몸이 어머니의 몸과 다르다는 사실을 알게 되며, 그때부터 자기가 크면 아버지처럼 될 것이라고 말하기 시작한다. 그 순간부터 어머니의 애정이 첫 번째 위치를 차지하는 것이 아니라, 아버지가 특권적인 위치를 차지하게 된다. 아버지가 남자아이에게 불러일으키는 질투를 어떻게 억압할 것인가의 문제는 일반적으로 남자아이의 능력에 전적으로 달려 있다. 이 문제는 감수성이 아주 발달한 아이가 보호와 애정을 요구할 경우, 특히 아이의 지성이 자신이 처한 삼각관계를 알게 되는 순간에 자연적으로 해결된다. 이런 상황을 의식화한다는 것은 문제점을 배가시킨다. 심리분석에 따르면 이런 발달단계의 남자아이 — 혹은 어머니와 직접적인 경쟁 관계에 있는 여자아이 — 는 난처한 오이디푸스 현상을 거친다. 이 오이디푸스란 용어는 누가 자기 아버지인지도

"네 엄마가 아파서 오실 수 없다는 사실을 잊지 마."

"알았어. 나도 알고 있어. 하지만 괜찮아."

"고마워. 정말 진심으로 하는 말이야."

"그런 말은 하지 마."

"내가 너한테 얼마나 고마워하고 있는지 넌 모를 거야. 미안해, 내가 가끔 퉁명스럽게 대해서……. 난 아무 이유도 없이 사람들 마음에 상처를 입혀."

모르면서 아버지를 죽인 후, 어머니를 알지 못한 채 자기 어머니와 결혼한 뒤, 자기 죄를 깨닫고 자신에게 벌을 가하기 위해 눈을 빼버린 오이디푸스라는 그리스 왕 때문에 붙여진 용어이다. 프로이트는 『성 이론에 관한 세 편의 연구』에서 어린아이들은 자기들의 주요 경쟁 상대—즉 남자아이에게는 아버지, 여자아이에게는 어머니—를 내쫓고 자기가 그 위치를 대치하려고 하는데, 이런 근친상간적인 환상은 매우 흔한 현상이라고 확신한다. 하지만 아이들의 이런 생각은 아주 강도 높은 죄책감을 유발하며, 따라서 벌을 받을 것이라는 두려움을 갖게 된다. 결론적으로 말하자면, 남자아이나 여자아이는 이런 문제로 상당한 고통을 받지만, 무의식적인 노력을 통해서 이런 욕구를 억압하거나, 의식적으로 이런 욕구를 숨기려고 한다. 이런 문제는 사춘기에 접어들어 자기 부모에 대한 애정이 자기 또래의 소년이나 소녀로 전환되면서 해결된다. 하지만 반대 성(性)인 부모와 아주 밀접한 관계에 있는 아이들—그리고 그에 해당하는 말로 표현할 수 없는 죄의식, 전문적으로 말한다면 오이디푸스 콤플렉스를 지닌 아이들—은 평생 어떤 성 경험도 매우 거북하게 느낄 위험이 다분하다. 이는 무의식적으로 이런 성 경험을 유아 시절의 죄의식적 욕구와 연결하기 때문이다. 신경쇠약 증세가 심해지더라도 도출될 결론이 항상 같지는 않다. 남자의 경우, 임포텐츠의 가능성과 어머니와는 전혀 비슷하지 않은 창녀들과만 유일하게 관계를 맺을 수 있는 두 가지 극단적 가능성이 나타난다. 심지어 어머니와 다른 성인 남자들에게만 반응을 일으킬 가능성도 있다. 여자들에는 이런 오이디푸스 콤플렉스가 해결되지 않았을 경우, 주로 불임과 레즈비어니즘 현상이 나타날 수 있다. (원주)

"그만해."

"네가 아팠을 때처럼 말이야. 난 널 전혀 돌보지 않았어."

"이제 그만해."

"정말이야. 너한테만 그런 게 아니야. 난 많은 사람에게 상처를 주었어. 난 네게 아무 말도 해주지 않았어. 하지만 네게 영화 이야기 대신에, 진짜로 일어났던 일을 말해줄게. 전에 말했던 내 여자 동료에 대한 이야기는 모두 거짓말이었어. 너한테 말한 여자는 내가 무척 사랑했던 다른 여자였어. 그 여자 동료에 대해서는 사실대로 말하지 않았어. 아주 순수하고 착하며 화도 잘 내는 여자였기 때문에 넌 그녀에 대해 알고 싶어 했지."

"그만. 제발 그런 이야기는 하지 마. 그건 아주 골치 아픈 문제가 될지도 모른단 말이야. 난 네 정치 문제나 비밀에 관해서는 알고 싶지 않아. 정말이지, 알고 싶지 않아."

"바보 같은 소리 하지 마. 누가 내 일에 대해 너한테 묻겠어?"

"그건 아무도 모르는 일이지. 날 취조할 수도 있으니까."

"난 너를 믿어. 너도 날 믿지?"

"응……."

"여기에서는 모든 게 공평해야 돼. 그러니까 날 너무 무시하지 마……."

"그게 아니라……."

"나도 몹시 괴로워. 그래서 속마음을 다 털어놓고 싶을 때도 있어. 남한테 못된 일을 하고서 후회하는 것보다 괴로운 일은 없단 말이야. 난 그녀를 괴롭혔는데……."

"지금은 말하지 마. 다른 때 이야기해 줘. 지금 속마음을 털어놓는 것은 몸에 좋지 않아. 그 대신 차나 마셔. 내가 끓여줄 테니까. 그럼 몸이 좀 나아질 거야. 내 말 들어."

7장

"내 사랑이여, 나는 당신과 다시 대화를 합니다…… 밤은 적막하고, 나는 당신과 대화를 합니다…… 당신도 역시 이 순간에 우리의 사랑을 기억하고 있겠지요. 내 사랑이여…… 난 이런 이상하고도 슬픈 사랑의 꿈을 생각합니다…….'"

"몰리나, 무슨 노래야?"

"볼레로[10]야. 제목은 '내 편지'고."

"아마 그 따위 노래 부를 생각하는 건 너밖에 없을 거야."

"왜? 뭐가 잘못됐어?"

---

10) 쿠바의 트로바 음악에서 유래한 음악으로 2/4 박자풍의 블루스와 흡사하게 감상적인 유행가 장르 중의 하나. 쿠바와 멕시코에서 대중의 인기를 얻은 후 아르헨티나로 전파된 후 중남미 전역으로 퍼져 아직까지도 대중이 가장 즐겨 부르는 노래.

"유치하기 짝이 없는 사랑 노래잖아. 정신 차려."

"난 볼레로가 좋아. 이 볼레로는 너무 아름다워. 노래 부른 타이밍이 나빴다면 용서해 줘."

"타이밍이 나빴다니, 그게 무슨 소리야?"

"네가 그 편지를 받고는 의기소침해 있었잖아."

"그것과 타이밍이랑 무슨 상관인데?"

"그런데 내가 슬픈 편지에 대해 흥얼거렸어. 널 기분 나쁘게 만든 건 아니지…… 그렇지?"

"응, 괜찮아."

"그런데 왜 그러고 있어?"

"좋지 않은 소식이야. 너도 눈치챘지?"

"내가 어떻게 알 수가…… 그랬구나. 그래서 심각해 있었구나."

"정말로 나쁜 소식이었어. 그 편지 읽고 싶으면 읽어도 좋아."

"아니야, 읽지 않는 게 나을 것 같아……."

"하지만 어젯밤처럼 말하지는 말아. 너는 내 문제와 상관이 없어. 너한테는 아무것도 물어보지 않을 거야. 나보다도 그놈들이 먼저 편지를 뜯어 읽었을 테니까."

"물론이지, 네 말이 맞아."

"읽고 싶으면 읽어도 괜찮아. 저기에 있어."

"글씨가 지렁이 기어가는 것 같은데. 나한테 읽어주지 않을래?"

"교육을 많이 받지 않은 여자아이가 써서 그래."

"난 참 바보 같은 년이야. 그놈들이 보고 싶으면 마음대로 편지를 뜯어볼 수 있다는 생각을 못했으니 말이야. 그러니 네가 이 편지를 읽어줘도 상관없어."

"'사랑하는 임에게. 당신에게 편지 쓴 지도 한참이 되었어요. 난 그동안 일어났던 모든 일을 말해줄 용기가 나지 않았답니다. 당신은 나보다 훨씬 더 현명하니까, 이런 내 사정을 이해해 줄 것이라고 확신해요. 그리고 불쌍한 숙부 페드로에 관한 소식을 전하지 않았던 것은 숙모님이 당신에게 편지를 보냈다고 했기 때문이에요. 난 당신이 그런 이야기를 듣기 싫어한다는 것도 알고 있어요. 우리의 삶은 계속되고 있으며, 또한 그런 삶을 위해 계속 투쟁하려면 많은 용기가 필요하지요. 하지만 이것이 내가 늙어갈 무렵부터 나를 괴롭혀 온 문제예요.' 이 모든 말이 다 암호야. 눈치챘지?"

"그래, 뭔가가 뒤얽혀 있는 것 같아. 그런 느낌은 잡을 수 있었어."

"'내가 늙어갈 무렵부터'란 말은 내가 혁명운동에 가담했을 때부터란 말이야. 그리고 '삶을 위해 투쟁한다'는 말은 대의명분을 위한 투쟁이지. '숙부 페드로'란 불행하게도 죽어버린 스물다섯 살 먹은 청년이야. 우리 그룹의 동지였지. 난 그가 죽은 걸 전혀 모르고 있었어. 그전에 온 편지는 나에게 건네주지 않았거든. 틀림없이 그 편지를 뜯어보고 나서 찢어버렸을 거야."

"아하……."

"그래서 기운이 빠져 있었던 거야. 난 아무것도 모르고 있었거든."

"유감이야."

"어쩔 수 없는 일이지……."

"……."

"……."

"편지 좀 계속 읽어봐."

"자…… '내가 늙어갈 무렵부터 나를 괴롭혀 온 문제예요. 그래요, 당신은 아주 강한 사람이지요. 나도 그렇게 되고 싶어요. 지금쯤 당신은 모든 것을 체념했겠지요. 난 무엇보다 숙부 페드로가 무척이나 보고 싶어요. 난 그의 가족을 돌보아야 할 책임을 지고 있어요. 아주 큰 부담이지요. 당신 머리를 박박 깎아버렸다고 하더군요. 그런 당신을 보살펴 줄 수 없는 내 자신이 원망스러워요. 당신은 항상 금발머리를 늘어뜨리고 있었지요. 난 당신이 말한 것을 모두 기억하고 있어요. 무엇보다도 사적인 일에 너무 집착해서는 안 된다고 했던 말이 기억나네요. 그리고 당신의 충고대로 최선을 다해 마음을 정리하려고 노력했어요.' 가족을 돌보아야 한다는 말은 그녀가 지금 우리 그룹을 책임지고 있다는 말이야."

"그렇구나……."

"계속 읽을게. '날이 갈수록 당신이 점점 더 그리워요. 특히 숙부 페드로가 돌아가신 후에는 조카인 마리가 당신이 알지 못하는 청년과 관계를 갖도록 허락했어요. 집에도 오곤 했는데, 삶을 잘 꾸려나갈 수 있는 청년이에요. 하지만 난 그에게 너무 매달리지는 말라고 조카에게 충고했어요. 그렇게 한 남자에게 매달리는 것은 치명적이며, 투쟁에 필요한 힘을 얻을

수 있는 동지애 이상은 유지하지 말라고 했어요.' 조카인 마리
는 바로 그녀이고, 삶을 잘 꾸려나간다는 말은 투쟁적 요소가
훌륭하다는 뜻이야. 내 말 알아듣겠지? 싸우는 데 그렇다는
거야."

"응, 그런데 그와의 관계에 관한 말은 알아듣지 못하겠어."

"그녀는 날 몹시도 그리워했다는 뜻인데, 우리는 서로 깊은
애정을 느끼지 않기로 약속했어. 그렇지 않으면, 우리가 행동
해야 할 순간에 서로를 옴짝달싹 못 하게 하거든."

"행동한다는 게 도대체 뭔데?"

"행동하는 것, 그건 목숨을 건다는 거야."

"그렇구나……."

"누군가가 우릴 사랑한다는 생각을 우리는 절대로 할 수가
없어. 그건 우리가 살기를 원한다는 말인데, 그러면 죽는 것
을 두려워하게 돼. 아니 두려움이라기보다는 우리가 죽게 되
면 고통받을 사람이 있다는 점이 괴롭다는 건데…… 계속 읽
을게. '난 이런 사실을 당신에게 말해야 할지 아닐지를 많이
생각했어요. 하지만 나는 당신을 알아요. 그래서 내가 이런 걸
모두 말해주길 원하고 있음을 난 알아요. 다행히도 사업은 잘
되고 있어요. 그래서 곧 우리 집은 단숨에 번화가로 진입할 수
있으리라는 확신을 갖고 있어요. 지금은 밤이에요. 당신도 나
를 생각하고 있으리라고 믿어요. 그럼 이만 안녕. 이네스.' 여
기서 우리 집이라는 말은 조국을 의미해."

"그런데 어젯밤에 네가 한 말을 잘 이해하지 못했어. 네 여
자 친구는 전에 내게 말했던 여자가 아니라고 했는데……."

"다 쓸데없는 소리였어. 네게 편지를 읽어주었더니 현기증이 나는데……."

"몸이 쇠약해졌나 봐……."

"구역질도 날 것 같아."

"그럼 누워서 눈을 감아."

"제기랄! 그런데 이젠 좀 괜찮은 것 같아."

"가만히 누워 있어. 책을 읽어서 그런 거야. 눈을 꼭 감아."

"좀 나아지는 것 같은데……."

"발렌틴, 밥을 먹지 말았어야 했어. 내가 먹지 말라고 했잖아."

"너무너무 배가 고팠어."

"어제는 괜찮았잖아. 그런데 저녁을 먹고 나서 이 지경이 되었어. 오늘도 또 한 그릇을 통째로 먹어치웠어. 내일은 맛만 보겠다고 약속해."

"식사에 대해선 말하지 마. 토할 것 같아."

"미안해."

"너한테 말해주고 싶은 게 있어. 아까 네 볼레로를 비웃었는데, 내가 받은 그 편지가 바로 볼레로의 내용과 똑같은 것 같아."

"그런 것 같니?"

"응. 난 네 볼레로를 비웃을 권리가 없는 것 같아."

"오히려 네가 받은 편지 내용과 너무 비슷해서 웃었다고 하는 편이 맞을 거야. 넌…… 울지 않으려고 웃은 거야. 다른 볼레로든가, 아니면 탱고든가 그렇게 말하고 있거든."

"네가 부른 볼레로는 어떤 거지?"

"어느 부분 말이야?"

"전부 다 불러봐."

"'내 사랑이여, 나는 당신과 다시 대화를 합니다. 밤은 적막하고, 나는 당신과 대화를 합니다. 당신도 역시 이 순간에 우리의 사랑을 기억하고 있겠지요. 난 이런 이상하고도 슬픈 사랑의 꿈을 생각합니다…… 내 사랑이여, 비록 우리가 두 번 다시 함께 있지 못하고 항상 헤어져 있더라도…… 맹세컨대 내 영혼은 모두 당신의 것이고, 내 생각과 삶도 당신의 것입니다. 마치 이 고통처럼…….' 아니, '이 쓰라림처럼'이었던 것 같아. 마지막 부분은 잘 생각이 나질 않네. 아마 대충 그럴 거야."

"그리 나쁘진 않은데, 정말이야."

"아주 예쁜 가사야."[11]

---

11) 『신경쇠약에 관한 정신분석론』에서 페니켈(O. Fenichel)은 남자아이가 자기 자신을 어머니와 동일시할수록 동성애 성향의 가능성은 높아진다고 밝힌다. 어머니의 모습이 아버지의 모습보다 더 훌륭할 경우에 이런 특징이 더욱 잘 나타나며, 아버지가 죽거나 이혼해 부재한 경우에도 해당된다. 또한 아버지가 어떤 중대한 동기로 인해 어린아이에게 혐오적으로 투영되는 경우, 가령 알코올의존증이나 너무 엄격하거나 극단적인 폭력을 사용하는 경우에도 그 가능성은 커진다. 남자 어린아이에게는 자기의 행동 모델로 삼을 성인 영웅이 필요하다. 그 영웅과 자기 자신을 동일시하면서, 어린아이는 부모들의 특징적인 행동을 흡수한다. 어떤 방법으로든지, 가령 부모의 명령에 불복종하는 경우라도, 어린아이들은 무의식적으로 부모들의 습관이나 심지어는 그들의 기벽(奇癖)까지도 배우며, 자기가 사는 사회의 문화적 특징을 이어받는다. 페니켈은 남자 어린아이가 자신을 아버지와 동일시하게 되면, 아버지 세계가 보여주는 남성적 관점을 채택하게 된다고 설명한다. 이런 관점은 서양 사회에서 공격적인 요소, 즉 이전에는 생각하지 않던 가장으로

"제목이 뭐지?"

"'내 편지'야. 아르헨티나 사람인 마리오 클라벨이 작곡한 노래야."

"난 멕시코 아니면 쿠바 사람의 노래일 거라고 생각했는데."

서의 흔적을 갖게 만든다. 또한 이런 공격적 요소는 어린아이가 자기를 새로운 존재로 인식하도록 해준다. 반대로 어린아이가 어머니의 형상을 모델로 삼고, 어머니에 대한 매력을 확인할 수 있는 남성적인 형상을 제때에 발견할 수 없는 경우, 아이는 여성적 특징으로 인해 사회적으로 배척당한다. 그것은 남자 어린아이가 정상적인 남자아이의 특징인 강인함을 보여주지 못하기 때문이다.

이 점에 관해 프로이트는 자신의 저서 『본능의 변화에 관하여』에서 남성 동성애자는 정신적으로 가장 완전한 남성이 완전히 여성적인 것과 조화를 이룰 수 있다고 생각한다고 말한다. 여기에서 남성 동성애자는 완전한 남자란 용기와 모험정신, 실험정신과 명예와 같은 현상으로 이해한다. 하지만 자신의 후기 저서인 『나르시시즘에 관하여』에서 남성 동성애자는 일시적으로 어머니의 모습을 염두에 두지만, 마침내 자기 자신을 여자와 동일시한다는 이론을 전개한다. 그러면서 만일 그의 욕구 대상이 젊은 남자라면, 그것은 그의 어머니가 그를 젊은 남자로 생각하면서 사랑했기 때문이거나, 아니면 그가 자기 어머니에게 그렇게 사랑받기를 원했기 때문이라고 밝힌다. 결론적으로 성적 욕구 대상은 자기 자신의 이미지가 된다. 그래서 프로이트는 오이디푸스 신화뿐만 아니라 나르키소스의 신화도 동성애의 기원을 이루는 문제적 요소로 지적한다. 하지만 동성애에 관한 모든 프로이트의 의견 중에서 바로 이 점이 가장 많은 공격을 받았다는 점을 알아야 한다. 프로이트의 주장에 반대하는 이들은, 주로 자기 자신을 아주 여성적이라 느끼는 동성애자들이 성적 욕구 대상으로 아주 남성적인 사람이나 현저하게 나이가 많은 사람을 원한다는 점을 주장한다.

한편 프로이트는 처음에 언급한 책에서 성적 감수성의 발달 과정에 대해 말하고 있으며, 이것에 바탕을 두고 동성애의 기원에 관해 연구할 수 있는 또 다른 현상을 언급한다. 그는 아기들의 리비도는 고착되어 있지 않고 매우 산만하기 때문에, 자신의 욕구가 무엇인지 교육받고, 성기의 결합을 통

"난 아구스틴 라라[12] 노래는 전부 다 알고 있어. 거의 모두 말이야."

"현기증이 좀 가신 것 같아. 그런데 배 아래쪽이 다시 쑤시기 시작해……."

"편히 누워."

"식사를 한 내가 잘못이야."

"아픈 것은 생각하지 말아. 그리고 아픈 것에 신경 쓰지도 말아. 그렇게 신경이 쓰이면 아무거나 말해봐."

"네게 말한 것처럼, 내가 말한 부르주아 출신의 자유분방한 여자는 내 여자 동료가 아니야. 내게 편지 쓴 여자가 아니란 말이야."

해 쾌락을 느낄 이성을 찾을 때까지 여러 단계를 거쳐야만 한다고 밝힌다. 첫 단계는 '구강기'인데, 이 단계의 쾌락은 빠는 행위처럼 구강 접촉을 통해서만 가능하다. 그다음은 '항문기'인데 어린아이는 항문의 괄약근 활동을 통해 만족감을 느낀다. 마지막이자 결정적인 단계는 '생식기'이다. 프로이트는 이 단계를 유일하게 성의 성숙한 형태로 간주한다. 그리고 수년 후 마르쿠제는 이 이론에 정면으로 도전한다.

프로이트는 이러한 의견을 『성격과 항문 에로티시즘』에서 확충하는데, 이 글에서 그는 다음과 같은 이론을 전개한다. 즉 프로이트는 탐욕이나 정돈에 대해 강박관념을 지닌 비정상적인 성격은 항문적 욕구가 억압되었기 때문일 수 있다고 간주한다. 재산 축적에서 비롯되는 쾌락은 어렸을 때 배설을 참으면서——이는 어린아이들에게서 자주 볼 수 있는 현상이다——느끼는 쾌락을 무의식적으로 동경하는 데서 비롯된다는 것이다. 한편 질서와 정결함에 대한 강박관념은 배설을 가지고 놀고자 할 때 느끼는 죄책감에 대한 보상으로 나타난다. 동성애의 발달 과정 속에 나타난 항문의 고착 역할에 대해 프로이트는 이미 언급된 오이디푸스와 나르키소스 같은 영향 이외에도, 이런 모든 장애들은 어린아이의 발달 과정을 저해하며, 또한 마지막

"그럼 이 여잔 누군데?"

"네게 말한 그 여자는 나와 함께 혁명운동에 가담했었어. 하지만 거기서 빠져나왔지. 그리고 나도 빠져나올 수 있도록 모든 노력을 다했어."

"왜 그랬는데?"

"그녀는 삶에 너무 집착했어. 나와 함께 있으면 행복해했고, 그저 우리의 관계에만 만족했어. 거기서부터 일이 잘못되기 시작했어. 내가 며칠만 없어도 고통받았고, 내가 돌아올 때마다 울었어. 그런데 그건 아무것도 아니었어. 내게 걸려온 동지들의 전화를 숨기기 시작했고, 급기야는 편지까지도 몰래 가로챘지. 그래서 끝이 난 거야."

단계인 생식기까지 도달하지 못한 채 항문기에 고착됨으로써 사회적으로 금기시하는 사랑을 하는 상태가 된다고 지적한다.

이런 의견에 대해 웨스트 박사는 생식기를 통한 정상적인 성관계로 나아갈 수 없다고 느끼는 동성애자들은 성기 외적인 성감대를 가지고 실험한다고 주장한다. 그리고 그런 상태에 점진적으로 적응한 후, 동성애자들은 항문 성교에서 보상을 찾는다고 지적한다. 물론 항문 성교가 유일한 대안책은 아니지만, 동성애자들은 그것에서 역학적으로 직접적인 보상 형태를 찾는다고 웨스트 박사는 설명한다. 그러면서 여자 친구에게 키스하는 이성애자가 반드시 구강기에 고착된 것이 아닌 것처럼, 남성 동성애자가 반드시 항문기에 고착된 것이 아니라고 덧붙인다. 마지막으로 그는 항문 성교가 동성애자들에게만 나타나는 현상이 아니라는 점을 지적한다. 이성애적인 부부 역시 항문 성교를 하는데다, 항문기적 특성을 지닌 개인(가령 탐욕스럽거나 결벽증이 있는 사람)이 반드시 동성애 성향을 보이는 것은 아니기 때문이다. (원주)
12) Agustín Lara(1897/1900~1970). 멕시코의 대중가요 작곡가이며 가수. 1940년대와 1950년대 볼레로를 대중화하는 데 크게 기여했다.

"그녀를 만난 지 오래되었어?"

"거의 2년이 되었어. 하지만 난 항상 그녀를 마음에 두고 있어. 그녀가 그렇게 하지만 않았더라도…… 거세하는 어머니처럼…… 잘 모르겠어. 아마 운명적으로 우리는 헤어지게 되어 있었나 봐."

"왜 서로 그렇게 열렬히 사랑했기 때문에?"

"이 질문도 볼레로같이 들리는군, 몰리나."

"그런데…… 이 바보야, 볼레로는 수많은 진실을 말하고 있어. 그래서 내가 그토록 좋아하는 거야."

"좋았던 점은 그녀는 항상 내게 정면으로 맞섰다는 거야. 우리는 정말로 진실한 관계였어. 그녀는 결코 굴복하지 않았어. 뭐라고 말해야 할까? 평범한 여자들처럼 남자가 자신을 마음대로 다루게 내버려 두지는 않았어."

"그게 무슨 소리야?"

"아이구…… 이봐, 다시 아파오기 시작하는 것 같아."

"어디가 아파?"

"아랫배야, 창자가 있는 쪽 같은데……."

"힘 주지 말아, 발렌틴. 그게 제일 나쁜 거야. 가만히 있어야 돼."

"그래."

"잘 누워봐."

"넌 지금 내 마음이 얼마나 슬픈지 모를 거야."

"왜 그런데?"

"불쌍한 녀석 같으니…… 네가 그를 알았다면…… 그놈이 얼마나 좋은 녀석인지 넌 모를 거야. 불쌍한 녀석……."

"누가?"

"죽은 녀석 말이야."

"천국으로 갔을 거야. 틀림없어."

"그렇게 믿을 수 있다면 얼마나 좋겠어. 나도 좋은 사람은 보답을 받는다고 가끔 믿고 싶을 때가 있어. 하지만 난 그런 걸 믿지 않아. 아이구…… 몰라, 또 설사할 것 같아. 문을 열어달라고 해. 빨리."

"조금만 참아…… 곧……."

"아앗, 아아, 안 돼, 부르지 마아."

"너무 미안해하지 마. 내가 씻어줄게."

"아아, 아앗. 얼마나 아픈지 넌 모를 거야. 철사로 내 창자를 찌르는 것 같아……."

"힘 빼. 그냥 싸. 침대 시트는 나중에 내가 빨면 되니까."

"미안해. 침대 시트를 둥글게 말아줘. 물처럼 쏟아지니까."

"그래, 그렇게 해. 바로 그거야. 걱정하지 마. 그냥 싸라고. 오늘이 화요일이니까, 샤워한 다음에 침대 시트를 가져가면 돼."

"그런데 이건 네 침대 시트인데……."

"괜찮아. 네 침대 시트도 빨아줄게. 다행히 아직 비누가 남아 있어."

"고마워…… 이제 좀 괜찮아지는 것 같아……."

"아무 걱정도 하지 마. 이 똥싸개야. 다 쌌으면 말해. 그럼 닦아줄 테니까."

"……."

"이제 다 쌌니?"

"그래, 그런 것 같아. 그런데 몹시 추워."

"지금 내 담요를 갖다줄게. 그럼 괜찮을 거야."

"고마워."

"다 싼 것 같으면, 우선 몸을 돌려봐. 닦아줄 테니까."

"조금만 기다려. 오늘 네 말을 비웃고 또 네 볼레로를 비웃은 것, 용서해 줘."

"정말 적절한 때 볼레로를 끄집어내네."

"잠깐, 이제 설사가 끝난 것 같아. 머리를 들어도 현기증이 안 나면…… 나 혼자 닦을게."

"천천히 들어봐."

"안 되겠어. 아직도 현기증이 나. 어떻게 다른 도리가…….'

"내가 닦아줄게. 창피하게 생각하지 마. 걱정하지 마."

"고마워……."

"자…… 그래, 이쪽으로 조금 돌려봐…… 천천히 돌려봐…… 그렇지. 침대에는 묻지 않았어. 불행 중 다행이야. 다행히 물도 충분히 있어. 내가 침대 시트 깨끗한 쪽을 적셔서 닦아줄게."

"얼마나 고마운지 모르겠어."

"바보 같은 소리 하지 마. 그럼…… 저쪽으로 조금 들어봐. 그래…… 아주 잘했어."

"정말 너무 고마워. 사실 샤워실까지 갈 기운도 없거든."

"절대로 샤워하면 안 돼. 찬물을 뒤집어쓰면 넌 죽고 말 거야."

"으윽, 이 물도 차가운데."

"다리를 조금 더 벌려봐…… 그렇게."

"냄새가 역겹지 않아?"

"조용히 해. 이제 다시 이쪽을 물에 적셔서…… 그렇게……."

"……."

"이제 다 닦았어…… 그럼 마른 부분으로 물기를 닦고……
파우더가 남아 있지 않은데 어떻게 하지?"

"괜찮아. 물기만 없으면 돼."

"그래. 침대 시트에 마른 부분이 또 있어. 그걸로 닦으면 되
겠네. 이렇게…… 자, 이젠 물기 없이 다 말랐어."

"아, 몸이 훨씬 더 개운해진 것 같아…… 고마워."

"잠깐 기다려…… 음…… 아기처럼 담요로 둘둘 말아줄게.
지…… 이쪽을 들어봐."

"이렇게?"

"그래…… 잠깐만…… 이쪽을 들어봐. 이젠 춥지 않을 거야.
불편하지 않니?"

"아니, 아주 편해…… 고마워."

"꼼짝 말고 있어. 현기증이 가시도록 말이야."

"그래, 알았어. 조금 있으면 가라앉을 거야."

"필요한 게 있으면 내가 모두 갖다줄게. 그러니 넌 움직이지
말아."

"더 이상 네 볼레로를 비웃지 않겠다고 약속할게. 내게 말
한 그 가사…… 정말 근사해."

"특히 나는 이 부분이 마음에 들어. '……당신도 역시 이 순

간에 우리의 사랑을 기억하고 있겠지요. 난 이런 이상하고도 슬픈 사랑의 꿈을 생각합니다…… 내 사랑이여……' 정말로 멋지지?"

"내가 한 가지 말해줄까? ……난 언젠가 죽은 그 불쌍한 녀석의 아들을 닮아준 적이 있어. 우리는 한동안 같은 아파트에서 숨어 살았어. 그의 아내와 아들과 함께…… 아이가 어떻게 되었는지는 모르겠지만, 아직 세 살도 안 되었을 때야. 아주 귀여운 녀석이었는데…… 넌 잘 모르겠지만, 여기서 불행한 일은 내가 그들에게 편지조차 쓸 수 없다는 사실이야. 편지를 쓰게 되면 그들이 위험해질 테니까…… 그보다 더 끔찍한 문제는 그들의 거처를 알려주게 된다는 점이지."

"네 여자 동료에게도 쓸 수 없겠네?"

"그건 더욱더 그렇지. 그녀는 그 그룹의 책임자이니까. 그녀뿐만 아니라 어느 누구와도 연락을 할 수 없어. 네가 부른 볼레로처럼, 우리가 다시는 함께 있지 못하기 때문에 난 그 가련한 녀석에게 편지 한 장 쓸 수도 없거니와 말도 한마디 할 수가 없어."

"가사는 '우리가 두 번 다시 함께 있지 못하더라도'인데……."

"결코라는 말. 얼마나 무서운 말인지 이제야 그 의미를 알겠어…… 그 단어가…… 얼마나 무서운 말인지…… 미안해."

"괜찮아. 울어. 실컷 울도록 해. 울 수 없을 때까지 울어도 괜찮아, 발렌틴."

"너무 미안한 생각이 들어…… 여기 갇혀 있으니 아무것도 해줄 수 없고…… 아내와 아…… 아들을 책임질 수도 없고…… 몰리나, 내 마음이 얼마나 괴로운지…….”

“하지만 그에게 해줄 수 있는 일은…….”

“도…… 도와줘. 담요에서 팔 좀 꺼낼 수 있게…….”

“뭘 하려고?”

“손 좀 잡아줘, 몰리나, 힘껏…….”

“물론이지. 힘껏 잡아.”

“이렇게 훌쩍이고 싶지는 않아…….”

“훌쩍이면 어때서 그래? 속이 후련해지잖아.”

“날 괴롭히는 또 다른 이유가 있어. 아주 괴롭고도 창피한 거야.”

“얘기해 봐. 속 시원하게 말이야.”

“내가 정말로 편지를 받고 싶은 사람은…… 그리고 이 순간에 내 곁에 있다면 내가 꼭 안아주고 싶은 사람은…… 내 여자 동료가 아니라 전에 네게 말했던…… 바로 그 여자야.”

“그게 괴롭고 창피한 거였구나.”

“그래, 내가 이 말 저 말 하고 있지만…… 내가 마음 깊이 좋아하는 여자는…… 내가 좋아하는 여자는…… 다른 부류의 여자야. 내 마음도 역시 내 동료를 죽인 그 몹쓸 반동분자들과 같아…… 나도 그들과 똑같은 놈이야. 아주 똑같아.”

“그렇지 않아.”

“사실은 사실이야. 우리 속이지 말고 말하자.”

“네가 그놈들과 같았다면, 넌 여기에 있지 않을 거야.”

“이런 이상하고도 슬픈 사랑의 꿈…… 네가 볼레로를 부를 때 왜 내가 화를 냈는지 알아? 네 노래가 내 여자 동료가 아니라 마르타를 떠오르게 했어. 그래서 그랬던 거야. 심지어 나는 그녀가 아니라 그녀의…… 계급을 좋아하는 것이라고 생각해. 상류계급만 좋아하는 이 세상의 개만도 못한 놈들처럼 말이야."

"너무 자책하지 마. 눈을 감고 좀 쉬도록 해."

"아직도 이쪽 편이 조금 현기증이 나."

"물을 끓여서 캐모마일차를 타줄게. 아직 차가 남아 있다는 걸 우리 둘 다 잊고 있었어."

"설마……."

"정말이야. 내 잡지 뒤쪽에 있었어. 그래서 지금까지 남아 있었던 거야."

"그렇지만 그건 네 것이야. 네가 좋아하는 건데……."

"차를 마시면 괜찮아질 거야. 잠시 입 다물고 가만히 있어. 이걸 마시면 푹 잘 수 있을 거야……."

　　　・　・　・　・　・　・　・　・　・　・　・　・

"계획을 세우는 청년, 도시 한복판에서 어머니를 만나기 위해 그녀의 초청에 응하는 청년, 자기는 게릴라 활동에 반대한다면서 어머니에게 거짓말하는 청년, 파리로 돌아가겠다고 어머니에게 약속하는 청년, 촛불을 켠 채 어머니와 단둘이 저녁을 먹는 청년, 전쟁이 끝난 직후의 어린 시절처럼 겨울 스포츠를 즐기기 위해 속세에 찌든 유럽의 여러 휴양지를 어머니와 함께 여행하겠다고 약속하는 청년, 신붓감으로 적당한 유럽 상류사회의 아름다운 여자들에 대해 말하는 어머니, 얼마나 유산을 상속받을 것인지에 관해 모두 말해주는 어머니, 수많은 재산을 아들의 명의로 이전할 것을 제안하는 어머니, 아들과 함께 유럽으로 여행을 갈 수 없는 이유를 숨기는 어머니, 전(前) 농장 관리인의 행적을 좇는 청년, 전 농장 관리인이 국가안전부의 수뇌부라는 사실을 알게 된 청년, 전 농장 관리인이 반혁명 비밀조직의 우두머리라는 사실을 알게 된 청년, 자기와 함께 유럽으로 가자고 어머니를 설득하는 청년, 자기가 가진 돈으로 아름다운 어머니와 함께 스키를 타던 어린 시절을 그대로 재현하려는 청년, 모든 것을 버리고 어머니와 함께 도망치려고 결심한 청년, 어머니에게 여행하자고 제안하는 청년, 청년의 계획을 거부하는 어머니, 자기는 다른 계획이 있다고 고백하는 어머니, 남자와 사랑하면서 자기의 삶을 다시 살고 싶어 하는 어머니, 공항에 아들을 전송하러 나와 전 농장 관리인과 재혼하겠다고 고백하는 어머니, 그러한 계획에 관심을 보이는 척하는 청년, 비행기가 첫 번째 경유지에 도착하자마자 바로 귀국 비행기를 타는 청년, 산속의 게릴라에 가담하는 청년, 자기 아버지의 오명을 씻겠다고 결심하는 청년, 처음 산길을 인도했던 시골 아가씨와 재회하는 청년, 그녀가 임신했음을 알게 되는 청년, 원주민의 피가 흐르는 아이를 원치 않는 청년, 자기의 감정을 수치스러워하는 청년, 곧 자기 아이를 낳을 여자를 어루만져 주지 않는 청년, 자기의 죄를 어떻게 해야 말끔히 씻어버릴 수 있는지 모르는 청년, 자기 어머니와 전 농장 관리인이 있는 농장을 급습하는 게릴라를 지휘하

는 청년, 농장을 포위한 청년, 자기 집을 향해 제일 먼저 총을
쏘는 청년, 자기 가족에게 제일 먼저 총을 쏘는 청년, 농장에
있던 사람들에게 항복하라고 요구하는 청년, 자기 어머니를
인질로 잡고 방패막이로 삼아 비겁하게 나오는 전 농장 관리
인을 본 청년, 사격 개시를 명령하는 청년, 용서해 달라고 외
치는 어머니의 파렴치한 절규를 듣는 청년, 총살을 중지시키
는 청년, 자기 아버지가 왜 죽었는지 진상을 고백하라고 요구
하는 청년, 자기를 붙잡고 있던 팔에서 도망치는 어머니, 어떻
게 자기 정부(情夫)가 치밀한 함정을 파서 충복이었던 십장을
살해한 범인으로 아버지가 오인받게 되었는지 말하는 어머니,
자기 남편은 죄가 없다고 고백하는 어머니, 전 농장 관리인을
처형한 후 어머니를 처형하라고 명령하는 청년, 죽어 가며 신
음하는 어머니를 보자 이성을 잃고 그녀를 처형한 병사들에
게 기관총을 쏘아대는 청년, 즉시 처형당하는 청년, 자기 배에
서 타 들어가는 듯한 게릴라들의 총탄을 느끼는 청년, 자기를
처형한 게릴라들 속에서 저주의 눈길로 바라보던 시골 아가씨
를 보는 청년, 죽기 전에 용서를 빌고 싶었지만 이미 목소리가
나오지 않는 청년, 시골 아가씨의 눈에서 영원한 저주를 보는
청년."

8장

아르헨티나공화국 내무부

부에노스아이레스시 구치소

제3형무소장 수신

형무소장 비서실 작성 보고서

피고인 3018호. 루이스 알베르토 몰리나.

1974년 7월 20일 부에노스아이레스시 형사법원의 후스토 호세 달피에레 판사 판결문. 미성년자 보호법 위반으로 징역 8년 선고. 1974년 7월 28일 B동 34호에 비도덕적 혐의로 이미 구속된 베니토 하라미요, 마리오 카를로스 비안치, 다비드 마르굴리에스와 함께 수감. 1975년 4월 4일 D동 7호로 이감되어 정치범 발렌틴 아레기 파스와 함께 수감. 모범수.

피구류자 16115호, 발렌틴 아레기 파스.

1972년 10월 16일 노동자들이 파업 중인 두 자동차 공장에서 소요를 선동하던 급진 행동파 그룹을 연방경찰이 급습한 후 얼마 지나지 않아 바랑카스 부근 5번 국도에서 검거됨. 이 두 공장은 모두 5번 국도에 위치하고 있음. 국가 행정권에 의해 임시 구속되어 현재 판결을 기다리고 있음. 1974년 11월 4일 A동 10호에 정치범 베르나르도 히아신티와 함께 수감됨. 경찰 심문 중에 정치범 후안 비센테 아파리시오가 사망한 건에 항의하여 단식농성에 가담. 1975년 3월 25일부터 열흘간 독방에 감금됨. 1975년 4월 4일 D동 7호로 이감되어 미성년자 보호법 위반범인 루이스 알베르토 몰리나와 함께 수감됨. 행동이 반항적이며 위에 언급한 단식투쟁 및 각 동의 위생상태 개선과 사신(私信)검열에 대한 항의 소동의 주모자로 지목됨.

간수 소장님 앞에서는 모자를 벗어.

피고 알았어요.

소장 그렇게 떨지 말게. 아무 일도 없을 테니까.

간수 피고의 몸수색을 한 결과, 소장님을 공격할 아무 무기도 가지고 있지 않습니다.

소장 고맙소. 피고와 단둘이 이야기하고 싶소.

간수 알았습니다, 소장님. 복도에서 경비 서고 있겠습니다. 그럼, 이만 물러가겠습니다, 소장님.

소장 알았소. 당장 나가주시오…… 몰리나, 좀 야윈 것 같군. 무슨 일이 있었나?

피고 아무 일도 없었어요. 배가 아팠는데 이젠 괜찮아요.

소장 그렇게 떨지 말게…… 겁먹을 이유가 하나도 없네. 오늘은 자네에게 면회가 있는 걸로 되어 있으니까, 아레기는 조금도 의심하지 못할걸세.

피고 맞아요. 그는 전혀 의심하지 못할 거예요.

소장 어제 우리 집에서 자네 보호자와 저녁을 함께했네. 자네에게 좋은 소식이 있더군. 아직 좀 이른 것 같긴 하지만…… 그래서 이렇게 내 사무실로 오라고 한 걸세. 혹시 이미 알고 있는 건 아닌가?

피고 아니에요, 소장님. 전 아무것도 몰라요. 그런 일은 아주 조심스럽게 해야 하기 때문에…… 파리시 씨께서 뭐라고 말하던가요?

소장 아주 좋은 소식이지, 몰라나. 자네가 사면될 가능성이 있다고 하자, 자네 어머니의 건강이 아주 많이 회복되었다는데…… 아주 다른 사람으로 보일 정도로 말일세.

피고 정말이지요?

소장 물론이지. 기다리고 있던 소식 아닌가…… 그런데 왜 그렇게 우나? 그게 무슨 행동인가? 아주 기뻐해야 할 일에…….

피고 예, 소장님. 너무 기뻐서 울음이…….

소장 자, 이제 그만 울게…… 손수건 없나?

피고 없어요. 그냥 소매로 닦으면 돼요. 그러니 없어도…….

소장 내 손수건을 받게나…….

피고 아니에요, 정말 괜찮아요. 죄송해요.

소장 내가 파리시 씨와 형제나 다름없다는 건 알고 있겠지.
파리시 씨가 자네 이야기를 하자, 이 일을 생각해 내기
시작한 거라네. 그런데 몰라나…… 우린 자네가 일을
잘하리라 믿고 있네. 무슨 단서라도 보이던가?

피고 예, 그런 것 같은데…….

소장 우리가 그놈의 몸을 망쳐버린 게 도움이 되던가?

피고 준비한 첫 번째 음식은 제가 먹어야만 했어요.

소장 그게 무슨 소리지? 큰 실수를 한 것이…….

피고 아닙니다. 친구가 옥수수죽을 좋아하지 않는 데다, 그
그릇에 담긴 음식이 다른 접시보다 더 많아서…… 그
는 제게 음식이 더 많은 접시를 가져가라고 고집했어
요. 제가 굳이 사양하면 의심할 것 같았어요. 소장님
께서는 준비한 음식이 새 양은접시에 담겨 올 거라고
말씀하셨지만, 양을 더 많이 넣는 실수를 한 것 같아
요. 그래서 제가 먹어야만 했죠.

소장 잘 알았네. 아주 잘했어. 축하하네. 그리고 우리 잘못
을 용서해 주게.

피고 제가 더 야위어 보이는 것도 아마 그래서 그럴 거예요.
이틀 동안 아파서 꼼짝도 못 했으니까요.

소장 그런데 아레기는 어떤가? 우리가 그를 녹초로 만드는
데 성공했나? 자네 의견은 어떤가?

피고 그렇습니다. 하지만 몸이 회복되길 기다리는 편이 좋
을 거라고 생각해요.

소장 좋아. 난 잘 모르겠네. 몰리나, 그건 우리 판단에 맡기
　　게. 여긴 그 방면에 유능한 전문가들이 있으니까.

피고 하지만 더 심해지면 감방 안에 있을 수 없을 겁니다.
　　의무실에 가면 제가 할 수 있는 일은 아무것도 없어요.

소장 몰리나, 자네는 우리 기술자들의 능력을 과소평가하고
　　있는 것 같군. 언제 멈추고, 언제 계속해야 하는지는
　　그들이 알걸세. 내 말이 맞을걸세.[13]

---

13) 『성 이론에 관한 세 편의 에세이』에서 프로이트는 일반적인 의미의 억압
은 어떤 사람이 다른 사람을 강제로 지배하는 것에서 원인을 찾을 수 있는
데, 가장 먼저 등장하는 지배자는 바로 아버지라고 지적한다. 이런 지배에
서 여성의 열등감과 강한 성 억압에 바탕을 둔 부계사회가 형성되기 시작한
다. 또 프로이트는 부계의 권위에 관한 이론을 종교의 힘이 절정에 달했을
때, 특히 서양에서 일신론(一神論)이 승리했던 점과 연결해 설명한다. 한편
프로이트는 인간의 자연적인 충동은 부계사회가 인정하는 것보다 더 복잡
하다고 간주하면서, 특히 성 억압에 지대한 관심을 보인다. 다시 말하면, 자
기 몸의 모든 부분에서 성적 쾌락을 얻는 갓난아기의 미분화된 능력에 바
탕을 두면서, 프로이트는 이런 것을 '도착증적 다형성(多形性)'이라고 규정
한다. 이 개념의 일부로 프로이트 역시 우리가 지닌 근본적인 성적 충동은
본질적으로 양성성(兩性性)을 지닌다고 믿는다.

　　이러한 사상적 맥락, 특히 유아기의 억압에 관련해 오토 랭크(Otto Rank)
는 가부장적 지배로부터 남성이 조종하는 강력한 국가 체제에 이르는 발달
과정을 연구한다. 그는 갈수록 여성을 배제하는 것은 유아기적 억압의 연장
이라고 파악한다. 한편 데니스 올트먼(Dennis Altman)은 『동성애자와 억압
과 해방』이라는 저서에서 성 억압에 대해 구체적으로 언급하면서, 이를 인
류 초기에 경제적 목적과 자기방어를 위해 많은 아이들을 낳아야만 했던
필요성과 연관 짓는다.

　　이와 동일한 주제에 관해 영국의 인류학자인 래트레이 테일러(Rattray
Taylor)는 『역사 속의 성』에서 기원전 4세기경부터 성에 대한 점진적 억압과
죄책감 의식이 발전했다는 점을 확인할 수 있으며, 이런 두 요소는 성을 억

피고 죄송해요. 전 단지 돕고 싶어서 그런 것이지 다른 이유
　　는 없었어요.

소장 잘 알았네. 이제 다른 이야기를 하겠네. 자네의 사면에
　　대해선 일언반구도 하지 말게. 감방으로 돌아가면 절
　　대로 기쁜 내색을 하지 말게. 자네, 이 면회에 대해선
　　뭐라고 말할 건가?

피고 잘 모르겠어요, 소장님. 어떻게 해야 할지 가르쳐주

압하는 유대인의 성 개념이 그리스의 성 개념에 대해 승리할 수 있게 도와
주었다고 지적한다. 그리스인들에 따르면, 모든 인간의 성적 본성은 동성애
뿐만 아니라 이성애적 경향을 띠고 있었다.

　다시 올트먼의 이론으로 돌아가 보자. 그는 상기된 저서에서 서양사회는
성 억압의 특징을 보여주는데, 이런 억압은 유대인과 기독교인의 신앙 전통
에 의해 합리화되었다고 밝힌다. 이러한 성 억압은 세 가지 형태로 요약되는
데, 이것은 서로 밀접한 관련을 맺고 있다. 이 형태는 (1) 원죄와 그에 따른
죄의식, (2) 성이 유일하게 합법화된 가족제도와 자식들의 출생, (3) 생식기
의 교접과 이성 간의 사랑을 제외한 모든 것의 배척으로 표현된다. 그런 다
음 올트먼은 성이 억압된 사회에 반대해 전통적인 자유론자들은 위에 언급
된 첫 번째 형태와 두 번째 형태만을 위해 투쟁했을 뿐, 세 번째 형태에 관
해서는 전혀 고려하지 않고 있다고 덧붙인다. 이런 예는 『오르가슴의 기능』
을 쓴 빌헬름 라이히(Wilhelm Reich)에서 찾아볼 수 있는데, 그는 성 해방
은 완벽한 오르가슴에 기초하고 있으며, 이 오르가슴은 같은 세대에 속한
개인들이 이성 간의 생식기 교접을 통해서만 얻을 수 있다고 밝힌다. 이와
같이 라이히의 영향을 받아 다른 학자들도 동성애와 피임에 대해 불신하는
이론을 전개했을 것이라고 추정된다. 그들의 관점에 따르면, 동성애는 완벽
한 오르가슴에 이르기 어렵고 따라서 완전한 '성 해방'과는 거리가 있기 때
문이다.

　성 해방에 관해 마르쿠제는 『에로스와 문명』에서 성 해방은 단순히 '억압
의 부재' 이상의 의미를 갖는다고 주장한다. 그는 해방이란 새로운 도덕성을
요구하며 따라서 '인간 본성'에 관한 개념이 수정되어야 한다고 지적한다.

세요.

소장 자네 어머니가 왔다고 말하게. 어떤가?

피고 안 돼요. 그건 안 돼요.

소장 왜 안 된다는 것인가?

피고 제 어머니는 항상 음식 꾸러미를 갖고 오셨거든요.

소장 그럼, 자네가 기뻐하는 이유를 만들어야겠군. 이 문제
　　　를 우선 해결해야겠어. 이제 알겠어. 먹을 것을 사와서,
　　　꾸러미로 포장하라면 되겠군. 이 생각은 어떤가?

피고 좋습니다, 소장님.

소장 이렇게 하면 옥수수죽으로 몸을 버린 자네의 희생도
　　　조금은 보상이 되겠지. 불쌍한 몰리나!

　그리고 실제적인 성 해방에 관한 모든 이론은 인간의 욕구가 본질적으로
다양하다는 사실을 염두에 두어야 한다고 덧붙인다. 목적을 위한 유용한
도구로 성을 사용하는 사회에 대항해, 마르쿠제는 도착증이 성을 목적 그
자체로 제시한다고 설명한다. 따라서 도착증은 '효용성'이라고 이해할 수 있
는 '수행능력'이라는 불변의 원칙, 혹은 자본주의 조직의 기본적인 억압 원
칙과는 상관없이 이해해야 한다고 주장하면서, 간접적으로 자본주의 사회
의 원칙에 대해 의문을 제기한다.

　이런 마르쿠제의 이론을 언급하면서, 올트먼은 동성애를 유일한 진실로
인정하고 이성애자들을 모방하지 않기 위해 그들의 전통적 형식을 비판하
지 않은 채 동성애자들만의 독특한 경제 규칙을 설정한다면, 배타적인 이성
애처럼 또다시 성을 억압하는 새로운 형태가 될 수 있다는 점을 강조한다.
또한 마르쿠제처럼 급진적 프로이트주의자인 노먼 브라운(Norman Brown)
에 관해 논하면서, 올트먼은 최종적으로 우리가 이해하는 인간 본성은 수
세기의 억압과 그것이 암시하는 논리에서 나온 결과에 불과하다고 결론짓
는다. 그리고 그런 점에서 마르쿠제와 브라운은 인간 본성은 본질적으로 가
변적이라는 의견에 동의한다고 지적한다. (원주)

피고 제 엄마는 형무소에서 얼마 떨어져 있지 않은 슈퍼마 켓에서 물건들을 샀어요. 그러면 버스를 탈 때 꾸러미를 안 들어도 되니까요.

소장 여기 매점에서 전부 다 사면 쉽지 않나? 여기서 꾸러미로 만들 수도 있고.

피고 안 돼요. 그럼 의심할 거예요. 제발 그러지 마시고 길 건너편에 있는 슈퍼마켓에서 사주세요.

소장 잠시 기다리게…… 여보세요, 난데…… 구티에레스, 잠시 이리로 와주게…… 여기 내 사무실로 말이야.

피고 엄마는 항상 골판지 상자에 넣어 갈색 종이로 포장한 꾸러미를 갖고 왔어요. 들고 다닐 수 있게 슈퍼마켓에서 그렇게 해주었어요.

소장 알았네…… 이봐, 구티에레스. 내가 목록을 줄 테니, 거기에 적힌 식료품을 사오게. 그리고 지정된 방식으로 포장해 주게. 피고가 그 목록을 줄걸세. 그럼…… 30분 내로 모두 준비해 주게. 인환권 한 장을 꺼내서 간수와 함께 사오게. 피고가 그 목록을 줄걸세. 몰리나, 자네 어머니가 가져올 것 같은 물건들을 불러보게.

피고 소장님께 말입니까?

소장 그래 내게 말하게. 난 할 일이 많으니 빨리 불러보게.

피고 구아버 페이스트 큰 통…… 두 통이 더 좋겠네요. 통조림에 들어 있지 않은 복숭아, 바비큐 치킨 두 마리, 물론 식지 않은 걸로. 설탕 큰 봉지 하나. 차 두 상자, 한 봉지는 홍차, 또 한 봉지는 캐모마일차로. 분유, 연유, 빨랫비누…… 반 개, 아니 한 개, 라디칼 비누로, 그리고 세숫비누 네 개들이 한 세트, 팜올리브로…… 그리고 또 뭐가 더 있더라? ……그래, 고등어 통조림 큰 통으로 하나. 그리고 잠깐만…… 잘 생각이 나지 않아서…….

2부

9장

"이봐, 내가 가져온 것 좀 봐!!!"

"아니! ……네 엄마가 오셨구나……."

"그래!!!"

"아주 잘됐군…… 그럼 몸이 괜찮아지신 모양이구나."

"그래, 조금 나아지셨어…… 나한테 갖고 온 것 좀 봐. 미안해. 우리한테 가져온 것인데……."

"고마워. 하지만 너한테 가져온 거야. 농담하지 마."

"넌 입 다물고 있어, 환자인 주제에. 오늘 여기에선 새로운 삶이 시작되는 거야. 침대 시트도 거의 다 말랐어. 만져봐…… 그리고 이건 전부 먹을 것들이야. 이것 좀 봐. 바비큐 치킨 둘, 두 마리라고. 어떻게 생각해? 치킨은 전부 네 차지야. 이걸 먹으면 아무 탈도 나지 않을 거야. 금방 몸도 회복될 것이고."

"난 안 먹을 거야. 그걸 내가 먹을 수는 없어."

"날 위해서 먹으라는 거야. 맛있는 걸 먹는 것보다는 불결하고 더러운 냄새로부터 해방되는 게 더 좋거든…… 아니, 진심으로 말하는 거야. 넌 여기서 주는 개죽보다도 못 한 음식을 먹어선 안 돼. 그런 것만 안 먹으면 금방 몸이 나아질 거야. 적어도 이틀만 시험해 봐."

"그렇게 생각해?……"

"그럼. 그리고 몸이 괜찮아지면…… 발렌틴, 눈을 꼭 감아, 그리고 이것이 뭔가 맞혀봐. 말해봐."

"뭔지 잘 모르겠는데……."

"눈뜨지 말아. 지금 만지게 해줄 테니까, 한번 맞혀봐. 자…… 만져봐."

"깡통이 두 개인데…… 무겁군. 아무래도 모르겠어."

"눈떠."

"구아버 페이스트구나!"

"하지만 이걸 먹으려면 좀 기다려야 돼. 네가 다 나으면, 우리 둘이 함께 나누어 먹을 거야…… 그리고 침대 시트를 밖에 그냥 널어두었는데, 아무도 훔쳐가지 않았어. 어때? 거의 다 말랐으니까 오늘 밤에는 두 사람 모두 깨끗한 침대 시트를 덮고 잘 수 있을 거야."

"아주 잘됐군."

"조금만 기다려, 침대 시트를 깔아줄게…… 그리고 나서 난 캐모마일차를 끓일 거야. 난 지금 먹고 싶은 마음에 안달이 나 죽을 지경이거든. 그리고 너는 닭다리를 뜯어, 아니야. 아직 5시밖에 안 됐으니까…… 함께 차를 마시는 게 나을 것 같아. 그리고 소화가 잘되는 과자를 먹자. '엑스프레스' 과잔데, 어렸을 때부터 내가 아프면 먹던 것이야. 물론 '크리오이타스'가 나오기 전의 일이지만."

"지금 당장 하나 먹을 수 없을까?"

"좋아, 딱 하나만 줄게. 크림이 묻어 있는 걸로 주지. 오렌지 맛이네! 다행히 소화가 잘되는 것들만 가져왔어. 그러니까 너도 다 먹을 수 있어. 하지만 구아버 페이스트는 아직 안 돼. 버너에 불을 켤 테니까, 넌 손가락이나 빨고 있어."

"그런데 닭다리는 지금 안 줄 거야?"

"안 돼, 손대지 말아! 조금 참도록 해. 조금 있다가 먹는 게 나을 것 같아. 그래야 저녁식사를 가져오더라도 먹고 싶은 마음이 생기질 않지. 어쨌든 매일 너는 아무리 구역질 나는 음식이더라도 모조리 먹어치웠으니까."

"넌 잘 모르겠지만, 복통이 지나가니까 위가 텅 비어버린 것 같아. 배고파 죽겠어."

"내 말 잘 들어. 우리 서로 말이 통하나 한번 봐야겠어. 난 네가 치킨, 아니 치킨들을 먹었으면 해. 하지만 형무소 음식을 먹지 않는다는 조건으로 말이야. 넌 형무소 음식을 먹어서 병이 난 거야. 이제 협상은 끝난 거지?"

"좋아. 하지만 넌 먹고 싶은 걸 참고 있는 것 아니야?"

"아니야. 난 차가운 음식은 별로 좋아하지 않아. 정말이야."

·   ·   ·   ·   ·   ·   ·   ·   ·   ·   ·   ·

"그래, 탈이 나지 않았어. 먼저 캐모마일차를 마시자는 게 기막힌 생각이었어."

"기분이 아주 좋아졌지, 그렇지? 나도 그래."

"그리고 닭이 너무 맛있었어, 몰라나. 아직도 이틀은 더 먹을 수 있다고 생각하니까……."

"그럼 됐어. 이젠 잠을 자. 그래야 오늘 치료가 끝나는 거야."

"잠이 안 와. 너 먼저 자. 걱정하지 말고."

"바보 같은 생각은 하지 말아. 그럼 다시 배가 아플지도 모르니까."

"넌 졸려?"

"약간."

"네 치료법에 뭔가가 하나 빠진 것 같은데."

"흥, 여기서 타락한 사람은 네가 아니라, 나라고 생각했는데."

"농담 그만해. 영화 이야기가 빠진 것 같다는 얘기야. 바로 그게 빠진 것 같다는 말이야."

"아……."

"표범여인과 같은 영화로 기억나는 것 없어? 가장 내 마음에 든 영화였어."

"좋아. 그런 미스터리 공포영화는 많이 알고 있어."

"자, 말해봐. 어떤 거지?"

"음…… 「드라큘라」, 「늑대인간」……."

"또 다른 것은?"

"「좀비와 함께」……."

"그래, 그 영화! 그런 건 한 번도 안 봤어."

"아, 그런데 어떻게 시작하더라……."

"미국 영화야?"

"응. 하지만 오래전에 본 거야."

"어서 시작해 봐."

"조금만 기다려. 기억을 떠올려야 하니까."

"구아버 페이스트는 언제쯤 먹을 수 있지?"

"아무리 빨라도 내일은 되어야 할걸. 그전에는 안 돼."

"지금 한 순가락만 먹으면 안 될까?"

"안 돼. 내가 영화 이야기를 해주는 편이 낫겠어…… 그런데 어떻게 시작하더라?…… 아, 그렇지. 이제 기억이 나네. 뉴욕에 살던 어느 아가씨가 카리브해의 섬으로 떠나는 배를 타는 장면부터 시작해. 그 섬에는 그녀와 결혼하려는 남자가 그녀를 기다리고 있었어. 결혼의 꿈에 잔뜩 부풀어 있는 착한 여자 같았지. 그녀는 아주 멋져 보이는 선장에게 자기 이야기를 모두 다 해주었어. 선장은 어두컴컴한 바다를 바라보았어. 밤이었거든. 그런 다음 그녀를 바라보았지. 마치 '이 아가씨는 어떤 일이 벌어질지 잘 모르는군'이라고 말하는 듯했어. 하지만 배가 섬에 도착할 때까지 아무 말도 해주지 않았어. 배가 섬에 가까이 가자, 원주민들의 북소리가 들려왔지. 그녀는 그 소리에 넋을 잃은 듯했어. 그제서야 선장은 그녀에게 저 북소리에 속아서는 안 되며, 저 소리는 가끔 사형선고를 알리는 소리라고 말했어. *심장마비, 병든 노인, 심장이 검은 바닷물로 가득*

차서 질식해 죽는다."

"경찰차, 아지트, 최루탄, 문이 열리고 기관총 총부리가 나온다. 질식하면서 내뿜은 검은 피가 입까지 올라온다. 계속해, 왜 멈추는 거지?"

"그 여자는 신랑과 만났어. 대리인을 통해 그 남자와 결혼한 거였지. 그들이 뉴욕에서 겨우 며칠 전에 알게 된 사이라는 것만 알 수 있었어. 신랑도 역시 미국인이었지. 배가 정박했어. 섬에 도착하는 장면은 너무 멋졌어. 신랑은 나귀가 끄는 마차 행렬을 이끌고 그녀를 기다리고 있었어. 모두 꽃으로 장식되어 있었지. 몇몇 마차에는 악사들이 타고 있었어. 그들은 널빤지 조각으로 만든 탁자 모양의 악기를 나무젓가락으로 두드리면서 은은하게 울려 퍼지는 노래를 연주하는 중이었지. 왜 그런지는 모르겠는데 뭔가 심금을 울리는 음악이었어. 마치 비눗방울이 올라가듯이 아름다운 곡이거든. 다행히도 북소리는 더 이상 들리지 않았어. 북소리는 아주 불길한 징조였거든. 그들은 집에 도착했어. 마을에서 꽤 멀리 떨어져 있었지. 집은 야자수로 에워싸여 있었어. 나지막한 언덕이 있는 아주 멋진 섬이었는데, 그곳에는 바나나 숲이 있었어. 신랑은 마음씨가 아주 착한 사람이지만 내면에서는 굉장히 심한 고통을 받고 있는 사람이라는 것을 알 수 있었지. 그는 결단력 없는 사람처럼 싱글벙글 웃고 있었어. 그런데 거기서 바로 신랑에게 무슨 일이 일어나고 있다는 사실을 알려주는 단서가 있었지. 그는 신부가 도착하자마자 제일 먼저 농장 관리인에게 소개시켰어. 그 농장 관리인은 쉰 살 정도 된 프랑스 사람이었어. 농장 관리인은 청년에게 그녀가 타고 온 배로 바나나를 선적해야 하니, 서류에 당장 사인을 해달라고 했어. 청년은 잠시 후에 하겠다고 했지만, 농장 관리인은 당장 해야 한다고 고집을 피웠지. 청년은 그를 증오하는 눈초리로 바라보았어. 서류에 사인할 때 글씨를 쓸 수 없을 만큼 청년의 손이 떨리고 있다는 사실을 알 수 있었지. 아직 대낮이었지만 꽃마차를 타고 도착한 사람들이 축배를 들기 위해 정원에서 이 커플을 기다리고 있었어. 그들은 갖가지 종류의 과일 주스를 가져왔고, 사탕수수 밭에서 일하는 흑인 노예 대표 몇 명은 주인에게 선물하기 위해 럼주 한 통을 가져왔어. 그런데 농장 관리인은 그들을 보더니 몹시 화를 내고는, 근처에 있던 도끼를 들고 럼주가 든 술통을 내리치는 거야. 그래서 그 안에 있던 럼주가 온통 바닥으로 흘러내렸어."

"부탁인데, 제발 음식이나 술에 대해서는 말하지 말아."

"너무 그런 것에 신경 쓸 필요는 없잖아. 좋아. 그런데 그 아가씨는 고약하게 생긴 농장 관리인이 그토록 히스테리를 부리는 이유가 뭐냐고 묻는 듯이 청년을 바라보았어. 그런데 그때 청년은 농장 관리인에게 아주 잘했다는 제스처를 했어. 그러고는 재빨리 과일 주스가 든 컵을 들어 그곳에 있던 섬사람들과 축배를 들었어. 다음 날 아침 그들은 정식으로 부부가 될 예정이었어. 왜냐하면 섬의 주민등록 사무소에 가서 서류에 사인할 예정이었거든. 하지만 그날 밤 신부는 혼자 집을 지키는 신세가 되었어. 청년이 집에서 가장 멀리 떨어진 바나나 농장으로 갔기 때문이야. 아주 멀리 있는 농장이었는데, 농장 노동자들이 쓸데없는 말을 퍼뜨리지 못하도록 인사를 하러 간 거였지. 그날 밤에는 아주 기가 막힐 정도로 멋진 달이 떠 있었어. 아름다운 저택을 둘러싼 정원은 환상적인 열대 식물로 가득 차 있었고, 그날따라 더없이 멋져 보였지. 하얀 새틴으로 된 슬립을 입고 그 위에 희고 투명한 네글리제를 걸치고 있는 그녀는 이루 말할 수 없을 정도로 아름다웠어. 갑자기 집을 둘러보고 싶은 충동을 느낀 그녀는 먼저 거실로 간 다음, 식당을 쳐다보았는데, 양쪽으로 접을 수 있는 사진틀을 두 번씩이나 보았지. 한쪽에는 청년의 사진이 들어 있었지만, 다른 한쪽은 아무 사진도 없었어. 사진을 빼냈기 때문이었지. 틀림없이 첫 번째 부인의 사진, 그러니까 죽은 아내의 사진이 들어 있었을 거야. 그러고는 다시 집 안을 둘러보기 시작했어. 어느 침실로 들어갔는데, 나이트 테이블과 장식장 위에 레이스가 달린 테이블보가 깔려 있는 것으로 보아, 어떤 여자가 쓰던 방이었다는 사실을 알 수 있었지. 그녀는 혹시 사진이 있지 않을까 해서 서랍을 열어보았어. 하지만 아무 사진도 찾을 수 없었어. 그런데 옷장에는 첫째 부인의 옷이 모두 걸려 있었어. 모두 아주 고급스러운 수입 옷들이었지. 그런데 그때 무언가가 움직이는 소리가 들리는 거야. 창가를 스쳐 지나가는 그림자가 보였지. 몹시 놀라서 달빛이 환히 비추고 있던 정원으로 달려나갔는데, 그곳 정원 연못에서 뛰노는 개구리를 보았어. 그래서 자기가 들은 소리는 그저 개구리 소리일 뿐이고, 그림자도 산들바람에 움직이던 야자수일 뿐이라고 생각했지. 집 안이 몹시 무더웠기 때문에 그녀는 정원 안쪽으로 걸어갔어. 그런데 그때 다시 어떤 소리가 들렸어. 이번에는 발소리 같았어. 무슨 소린가 쳐다보기 위해 뒤를 돌아보았지만, 마침 구름이 달을 가리는 바람에 갑자기 정원이 어두워졌어. 동시에 저 멀리서…… 북소리가 들려오고 있었어. 또 아주 느리게 천천히 다가오고 있는 발소리도 들렸어. 이번에는 분명하게 들을 수 있었어. 그녀는 무서워 벌벌 떨었어. 그때 어떤 그림자가 그녀가 열어둔 문을 통해 집 안으로 들어가는 것을 보았어. 그러자 그녀는 어두컴컴한 정원에 있는 것이 더 무서울지, 아니면 집 안으로 들어가는 것이 더 무서울지 갈피를 잡을 수 없었어. 그녀는 집 쪽으로 다가가 창문으로 누가 집으로 들어갔는지 몰래 살펴보기로 마음먹었어. 창문으로 몰래 쳐다보았지만, 아무것도 보이질 않았어. 그래서 다른 창문 쪽으로 뛰어갔어. 죽은 아내의 방에 딸린 창문이었지. 너무 어두워서 그 방에서 서성거리고 있는 그림자밖에는 아무것도 보이지 않았지. 희미하게 보이는 큰 키의 그림자가 한 손을 앞으로 내밀고 걸어가면서, 그곳에 있는 물건들을 이리저리 쓰다듬고 있었어. 창가 바로 옆에는 레이스 달린 테이블보가 덮인 장식장이 있었고, 그 위에는 은으로 만든 손잡이가 달린 브러시가 있었어. 또 같은 모양의 손잡이가 달린 거울이 놓여 있었지. 그녀는 창문에 아주 바짝 붙어 있었기 때문에 죽은 사람의 손처럼 가냘프고 창백한 손이 물건들을 만지고 있다는 사실을 알았어. 그녀는 겁에 질려 그 자리에서 꼼짝도 할 수 없었어. 움직일 엄두도 낼 수 없었던 거야. *걸어 다니는 죽은 여인, 밥 먹듯 배신을 일삼는 유령, 그 여인은 잠을 자면서 모*

든 것을 말한다. 전염병에 걸린 환자가 *그녀의 말을 듣는다. 그는 역겨워 그녀를 건드리지 않는다. 그녀의 몸은 죽은 사람처럼 창백하다.* 하지만 그림자는 방을 빠져나와 다른 쪽으로 가 버렸어. 한참 후에 정원에서 다시 발소리가 들리자, 그녀는 몸을 잔뜩 움츠려서 벽에 달라붙어 있는 덩굴나무 속에 숨으려고 했지. 그런데 구름이 지나가자, 다시 달이 얼굴을 내밀면서 정원을 환하게 비추었어. 그때 바로 신부 앞에 키가 큰 그림자가 떡하니 서 있는 거야. 그녀는 놀라 죽을 뻔했지. 죽은 여자처럼 창백한 얼굴에 검은색 가운을 입고, 헝클어진 긴 금발머리는 허리까지 늘어뜨린 그림자였어. 신부는 살려달라고 소리치려고 했지만, 목소리가 제대로 나오질 않았어. 신부는 천천히 뒷걸음쳤어. 힘이 빠져 다리를 제대로 움직일 수 없었지. 신부 앞에 서 있던 여자는 신부를 뚫어져라 쳐다보았는데, 한편으로는 신부를 보지 못한 것 같았어. 그녀의 눈은 미친 여자처럼 초점을 잃은 채 사방을 둘러보고 있었거든. 그녀는 신부를 만지려고 팔을 앞으로 내밀고는 천천히 앞으로 걷기 시작했어. 그녀의 몸은 기운이 하나도 없는 것 같았어. 신부는 계속해서 뒷걸음쳤어. 하지만 자기 뒤에 아주 빽빽한 나무 울타리가 있다는 사실을 알지 못했어. 그래서 한쪽 구석으로 몰리게 되었지. 그때 뒤를 돌아다보고 자기가 더 이상 뒷걸음 칠 곳이 없다는 사실을 알고는 큰 소리로 비명을 질렀어. 하지만 그 여자는 팔을 앞으로 내민 채 계속 천천히 앞으로 다가오고 있었어. 공포에 질려 신부는 기절해 쓰러지고 말았어. 그때 누군가가 아주 이상한 그 여자의 발걸음을 멈추게 했어. 늦었지만 아주 상냥한 흑인 여자가 그곳에 온 거야. 아 참, 내가 이야기를 빠뜨렸던가? 늙었지만 착한 간호사, 낮에만 근무하는 간호사, 밤에는 신참내기 백인 간호사가 중병을 앓고 있는 환자와 함께 홀로 남는다. 밤에 그녀는 전염병에 노출된다."

"그래, 그녀 이야기는 하지 않았어."

"좋아. 가정부로 일하고 있는 그 흑인 여자는 아주 착했지. 뚱뚱하고 머리는 이미 다 하얗게 세어버렸어. 신부가 도착했을 때부터 아주 상냥하게 그녀를 맞이해 주었어. 신부가 정신을 차렸을 때는 이미 그 흑인 여자가 그녀를 침대에 눕힌 다음이었어. 흑인 여자는 아까 있었던 일은 모두 악몽이었다면서, 자기 말을 믿게 하려고 무진 애를 썼어. 신부는 그 말을 믿어야 할지, 아니면 믿지 말아야 할지 몰랐어. 어쨌든 흑인 여자가 잘해주자, 신부는 안정을 되찾았어. 흑인 여자는 잠을 자라고 권하면서 차를 갖다주었어. 캐모마일차 같았는데, 잘 기억이 나지 않아. 다음 날은 결혼식 날이었어. 두 사람은 시장에게 인사하고, 혼인 서류에 사인하러 가야 했어. 그래서 신부는 아주 단순한 디자인의 옷을 입었지. 하지만 흑인 여자가 신부의 머리를 땋아서 위로 올린 헤어스타일로 신부를 꾸며 주었는데 매우 아름다웠어. 어떻게 설명해야 할지 잘 모르겠어. 그건 그렇고, 그 당시에는 중요한 행사가 있을 때 머리를 높이 올리곤 했지. 그렇게 멋을 부렸던 거야."

"몸이 안 좋은 것 같아…… 다시 현기증이 나기 시작해."

"틀림없어?"

"그래. 시작된다는 징조야. 항상 그랬거든."

"하지만 음식 때문에 몸이 아픈 것은 아니야."

"바보 같은 소리 하지 마. 어떻게 네가 준 음식 탓을 할 수 있니?"

"굉장히 신경이 날카롭구나……."

"네 음식 때문에 그런 것이 아니라, 내 몸이 그래서 그런 거야. 어딘가 안 좋은 것 같아."

"그런 생각 하지 마. 그런 생각 하니까 더 아픈 거야."[14]

---

14) 억압의 변형으로 프로이트는 '승화'라는 용어를 도입하는데, 이 개념은 불필요한 리비도적 충동을 다른 쪽으로 전환하는 정신 작용으로 이해할 수 있다. 승화로 이르는 길은 우리 사회의 규범 속에서 과다한 성적 에너지를 예술, 스포츠, 노동과 같은 행위 등에 사용하는 것이다. 프로이트는 억압과 승화 사이에는 근본적인 차이점이 있다고 지적하면서, 승화는 문명화된 사회를 유지하는 데 필수 불가결한 건전한 요소라고 보고 있다.

이런 입장은 『죽음과 맞선 삶』의 저자인 노먼 브라운에게 공격받는다. 그는 프로이트가 발견한 어린아이들의 '다형적 도착증'과는 달리, 이를 심리 성욕 발달의 초기 단계로 돌아가는 퇴행(regression)으로 간주한다. 이러한 입장은 억압의 완전한 제거를 의미한다. 프로이트는 부분적인 억압을 옹호하기 위해, 인간의 파괴적 충동은 억압할 필요성이 있다는 것을 주요한 이유 중의 하나로 지적한다. 하지만 브라운과 마르쿠제는 본래부터 존재하는 리비도의 충동이 자체의 실현 방법을 찾는다면, 즉 욕망이 충족된다면, 이런 공격적인 충동은 더 이상 존재하지 않는다고 말하면서, 프로이트의 주장에 반론을 제기한다.

한편 브라운도 비판을 받는다. 그 비판은 억압 없이는 인류가 어떤 형태의 항구적인 행위도 조직할 수 없다는 가정에서 출발한다. 바로 이 점에서 마르쿠제는 '잉여 억압'이라는 개념을 도입한다. 이 용어는 지배계급의 권력을 유지하기 위해 만들어진 성 억압적인 요인들을 지칭하면서, 조직화된 사회를 유지하기 위해 모든 사회 구성원들의 인간적 욕구를 고려할 필요는 없다는 결론을 도출한다. 따라서 프로이트와 비교해 볼 때 마르쿠제가 한층 더 발전했다는 점은, 프로이트가 현대사회를 유지하기 위해 특정 형태의 억

"네 이야기에 정신을 집중할 수 없었어."

"정말 부탁인데, 다른 생각을 하도록 해. 음식 때문에 탈이 난 건 아니야. 네가 그렇게 생각해서 탈이 난 게 틀림없어."

"부탁이야, 조금만 더 이야기를 해줘. 그럼 괜찮아질 것 같아. 몸이 몹시 약해진 상태에서 너무 빨리 배를 채워서 그럴 거야. 사실 원인이 무엇인지는 나도 모르겠어······."

"그래, 바로 그거야. 몸이 약해져 있는데, 욕심을 내서 거의

─────────────

압을 감수해야만 한다고 말한 반면에, 마르쿠제는 원초적인 성적 충동을 고려하는 진화적인 토대 위에서 성 억압을 사회 변혁의 근본적인 요소로 생각한다는 데 있다.

바로 이 점에서 새로운 정신병리학 경향을 대표하는 사람들은 주류 프로이트주의자들을 비난한다. 그들은 1960년대 말부터 현저하게 와해되기 시작한 주류 프로이트주의자들이 환자들에게 그들이 살고 있는 억압적인 사회에 적용하기 위해 모든 개인적인 문제를 받아들여야 한다고 했을 뿐, 억압적인 사회를 바꾸어야 한다는 필요성은 역설하지 않았다고 비난한다.

『일차원적 인간』에서 마르쿠제는 성이라는 것은 본래부터 '다형적 도착증'이기 때문에, 성적 본능은 주체와 객체의 시간적, 공간적 한계가 없다고 주장한다. 마르쿠제는 한발 더 나아가 '잉여 억압'의 예로써 생식기 교접에 대한 우리의 관심뿐만 아니라, 성생활에서 후각과 미각의 억압과 같은 현상도 들고 있다.

한편 올트먼은 이미 인용된 자신의 저서에서 마르쿠제의 의견을 긍정적으로 평가하면서, 성 해방은 단지 성 억압을 제거할 뿐만 아니라, 성적 욕구를 실현할 실제적인 가능성도 제공해야 한다고 덧붙인다. 특히 가족제도와 성관계에서 정상적이고 본능적이라고 여겨지는 것들은 대부분 습득된 것임을 최근에야 우리가 발견했다고 주장한다. 그래서 우리가 지금까지 성 분야 이외에서 경쟁적이고 공격적인 활동을 포함해, 자연적이라고 생각해 왔던 모든 것을 습득하지 말아야 한다고 주장한다. 같은 맥락 속에서 여성해방 이론가인 케이트 밀렛(Kate Millet)은 『성 정치학』에서 성 혁명의 목적은 전통적인 성의 연합 관계, 즉 결혼이라는 수탈 경제에 기초한 타락된 자유가

씹지도 않고 빨리 먹는 것 같았어."

"눈을 떴을 때부터 하나만 생각했어. 그래서 병이 난 것 같아. 내가 공부를 할 수 있었을 때는 그런 생각이 나지 않았어. 그런데 그 생각을 머리에서 지울 수가 없었어."

"무슨 생각인데?"

"내 여자 동료에게 답장할 수 없다는 생각…… 하지만 마르타에게는 쓸 수 있다는 것. 그녀에게 편지를 쓰면, 내 몸이 나

아니라, 가식 없는 자유가 되어야 한다고 말한다.

또한 마르쿠제는 리비도의 자유로운 방출뿐만 아니라 리비도의 변형도 강조한다. 즉 제한된 성에서 벗어나 생식기를 우선하고, 개인들 전체를 관능화하는 변형적 단계를 강조한다. 이러한 주장은 리비도의 분출보다는 오히려 인간의 개인적, 사회적, 노동적인 활동 영역을 포함하는 리비도의 확장을 의미한다. 그리고 시민사회의 도덕성은 육체를 단순히 쾌락의 도구나 대상으로 사용하는 것에 반대하도록 동원되어 왔다고 지적한다. 다시 말하면, 시민사회의 도덕성은 그런 물신화를 금기로 여기면서, 이런 것을 창녀나 게이, 혹은 변태성욕자들처럼 경멸적인 사람들의 전유물로 취급해 왔다는 것이다.

이러한 입장과는 달리 『성과 문화』의 저자인 언윈(J. C. Unwin)은 문명화되지 않은 80개의 사회에서 결혼 관습을 연구한 후, 성 해방이 사회의 타락을 유도한다는 아주 일반화된 가정을 지지하는 듯이 보인다. 이 주류 심리분석학자는 만일 개인이 신경쇠약증에 걸리지 않았다면, 강요된 성 억압은 성 에너지를 사회적으로 유용한 길로 전환하는 데 도움이 된다고 밝힌다. 언윈은 세밀하게 연구한 끝에, 조직사회의 기초를 형성하고 그 후에 이루어지는 발전, 인근 영역의 소유화, 즉 모든 역동적 사회의 역사적 특징은 성 억압이 사회 속에 뿌리내린 순간부터 가능하다고 지적한다. 반면에 혼전관계, 외도, 동성애와 같은 자유로운 성관계가 허용되는 사회는 거의 미개한 동물적인 수준의 형태로 머물러 있다고 서술한다. 하지만 동시에 언윈은 엄격하게 일부일처제이고 너무도 강하게 억압적인 사회는 오래 지속될 수 없으며, 만일 부분적으로 그런 사회가 지속된다 하더라도, 이것은 여성의 도

아질지도 몰라. 하지만 뭐라고 써야 할지 모르겠어. 그녀에게 편지 쓰는 것이 좋은 일 같지는 않아서 말이야. 그런데 뭣하러 쓰겠어?"

"계속 이야기해 줄까?"

"그래, 부탁이야."

"좋아. 어디까지 했었지?"

"신부에게 몸치장을 해주고 있었다는 데까지 했어."

"아, 그렇지. 그녀의 머리를 손질해 주고 있었는데……."

"그만해. 그런 건 나도 다 알고 있어. 정말로 중요한 것이 아니면 자세히 말하지 말아. *더덕더덕 칠한 그로테스크한 형상, 쿵 하는 소리, 유리로 되어 있는 그로테스크한 형상이 산산조각 난다. 주먹은 다치지 않는다. 그것은 남자의 주먹이다.*"

"*배신을 일삼는 유령, 백인 간호사, 어둠 속에서 전염병 환자가 그녀를 뚫어지게 바라본다.* 왜 말하지 말라는 거야! 넌 입 다물고 있어. 그런 건 나에게 맡겨줘. 나도 내가 무슨 말을 하는지 잘 알고 있으니까. 내 말 잘 들어봐. 왜 머리를 높이 땋아 올리는 게 중요하냐면, 지금도 그렇게 하고, 그 당시 여자들도 모두 그렇게 했기 때문이야. 그건 정말로 특별한 때라는 인상을 주기 위해서야. 가령 아주 중요한 데이트처럼 말이야. 목

덕적, 물질적 종속에 의한 것이라고 밝힌다. 따라서 언원은 성적 욕구의 최소화와 그 반대인 성적 무절제로 인한 사회적 무질서의 극단 사이에서 고민하면서, 이런 중대한 문제의 해결책이 될 수 있는 합리적인 방법을 찾아야만 한다고 제안한다. 이 말은 마르쿠제가 말한 '잉여 억압'의 제거와 같은 의미이다. (원주)

을 드러내고 머리를 모두 위로 말아 올리면 여자들의 얼굴이 고상해 보이거든. 그래서 흑인 여자는 머리를 전부 위로 올린 다음 머리를 땋았지. 그러고는 섬에서 자라는 꽃으로 장식을 만들어 머리에 꽂아주었어. 당시는 현대였지만, 그녀는 마차를 타고 집을 나섰어. 두 마리의 당나귀가 끄는 아주 멋진 마차였지. 모든 마을 사람들이 그녀에게 미소를 지었어. 그녀는 행복을 향해 나아가는 것처럼 보였는데…… 어때, 조금 나았어?"

"그런 것 같아. 계속해."

"마차에는 신부와 흑인 여자가 타고 있었어. 신랑은 식민지 풍으로 지어진 시청 건물 앞에서 신부를 기다리고 있었어. 그러고 나자 어두운 밤이 되었어. 그녀는 그물침대에 몸을 기대고 있었어. 그때 두 사람의 얼굴이 아주 멋지게 클로즈업되었지. 그는 몸을 웅크려 신부에게 키스하려고 했어. 야자수 나무 사이로 흘러나오는 달빛이 그들을 비추었지. 아, 그리고 중요한 것을 빠뜨렸네. 그들은 정말로 행복한 두 연인들처럼 사랑을 표현했어. 그리고 네게 말해줄 것을 또 잊어버렸는데, 흑인 여자가 머리를 만져주는데, 신부가……."

"또 높이 땋아올린 머리야?"

"그런데 왜 그렇게 신경질을 부려! 네가 노력하지 않으면 안정을 찾을 수 없을 거야……."

"미안해, 계속해."

"그래. 신부는 흑인 여자에게 물었어. 신랑이 어디에서 밤을 지냈느냐고 물었지. 흑인 여자는 놀랐지만, 아무 내색도 하지 않았어. 그리고 그는 바나나 농장 사람들에게 인사를 하러 갔는데, 그 농장은 아주 멀리 떨어져 있는 곳이며, 그곳에서 일하는 대부분의 노동자들은…… 부두교[15]를 믿고 있다고 말했어. 신부는 그것이 흑인들의 종교라는 점을 알고 있다고 했어. 그리고 화려한 색과 음악이 어우러져 아주 멋질 거라면서, 부두교의 의식 같은 것을 보고 싶다고 말했어. 그러자 흑인 여자는 몹시 놀란 듯한 표정을 지으면서, 그것은 절대로 안 된다고 했어. 그리고 이 종교는 종종 피를 부르기 때문에, 멀리 떨어져 있어야 한다면서, 절대로 가까이 가서는 안 된다고 신신당부했어. 왜냐하면…… 이 대목에서 흑인 여자는 입을 다물었어. 신부는 왜 그러느냐고 물었지. 흑인 여자는 내려오는 전설이 하나 있는데, 사실인지 아닌지도 잘 모르지만, 자기가 몹시 무서워하는 그 전설은 바로 좀비들의 이야기라고 했어. '좀비? 그게 뭔데요?'라고 신부가 물었어. 흑인 여자는 그 말은 작은 목소리로 들릴락 말락 말해야지, 큰 소리로 해서는 안 된다는 제스처를 했어. 그리고 좀비란 마법사가 미리 준비해 놓은 독약으로 죽인 다음, 그 시체가 식기 전에 부활시킨 죽은 사람들이라고 신부에게 말해주었어. 그 살아 있는 시체는 이미 자기 의지대로 행동할 수 없으며, 오로지 마법사의 명령에만 복종해야 한다고 말했어. 그래서 마법사들은 좀비들을 자기 마음대로 이용하며, 그들에게 일도 시키는데, 되살아난 시체인 좀비들은 불쌍하게도 자신들의 의지대로 할 수 없고, 단지 마

---

15) 서인도제도나 미국 혹은 중남미 흑인들 사이에서 악마 숭배나 주술 등을 행하는 애니미즘적 민간신앙.

법사들의 뜻에 따를 수밖에 없다고 말해주었어. 흑인 여자는 그곳 농장에서 오래전에 가난한 몇몇 노동자들이 적은 임금에 반발해 농장 주인들에게 반항한 적이 있었는데, 주인들은 섬에 있는 제일 높은 마법사와 함께 그들을 죽인 다음, 좀비로 만들어버리자는 데 의견의 일치를 보았다고 했어. 그래서 그들을 죽인 다음 바나나 수확기에 일을 하게 했지. 아무도 눈치채지 못하게 밤에 일을 시킨 거였어. 좀비들은 아무 말도 못 한 채, 일을 하고 또 일을 해야만 했어. 좀비들은 말도 못 하고 생각도 할 수 없기 때문이지. 하지만 달빛이 환하게 비칠 때, 일을 하면서 눈물을 흘리는 것으로 보아 분명히 고통받고 있다는 사실을 알 수 있었어. 그러나 좀비들은 말도 못 하고 자기들의 뜻대로 아무것도 할 수 없기 때문에, 아무 불평도 할 수 없었어. 그들은 단지 복종하고 고통받을 뿐이었지. 그러자 갑자기 신부는 전날 밤에 꾸었던 꿈을 떠올리면서, 여자 좀비도 있느냐고 물었어. 흑인 여자는 대답하기 곤란한 이 질문을 피하기 위해 여자 좀비는 없다고 말했어. 여자들은 기운이 없어서 힘든 밭일을 할 수가 없으며, 그래서 자기는 여자 좀비는 없다고 생각한다고 말했어. 신부는 자기 신랑이 그런 것을 무서워하지 않느냐고 물었어. 흑인 여자는 무서워하지 않는다면서, 그는 노동자들과 좋은 관계를 유지하기 위해 그곳에 갔던 거라고 대답했어. 바로 마법사들에게 축복을 내려달라고 간 것뿐이라고 했지. 대화는 거기서 끝이 났어. 그리고 네게 말한 대로 신랑과 신부가 결혼식 날 밤에 함께 있는 장면이 보였어. 아주 행복해 보였지. 신랑의 눈이 평화롭게 느껴진 것은 그때가 처음이었어. 정원에서 우는 풀벌레 소리와 분수대의 물소리밖에는 어떤 소리도 들리지 않았어. 그러고 나서 그의 침대에서 함께 자는 장면이 나왔어. 하지만 어떤 소리 때문에 그들은 잠을 깼어. 그 소리는 점점 더 크게 울려왔지. 둥둥 소리를 내면서 멀리서 들려오는 북소리였어. 온몸에 소름이 오싹 돋은 그녀는 몸을 덜덜 떨기 시작했어. 몸은 조금 나아졌니? 간호사들의 야간 회진, 체온과 맥박은 정상, 흰 간호사 모자, 흰 스타킹, 환자에게 밤 인사를 한다."

"조금 나아졌어…… 간신히 이야기를 놓치지 않고 들을 수 있을 정도야. 기나긴 밤, 쌀쌀한 밤공기, 기나긴 생각, 차가운 생각, 날카롭게 부서진 유리 조각들."

"그럼 그만 이야기할게. 엄한 간호사, 풀을 빳빳하게 먹인 커다란 간호사 모자, 희미하게 미소 짓는다, 하지만 한 치의 틈도 보이지 않는다."

"아니야, 계속해 줘. 정말이야. 다른 생각을 하면, 훨씬 나아질 것 같아. 제발 부탁인데, 계속해. 기나긴 밤, 얼어붙을 것처럼 추운 밤, 습기로 퍼렇게 곰팡이 슨 벽, 곰팡이로 부식된 벽, 상처 난 주먹."

"그래, 그럼 계속할게…… 그런데 어디까지 했더라? 멀리서 북소리가 들려왔어. 그러자 신랑의 얼굴색이 바뀌었지. 갑자기 불안해하면서 잠을 잘 수가 없다고 하더니, 잠자리에서 일어났어. 신부는 아무 말도 하지 않았어. 신랑이 아무것도 눈치채지 못하게 움직이지도 않은 채 잠자는 척했어. 하지만 귀를 오똑 세우고는 찬장 문이 열리는 소리를 들었어. 한 번 삐걱거리는 소리가 나더니, 그 후에는 아무 소리도 들리지 않았어. 그녀는 자리에서 일어나 무슨 일인가 알아보려고 나갈 용기가 나지 않았어. 그는 좀처럼 침실로 돌아오지 않았지. 그러자 신부는 일어나 침실을 나갔고, 소파에 기대어 있는 신랑을 보았어. 그는 완전히 술에 취해 있었지. 그녀는 주위에 있는 가구들을 살펴보았어. 술병 하나가 들어갈 만한 크기의 서랍이 열려 있었어. 그 서랍에는 빈 코냑 병이 들어 있었어. 신랑 옆에는 반쯤 비워진 또 다른 술병이 보였지. 그러자 그녀는 집 안에 술이라곤 하나도 없었는데, 도대체 어디서 신랑이 술을 꺼냈을까 생각했어. 그녀는 서랍에 있는 술병 밑에서 신랑이 몰래 간직하고 있던 것들을 보았어. 편지와 사진들이었지. 신부는 힘들게 청년을 침실로 데려갔어. 그러고는 그에게 기운을 북돋아 주려고 그의 옆에 누워서, 자기는 그를 사랑하고 있으며, 이제 그는 혼자가 아니라고 알려주었지. 그러자 그는 고맙다는 눈짓을 하고 깊은 잠에 빠졌어. 그녀도 잠을 자려고 했지만, 잠을 이룰 수가 없었어. 얼마 전만 해도 행복했지만, 이제 술 취한 그를 보자 깊은 근심에 빠져들었어. 농장 관리인이 왜 럼주 통을 부수어버렸는지 알 것 같았어. 그녀는 침대에서 뛰쳐나와 사진들을 보기 위해 서랍이 있는 곳으로 갔어. 그의 첫 번째 아내 사진을 보고 싶어 참을 수가 없었거든. 그런데 그곳에 가보니 서랍이 열쇠로 채워진 채 굳게 잠겨 있는 거야. 누가 서랍을 잠갔을까? 주위를 둘러보았지. 주위의 모든 것들은 컴컴한 어둠과 적막 속에 묻혀 있었어. 그때까지 들려오는 소리라곤 북소리뿐이었지. 그녀는 북소리를 더 이상 들지 않기 위해 창문을 닫으려고 했어. 바로 그때 북소리가 멈추었어. 마치 수십 킬로미터나 떨어진 곳에서 그녀를 지켜보고 있기라도 하듯이 말이야. 그건 그렇고, 다음 날 아침 그는 아무것도 기억하지 못하는 듯싶었어. 아주 다정한 웃음을 지으면서, 아침식사를 하라고 그녀를 깨웠지. 그러고는 섬을 한 바퀴 돌아보자고 했어. 그녀는 그의 행복한 표정에 전염된 것처럼 아주 즐거워했어. 그들은 멋진 오픈카를 타고 열대의 바다를 둘러보기 위해 집을 나섰어. 차 안에서는 아주 흥겨운 칼립소 음악[16]이 울렸지. 그들은 멋진 해변가를 돌아다녔어. 바로 그때 아주 선정적인 장면이 나왔어. 그녀가 수영을 하고 싶어 했거든. 그들은 아름다운 야자수 숲과 바닷가에 있는 바위 그리고 거대한 꽃으로 가득 찬 자연 그대로의 정원을 구경했어. 태양이 뜨겁게 내리쬐었지만, 그녀는 수영복을 가져올 생각을 하지 못했어. 그러자 그는 아무것도 걸치지 않고 수영하면 된다고 말했어. 그들은 차를 멈추었어. 그녀가 바위 뒤에서 옷을 벗더니 벌거벗은 채, 멀리 바다로 뛰어가더군. 그런 다음 해변가에 있는 야자수 밑에 그들이 누워 있는 장면이 보였지. 그녀는 그의 셔츠를 사롱[17]처럼 걸치고 있었고, 그는 바지만 입은 채 맨발이었어. 영화에서 보면 흔히 그럴 때 있잖아. 갑자기 어디서 나오는지 모를 노래가 흘러나왔거든. 사랑 노래였는데, 사랑이란 수많은 어려움이 도사리고 있는 어두운 오솔

---

16) 서인도제도의 트리니다드 원주민이 춤추면서 부르는 아프리카계 리듬.
17) 말레이시아 사람이 허리에 감는 천.

길 뒤에서 싸워서 이기는 사람의 차지라고 말하고 있었어. 신부와 신랑은 모든 것을 잊은 채, 다시 황홀한 분위기에 젖어들었어. 해가 질 무렵 그들은 집으로 향했지. 비탈길을 올라가자 그리 멀지 않은 곳에 집이 한 채 있었어. 아주 오래된 식민지풍이었지만, 예쁘게 단장된 집은 붉어지기 시작한 태양에 반사되며 신비스러운 분위기를 풍기고 있었어. 그 집은 마치 나무와 풀이 집을 완전히 덮고 있는 것처럼 보였어. 그녀는 언제 한번 그 집에 가고 싶다면서, 왜 그 집이 버려진 채 있느냐고 물었지. 그러자 신랑은 갑자기 불안한 표정을 지으면서, 아주 거친 말투로 그 집에 절대로 가까이 가서는 안 된다고 말했어. 그리고 왜 그런지는 더 이상 설명해 줄 수 없으며, 언젠가는 그 이유를 말해줄 날이 있을 것이라고 했어. *밤에 근무하는 간호사는 경험이 없다. 밤에 근무하는 간호사는 몽유병 환자다. 지금 그녀는 자고 있는 것일까, 아니면 깨어 있는 것일까? 밤 근무는 길고, 그녀는 혼자 있다. 그녀가 도움을 청할 사람은 아무도 없다. 왜 그렇게 조용히 있지? 한마디도 하지 않고……*"

"몸이 안 좋아서 그래. 계속해서 이야기나 해줘. 다른 생각을 하는 편이 몸에 좋거든."

"가만히 있어봐. 이야기의 흐름을 놓쳤어."

"난 네가 어떻게 이 모든 것을 이토록 자세하게 머릿속에 기억하고 있는지 모르겠어. 텅 빈 머리, 유리로 된 두개골, 성인과 창녀의 우표로 가득 찬 머리. 누군가가 유리로 된 불쌍한 두개골을 더러운 벽에 던져버린다. 유리로 된 머리는 산산조각이 나고 그 속에 들어 있던 우표는 모두 바닥으로 떨어진다."

"신랑과의 드라이브는 굉장히 멋졌지만 신부는 다시 근심에 잠겼어. 버려진 집처럼 보였던 그 집에 대해 물어보자 신랑이 어찌할 바를 몰랐기 때문이야. 저택에 돌아오자 신랑은 샤워를 했어. 그러는 동안 그녀는 그의 옷에서 열쇠를 찾아 전날 밤에 열려져 있던 서랍을 살펴보고 싶었어. 그녀는 바지를 뒤져 열쇠고리를 찾아낸 다음, 서랍으로 달려갔어. 그 열쇠고리에는 조그만 열쇠 하나만 달려 있었는데, 서랍에 꽂으니 딱 맞았어. 서랍을 열자 가득 찬 코냑 한 병이 거기에 있었어. 누가 이 병을 여기에 갖다놓았을까? 어젯밤부터 그녀는 한시도 자기 남편과 떨어져 있지 않았어. 그러니 병을 그곳에 갖다놓은 것은 그녀의 남편이 아니었어. 만일 그랬다면 그녀가 보았을 테니까. 병 밑에는 편지가 있었어. 연애편지였어. 그가 쓴 편지도 있었고, 첫 번째 부인이 쓴 편지도 있었지. 편지 밑에는 사진이 있었어. 남편이 다른 여자와 찍은 사진들이었어. 그녀가 바로 첫 번째 부인일까? 신부는 자기가 그녀를 알고 있다는 느낌이 들었어. 전에 어디에선가 본 듯한 얼굴이었거든. 정말로 전에 어디에선가 보았다는 확신이 들었어. 그런데 어디서 보았을까? 신부는 사진 속의 여인이 몹시 궁금했어. 아주 키가 크고, 긴 금발머리의 여인이었지. 신부는 계속해서 다른 사진들도 보았어. 그런데 거기에서 얼굴이 크게 찍힌 사진을 보았어. 맑은 눈이었는데, 눈빛은 어딘지 모르게 초점을 잃어버린 듯했어…… 그때 그녀가 누군지 떠올랐어! 바로 악몽

속에서 자신을 뒤쫓던 여자였어. 미친 여자 같은 얼굴을 하고
발끝까지 내려오는 검은 옷을 입고 있었던 바로 그 여자 말이
야……. 그때 신부는 더 이상 샤워하는 물소리가 들리지 않는
다는 사실을 알았어. 그래서 급히 모든 것을 제자리에 갖다놓
았어. 술병을 편지와 사진 위에 놓고 서랍문을 잠그고는 침실
로 갔어. 그런데 남편이 커다란 목욕 수건을 두른 채, 웃는 얼
굴로 그곳에 와 있었어! 그녀는 어쩔 줄 몰랐어. *불쌍한 간호
사, 그녀는 운도 지지리 없다. 목숨이 위험한 중환자를 맡고
있지만 그날 밤 환자가 죽지 않도록, 혹은 자기가 죽지 않도
록 하려면 어떻게 해야 하는지 모른다. 감염될 위험은 그 어느
때보다도 크다.* 그는 이미 옷을 입기 시작하고 있었어. 그녀는
두려웠지. 한 손에 열쇠고리를 들고 있었기 때문에 남편이 곧
그 사실을 눈치챌 것 같았거든. 그녀는 한 손으로 등을 닦아
주면서, 의자에 걸어놓은 남편의 바지를 쳐다보았어. 어떻게
해야 주머니에 열쇠를 넣을 수 있을지 생각이 나질 않았어. 바
로 그때 한 가지 생각이 떠올랐어. 그녀는 남편에게 자기가 머
리를 빗겨주어도 괜찮겠느냐고 물었어. 그는 좋다고 대답하면
서, 빗을 욕실에 놓아두었으니 가져오라고 했어. 그녀는 여자
에게 그런 일을 시키는 것은 신사답지 못하다고 했지. 그러자
그는 빗을 가지러 욕실로 갔어. 그 틈을 이용해, 그녀는 바지
주머니에 열쇠를 집어넣었어. 그가 돌아오자, 머리를 빗겨주면
서 벌거벗은 그의 등을 어루만졌어. 그제서야 신부는 안도의
한숨을 내쉬었어. 며칠이 지났어. 신부는 남편이 잠을 제대로
이루지 못하고 밤중에 항상 침대에서 일어난다는 사실을 알

았지. 그녀는 그 문제를 남편에게 말하는 것이 두려웠어. 그래서 잠자는 척하다가, 새벽녘에 일어나 그를 침대까지 옮겨놓곤 했어. 그는 항상 술에 취한 채 소파에 쓰러져 있었거든. 그럴 때마다 술병을 보았는데, 술이 가득 찬 다른 병이 있었어. 누가 이 서랍에 술병을 갖다놓을까? 신부는 남편에게 아무것도 묻지 않았어. 그는 매일 오후 농장에서 돌아오면, 바느질하면서 자기를 기다리고 있는 그녀를 보며 매우 기뻐했지. 하지만 밤이 깊어지면 항상 북소리가 들려왔고, 그러면 강박관념에 사로잡힌 사람처럼 술에 취하지 않고는 잠을 이루지 못했어. 그녀는 갈수록 불안해지기 시작했어. 그래서 어느 날 남편이 밖에 나간 틈을 이용해 농장 관리인과 이야기를 하려고 했어. 왜 자기 남편이 그토록 불안에 떠는지 비밀을 알아낼 수 있을까 해서 말이야. 하지만 농장 관리인은 안타깝다는 듯이 한숨을 내쉬더니 노동자들과 많은 문제가 있다고 말했어. 하지만 결국 아무런 비밀도 말해주지 않았어. 그런 일이 있은 후 어느 날 남편은 농장 관리인과 함께 집에서 가장 멀리 떨어진 농장에 하루 종일 가 있어야 된다면서, 아마도 다음 날이나 되어야 집으로 돌아올 거라고 말했지. 그런데 문제는 그때 발생했어. 그녀는 혼자 걸어서 버려진 집이 있는 곳까지 가기로 결심했지. 그곳에 가면 무슨 단서를 잡을 수 있다는 확신이 들었기 때문이야. 햇빛이 한창 뜨거운 시간이 조금 지난 오후 5시경에 간식을 먹고 차를 마시고 나서, 청년과 농장 관리인은 농장으로 향했어. 잠시 후에 신부도 길을 나섰어. 그런데 버려진 집으로 가는 길을 찾다가 그만 길을 잃고 말았어.

그래서 생각보다 아주 늦게, 거의 밤이 다 되어서야 그 집이 보이는 비탈길에 도착했어. 그녀는 자기가 사는 집으로 되돌아가야 할지 아닐지 결정할 수 없었어. 하지만 호기심을 참을 수가 없어서 그 집까지 가보기로 결심했어. 집 안에서 한줄기 빛이 새어나오고 있었지. 그 불을 보자 그녀는 더욱 호기심이 커졌어. 그런데 잡초와 마구 자란 덩굴로 뒤덮인 그 집에 도착하자, 아무 소리도 들리지 않았어. 창문 너머로 테이블 위에 켜진 촛불이 보였어. 신부는 용기를 내어 문을 열고 집 안을 들여다보았지. 구석에는 더 많은 촛불이 켜져 있었어. 바로 부두교의 제단이었어. 그녀는 제단에 무엇이 있는지 보기 위해 집 안으로 들어가 제단으로 갔어. 제단에는 검은 머리를 하고 가슴 한가운데에는 바늘이 꽂힌 인형이 놓여 있었어. 그런데 그 인형은 신부가 결혼식 날 입었던 것과 똑같은 옷을 입고 있었지! 너무 놀라 기절할 뻔했어. 그녀는 급히 뒤로 돌아서 자기가 들어왔던 문으로 나가려고 했는데…… 그런데 문에 누가 있었는지 알아? ……눈에 초점이 없는 키가 큰 흑인이 낡아빠진 바지만 입은 채, 완전히 실성한 사람처럼 그녀를 쳐다보았어. 그러고 나서 문을 닫아버렸어. 그러자 가련한 신부는 공포에 질려 비명을 질렀어. 하지만 그 흑인은 살아 있는 시체인 좀비였어. 그는 며칠 전 밤중에 정원에서 보았던 여자처럼 손을 앞으로 뻗고는 그녀에게 다가왔어. 신부는 다시 비명을 지르면서 다른 방으로 뛰어갔어. 그러고는 문을 잠가버렸지. 그 방은 암흑에 뒤덮여 있었어. 잡초로 뒤덮인 창문 사이로 석양의 붉은 햇빛 한줄기만 겨우 들어왔지. 방에는 침대가 하나 놓여 있었어. 신부의 눈이 어둠에 익숙해지자 점점 뭔가가 보이기 시작했어. 신부는 몸서리를 치면서, 너무 무서워 엉엉 울었고, 이내 목이 쉬어버렸어. 그런데 그때 침대에서…… 뭔가가 꿈틀거리고 있는 것을 보았어. 그것은…… 헝클어진 머리카락을 허리까지 늘어뜨리고, 검은 옷을 입은 창백한 모습의 그 여자였어! 그녀는 일어나서 신부를 쳐다보고는 가까이 다가오기 시작했어. 방문으로 나갈 수도 없으니, 신부는 꼼짝없이 갇혀버린 신세가 된 거지……. 너무 무서운 나머지 죽어버리고 싶었어. 이제는 비명도 지를 수 없었어. 그때 창가에서 사람 소리가 났어. 누군가가 여자 좀비에게 뒤로 돌아가 다시 침대에 누우라고 명령했어……. 목소리의 주인공은 바로 착한 흑인 여자였어. 그녀는 신부에게 놀라지 말라면서, 자기가 방에 들어와 그녀를 지켜주겠다고 말했어. 신부는 방문을 열었어. 흑인 여자는 신부를 껴안고는 그녀를 진정시켰어. 그녀 뒤에는 밖으로 나가는 문이 있었는데, 그곳에는 커다란 흑인이 서 있었어. 그 흑인은 흑인 여자가 시키는 대로 따랐어. 흑인 여자가 신부를 잘 모셔야 하고, 절대로 공격해서는 안 된다고 말하자, 흑인 좀비는 흑인 여자의 말에 복종했어. 머리가 헝클어진 여자 좀비도 그녀의 말을 따랐지. 흑인 여자가 다시 누우라고 하자, 그 여자 좀비가 침대에 누웠거든. 그러자 흑인 여자는 다정하게 신부의 어깨를 껴안고는 나귀가 끄는 마차로 집까지 데려다주겠다고 했어. 그리고 돌아오는 도중에 흑인 여자는 숨겨진 이야기를 전부 해주었지. 허리까지 내려오는 긴 금발머리의 살아 있는 여자 시체가 바로…… 남편의 첫 번째 부인이라는 사실을 신부가 눈치챘기 때문이지. 흑인 여자는 얘기를 시작했어. 간호사는 부들부들 떨고 있다. 환자는 그녀를 쳐다본다. 모르핀을 놓아달라는 것일까? 아니면 자기를 만져달라는 것일까? 그것도 아니면 전염병이 악화되어 죽기를 바라는 것일까?"

"유리로 된 두개골, 또한 몸 전체도 유리로 되어 있다, 유리로 된 인형은 깨지기 쉽다, 살을 에는 것 같은 쌀쌀한 밤과 날카로운 유리조각, 습기 찬 축축한 밤, 주먹질을 잘못해서 상처가 난 손은 곪아 있다. 한 가지 말해도 괜찮을까?"

"환자는 밤중에 일어나서 맨발로 걷는다. 추위로 병은 더 악화된다. 뭔데? 말해봐."

"성인과 창녀의 우표가 가득 들어 있는 유리로 된 두개골, 오래되어 누렇게 변해버린 우표들, 다 해어진 종이 우표에 그려진 죽은 사람들의 얼굴, 내 가슴속의 죽은 우표들, 날카로운 유리로 된 우표들은 내 가슴에 상처를 내고 곪게 한다. 기운이 하나도 없어. 네가 말하는 이야기를 제대로 듣고 있을 수가 없어. 내일 계속해서 이야기하는 편이 나을 것 같아. 너도 그렇게 생각하지? 우리 이젠 다른 이야기를 하기로 해."

"좋아. 그런데 무슨 얘기를 하고 싶지?"

"난 몸이 몹시 아파……. 어느 정도인지 넌 상상도 못 할 거야. 정신도 오락가락하고……. 그래, 그랬어. 하지만 지금은 조금 정신을 차릴 수 있어. 내가 말하고 싶은 이야기는 전에 너한테 말했던 내 여자 동료에 관한 거야. 그녀가 위험에 처해 있기 때문에 몹시 신경이 쓰여……. 그런데 문제는 내가 편지를 받고 싶고, 또 보고 싶은 사람은 그녀가 아니란 거야. 내가 만지고 싶고, 안아주고 싶은 여자는 그녀가 아니란 말이야. 난 그녀를 내 가까이에서 느끼고 싶어 죽을 지경이야. 마르타만이 날 다시 살려낼 수 있다는 생각이 들어. 정말이지 지금 난 죽어 있다는 느낌이야. 그녀만이 날 다시 살려낼 수 있을 거야."

"계속 말해봐. 난 듣고 있을 테니까."

"이런 걸 부탁하면, 넌 날 비웃겠지."

"아니야. 내가 왜 비웃겠어?"

"귀찮지 않다면 촛불 좀 켜줘……. 그녀에게 쓸 편지를 불러주고 싶어. 너도 이미 알고 있는 그 여자에게 말이야. 무언가를 뚫어지게 바라보면, 현기증이 나서……."

"그런데, 왜 현기증이 날까? 혹시 다른 데가 아파서 그런 건 아닐까? 그러니까 몸이 약해져서 그런 것 말고."

"아니야, 몸이 약해져서 그런 걸 거야. 어떤 방법으로든 내 마음을 가라앉히고 싶어. 이젠 더 이상 참을 수가 없어…… 오후에 그녀에게 편지를 쓰려고 했는데, 글자를 보니 정신이 왔다 갔다 해서 도저히 쓸 수가 없었어."

"그건 당연한 거야. 성냥을 찾아볼 테니까 조금만 기다려."

"넌 정말로 나한테 잘해주는구나."

"자, 찾았어. 우선 아무 종이에나 써볼까? 아니면 다른 방법으로 할까?"

"그래. 우선 아무렇게나 써보자. 나도 뭘 써야 할지 잘 모르겠거든. 내 볼펜으로 쓰도록 해."

"연필을 깎아 올 테니까 조금만 기다려."

"아니야. 내 볼펜으로 쓰도록 해."

"좋아. 하지만 너무 성질 부리지 마."

"미안해. 지금 눈앞이 캄캄하게만 느껴져서 그래."

"됐어. 불러봐."

"사랑하는…… 마르타. 이 편지를 받으면…… 아마도 놀랄 테지. 난…… 외로워. 난 당신이 필요해. 당신과 말을 하고 싶어. 난…… 당신 옆에 있고 싶어. 기운을…… 북돋아 줄 말을 해줘. 난 지금 이 감방에 있어. 당신은 지금 이 시간에 어디에 있을까…… 어떻게 지내고 있는지, 그리고 무슨 생각을 하고 있는지, 또 당신이 필요한 것은 무엇일까…… 이 편지를 보낼 수 없을지도 모르지만, 난 편지를 쓰고 있어. 무슨 일이 생길지는 아무도 모르는 법이니까……. 하지만 당신에게 말하고 싶어……. 내 가슴이 터져버리지나 않을까…… 두려워. 만일 우리가 함께 이야기할 수만 있다면, 당신은 내 마음을 이해할 텐데……."

"'당신은 내 마음을 이해할 텐데……'"

"몰리나, 미안하지만 편지를 보내지 않을 것이라는 대목을 어떻게 썼지? 좀 읽어줘."

"'이 편지를 보낼 수 없을지도 모르지만, 난 편지를 쓰고 있어.'"

"거기다 조금 덧붙여줘. '……하지만 난 이 편지를 당신에게 보낼 거야.'"

"'하지만 난 이 편지를 당신에게 보낼 거야.' 계속 불러봐.

'만일 우리가 함께 이야기할 수만 있다면, 당신은 내 마음을 이해할 텐데.'까지 썼어."

"지금 이 순간 난 동료들 앞에 모습을 드러낼 수도 없고, 이런 말을 할 수도 없어. 이토록 나약한 모습을 보이는 내가 내 자신에게도 부끄러워⋯⋯. 마르타, 난 아직 조금은 더 살 권리가 있다고 생각해. 그리고 누군가에게 내 상처에⋯⋯ 꿀을 조금이라도 발라달라고 할 수 있는 권리도⋯⋯."

"이제 됐어. 계속해."

"내 마음은 갈기갈기 찢겼어. 당신만이 날 이해할 수 있을 거야⋯⋯. 당신도 깨끗하고 편안한 가정에서 자랐고, 인생을 즐겨왔으니까. 당신과 마찬가지로 나도 순교자가 되고 싶진 않아. 마르타, 난 순교자가 된다는 생각만 해도 화가 치밀어. 난 훌륭한 순교자가 될 수 없어. 지금 이 순간 내가 했던 모든 일이 잘못된 것이 아닐까 생각하고 있어⋯⋯. 난 고문을 받았지만 아무것도 자백하지 않았어⋯⋯. 물론 동료들의 진짜 이름을 몰랐던 점이 큰 도움이 된 것은 사실이야. 난 그들이 전투할 때 쓰는 이름들을 말했어. 하지만 그런 이름은 아무 도움도 되지 않아. 그러나 내 가슴속에는 나를 고문하고 있는 또 다른 것이 있어⋯⋯. 며칠 전부터 내 마음을 뒤흔들어 놓았어⋯⋯. 난 정의가 있게 해달라고 요구하고 있어. 지금 당신에게 하려는 말이 얼마나 이치에 안 맞는지 당신은 알 거야. 난 정의가 있기를, 그리고 하느님이 정의의 사도로 개입해 달라고 빌고 있어⋯⋯. 내가 평생 이 감방 안에서 썩어야 한다는 것은 너무 불공평해. 아니면, 그래, 이제야 좀 더 분명히 알

것 같아. 마르타…… 난 아프기 때문에 겁이 나는 거야. 죽을
지도 모르고…… 모든 것이 여기서 끝날지 모르며, 내 인생이
이 조그마 한 감방 안에서 끝날지 모른다는 사실이 너무 겁
나. 이런 것은 너무 불공평해. 난 항상 관대했고, 그 누구도 착
취한 적도 없으며…… 세상을 이해하게 된 후부터 나와 비슷
한 사람들의 착취에 대항해 투쟁해 왔어……. 그리고 난 모
든 종교를 욕했어. 종교가 사람들을 멍청이로 만들어 평등을
위해 투쟁하지 못하게 하기 때문에 그랬던 거야……. 나는 신
의…… 정의가 있기를 갈구해 왔어. 난 부디 신이 존재하기를
바라……. 몰리나, 신을 하느님으로 바꿔줘. 부탁이야……."

"그래, 알았어. 계속해."

"어디까지 썼지?"

"'난 부디 하느님이 존재하기를 바라.'까지 썼어."

"날 지켜보고 날 도와줄 하느님이 있었으면 하고 바라고 있
어. 난 언젠가 다시 길거리를 마음껏 걸어 다니고 싶어. 그런
날이 곧 오길 기도하고 있어. 난 죽고 싶지 않아. 가끔 더는 여
자를 만질 수 없으리라는 생각이 내 머리를 스치곤 해. 그러
면 난 도저히 견딜 수가 없어……. 여자를 생각할 때면, 항상
당신 모습밖에는 떠오르지 않아. 지금 이 순간, 이 편지를 읽
고 있는 동안이라도 당신이 날 생각하고 있을 것을 생각하면
큰 위안이 돼……. 그리고 내가 너무도 잘 기억하고 있는 당신
의 몸을 당신이 손으로 어루만지면서……."

"잠깐만 기다려. 너무 빨리 말하지 마."

"내가 너무도 잘 기억하고 있는 당신의 몸을 당신이 손으로

어루만지면서, 그 손이 바로 내 손이라고 생각하겠지……. 내 사랑이여, 그런 일이 일어날 수만 있다면 얼마나 좋을까 생각하면 얼마나 큰 위안이 되는지 몰라……. 그건 내 자신이 당신을 어루만지는 것과 같으니까. 내 코에 당신의 향내가 배어 있는 것처럼, 당신의 마음속에도 아직 내가 남아 있을 테니까……. 내 손끝에는 당신의 피부를 어루만졌을 때의 느낌이 아직도 그대로 남아 있어. 아주 잘 기억하고 있다는 느낌이야. 내 말 이해하지? 물론 이건 이해의 문제가 아니라…… 믿음의 문제야. 가끔 난 내 마음속에 당신의 것을 간직하고 있고…… 아직도 그것을 잃어버리지 않았다고 믿고 있어……. 하지만 가끔은 그렇지 않다는 생각도 들어. 그러면 나 혼자 이 감방 안에 있다는 느낌이……."

"됐어. '나 혼자 이 감방 안에 있다는 느낌이…….' 계속해."

"그리고 아무런 흔적도 남아 있지 않다는 생각이 들기도 해. 당신과 함께했던 행복한 나날들, 순수하고 기쁘게 지냈던 밤과 낮과 아침들. 이 모두가 지금은 아무 소용이 없다는 생각이 들어. 오히려 이 모든 것이 나에게 등을 돌리는 것 같아……. 그건 당신이 미칠 듯이 보고 싶기 때문이야. 지금은 고독 때문에 고통받고 있다는 느낌만 들어. 그리고 코끝에서는 감방과 내게서 풍기는 역겨운 냄새만 맡을 수 있어……. 난 아파서 목욕도 제대로 할 수 없어. 너무 허약한 상태라 찬물로 목욕하면, 폐렴에 걸려 죽게 될지도 몰라. 내 손끝에서는 죽음의 싸늘한 공포만이 느껴져. 이미 내 뼛속까지 싸늘해진 것 같아……. 희망을 잃는다는 것은 너무도 무서운 일이야. 하지만 이미 난 그것을 겪고 있어……. 내 마음속에서 나를 고문하는 사람은 이미 모든 것이 끝났다고 말하고 있어. 그리고 이 고통은 내가 이 세상에서 겪을 마지막 경험이라고 말하고 있어……. 난 지금 기독교인처럼 말하고 있어. 마치 저세상에 다른 삶이 있는 것처럼 말이야. 그렇지만 그런 삶은 존재하지 않아, 그렇지……?"

"미안해, 방해해서."

"왜 그래?"

"편지가 끝나면, 내가 너한테 할 말이 있다고 말 좀 해줘."

"뭣 때문에 그러는데?"

"응…… 한 가지 뭔가 할 수 있을 것 같아서……."

"그게 뭔데? 말해봐."

"얼음처럼 차가운 물로 샤워를 하면, 넌 몹시 약해진 상태라 죽을지도 몰라."

"그런데 도대체 뭘 할 수 있다는 거지? 당장 말해봐!"

"네가 씻을 수 있도록 도와줄 수 있을 것 같아. 한번 들어봐. 우선 냄비에 물을 데우는 거야. 두 장 있는 수건으로, 하나는 비누칠을 해서 네가 몸 앞부분을 닦고, 나는 등을 닦아주는 거야. 그리고 다른 한 장으로는 물을 흠뻑 적셔서 비누를 닦아내는 거야."

"그렇게 하면 더 이상 몸이 가렵지 않을까?"

"그럼. 조금씩 한 부분씩 닦아가는 거야. 그럼 춥지도 않을 거야. 처음에는 목과 귀를 닦고, 다음에는 겨드랑이, 팔, 가슴, 그다음에는 어깨를 닦는 거야. 그럼 몸을 전부 닦을 수 있어."

"정말 날 도와줄 거야?"

"그럼, 물론이지."

"언제?"

"네가 하고 싶다면, 지금 당장이라도 할 수 있어. 물을 데울게."

"그럼 몸이 근질근질하지 않아서, 잠을 푹 잘 수 있을까?"

"가렵지도 않고, 잠도 푹 잘 수 있을 거야. 조금만 기다리면 물이 따뜻해질 거야."

"하지만 석유는 네 것인데…… 모두 써버릴 텐데."

"괜찮아. 물이 따뜻해지는 동안 편지나 끝마치는 것이 좋겠어."

"편지 이리 줘."

"왜 그래?"

"글쎄, 좀 줘봐."

"여기 있어."

"……."

"뭣 하는 거야?"

"이러려고."

"어째서 편지를 찢지?"

"편지에 대해선 더 이상 말하지 말자."

"그래, 좋을 대로 해."

"절망에 빠지는 건 좋지 않아."

"하지만 마음속에 묻은 생각을 모두 털어놓는 것은 좋아. 네가 나한테 그렇게 말했잖아."

"하지만 나한텐 그렇지 않아. 난 참아야만 돼."

"……."

"내 말 좀 들어봐. 넌 정말 좋은 놈이야. 정말 진심으로 고맙게 생각해. 언젠가 기회가 오면 꼭 보답할게……. 물을 그렇게 많이 써?"

"이 정도는 있어야 돼……. 바보 같은 소린 이제 그만해. 보답까지 할 정도의 일은 아니니까."

"물을 그렇게나 많이……."

"……."

"몰라나……."

"왜?"

"불꽃 그림자 좀 봐."

"난 매일 그 그림자를 쳐다보고 있어. 넌 처음 보니?"

"그래. 미처 보지 못했어."

"버너가 켜진 동안, 난 이 그림자를 보면서 행복에 젖어."

10장

"안녕……."

"잘 잤니?"

"지금 몇 시지?"

"10시 10분이야. 난 불쌍한 엄마를 가끔 열시십분이라고 불렀어. 팔자걸음을 걷거든."

"벌써 그렇게 됐다니 믿을 수가 없군."

"발렌틴, 간수들이 끓인 마테차를 주려고 문을 열었는데, 넌 침대에서 뒤척거리더니 그냥 곯아떨어졌어."

"그런데 네 엄마가 어떻게 됐다고?"

"너, 아직 잠이 덜 깼구나. 아무 일도 아니야. 잠은 잘 잤어?"

"그래. 몸이 훨씬 좋아진 것 같아."

"어지럽지는 않아?"

"그래…… 정신없이 잤어. 이렇게 침대에 앉아 있어도 아무렇지 않아. 어지럽지도 않고."

"잘됐네…… 좀 걸어볼래? 괜찮은지 보게."

"싫어. 네가 비웃을 것 같아."

"뭘?"

"그런 게 있어."

"뭔데?"

"건강한 남자들한테 생기는 거지. 아침에 일어나면 정력이 넘치거든."

"섰어? 아주 잘됐네……."

"다른 쪽 좀 보고 있어. 창피하니까……."

"그래, 알았어. 눈감고 있을게."

"모두 네 음식 덕분이야. 그렇지 않았다면 난 절대로 회복하지 못했을 거야."

"그런데 어지럽니?"

"아니…… 다리가 휘청거려서 그렇지, 어지럽지는 않아."

"정말 다행이네……."

"이젠 쳐다봐도 돼. 난 조금 더 누워 있을게."

"차 마실 물을 끓일까?"

"아니야. 끓여놓은 마테차나 데워줘. 그럼 돼."

"너, 아직 정신없구나. 내가 샤워하러 갔을 때 화장실에 버렸단 말이야. 몸이 회복되려면 몸에 좋은 것을 마셔야 돼."

"아니야. 네 차를 마시는 것뿐만 아니라 다른 것들을 먹는다는 행위 자체가 창피하단 생각이 들어. 이런 식으로 계속할 수는 없어. 이젠 나도 다 나았어."

"넌 가만히 있어."

"아니야, 진심으로 하는 말이야……."

"난 괜찮아. 곧 엄마가 다시 물건들을 갖다줄 거야. 그러니까 문제없어."

"그래도 난 미안해 죽겠어."

"남한테 받는 법도 알아야 되는 거야. 그렇지? 너무 복잡하게 생각하지 말아."

"그래, 알았어. 고마워."

"찻물을 끓이는 동안 화장실에 갔다 오는 게 좋겠어. 하지만 넌 침대에 그대로 있어. 내가 문을 열어달라고 할 테니까. 그래야 감기 걸리지 않으니까."

"고마워."

"네가 돌아오면 좀비 이야기를 계속해 줄게. 네가 듣고 싶다면 말이야. 어떻게 되는지 알고 싶지 않니?"

"물론 궁금해. 하지만 공부를 조금 해보고 싶어. 이제 몸이 좋아졌으니까, 책을 다시 읽을 수 있나 시험해 보고 싶어."

"그렇게 생각하니? 아직은 너무 힘들지 않을까?"

"한번 해보고 싶어."

"진짜 책벌레구나."

· · · · · · · · · · · · · ·

"왜 씩씩거려?"

"안 되겠어. 글자가 눈에 들어오질 않아, 몰라나."

"내가 그럴 거라고 했잖아."

"하지만 괜찮아. 시험해 봤다고 어떻게 되는 것은 아니니까."

"어지럽니?"

"아니. 책 읽을 때만 조금 그랬어. 시선을 한군데에 집중할 수가 없었어."

"왜 그런지 알아? 아침에 차 한 잔만 마셔서 그런 거야. 기운이 없어서 그래. 햄과 빵이 있는데도 먹지 않았던 네 잘못이야."

"그렇게 생각해?"

"그럼. 틀림없어. 점심 먹고 한잠 자고 나면 책을 읽을 수 있을 거야."

"몸이 늘어져. 다시 침대에 눕고 싶어."

"안 돼. 서 있던지 아니면 최소한 앉아 있어야 기운을 차린다고 하잖아. 침대에 있으면 몸만 더 약해질 뿐이야."

"영화 이야기 해줘. 그게 좋을 것 같아."

"너 모르지……? 지금 감자를 삶으려는 중이야. 한 2년은 걸려야 익을 거야."

"뭘 하려고 그러는데?"

"햄이 남아 있으니까 올리브유 깡통을 따서, 올리브유를 삶은 감자에 떨어뜨린 다음, 소금을 찍어 햄과 함께 먹는 거야. 그보다 몸에 좋은 것은 없을걸."

"흑인 여자가 여주인공에게 살아 있는 시체인 좀비에 대해 전부 이야기해 주는 데까지 했어."

"너, 그 영화 정말 좋아하는구나, 안 그래? 솔직히 말해봐."

"맞아, 재미있어."

"말하는 것 좀 봐. 재미있다는 말보다는 흥미진진하다는 말이 더 어울릴걸…… 사실대로 말해봐."

"얼른 이야기나 해줘."

"알았어. 잠깐만 기다려. 버너에 불이 잘 켜지질 않아. 이제 됐어…… 어디까지 했더라? 그래, 맞았어. 흑인 여자가 신부를 집까지 데려다주면서 이야기를 전부 해주었어. 남편은 첫 번째 부인과 아주 행복하게 지냈어. 하지만 말할 수 없는 비밀 때문에 그는 매일 고통스러운 나날을 보냈지. 그가 어렸을 때 참혹한 범죄를 목격했기 때문에 생긴 비밀이었어. 남편의 아버지는 몇 안 되는, 개보다도 못한 사람이었어. 그는 부자가 되려는 욕심으로 그 섬에 왔어. 그러고는 농장 노동자들을 마구 다루었지. 그래서 노동자들은 반란을 계획했어. 그런 사실을 안 그의 아버지는 그 지역의 마법사와 음모를 꾸몄어. 그 마법사는 그곳에서 가장 멀리 떨어진 농장에 제단과 그에 필요한 도구를 갖고 있었어. 어느 날 밤 마법사는 노동자들에게 축복을 내린다는 핑계로 반란의 주동자들을 모두 불러모았지. 하지만 그건 순전히 계략이었고, 거기서 그들을 모두 죽여버렸던 거야. 마법사가 미리 준비해 놓은 독약을 화살촉에 묻혀서 죽였던 거지. 그리고 그곳에서 죽은 시체들을 정글로 데려가 숨겨버렸어. 서너 시간이 지나야 시체들이 눈을 떠서 살아 있는 시체가 되기 때문이지. 마법사가 그들에게 일어나라고 명령하자, 죽은 사람들이 하나둘씩 일어나기 시작했어. 모두 다 눈을 크게 뜨고 있었지. 너도 흑인들이 어떤 눈인지는 알지? 계란 프라이한 것처럼 커다란 눈 말이야. 하지만 이 사람들은 눈동자가 거의 없는 눈이었기 때문에 어디를 쳐다보고 있는지 알 수가 없었어. 대부분이 거의 눈의 흰자만 보였어. 마법사는 그들에게 마체테[18]를 집어 들고 바나나 농장까지 걸어가라고 명령했어. 그곳에 도착하자, 밤새도록 바나나 송이를 자르라고 지시했어. 살아 있는 불쌍한 시체들은 마법사의 말에 복종했고, 밤새도록 바나나 송이를 잘라냈어. 남편의 아버지는 아주 기뻐했어. 그러고는 그들에게 오두막집을 한 채 지어주었어. 그것은 마른 사탕수수 가지로 얼기설기 만든 오두막집이었지. 낮에는 그 속에다 살아 있는 시체들을 숨겨놓았어. 마치 쓰레기 더미처럼 바닥에 쓰러뜨렸던 것이지. 그리고 밤이면 밤마다 바나나 송이를 자르라고 명령했어. 그렇게 그의 아버지는 재산을 불려나갔어. 남편은 이런 모든 것을 지켜보았지만, 너무 어렸기 때문에 아무 말도 할 수가 없었지. 그는 성장하자 미국 대학에서 만난 키가 큰 금발의 아가씨와 결혼해서 섬으로 데려왔어. 그가 몇 년 후에 결혼한 바로 지금의 검은 머리 신부에게 했던 것처럼, 첫 번째 부인과도 똑같이 한 거지. 처음에는 첫 번째 부인과 행복하게 살았어. 아버지가 죽자 청년은 마법사와의 관계를 끊어야겠다고 생각했어. 그는 마법사를 자기 집으로 불렀어. 하지만 마법사가 집으로 오는 동안, 그는 자기 집에서 가장 멀리 떨어진 농장, 그러니까 좀비

18) 중남미에서 풀을 베는 데 쓰는 긴 칼 모양의 낫.

가 있는 곳으로 갔어. 마법사가 없는 틈을 이용해 자기에게 충성을 다하는 사람들과 함께 좀비들이 있는 오두막집으로 갔던 거지. 그러고는 그 오두막집을 완전히 에워싸고 문이란 문에는 모두 못질을 한 다음, 좀비들을 오두막집에 모두 가두어놓고 석유를 뿌려 불을 질러버렸어. 그래서 좀비들을 모두 잿더미로 만들어버렸지. 그렇게 살아 있는 불쌍한 흑인 시체들의 고통에 종지부를 찍었던 거야. 하지만 남편이 이런 일을 하는 동안 마법사는 남편의 첫 번째 부인과 함께 저택에서 그를 기다리면서, 그곳에서 무슨 일이 벌어지고 있는지 연락을 받고 있었어. 마치 전보 제도처럼 정글에서 둥둥 울려대는 북소리가 그 소식을 전해준 거지. 그러자 마법사는 첫 번째 부인에게 숨어서 기다리고 있다가 돌아오는 남편을 죽여버리겠다고 말했어. 그녀는 어찌할 바를 몰랐어. 그래서 첫 번째 부인은 남편에게 손만 대지 않는다면, 마법사가 원하는 돈이나 보석들을 모두 다 주겠다고 약속했어. 그러자 마법사는 남편의 목숨을 구할 방법은 딱 하나밖에 없다면서, 마치 발가벗기기라도 하는 것처럼 그녀를 아래위로 훑어보았어. 그리고 독이 묻어 있는 단도를 보여주고서 그 단도를 탁자 위에 올려놓았지. 그런 다음 마법사는 자기가 그녀에게 한 짓을 남편에게 일러바치면, 그 단도로 남편을 죽여버릴 것이라고 위협했어. 바로 그때 집에 도착한 남편이 창문 너머로 그들이 함께 있는 장면을 목격했어. 그녀는 반쯤 옷을 벗은 상태였어. 그러자 첫 번째 부인은 마법사가 시킨 대로 남편을 버리고 마법사와 함께 가겠다고 남편에게 말했어. 그러자 화가 머리끝까지 치밀어 오른 청년은 너무도 흥분한 나머지, 눈에 보이는 그 단도로 아내의 가슴을 찔러버렸어. 그러자 마법사는 아무도 그 일을 목격한 사람은 없으며, 자기만이 유일한 증인인데, 만일 남편이 자기에게 종교의식을 방해하지 않고 마법을 계속하게만 해준다면 경찰에게 거짓증언을 해주겠고 했어. 즉 남편과 마법사 두 사람 모두 정글에 있던 정신이상자처럼 보이는 놈이 도둑질하러 들어왔다가 부인을 죽이는 장면을 목격한 것처럼 증언하겠다고 했던 거야. 이것이 흑인 여자가 신부에게 말해준 이야기의 전모였어. 신부는 그 이야기를 듣자, 몸을 부르르 떨었어. 물론 그 버려진 집에 있던 몸집이 큰 흑인 좀비와 머리가 헝클어진 금발의 여자 좀비가 자기를 죽일 수 있었다는 사실을 깨닫고, 그런 상황에서 무사히 생명을 건졌다는 사실을 뜻하는 몸부림이었지. *낮에 근무하는 간호사. 말 잘 듣고, 잘 먹고, 잘 자는 착한 환자들과 농담하면서 웃는다. 하지만 그들은 몸이 나아 퇴원하면 두 번 다시 돌아오지 않는다.*"

"개의 머리 피질, 나귀의 머리 피질, 말의 머리 피질, 원숭이의 머리 피질, 원시인의 머리 피질, 교회에 가지 않으려고 영화관에 들어오는 동네 아가씨의 머리 피질. 그렇게 첫 번째 부인은 좀비가 되었군."

"그렇지. 이제 가장 충격적이었던 장면이 나와. 신부와 착한 흑인 여자가 위험한 순간을 벗어나 집으로 돌아오고 있었는데……."

"마법사의 얼굴은 어땠지? 한 번도 말해주지 않았어."

"아, 그랬구나. 말해주는 것을 깜빡 잊어버렸는데, 그는 한 번도 모습을 보이지 않았어. 마음씨 착한 흑인 여자가 신부에게 이야기할 때, 시간이 과거로 거슬러간다는 것을 의미하는 흰 연기 같은 것이 자욱하게 피어올랐거든. 그러고 나서 흑인 여자가 말하는 내용이 모두 화면에 나타났어. 그녀의 목소리가 들렸는데, 그 목소리는 굵지만 아주 달콤하면서도 떨리고 있었어."

"흑인 여자는 어떻게 이 모든 것을 알았는데?"

"신부도 너와 똑같은 질문을 했어. '어떻게 당신은 그런 걸 전부 알고 있지요?' 흑인 여자는 고개를 푹 숙이면서 마법사는 자기 남편이었다고 대답했어. 하지만 이렇게 말하는 순간에도 마법사의 얼굴은 보이지 않았지."

"*교양 있는 사형집행인의 머리 피질, 노동자와 좀비들의 머리가 뒹군다. 동네 아가씨와 동네 게이의 순진한 머리를 교양 있는 사형집행인이 차가운 눈초리로 쳐다본다. 그런데 가장 충격적인 장면이 어떤 거야?*"

"그건 이거야. 신부와 흑인 여자가 집에 도착하자, 화면에는 다시 다른 집, 그러니까 버려진 집이 보였어. 문 앞에 흑인 좀비가 보초를 서고 있었는데, 무성한 잡초 사이로 그림자 하나가 문 앞에 서 있는 흑인 좀비를 향해 다가왔어. 흑인 좀비는 한쪽으로 비켜서더니 그림자를 집 안으로 들여보냈지. 집으로 들어온 그 그림자는 가련한 금발 여인이 누워 있는 침실로 들어갔어. 그 여자는 꼼짝 않고 누워 있었어. 눈을 커다랗게 뜨고 있었는데 아무것도 쳐다보지 못하는 것 같았지. 하얀 손이 그녀의 옷을 벗기기 시작했어. 손이 떨리지 않는 것으로 보아,

남편의 손은 아니었어. 그 불쌍한 여인은 저항하지도 못했지. 아무것도 할 수가 없었어. 젊은 환자와 단둘이 커다란 병동에 있는 제일 젊고 예쁜 간호사. 환자가 그녀를 껴안더라도, 불쌍한 신참내기 간호사는 도망칠 수 없다."

"계속해. 동네 게이의 목에서 떨어져 나온 머리가 뒹군다. 이젠 어찌할 방법이 없다. 이젠 그의 몸에 머리를 붙일 수도 없다. 죽었다는 사실이 확인되면 머리에 붙어 있는 눈을 감겨 주어야만 한다. 그리고 그의 좁은 이마도 어루만져 주어야 한다. 이마에 키스를 해야 할까? 동네 아가씨의 뇌를 덮고 있는 좁은 이마, 누가 그녀를 교수대에 세우라고 명령한 것일까? 교양 있는 사형집행인은 어디에서 그런 명령을 내리는지 알지도 못한 채 명령에 복종해야 한다."

"신부가 집으로 돌아와 보니 남편은 벌써 도착해서 굉장히 걱정하고 있었어. 하지만 그녀를 보자, 마음을 가라앉히고 껴안았어. 그러나 곧 화를 내면서 자기 허락 없이는 절대로 집에서 나가지 말라고 했어. 두 사람은 식탁에 앉아 저녁식사를 했어. 물론 식탁에는 술이 없었어. 포도주 한 방울도 없었지. 남편은 몹시 불안해했지만, 애써 표정을 감추려고 했어. 그녀는 남편에게 수확은 어떠냐고 물었어. 그는 잘되고 있다고 대답했어. 하지만 갑자기 화를 내면서 냅킨을 던져버렸지. 그러더니 식탁에서 일어나 술이 든 서랍이 있는 서재로 갔어. 그는 서재 문을 잠가버리고 술을 마구 퍼 마시기 시작했어. 그녀는 잠자리에 들기 전에 남편을 불렀지. 문틈으로 빛이 새어 나오는 게 보였거든. 하지만 그는 정신을 잃고, 혀 꼬부라진 소리로 꺼지라고 말했어. 신부는 침실로 와서 옷을 갈아입었어. 헐렁한 티셔츠를 입었지. 아니야. 집 안이 너무 더워 참을 수가 없었어. 그래서 샤워를 하려고 목욕가운을 입고 샤워실로 들어갔어. 하지만 깜빡 잊고 침실 문을 열어두었지. 그때 응접실에서 어떤 남자가 뚜벅뚜벅 걷는 소리가 들렸어. 그녀는 물기도 닦지 않은 채 침실로 달려나와 문을 닫으려고 했어. 그리고 문에서 떨어지지 않은 채 귀를 기울였어. 그때 어떤 사람이 서재의 문을 열쇠로 열고 남편이 있는 곳으로 들어가는 소리가 들렸어. 그녀는 침실문의 빗장을 단단히 걸어잠그고는 창문도 굳게 닫아버렸지. 그러다가 결국에는 잠이 들었어. 하지만 아침에 눈을 떠보니 남편은 집 안 어디에도 없었어. 그녀는 미친 듯이 침대에서 뛰쳐나와 하녀에게 남편이 어디에 있느냐고 물었어. 하녀는 그가 어디로 간다는 말 한마디도 없이 집을 나갔으며, 집에서 가장 멀리 떨어진 농장 쪽으로 갔다고 했어. 신부는 마법사의 은신처가 바로 그곳에 있다는 것을 떠올리고는 농장 관리인을 불러 도움을 청했어. 신부는 농장 관리인만 신임하고 있었거든. 농장 관리인은 자기의 유일한 희망이 바로 그녀가 이곳에 오는 것이었으며, 그녀가 오게 되면 청년이 더 이상 불안하지 않을 줄 알았는데, 지금 보니 그렇지도 않은 것 같다고 말했어. 그러자 신부는 남편을 진찰할 만한 의사가 섬에는 한 명도 없느냐고 물었어. 농장 관리인은 있다면서, 청년이 의사의 처방을 따르지 않았다고 대답했어. 그리고 이제 남은 방법은 한 가지밖에 없다면서, 신부의 눈을 쳐다보았어. 신부는 농장 관리인이 섬의 마법사를 함께 만나러 가

자고 제안하는 것임을 즉시 알아챘어. 그녀는 그건 절대로 안된다고 말했지. 하지만 농장 관리인은 이런 때 필요한 것은 단한 가지밖에 없는데, 누군가가 청년에게 강한 충격을 주어 의지를 강하게 만드는 것이라고 설명했어. 그리고 그는 이 방법이 최후의 수단이라면서 결정할 사람은 그녀라고 덧붙였지. 또한 청년이 그날 아침 자기에게 심한 욕을 하면서 나갔다면서, 자기는 더 이상 이런 모욕을 참을 수가 없다고, 청년은 정말이지 괴물과 같은 사람이라고 말했어. 그리고 첫 번째 부인은 청년 때문에 너무 고통을 많이 받아 죽은 것이니, 이제 그녀도 청년을 단념하고 자신과 어울리는 착한 남자를 찾는 편이 좋을 것 같다고 덧붙였지. 그런데 그녀는 이런 말을 하고 있는 농장 관리인의 눈빛이 아주 이상하다는 사실을 눈치챘어. 농장 관리인은 계속해서 그녀의 눈을 똑바로 쳐다보고 있었거든. 농장 관리인은 그녀처럼 아름다운 여인이 이런 대접을 받아서는 안 된다고 이야기했어. 신부는 어쩔 줄 모르고 남편을 찾으러 나갔어. 그녀는 남편에게 정말로 무슨 일이 일어났을지 모른다고 걱정하면서, 남편에게 자기가 필요할지도 모른다고 생각했어. 하지만 흑인 여자는 단호하게 그녀와 함께 갈 수 없다고 거절했지. 그러면서 거기에는 너무나 큰 위험이 도사리고 있으며, 특히 백인 여자에게는 더욱더 그렇다고 했어. 결국 그녀는 방금 전에 대화를 나눈 농장 관리인의 말이 조금 이상하다고 느끼면서도 농장 관리인에게 도움을 청할 수밖에 없었어. 농장 관리인은 좋다고 하면서 가장 빨리 달리는 말로 마차를 만들었어. 그리고 엽총을 장전하고 출발

했지. 정원에서 아침에 피어난 신선한 꽃을 꺾고 있던 착한 흑인 여자는 그들이 함께 떠나는 모습을 보자, 머리끝에서 발끝까지 부들부들 떨면서 정신 나간 여자처럼 가지 말라고 마구 소리쳤어. 신부가 들을 수 있게 말이야. 하지만 신부는 그 소리를 듣지 못했지. 바위에 부딪쳐 부서지는 파도소리가 귀를 멍하게 하는 천둥소리처럼 컸기 때문이지. 신부는 농장 관리인에게 너무 급하게 마차를 몰지 말라고 부탁했어. 말들은 고꾸라질 듯이 빨리 달렸거든. 하지만 농장 관리인은 그녀의 말에 귀를 기울이지 않았어. 농장 관리인은 그녀에게 곧 그녀의 남편이 얼마나 못된 사람인지 알게 될 거라고만 말했어. 아무 말 없이 두 사람을 실은 마차는 계속 달렸지. 신부는 마차가 굽은 길을 돌 때마다 무서워 죽을 것만 같았어. 한쪽 바퀴를 든 채 다른 쪽 바퀴로만 달렸거든. 아주 이상하게도 말들은 농장 관리인의 말에 절대적으로 복종했어. 이윽고 그들은 어느 장소에 도착했어. 정글이 우거진 곳이었어. 농장 관리인은 그곳에 있는 오두막집에서 누군가에게 물어봐야 할 것이 있다면서 마차에서 내렸어. 한참이 지났지만 그는 돌아오지 않았어. 신부는 혼자 있는 것이 무서워지기 시작했어. 설상가상으로 북소리까지 들려왔지. 아주 가까운 곳에서 들려왔어. 신부는 마차에서 내려 오두막집으로 갔어. 혹시 농장 관리인에게 무슨 일이 생긴 게 아닌지 걱정되었거든. 농장 관리인을 불렀지만 대답하는 사람이 아무도 없었어. 오두막집에 가보니 그곳은 벌써 오래전부터 아무도 살지 않는 빈집이었어. 잡초가 집 안에 빽빽이 들어차 있었거든. 그때 노랫소리가 들렸어.

마법을 걸 때 부르는 노래였어. 그러자 그곳에 혼자 있는 것이 무섭게 느껴져서 노랫소리가 들리는 곳으로 향했어. 다음에 계속 이야기해 줄게."

"야, 인마! 여기서 끊으면 어떻게 해!"

"인마라니! 배가 고파서 그래. 감방에서 주는 걸 먹고 또다시 병나고 싶지 않으면, 점심을 준비해야 돼. 감자가 거의 다 익었을 거야."

"얼마 남지 않았으면, 지금 당장 끝까지 이야기해 줘."

"안 돼. 아직 끝나려면 멀었어."

　　　　·　·　·　·　·　·　·　·　·　·

"안녕, 좋은 아침이야……."

"몸은 어때? 잘 잤니?"

"응. 아주 푹 잤어."

"어제는 책을 너무 많이 읽었어. 이 초는 내 거니까 다음번에는 촛불을 꺼버릴 거야."

"책을 다시 읽을 수 있다니 믿을 수가 없어."

"오후에 읽는 것은 괜찮아. 책을 읽을 수 있다니 정말 잘됐어. 하지만 오후에만 읽어야 돼. 전깃불을 끈 다음에도 두 시간 이상 이 조그만 촛불만 켜고 읽는 건 지나치다고."

"알았어. 난 어른이야, 그렇지? 내 일은 내가 알아서 하도록 그냥 내버려 둬."

"그래서 밤에 좀비 이야기를 계속할 수 없었다고 생각하지는 않니? 네가 좀비 이야기를 좋아하는 것은 다 아는 사실이 니까, 그렇지 않다고는 말 못 하겠지."

"지금 몇 시지?"

"8시 15분이야."

"왜 아직도 간수가 오지 않지?"

"벌써 왔었어. 그렇게 실망하지 마. 넌 세상 모르고 자고 있었어."

"맙소사……. 그렇게 오래 자다니……. 그런데 물주전자는 어디에 있지? 너, 장난친 거지. 네가 어젯밤에 저기에 놔두었 잖아……."

"물론이지. 너한테 장난을 좀 쳤지. 간수에게 이젠 더 이상 아침 시간에 마테차를 가져오지 말라고 했거든."

"이봐. 네 마음대로 모든 걸 다 하는군. 난 마테차를 가져오 길 바란단 말이야! 그게 오줌일지라도 상관없어."

"넌 아무것도 몰라. 이 감방에서 주는 것을 마시면 다시 병 난단 말이야. 하지만 걱정할 필요 없어. 내가 먹을 것이 있다 면 너도 먹을 것이 있는 거니까. 오늘 변호사가 오기로 되어 있어. 아마 엄마가 함께 올 거야. 그러면 커다란 꾸러미도 가져 올 거야."

"사실대로 말할게. 난 남이 이래라저래라 하는 것은 질색 이야."

"오늘 변호사가 아주 중요한 말을 할 거야. 진심으로 말하 는 건데, 난 항소 따위는 믿지 않아. 하지만 그 변호사가 약 속한 것처럼 든든한 사람과 줄이 있다면, 난 희망을 가질 수 있어."

"제발 그랬으면 좋겠어."

"내가 나가면…… 넌 누구와 함께 감방을 쓸까?"

"벌써 아침 먹었어, 몰라나?"

"아니. 소리를 내면 네가 잠을 깰 것 같아서……."

"내가 2인분 물을 올려놓을게."

"아니야. 넌 침대에 그대로 있어. 넌 지금 회복 중인 환자잖아. 벌써 물이 끓으려고 해."

"네가 이런 일을 하는 건 오늘이 마지막이야."

"어젯밤에 읽은 것에 대해 말해봐."

"지금 뭘 준비하고 있는 거지?"

"깜짝 놀랄 만한 거야. 어젯밤에 읽은 것에 대해서나 말해봐."

"별것 없어. 정치에 관한 것들이야."

"별로 말하고 싶지 않은 모양이네……."

"몇 시에 변호사가 온다고 했어?"

"11시라고 했는데…… 그럼, 지금…… 몰래 숨겨놓은 꾸러미를 여는 거야……. 네가 보지 못하게 숨겨놓았거든……. 아주 맛있는 거야. 차를 마시면서 함께 먹으려고…… 그건 바로 푸딩이야!"

"사양할게. 난 먹고 싶지 않아."

"먹고 싶지 않다니 그게 무슨 소리야! 벌써 물이 끓고 있네. 문을 열어달라고 하고, 화장실 갔다가 빨리 돌아와야 돼. 물이 다 끓었으니까."

"내게 이래라저래라 말하지 마. 제발 부탁이야……."

"흥! 내가 네 응석 좀 받아주게 놔두면 무슨 일이라도 나니?"

"됐어! 제기랄!!!"

"그게 무슨 소리지…… 내가 뭘 잘못했지?"

"입 다물고 있어!!!"

"푸딩이……."

"……."

"왜 그래! 네가 한 짓 좀 보란 말이야……."

"……."

"버너에 석유가 없는데 이젠 어떻게 해. 음식이……."

"……."

"그리고 차는……."

"미안해."

"……."

"이성을 잃었어. 정말 미안해. 용서해 줘."

"……."

"다행히 버너는 부서지지 않았어. 그런데 석유가 전부 엎질러졌으니……."

"……."

"중요한 건 버너인데 망가지지는 않았어."

"……."

"몰리나, 화내서 미안해."

"……."

"병에 있는 석유를 부을까?"

"그래……."

"미안해. 정말이지 용서해 줘."

"용서하고 말고가 어딨어."

"용서해 줘. 내가 아팠을 때, 네가 아니었으면 어떻게 됐을 지도 모르는데……."

"나한테 고마워할 필요는 없어."

"아니야. 고마워해야 돼. 그것도 많이."

"잊어버려. 아무 일도 아니니까."

"아니야, 아무 일도 아닌 게 아니야. 난 지금 창피해 죽겠어."

"……."

"난 짐승만도 못한 놈이야."

"……."

"몰리나, 내가 문 열어달라고 할게. 그리고 이제는 물이 없 으니까 내가 큰 병에 물을 가득 떠올게. 제발 날 좀 쳐다봐. 고 개를 들어봐."

"……."

"지금 물 떠올게. 날 용서한다고 말해줘."

"……."

"용서해 줘, 몰리나."

"……."[19]

---

19) 사회학자인 시몬스(J. L. Simmons)가 자신의 저서 『일탈』에서 인용한 설문조사는 동성애자들이 알코올의존자, 도박 중독자, 사형집행인이었거나 과거에 정신질환을 앓았던 사람들보다도 더 배척의 대상이라는 점을 확인 시켜 준다.

『인간, 도덕과 사회』에서 플루겔(J. C. Flugel)은 동성애자들에 대해 언급하면서, 어렸을 때 엄한 아버지나 어머니를 자신과 매우 동일시하는 사람은 성장하면서 보수적인 주장을 수용하게 되며, 동시에 전체주의 체제를 선호하게 된다고 밝힌다. 즉 이런 사람들은 지도자가 권력을 남용할수록 그를 더 신임하는 애국자가 되며, 또한 엄격한 규율을 지닌 교육제도와 종교 기관뿐만 아니라 전통과 사회계급의 구분을 유지하기 위한 투쟁에 충성심을 느끼게 된다고 지적한다. 반면에 이런 사람은 비정상적인 성행위를 무차별적으로 저주한다. 하지만 어릴 적에 어떤 식으로든—무의식적이나 감정적, 혹은 이성적이든—부모들의 엄한 행동 법칙을 배격한 사람들은 급진적인 주장을 선호하며, 사회계급의 구분을 배격하게 되고, 동성애자들처럼 전통적인 성향을 띠지 않는 사람들을 좀 더 이해하려고 한다.

한편 프로이트는「어느 미국 어머니에게 보내는 편지」에서 동성애는 바람직한 것도 아니지만, 또한 나쁜 것도 아니며, 타락도 아니고, 병적인 현상은 더욱 아니기 때문에 부끄럽게 생각할 필요가 없다고 말한다. 이는 단지 성의 발전 과정에서 특정한 요소가 정지되면서 야기된 성적 기능의 또다른 측면이라고 지적한다. 즉 프로이트는 양성적인 충동이 내포된 유아기의 '다형적 도착증' 단계를 사회, 문화적 억압 덕분에 극복하는 것은 성숙의 표시라고 판단한다. 이 점에 대해 현대의 몇몇 심리분석학파는 다른 의견을 제시하는데, 그들은 '다형적 도착증'의 억압 속에서 공격성으로 대표되는 이상 발달과 같은 기형적인 성격이 주로 발생되고 있음을 지적한다. 마르쿠제는 동성애자의 사회적 기능은 비판적인 철학자의 기능과 유사하다고 본다. 그 이유는 동성애자의 존재는 사회의 억압된 부분의 흔적을 영원히 보여주기 때문이다.

서양에서 볼 수 있는 다형적 도착증의 억압에 대해, 올트먼은 이미 인용된 그의 저서에서 이런 억압은 주로 두 가지 특성을 띤다고 말한다. 첫 번째는 반드시 성으로만 규정할 수 없는 인간 행동에서 관능적인 측면을 모두 제거하는 것이며, 둘째는 인간이 본래부터 지닌 양성적 특성을 부정하는 것이다. 즉 서양사회가 아무런 생각도 없이 이성애만이 정상적인 성관계라고 인정한다는 것이다. 올트먼은 양성적 경향의 억압은 '여성성', '남성성'으로 대별되는 특권적인 역사·문화적 개념을 강제로 이식하는 과정에서 형성된다고 밝힌다. 이 두 개념은 우리의 무의식적 충동을 억압해 우리의 의식 속에서 유일한 행동형태로 자리잡으며, 동시에 수세기 동안 지속되어 온 남성 우위 체제를 유지하는 데 그 목적이 있다. 다시 말하면, 명확히 규정된 성 역할은 어렸을 때부터 습득된다. 올트먼은 남성이 되거나 여성이 되는 것은 무엇보다도 타자에 의해 규정된다고 본다. 남자들은 여자들을 정복하는 능력에 따라 자기의 남성성이 좌우된다고 생각하며, 여자들은 한 남자와 관계를 가지면서 비로소 여성성이 실현된다고 생각한다. 한편 올트먼과 마르쿠제 학파는 서양사회가 가장 바람직한 경쟁 모델로 제시하는 '강한 남성'이라는 상투적 문구를 비난한다. 이 상투적 문구는 교묘하게도 남성이란 존재는 폭력을 통해 획득할 수 있다고 제안하며, 이것이 바로 이 세상에 항상 공격증후군을 출현시키는 주요인이기 때문이다. 마지막으로 올트먼은 현대 사회에서 양성애자의 정체성이 어떤 형태로든 확립되지 않았다는 점을 지적한다. 그러면서 양성은 이성애와 동성애만이 유일한 성의 형태라는 부르주아 사회의 삶의 양태를 위협하기 때문에, 이들 양쪽에서 압력을 받고 있다고 설명한다. 이러한 요인은 아마도 왜 양성이 일반적으로 인정되지 않는가를 설명해 준다고 생각한다. 그리고 얼마 전까지 이상적으로 수용되어 온 계급투쟁과 성 해방 투쟁의 대응관계에 관해, 올트먼은 소련에서 레닌이 사상적으로 성 해방을 찬성하면서 반동성애 법을 철폐했지만, 이 철폐된 법이 스탈린에 의해 1934년에 재도입된다고 지적한다. 그리고 동성애를 부르주아 사회의 타락으로 규정한 편견은 전 세계 모든 공산주의 국가의 기본적인 법사상을 형성한다고 밝힌다.

다른 관점에서 시어도어 로작(Theodore Roszak)은 그의 저서 『반문화의 탄생』에서 성 해방에 관해 언급한다. 거기서 그는 가장 해방이 필요한 여성은 모든 남자가 자신들의 마음속에 가두어 둔 여성상이라고 한다. 로작은 이 사회에서 제거해야 할 억압의 형태는 다름 아닌 바로 이것이라며, 모든 여성들이 가슴속에 품고 있는 남성상의 경우도 이에 해당한다고 주장한다. 그리고 로작은 이러한 해방이야말로 인류 역사에서 성생활의 대변혁을 일으킬 수 있는 성에 대한 재해석을 뜻한다고 주장한다. 이는 성 역할과 관계된 모든 것과 현재 유효하다고 믿고 있는 성 규범의 개념을 재설정해야 한다는 것을 의미하기 때문이다. (원주)

11장

소장 간수, 됐네. 둘만 있게 해주게.

간수 알았습니다, 소장님.

소장 잘 지냈나, 몰라나? 일은 어떻게 되어가나?

피고 예, 덕분에 잘 지내고 있어요.

소장 새로운 소식을 가지고 있나?

피고 별로 없는 것 같아요

소장 아, 그래……

피고 하지만 갈수록 저를 믿고 있는 것 같아요. 그건 틀림
     없는……

소장 음…….

피고 예, 그래요. 그건 확실해요…….

소장 몰라나, 문제는 내가 몹시 압력을 받고 있다는 것이네.

조금 더 말해주지. 그럼 내 입장을 이해할 수 있을걸세. 나한테 압력을 가하고 있는 곳은 다름 아닌 대통령 비서실이라네. 그곳에서 당장 정보를 알아내라고 하고 있단 말일세. 또한 아레기를 다시 한번 취조하라고, 그것도 아주 심하게 취조하라고 압력을 넣고 있네. 이제 내 말을 알아듣겠나?

피고 예, 소장님…… 하지만 며칠만 더 시간 여유를 주세요. 제발 아레기를 취조하지는 마세요. 대통령 비서실에는 아레기가 몹시 쇠약한 상태라고 말해주세요. 그건 사실이니까요. 취조실에서 죽어버리면 안 하느니만도 못하다고 말 좀 해주세요.

소장 좋아, 그렇게 말하지. 하지만 그리 설득력은 없을걸세.

피고 일주일만 더 주세요. 그럼 반드시 어떤 정보라도 캐낼 수 있을 거예요.

소장 몰리나, 모든 정보를 다 알아내야 돼. 가능한 모든 정보를.

피고 갑자기 한 가지 생각이 떠올랐어요.

소장 그게 뭐지?

피고 소장님이 어떻게 생각하실지…….

소장 말해보게.

피고 아레기는 좀처럼 말을 하지 않지만, 반면에 정에 약한 구석도 있어요…….

소장 그런가?

피고 그러니까…… 가령 그가 어떤 사실을 알게 되면……

예를 들자면 간수가 와서 일주일 내로 저를 다른 감방으로 보낼 거라고 말하는 거예요. 제가 사면자 명단에 들어 있다든가, 아니 그보다 좀 더 약하게 제 변호사가 항소했기 때문이라고 하든지, 좌우간 특별한 경우에 포함되어 있다고 하는 거예요. 그럼 아레기는 제가 다른 감방으로 간다고 생각할 거고, 그러면 마음이 약해질 거예요. 어쨌든 저한테 약간은 정이 든 것 같거든요. 그럼 많은 이야기를 해줄 거라는 생각이 들어요……

소장 그렇게 생각하나?

피고 한번 시도해 볼 가치는 있다고 생각해요.

소장 내가 보기엔, 자네가 사면될 가능성이 있다고 말한 것이 실수 같네. 그래서 더 입을 다물고 있는 것 같아.

피고 아니에요. 전 그렇게 생각하지 않아요.

소장 어째서 그렇지?

피고 그러니까…… 그냥 그런 생각이 들어요.

소장 그러지 말고 왜 그런지 이유를 말해보게. 그렇게 생각하는 데는 틀림없이 이유가 있을 테니까.

피고 그건…… 저도 숨긴 게 조금은 있거든요.

소장 그게 무슨 소린가?

피고 제가 형무소를 나가더라도 그가 의심하지 않게 해두었어요. 그의 동료들에게 보복당하지 않게 신경을 썼다는 말이에요.

소장 자네는 그가 동료들과 아무런 연락을 취할 수 없다는 것을 알고 있을 테지.

피고 그건 우리 생각일 뿐이에요.

소장 그가 편지를 보내려면 반드시 우리의 검열을 받아야만
하네. 그런데 자넨 도대체 뭘 그렇게 두려워하는 거야?
자네는 나와의 약속을 어긴 것일세.

피고 하지만 제가 석방될지도 모른다는 사실을 그가 생각
하도록 하는 편이 더 나을 것이라고 확신해요. 그 이
유는…….

소장 그 이유가 뭔가?

피고 아무것도…….

소장 몰리나, 얼른 말해보게.

피고 제가 알고 있는 바로는…….

소장 어서 말해보게. 분명하게 말해보게. 자네가 나한테 분
명하게 말을 하지 않으면, 나도 자네에게 해줄 수 있는
것이 없네.

피고 저…… 아무것도 아닙니다. 정말 별것 아닙니다. 그
냥 느낌인데, 제가 그곳에서 떠난다는 사실을 그가 알
게 되면, 저한테 답답한 마음을 모두 털어놓을 거예
요. 죄수들이란 모두 그렇거든요. 한 친구가 떠나게 되
면……. 더욱더 외롭다는 생각이 들거든요.

소장 알았네, 몰리나. 일주일 후에 여기에서 만나세.

피고 고마워요, 소장님.

소장 하지만 그때는 이런 식으로 말해서는 안 되네. 이런 식
으로 자네가 또다시 말할까 걱정이 되는군.

피고 알았어요, 소장님.

소장 그럼 됐네, 몰리나…….

피고 소장님, 다시 한번 너그럽게 봐주셔야 할 게…….

소장 그게 뭐지?

피고 음식 꾸러미를 들고 감방으로 돌아가는 편이 좋을 듯
싶어요. 괜찮으시다면, 제가 여기에 필요한 것들을 적
은 목록을 드릴게요. 밖에서 기다리는 동안 적은 탓에
글씨가 엉망이에요. 죄송해요.

소장 이것이 정보를 빼내는 데 도움이 될 거라고 생각하나?

피고 정말로 이 이상 도움이 되는 일은 없다고 자신 있게
말씀드릴 수 있어요.

소장 어디, 좀 보여주게.

몰리나에게 건네줄 음식 꾸러미에 들어갈 물건 목록.

우리 엄마가 가져오는 것처럼 전부 한 꾸러미로 담아주기
바람.

바비큐 치킨 2마리

구운 사과 4개

샐러드 1통

생 햄 300그램

통조림 햄 300그램

롤빵 4개

차 한 상자와 인스턴트 커피 1통

식빵 1봉지

구아버 페이스트 2개

오렌지 마멀레이드 1통

우유 1리터와 홀랜드식 치즈

소금, 작은 봉지 1개

과일 칵테일 통조림 4개

푸딩 2개

버터 1개

마요네즈 1병과 종이냅킨

．　．　．　．　．　．　．　．　．　．　．　．

"이것이 생 햄이고 이것은 통조림 햄이야. 난 갓 구운 빵으로 샌드위치를 만들고 싶어. 넌 네가 먹고 싶은 걸 만들어."

"고마워."

"난 이 롤빵을 반으로 잘라서 버터를 조금 바른 다음, 그 안에 통조림 햄을 넣기만 하면 돼. 그리고 샐러드를 조금 먹고 나서 구운 사과를 먹고, 그다음에는 차를 마실 거야."

"아주 기가 막힌 음식인데."

"치킨을 잘라 먹고 싶으면, 지금 먹도록 해. 따뜻하니까 얼른 먹는 게 좋아. 네가 먹고 싶은 대로 먹어."

"고마워, 몰리나."

"이렇게 하는 게 나을 것 같지? 각자가 먹고 싶은 것을 준비하는 거야. 그럼 네가 화를 내지도 않을 테고."

"네가 좋을 대로 해."

"네가 뭘 마시고 싶어 하는지 몰라서 물을 더 끓였어. 마시고 싶은 걸 마셔. 차든 커피든."

"고마워."

"……."

"몰리나, 정말 맛있어."

"과일 통조림도 있어. 하지만 감은 남겨두어야 돼. 내가 제일 좋아하는 것이거든. 파인애플도 있고, 커다란 무화과도 있네. 그런데 이 빨간 것은 뭐지?"

"수박일 거야. 아니야…… 이게 뭐지? 나도 잘 모르겠는데……."

"먹어보면 알 수 있을 거야."

"몰리나…… 아직도 창피해 죽겠어……."

"뭐가 창피하다는 거야?"

"오늘 아침에 내가 너무 심했어."

"바보 같으니라고……."

"받을 줄 모르는 사람은…… 구두쇠야. 그런 사람은 자기 것을 주는 것도 싫어하거든."

"그렇게 생각하니?"

"그래. 계속해서 그 생각을 하다가 얻은 결론이지. 나한테 너무 잘해주었는데도 신경에 거슬렸던 것은…… 내가 너와 똑같이 해줄 수 없어서 그랬던 거야."

"그렇게 생각해?"

"그래, 그래서 그랬던 거야."

"글쎄…… 나도 생각해 봤는데, 갑자기 네가 한 말이 생각났어. 네가 왜 그런 식으로 했는지 난 이제 완전히 알게 되었어."

"내가 너한테 무슨 말을 했는데?"

"너희들이 지금처럼 투쟁하는 동안에는 그 누구와도 정을 나누지 않는 편이 좋다는 말이었어…… 그래, 정을 나눈다는 말은 너무 지나친 표현 같고…… 친구로서 우정을 나누는 편이 바람직하지 않다는 말이었어."

"그건 네가 내 말을 너무 너그럽게 해석한 거야."

"이제 나도 가끔은 네 말을 알아듣는다는 걸 알았지?"

"그래. 하지만 이 경우, 그러니까 우리 두 사람이 갇혀 있는 동안에는 투쟁이란 없어. 누가 누구를 이겨야 하는 전쟁은 없는 거야. 내 말 듣고 있어?"

"그럼. 계속해."

"우리가 외부 세계로부터 너무 많이 억압받고 있어서 문명인답게 행동할 수 없는 걸까? 그런데 외부 세계의 적이 우리를 억압할 수 있을까?"

"이번에는 잘 이해가 되지 않는데……."

"이 세상의 잘못된 모든 것들, 그리고 내가 바꾸고 싶어 하는 것들…… 이런 것들 때문에 내가 한순간도 인간답게 행동하지 못하는 것일까?"

"넌 뭘 만들 거야? 물이 끓고 있어."

"우리 함께 차를 마시자."

"좋아."

"내 말 잘 알아들었는지 모르겠군…… 하지만 여기에는 우리 둘, 그러니까 우리 관계는, 글쎄 뭐라고 말해야 할까? 그래, 우리 관계는 우리가 원하는 대로 만들 수 있어. 우리 관계는 그 누구도 이래라저래라 강요할 수는 없는 거야."

"물론 그렇지. 계속해. 듣고 있으니까."

"어떤 의미에서 우리는 서로 하고 싶은 대로 할 수 있는 완전히 자유로운 몸이야. 알겠지? 여기에 있는 것은 무인도에 있는 것과 마찬가지야. 아마도 여러 해 동안 둘이서 외롭게 지내야만 하는 무인도 말이야. 감방 바깥에는 우리를 억누르는 사람들이 있어. 하지만 이 안에는 그런 사람이 아무도 없어. 여기에서는 누가 누구를 억압할 수 없어. 단지 있는 것이라고는 지쳐 있는, 아니 뒤틀려 버린 내 마음을 괴롭히는…… 어느 한 사람이 아무런 대가도 바라지 않은 채 날 잘 대해주고 있다는 사실이야."

"그 말은 잘 알아듣지 못하겠는데……."

"모른다는 게 말이 돼?"

"어떻게 설명해야 할지 모르겠다는 말이야."

"몰라나, 그런 식으로 말꼬리를 돌리지 마. 가만히 생각해 봐. 그럼 이게 무슨 소린지 알 거야."

"괜히 이상하게 생각할 필요 없어. 내가 너한테 잘해주는 이유는…… 너와 우정을 나누고 싶어서이지…… 애정을 느껴서 그런 것은 아니야. 그건 내가 엄마한테 잘하는 것과 같은 거야. 엄마는 아주 좋은 사람이거든. 남한테 나쁜 짓을 하나도 하지 않았어. 난 엄마를 사랑해. 정말로 좋은 사람이거든. 그리고 엄마가 날 사랑해 주길 바라고…… 너도 아주 좋고 욕심 없는 사람이야. 그래서 숭고한 이상을 위해 목숨을 걸었던 것이고…… 왜 다른 쪽을 쳐다보고 있어? 쑥스러워?"

"그래, 조금…… 이젠 널 똑바로 바라볼게, 됐지?"

"그래서…… 널 존경하고 너한테 정을 느끼는 거야. 그리고 네가 나한테 정을 느끼길 바라고 있어……. 내가 평생 동안 느낀 가장 좋은 감정은 엄마의 애정뿐이었어. 엄마는 날 있는 그대로 받아주고 또 그런 나를 사랑했어. 엄마의 사랑은 하늘이 내려준 선물과도 같았어. 난 그 사랑 때문에 지금까지 살아올 수 있었던 거야."

"빵을 잘라도 될까?"

"그럼, 물론이지……."

"하지만 넌…… 친한 친구들은 없었니? 네가 소중하게 생각했던……."

"있었지. 하지만 내 친구들은 항상…… 나처럼 게이였어. 그리고 뭐라고 할까? 우리는 서로를 아주 믿지는 않아. 서로가 굉장히…… 겁쟁이고 나약한 사람들이라는 사실을 알고 있기 때문이야. 그리고 우리가 원하는 것은…… 우정이야. 우리보다 더 과묵한 남자들과의 우정이란 말이야. 하지만 그런 것은 도저히 이루어질 수 없어. 남자는…… 여자만 원하거든."

"게이들은 모두 다 그런가?"

"아니야. 자기들끼리 사랑하는 사람들도 있어. 하지만 나와 내 친구들은 진짜 여자야. 그런 시시한 장난은 좋아하지 않아. 우리는 남자들과 잠자리를 함께하는 정상적인 여자거든."

"설탕 넣을래?"

"그래, 고마워."

"갓 구운 빵은 정말 맛있어. 이 세상에서 가장 맛있는 음식 중의 하나야."

"정말 맛있는데…… 네게 말해줄 것이 하나 있어."

"그래, 말해봐. 좀비 영화의 끝부분이지?"

"응. 그것도 있지만, 이건 다른 이야긴데……."

"뭔데?"

"변호사가 일이 순조롭게 되어간다고 말했어."

"내 정신 좀 봐! 그걸 물어본다는 것을 그냥 깜빡 잊어버렸군. 변호사가 뭐라고 이야기했지?"

"모든 게 잘 되어가고 있다고 했어. 항소도 받아들여질 것 같다고 했고. 일단 항소하면, 그러니까 그 항소가 받아들여지지 않더라도, 피고인은 형무소의 다른 감방으로 옮겨진다고 했어. 그래서 난 일주일 내로 이 감방에서 나갈 것 같아."

"정말이야?"

"응. 그런 것 같아."

"그 변호사는 어떻게 그걸 알았을까?"

"항소 수속에 필요한 서류를 소장실에 제출했는데, 그곳에서 말해주었대."

"잘됐네……. 아주 기분이 좋겠구나……."

"그 일은 깊이 생각하고 싶지 않아. 너무 기대를 걸고 싶지 않아……. 샐러드 먹어."

"그래도 될까?"

"그럼. 아주 맛있어."

"난 아무 맛도 모르겠어. 그 소식을 들으니 먹고 싶은 마음이 없어졌어."

"그럼, 안 들은 걸로 해. 확실한 것은 아니니까. 나도 안 들은 걸로 할 거야."

"아니야. 일이 잘 풀려나가고 있는 거야. 기뻐해야 할 일이야."

"아직 그렇게 되지 않는 것이……."

"네 일이 잘되고 있다니 몹시 기뻐. 네가 여길 떠나야 하지만, 그리고…… 이런 게 세상일이니까."

"구운 사과 좀 먹어봐. 소화가 잘되는 거야."

"아니야. 그냥 둬. 나중에 먹도록 해. 아니, 내 것만 놔둬. 너는 먹고 싶으면 먹어."

"됐어. 나도 배가 많이 고프지는 않아. 그럼 어떻게 할까……? 좀비 이야기를 끝까지 해주면 배가 고파질지도 모르니까, 조금 뒤에 먹기로 할까?"

"좋아."

"이 영화, 재미있지?"

"그래. 아주 재미있어."

"처음엔 잘 생각이 안 났는데, 지금은 기억이 나."

"그래…… 잠깐만 기다려. 사실은…… 몰라, 어찌 된 일인지 모르겠는데 갑자기…… 머리가 복잡해지기 시작했어."

"왜 그래? 어디가 아파? 배가 아파?"

"아니야. 머릿속이 이상해졌어."

"왜 머리가 복잡해졌는데?"

"나도 모르겠어. 네가 여기서 나간다는 것 때문에 그럴 거야. 나도 잘 모르겠어."

"그렇구나……."

"잠깐만 침대에 누워 쉬어야겠어."

"그래. 누워서 쉬도록 해."

"그럼 조금 있다 보자."

"그래, 잘 자."[20]

---

20) 프로이트가 유아기적 리비도를 '다형적 도착증'이라고 일컬은 것 ─ 어린아이가 무차별적으로 자기의 신체와 그 외의 다른 것들에게서 쾌락을 느끼는 것 ─ 은 브라운과 마르쿠제 같은 최근의 학자들도 수용하는 주장이다. 하지만 이미 지적한 바와 같이, 이 학자들은 프로이트와 차이점을 지니고 있다. 프로이트는 리비도가 부분적으로 승화되어 생식기 단계에서 결정적으로 이성애적 방향으로 나아간다면서 긍정적으로 평가한 반면에, 최근의 사상가들은 다형적 도착증과 관능화의 문제를 단순히 생식기적인 성이 아니라 그 이상으로 회귀시키는 경향이 있다.

페니켈은 어쨌거나 서양 문명은 여자아이나 남자아이에게 각각 그들이 성적으로 모방하면서 동일시할 수 있는 인물로 어머니와 아버지의 모델을 강요하고 있다고 밝힌다. 또한 페니켈은, 동성애 성향은 일반적인 생각과는 달리, 어린아이가 반대 성(性)의 부모와 자신을 동일시할수록 그 가능성은 더욱 높아진다고 지적한다. 따라서 어머니의 행동 모델에 만족하지 못하는 여자아이나 아버지의 행동 모델에 만족하지 못하는 남자아이는 동성애의 가능성이 매우 커지는 것이다.

여기에서 덴마크의 의사인 아넬리 타우베(Anneli Taube)가 쓴『성과 혁명』같은 최근의 저술을 언급할 필요가 있다. 타우베는 억압적인 아버지 ─ 폭력적이고 전제적인 남성적 태도의 상징 ─ 를 경험한 적이 있는 예민한 남자아이는 그런 아버지를 배척하는데, 이것은 의식적인 행위라고 밝힌다. 즉 그런 아버지가 보여주는 세계 ─ 무기의 사용, 극단적인 경쟁을 유발하는 스포츠, 감수성을 여성의 속성이라고 경멸하는 것 ─ 에 집착하지 않기로 결정하는 순간, 그 남자아이는 자유로운 결정을 하고 있는 것이며, 심지어는 착취자라는 강자의 역할을 거부하기 때문에 가히 혁명적이라고까

. . . .

"몰라나…… 몇 시지?"

"7시가 조금 지났어. 벌써 저녁 배식을 하는 소리가 들렸어."

"아무것도 할 수가 없어…… 전깃불을 끌 때까지는 한 시간 쯤 남았으니까 이 시간을 잘 활용해야겠어."

"물론, 그래야지."

지 말할 수 있다고 서술한다. 그러나 이런 남자아이는 서양 문명이 아이에게 결정적인 영향을 끼칠 수 있는 유아기, 특히 3~5세 사이에 아버지의 세계가 아닌 어머니의 행동 모델이 대안으로 제시된다는 사실을 알 수 없다. 사랑과 관용과 예술의 세계인 어머니의 세계는 아버지와 같은 공격성이 존재하지 않는다. 따라서 어린 남자아이는 어머니의 세계를 더욱 매력적으로 느끼게 된다. 하지만 어머니의 세계도 독단적인 남성과 부부관계를 형성하고 있다. 이런 남자는 결혼을 단지 여자가 남자에게 종속되는 관계로 인식한다. 바로 여기에서 남자아이는 직감적으로 실망을 맛보게 된다. 반면에 어머니의 세계에 집착하지 않으려는 여자아이의 행동은 순종적인 어머니의 역할을 치욕적이며 반자연적으로 인식하면서 거부할 것이다. 이런 여자아이의 행동 역시 어머니의 순종적인 역할이 없다면, 서양 문명에는 억압자만이 있을 것이라는 사실을 간파하지 못한다. 그러나 이런 여자아이나 남자아이의 반항적 행동은 두말할 나위 없이 그들의 용기와 긍지를 보여준다.

한편 타우베 박사는 서양의 부부가 일반적으로 이런 착취 체제로 구성되어 있지만, 왜 아직까지 앞에서 언급한 현상이 보편화되지 않았는가를 자문해 본다. 여기에서 타우베 박사는 완충 역할을 하는 두 요소를 도입한다. 첫째는 교육을 받지 못해 지적으로 떨어진 여자가 가정에서 남편보다 열등한 존재일 경우에 나타나는데, 이런 현상은 남편의 말로 표현되지 않는 권위를 합리화할 수 있다는 것이다. 두 번째 요소는 남자아이 혹은 여자아이의 지성과 감수성이 뒤늦게 발달되어 이런 상황을 적절히 포착하지 못한다는 것이다. 반대로 이런 의견은 한 가정에서 아버지가 제대로 교육을 받지 못한 반면 어머니는 지식인이면서 종속된 경우, 감수성이 아주 예민하고 지

"하지만 머리가 제대로 돌아가질 않아."

"그럼 쉬도록 해."

"아직 영화 이야기가 끝나지 않았지."

"듣고 싶지 않다고 했잖아."

"이야기를 제대로 이해하지도 못한 채 대충 듣는 게 미안해서 그랬던 거야……."

"넌 말하고 싶어 하지도 않았어."

적으로 조숙한 남자아이는 거의 어머니의 모델을 선택할 것임을 암시한다. 마찬가지로 여자아이는 이런 어머니의 모델을 거부할 것이다.

그리고 왜 똑같은 가정에서 동성애자인 아들과 이성애자인 아들이 생기는가에 대한 의문에 타우베 박사는 모든 사회조직에 역할 분담의 경향이 있다는 사실을 지적한다. 이런 경향으로 인해 자식들 중의 하나가 부모와의 갈등을 책임지게 되면, 다른 형제들은 이미 어느 정도 중립화된 영역에 있게 된다.

또한 타우베 박사는 동성애의 주요 동기를 평가하고 동성애의 혁명적인 반항을 그 특성으로 지적한 다음, 다른 행동 모델이 없기 때문에,──이 점에서 양성적 행동 모델이 없기 때문에 양성적 행위가 일반적이지 않다는 올트먼의 의견과 일치한다── 미래의 남성 동성애자들은 억압적인 아버지의 결점을 거부한 다음, 아버지와는 다른 행동 모델과 자신을 동일시하려고 고민하다가, 결국 자기 어머니처럼 종속적이 되는 것을 '습득'한다고 설명한다. 여자아이의 과정도 이와 동일하다. 즉 착취를 거부하고 따라서 순종적인 어머니를 증오하지만, 사회적 압력을 받아 점차로 억압적인 아버지의 역할을 '습득'해 간다는 것이다.

다섯 살 이후부터 사춘기까지 일반적인 아이들과는 '상이한' 남자아이와 여자아이에게는 본래부터 양성 사이에서 방황하는 현상이 일어난다. 하지만 가령 아버지와 자기 자신을 동일시하는 남성화된 여자아이는 성적으로 남성에게 매력을 느끼지만, 전통적인 남성이 강요하는 수동적인 인형과 같은 역할을 수용하지 않으려 하고 이런 수동성을 부자연스럽게 느낀다. 그러면서 자기의 불안을 극복하는 유일한 방법으로 남성적 역할을 발전시켜 다

"내가 무슨 말을 해야 할지 모를 때는 말하기가 싫어서 그 랬던 거야. 쓸데없는 소리는 지껄이고 싶지 않거든. 너도 알겠 지만……."

"그럼 쉬도록 해."

"영화 나머지 부분을 이야기해 주는 게 어때?"

"지금 말이야?"

"그래."

른 여자들과 함께 지낸다. 한편 어머니와 자기 자신을 동일시하는 여성화된 남자아이는 성적으로 여성에게 매력을 느끼지만, 전통적인 여성이 요구하 는 과감한 공격자의 역할을 수용하지 않고 오히려 이런 공격성을 부자연스 럽게 느낀다. 그리고 여성적 역할을 발전시켜 다른 남자들과 함께 지낸다.

이렇게 아넬리 타우베 박사는 얼마 전까지 대다수의 동성애자들이 해왔 던 모방적인 행위를 해석한다. 그들은 특히 이성애자들의 결점을 모방한다. 남성 동성애자들의 특징은 순종적이고 보수적이며 어떠한 대가를 치르더라 도, 특히 자기가 영원히 소외되는 한이 있어도, 평화를 사랑한다. 반면에 여 성 동성애자들의 특징은 그들의 정신이 근본적으로는 무질서하지만, 일반 적으로 무정부주의적이며 과격할 정도로 반항적임을 보여준다. 하지만 이 런 두 가지 행동은 모두 동성애자들이 깊이 생각한 결과가 아니라, 유아기 와 사춘기와 그 후의 기간에 강제적이며 부르주아적인 이성애자들의 행동 모델을 통해 점차로 세뇌된 것이다. 즉 그들은 동성애를 받아들이면서 동성 애의 부르주아적 모델을 채택하는 것이다.

이런 편견이나 정당하다고 보이는 의견은 계급해방 투쟁을 비롯해 일반적 으로 모든 정치 활동에서 동성애자들을 소외시키는 계기가 되었다. 사회주 의 국가들이 동성애자들을 불신한다는 것은 익히 알려진 사실이다. 그러나 타우베 박사가 근거로 내세우고 있다시피, 대부분의 이런 현상들은 여성해 방운동이 급작스럽게 출현한 1960년대부터 바뀌기 시작한다. 성적으로 소 외된 사람들이 획득하기 불가능하면서도 끈질기게 모방해 왔던 모델인 '강 한 남성'과 '약한 여성'의 역할에 대한 평가가 권위를 상실했기 때문이다. 그 후에 형성된 동성애자 해방 전선은 이러한 증거의 하나이다. (원주)

"듣고 싶다면 해줄게."

"책을 조금 읽어보았는데, 무엇을 읽었는지조차 모르겠어.

"어디까지 말했는지 기억도 나질 않아. 우리 어디까지 했었지?"

"몰라나, 뭘?"

"영화 말이야."

"신부가 정글에 혼자 있는데 북소리가 들려왔어."

"아, 그랬지……. 한낮의 햇빛이 정글에 쏟아지고 있었어. 신부는 을씨년스럽게 북소리가 나는 곳으로 가보기로 했어. 그쪽으로 가다가 신발 한 짝을 잃어버렸지. 그리고 넘어져서 블라우스가 찢어지고 얼굴은 흙투성이가 되었어. 가시나무 숲을 지날 때는 치마가 갈기갈기 찢어졌지. 부두교 의식을 행하는 곳으로 다가가자, 대낮이었는데도 컴컴해지기 시작했어. 불빛이라고는 촛불밖에 없었어. 촛불로 가득 찬 제단이 있었는데, 다른 것은 하나도 없이 촛불만 켜져 있었어. 그리고 제단 밑에는 가슴에 바늘이 꽂힌 헝겊 인형이 하나 놓여 있었지. 남편과 똑같이 생긴 인형이었어. 그곳에 모여 있던 흑인 남자들과 여자들이 기도하고 있었는데, 모두가 하나같이 커다란 슬픔에 복받쳐 가슴 깊은 곳에서 나오는 소리를 지르고 있었어. 신부는 그곳을 쳐다보면서 마법사를 찾기 시작했어. 그를 쳐다본다는 것이 무척 두려웠지만, 그가 어떤 사람인지 보지 않고는 못 배길 것 같았어. 북소리는 갈수록 성난 듯이 울려댔고, 흑인들은 점점 더 크게 소리를 질러댔어. 신부는 흙투성이였고 헝클어진 머리에, 옷 상태도 엉망진창이었지. 기도를 하던 사람들은 둥글게 원을 그리며 앉아 있었어. 신부는 원 한쪽에 앉았어. 갑자기 북소리가 멈추자, 사람들은 신음소리 조차 내지 않았어. 그때 열대의 정글에서 차가운 바람이 일더 니 마법사가 나타났어. 그는 다리까지 내려오는 흰색의 긴 옷 을 입고 있었어. 하지만 옷의 가슴 부분은 벌어져 있었어. 곱 슬곱슬한 털로 뒤덮인 젊은 사람의 가슴이었어. 하지만 얼굴 은 늙은이였어. 그런데 그는…… 바로 농장 관리인이었어. 심 술궂고 위선에 찬 표정을 지으면서 그곳에 모여 있는 흑인들 모두에게 축복을 내렸어. 그러고 나서 마법사는 한쪽 손으로 북을 치고 있던 사람들에게 신호를 했지. 그러자 다른 리듬 의 북소리가 울리기 시작하는 거야. 이번에는 완전히 악마의 소리 같았어. 마법사는 욕정을 품은 눈으로 그녀를 노골적으 로 쳐다봤지. 손으로 마술을 부리는 듯한 시늉을 하더니 그 녀를 뚫어지게 바라보았어. 최면을 걸기 위해서 그랬던 거야. 신부는 그의 마법에 빠지지 않도록 고개를 다른 쪽으로 돌렸 어. 하지만 그 마법의 힘을 이겨내지 못하고 서서히 고개를 돌 렸지. 마침내 마법사를 정면으로 쳐다보게 되었고, 그녀는 최 면에 걸리고 말았어. 북소리가 울려 퍼지는 가운데 그녀는 마 법사가 있는 곳까지 걸어가기 시작했어. 이 북소리는 더할 수 없이 선정적인 리듬이었어. 그러자 흑인들이 모두 황홀의 경 지에 들어가더니 무릎을 꿇고 머리를 땅에 닿을 정도로 뒤로 젖혔어. 그녀가 마술사가 손을 뻗으면 닿을 만한 거리까지 다 가오자, 허리케인과 같은 강한 바람이 불더니 촛불을 모두 꺼 버렸어. 대낮이었는데 칠흑같이 어두워졌어. 마법사는 그녀의 허리를 감싸고는 손으로 가슴을 더듬기 시작했어. 그런 다음 양쪽 뺨을 어루만지더니 팔을 끼고 그 오두막집으로 데려가려고 했어. 그런데 거기서…… 어떻게 됐더라? 미안해. 하지만 잘 생각이 나질 않아. 아 참, 그랬지. 신부가 마차를 타고 가는 것을 본 마음씨 착한 흑인 여자는 신부의 남편을 찾아다녔어. 마침내 남편을 찾자, 마법사가 그를 보고 싶어 한다면서 끌고 갔어. 왜 그랬냐면 그 흑인 여자는 바로 마법사의 아내, 그러니까 농장 관리인의 아내였기 때문이야. 신부는 자기 남편이 오는 것을 보자, 최면에서 깨어났어. 흑인 여자가 마구 소리를 질렀거든. 그때 신부는 막 오두막집으로 들어가려는 찰나였어."

"계속해. *가난한 자가 부자에게 동냥을 준다. 부자는 가난한 사람에게 동냥을 달라고 애원한다. 그러고는 비웃는다. 가짜 동전밖에는 줄 수 없다면서 가난한 사람들을 비웃고 욕을 한다.*"

"그녀와 남편은 지프를 타고 집으로 돌아오고 있었어. 두 사람 중 어느 누구도 말을 하지 않았어. 물론 남편은 아내가 이미 모든 사실을 알고 있다는 것을 눈치챘지. 그들은 집에 도착했어. 그녀는 이런 모든 일을 수습하기 위해 최선을 다하고 있으며, 아내로서의 임무도 게을리하지 않고 있다는 사실을 보여주고 싶었어. 그래서 집에 도착하자마자 부엌에 가서 먹을 것을 준비하라고 하녀에게 시켰지. 마치 아무 일도 없었던 것처럼 말이야. 그런데 부엌에서 돌아와 보니 남편은 다시 술을 마시고 있었어. 그녀는 남편에게 마음이 약해지면 안 된다고 애원했어. 그리고 둘이 힘을 합해서 그들의 결혼을 꿋꿋이 지켜나가자면서, 그들 둘은 서로 사랑하고 있으며, 함께라면 어떤 장애물이 있어도 싸워서 이길 수 있을 것이라고 했어. 하지만 그는 아내를 확 밀치고는 바닥에 쓰러뜨렸어. 두 사람이 그러는 동안 마법사는 여자 좀비가 있는 버려진 집으로 갔어. 그곳에서는 착한 흑인 여자가 여자 좀비의 시중을 들고 있었지. 그 흑인 여자는 다름 아닌 마법사의 아내였어. 지금은 나이를 먹어서 그런지 마법사는 그녀를 함부로 다루었지. 마법사는 그녀에게 오두막집에서 나가라고 명령했어. 하지만 흑인 여자는 그에게 더 이상 여자 좀비를 나쁜 일에 사용하게 놔두지 않겠다고 말했어. 그러고는 단도를 꺼내 마법사를 찌르려고 했어. 그러나 마법사는 단도를 쥐고 있던 그녀의 손목을 비틀어 단도를 빼앗고는, 그녀의 가슴을 찔러 죽여버렸어. 여자 좀비는 꼼짝도 하지 않고 있었어. 비록 자기 뜻대로 행동할 수는 없지만 그녀의 눈에는 아주 큰 고통이 서려 있다는 것을 알 수 있었어. 흑인 여자를 죽이고 나자 마법사는 여자 좀비에게 자기를 따라오라고 명령했어. 그리고 여자 좀비에게 아주 지독한 거짓말을 했어. 그녀의 남편은 아주 나쁜 놈이며, 그가 바로 그녀를 좀비로 만들라고 명령한 놈이라고 했어. 또 지금 두 번째 아내도 똑같이 좀비로 만들려고 하고 있으며, 그녀를 아주 혹독하게 다루고 있다고 말했어. 그래서 그의 나쁜 짓에 종지부를 찍기 위해 그녀, 그러니까 여자 좀비가 남편의 집에 가서 그 칼로 남편을 죽여야 된다고 했어. 여자 좀비의 눈은 마법사의 말을 믿지 않는 듯한 표정이었어. 하지만 그녀는 자기의 뜻대로 할 수 없었기 때문에 마법사의 말에 복종하는 수밖에 없었지. 마법사와 여자 좀비는 집에 도착해서 아주 천천히 아무도 눈치채지 못하게 정원으로 들어갔어. 이미해가 질 무렵이 되어 정원은 어슴푸레했어. 여자 좀비는 큰 창문으로 남편이 술에 취해 신부에게 큰 소리를 지르면서 어깨를 잡고는 밀어서 바닥에 쓰러뜨리는 광경을 보았어. 마법사는 여자 좀비의 손에 단도를 쥐여주었지. 남편은 술을 더 마시려고 했지만, 술병은 이미 비어 있었어. 그러자 술병에 남아 있는 마지막 한 방울이라도 더 마시려고 술병을 마구 흔들어 댔어. 여자 좀비는 마법사의 명령에 복종할 수밖에 없었어. 농장 관리인은 여자 좀비에게 집 안으로 들어가 남편을 죽이라고 명령했지. 여자 좀비는 천천히 앞으로 나아갔어. 하지만 그녀의 눈에서는 아직도 그를 사랑하고 있으며 그를 죽이고 싶지 않은 마음을 볼 수 있었어. 그러나 명령을 피할 도리는 없었어. 남편은 그녀가 들어오는 모습을 보지 못했어. 그런 일이 벌어지는 동안 농장 관리인은 신부를 불렀어. 아주 정중하게 사모님이라고 했지. 신부는 자기 방으로 들어가 문을 잠가버렸어. 그때 '악' 하는 남편의 비명소리가 들렸어. 여자 좀비가 그를 찔렀던 거야. 신부는 방에서 뛰쳐나갔어. 술에 취해 소파에 쓰러진 채 남편의 숨은 꺼져가고 있었어. 그의 눈은 상상도 못 할 정도로 슬퍼 보였어. 즉시 농장 관리인이 들어와 하인들을 불러 모았어. 그들을 이 살인 현장의 증인으로 만들고 나서 자기는 교묘하게 빠져나오기 위해서 그랬던 거야. 하지만 청년은 숨을 거두면서 여자 좀비에게 자기는 그녀를 무척 사랑했으며, 이런 모든 재앙은 섬의 주인이 되어 모든 재산을 송두리째 빼앗으려는 못된 마법사 때문에 생긴 거라고 말했어. 그리고 여자 좀비에게 오두막집으로 돌아가 문을 잠근 다음에 불을 지르면, 어느 누구도 사악한 목적을 위해 그녀를 더 이상 도구로 사용하지는 못할 거라고 했어. 하늘은 어두웠지만, 다가오고 있는 폭풍을 알려주기라도 하듯이, 가끔 번개가 쳐서 그 집을 환하게 비추었지. 남편은 거의 숨이 꺼진 상태에서 그곳에 들어와 있던 하인들에게 그들의 부모는 대부분 사악한 마법사에게 희생되었으며, 그 마법사가 그들의 부모를 좀비로 만들었다고 말했어. 그러자 그곳에 있던 모든 사람이 증오의 눈초리로 마법사를 노려보았지. 마법사는 슬슬 뒷걸음질을 치더니 정원으로 빠져나갔어. 그러고는 도망치려고 했어. 그날 밤에는 무서운 폭풍우가 휘몰아쳤어. 거센 바람이 불었고, 갑자기 번개가 번쩍거리면서 대낮처럼 사방을 밝게 비췄어. 마법사는 목숨을 지키기 위해 권총을 꺼내 들었지. 그러자 뒤쫓던 하인들이 그 자리에 멈추어 섰어. 그런데 정원으로 나온 마법사가 이젠 살았다고 생각하면서 도망치려고 할 때, 귀를 쩌렁쩌렁 울리는 천둥과 함께 번개가 마법사 위로 떨어졌어. 잠시 후 날씨가 개었어. 낡은 오두막집으로 가는 여자 좀비를 본 사람은 아무도 없었어. 그때 배가 떠나는 것을 알리는 뱃고동 소리가 울렸어. 신부는 급히 자기 물건들을 가방에 챙기고는 배로 달려갔어. 뒷일은 모두 하인들에게 맡겼지. 그녀는 이 섬에서 일어났던 모든 일을 잊고 싶었어. 배가 막 트랩용 널빤지를 거두고 있을 때, 신부는 배에 도착했어. 선장은 뱃머리에서 그녀를 보고 있었어. 다행히 처음에 만났던 잘생긴 선장이었어. 배는 밧줄을 풀고서 해변의 불빛을 뒤로한 채 멀어지기 시작했어. 신부가 객실에 있는데, 누군가가 문을 두드렸어. 문을 열어보니 선장이었지. 그는 신부에게 섬에서 행복하게 지냈느냐고 물었어. 그녀가 행복하지 않았다고 대답하자 선장은 그녀가 도착한 날에 들리던 북소리는 고통과 죽음을 알리는 소리였다고 말했어. 그녀는 이제 더 이상 그 북소리는 들리지 않을 것이라고 했지. 그때 선장이 조용히 하라고 했어. 이상한 소리가 들렸기 때문이야. 두 사람은 갑판으로 나갔어. 그러자 아주 아름다운 노랫소리가 들려오는 거야. 선창가로 몰려나온 수백 명의 섬 주민들이 그녀를 위해 부르는 노래였지. 그 노래는 애정과 감사의 마음을 가득 담은 작별의 노래였어. 신부는 너무 감격해서 몸을 떨고 있었어. 그러자 선장은 팔로 그녀의 등을 가볍게 감싸면서 안아주었어. 그런데 마을에서 멀리 떨어진 섬 저쪽에서 커다란 불길이 치솟았어. 신부는 그 불 속에 여자 좀비가 타고 있다는 사실을 떠올리자, 몸 전체에 식은땀이 흐르고 떨렸어. 그래서 마음을 진정시키기 위해 선장을 껴안았어. 선장은 이제 모든 것이 끝났으니 겁낼 것 없다고 말했어. 그리고 섬 주민 전체가 부르는 사랑의 노래는 영원한 이별을 담고 있지만 동시에 행복에 가득 찬 미래를 예언해 주고 있다고 말했어. 이제 끝. 영화는 이렇게 끝났어. 어때, 맘에 들었어? *그 병동에서 가장 위독했던 환자는 이제 위험에서 벗어났다. 간호사는 조용히 잠자고 있는 그를 밤새도록 지켜볼 것이다.*"

11장

303

"그래, 아주 마음에 들어. 부자는 가난한 사람들에게 자신의 돈을 나누어주면 편안히 잠을 잘 수 있다."

"휴우……."

"무슨 한숨이 그래!"

"이놈의 생활, 너무 힘들어……."

"몰리나, 도대체 왜 그래?"

"나도 모르겠어. 모든 것이 두려워. 내가 석방될지 모른다는 꿈을 꾸는 것도 두렵고, 석방되지 않을지도 모른다는 것도 두려워. 하지만 내가 제일 두려워하는 것은 우리를 서로 헤어지게 한 다음, 나를 다른 감방으로 옮겨서 평생 동안 그곳에서 썩게 하지는 않을까 하는 거야. 그리고 내 감방 동료로 어떤 뻔뻔스러운 놈이 걸릴지도 모르고……."

"그런 건 생각하지 마. 그런 편이 훨씬 나아. 우리 힘으로 할 수 있는 건 아무것도 없으니까."

"발렌틴, 난 그 의견에 동의할 수 없어. 오히려 우리 둘이 머리를 짜내면 무슨 좋은 방법이 있을 것 같아……."

"무슨 방법?"

"적어도…… 우리 둘이 헤어지지 않을 수 있는 방법 말이야."

"음…… 너무 괴로워하지 말아. 그러지 말고 다른 걸 생각해 봐. 네가 나가는 것은 모두 어머니를 돌보기 위해서라는 점을 생각하란 말이야. 너한테 가장 중요한 것은 네 어머니의 건강이야, 그렇지?"

"물론, 그렇긴 하지만……."

"그 생각만 하도록 해. 그럼 괜찮아질 거야."

"안 돼. 그 생각만 할 수는 없어……. 안 돼!"

"이봐…… 왜 그래?"

"아무것도 아니야……."

"자, 그렇게 있지 말아. 베개에서 얼굴 좀 들어……."

"싫어……. 그냥 날 내버려 둬."

"도대체 왜 그래? 나한테 숨기는 것 있지?"

"아니야. 너한테 숨기는 건 아무것도 없어……. 하지만 그게……."

"그게 뭔데? 여기서 나가면 넌 자유의 몸이야. 사람들도 마음대로 만날 수 있고, 네가 원한다면 정치집단에도 들어갈 수 있어."

"너 무슨 소리 하는 거야? 난 게이라서, 사람들은 날 믿지 않을 거야……."

"누구를 만나면 되는지도 말해줄 수 있어……."

"아니야. 네가 아무리 말하고 싶어도 절대로 말하지 마. 내 말 알아들었지? 네 동료들에 대해서는 아무 말도 하지 마."

"왜 그래? 네가 내 동료들을 만나리라고는 아무도 생각하지 못할 거야."

"아니야. 날 취조할 수도 있단 말이야. 아무것도 모르면, 아무 말도 할 수 없으니까."

"어쨌든 정치 활동을 하는 그룹은 수없이 많이 있어. 만일 마음에 드는 단체가 있다면 넌 그 단체에 가입할 수 있어. 비록 말만 지껄이는 단체에 불과한 것들이지만."

"난 그런 건 전혀 몰라."

"넌 진짜 친구, 그러니까 친한 친구가 없다는 게 사실이야?"

"그래, 사실이야. 나처럼 게이인 친구들은 있지만, 전부 웃고 즐기면서 시간을 보내는 데 필요한 친구들이야. 하지만 어려운 상황에 처하면…… 서로 도망가기 바빠. 전에 그 친구들이 어떤 부류의 사람들인지는 말해주었지. 상대에게서 자기 모습을 발견하면 당장 놀라서 도망쳐. 암캐처럼 서로 풀이 죽게 만들지. 네가 생각하는 것 이상으로 말이야."

"여길 나가면 달라질 수 있어."

"아니야, 달라지지 않을 거야……."

"자, 울지 마. 그러지 마…… 네가 우는 걸 본 게 벌써 몇 번째인지 알아……? 물론 나도 한 번 콧물을 훌쩍거리며 울긴 했지만…… 이제 됐어……. 네가 울면…… 나도 심란해진단 말이야."

"울음을 멈출 수가 없어……. 왜 나한테는 괴롭고 슬픈 일만 생기는 걸까……."

"벌써 불을 끄나?"

"그럼. 뭘 생각하고 있었어? 벌써 8시 반이야. 오히려 잘됐어. 내가 우는 모습을 볼 수 없을 테니까."

"몰리나, 영화 때문에 시간이 금방 지나가 버렸어."

"오늘 밤 난 잠을 잘 수 없을 것 같아."

"내 말 잘 들어. 내가 널 도와줄 수 있을 것 같아. 이 문제를 이야기해 보자. 혼자 외톨이가 되지 않기 위해서는 무엇보다도 그룹에 참여해야 돼. 아마 너에게 큰 도움이 될 거야."

"누구와 함께 그룹을 만들라는 거야? 난 그런 문제는 하나도 이해할 수 없어. 그리고 그렇게 하리라고 믿지도 않아."

"그럼 외롭더라도 꾹 참고 있어야지."

"더 이상…… 더 이상 그 문제는 말하지 않는 게 좋겠어."

"몰리나, 그러지 마……."

"아니야, 제발 부탁인데…… 날 만지지 마."

"네 친구가 어깨도 칠 수 없다는 거야?"

"기분이 더 울적해져서 그래……."

"왜 그래? 자, 말해 봐. 이제 서로 속마음을 털어놓을 시간이야. 몰리나, 정말로 난 너를 도와주고 싶어. 왜 마음이 울적해지는지 말해 봐."

"그냥 죽고 싶을 뿐이야. 그게 유일한 소원이야."

"그런 말은 하지 마. 네가 죽으면, 어머니와…… 친구와 내가 얼마나 슬퍼할지 생각해 봐."

"네가? 너는 전혀 개의치 않을 텐데……."

"개의치 않는다고! 무슨 소릴 그렇게……."

"발렌틴, 난 지쳤어. 고통받고 참는 게 이젠 지겨워 죽겠어. 내 몸 안이 모두 아픈 걸 넌 모를 거야."

"어디가 아픈데?"

"가슴, 그리고 목 안쪽이…… 왜 슬픔은 항상 그 부분에서 느껴지는 것일까?"

"그건 사실이야."

"그런데 지금 너는…… 울고 싶은데, 울지 못하게 했어. 난 계속해서 울 수도 없어. 더군다나 목뼈 마디마디가 꽉 조여드는 것 같아. 너무 괴로워."

“……”

“……”

“몰라나, 네 말이 맞아. 슬픔은 바로 그 부분에서 느껴지는 거야.”

“……”

“심한 것 같아? 마디마디가 심하게 조여오는 것 같아?”

“응.”

“……”

“……”

“아픈 데가 여기야?”

“응……”

“조금 만져줄까?”

“응……”

“여기는?”

“거기도……”

“좀 괜찮아?”

“응…… 좀 나아진 것 같아.”

“나도 괜찮아졌어.”

“정말이야?”

“마음이 가라앉는 것 같아.”

“발렌틴, 왜 마음이 가라앉았어?”

“나도 잘…… 모르겠어.”

“왜 그럴까?”

“아마 내 생각을…… 하지 않아서 그렇겠지.”

"그 말을 들으니 기분이 몹시 좋은데."

"네가 날 필요로 하고 있고, 나도 널 위해서 무언가를 할 수 있다고 생각해서 그런 게 틀림없어."

"발렌틴…… 넌 항상 모든 것에 이유를 달려고 해……. 너도 제정신이 아닌 것 같은데……."

"될 대로 되라는 식은 싫어서 그럴 거야……. 난 항상 만사가 어째서 그런지 알고 싶거든."

"발렌틴…… 널 만져도 될까?"

"응……."

"널 만지고 싶어……. 이 점…… 눈썹 위에 있는 것은 꽤 크네."

"……."

"이렇게 만져도 돼?"

"……."

"이렇게 해도 괜찮아?"

"……."

"내가 애무해도 역겹지 않을 것 같아?"

"응……."

"넌 너무 좋아……."

"……."

"정말이지 넌 나한테 너무 잘해줘……."

"아니야. 좋은 사람은 바로 너야."

"발렌틴…… 네가 원한다면 날 마음대로 해도 괜찮아……. 난 하고 싶어."

11장

"……."

"네가 언짢게 생각하지만 않는다면."

"그런 말은 하지 마. 조용히 있는 게 좋을 것 같아."

"내가 벽 쪽으로 조금만 갈게."

"……."

"어두워서 아무것도, 정말 아무것도 안 보여."

"……."

"천천히, 살살……."

"……."

"아니야, 그렇게 하면 아파."

"……."

"잠깐 기다려. 아니야. 그래, 그렇게 하는 게 좋아. 다리를 들게."

"……."

"그렇게……."

"……."

"고마워…… 정말 고마워……."

"나도 너한테 고맙게 생각해……."

"아니야. 내가 너한테 고맙다고 해야지…… 이제야 네가 내 앞에 있게 되었어. 어두워서 잘 보이지는 않지만 말이야. 아아…… 아직 아파……."

"……."

"이젠 괜찮아. 발렌틴, 난 이제야 느껴지기 시작해……. 이젠 안 아파."

"이게 더 좋아?"

"응……."

"……."

"발렌틴, 넌 어때? 말해봐……."

"모르겠어……. 묻지 마……. 아무것도 모르겠어."

"아아, 나는 너무 좋아……."

"말하지 마……. 몰리나, 잠깐만이라도."

"그런데 이 느낌…… 정말 이상해……."

"……."

"나도 모르게 내 눈썹에 손이 갔어. 점을 찾느라고."

"무슨 점! ……점이 있는 건 나지, 네가 아니야."

"알아, 알고 있어. 하지만 손이 자꾸 내 눈썹으로 가. 있지도 않은 점을 만지려고 말이야……."

"……."

"그 점, 너한테 너무 잘 어울려. 제대로 볼 수 없는 게 유감이지만……."

"……."

"발렌틴, 흥분하고 있는 거야?"

"조용히 해……. 잠시 아무 말도 하지 마."

"……."

"……."

"또 어떤 느낌이 들었는지 알아, 발렌틴? 아주 짧은 순간이었지만."

"뭔데? 말해봐. 그렇게 입 다물고 있지 말고……."

"아주 짧았지만, 내가 여기에 있다는 느낌이 들지 않았어……. 여기도 아니고 밖도 아닌 것 같은 그 어떤 느낌……."

"……."

"나는 없고…… 너 혼자만 있는 것 같았어."

"……."

"내가 아닌 것 같았어. 지금 난…… 네가 된 것 같아."

12장

"안녕……."

"안녕…… 발렌틴."

"잘 잤어?"

"응……."

"……."

"발렌틴, 넌 어땠어?"

"뭐가?"

"잘 잤느냐고……."

"그래, 고마워……."

"……."

"한참 전에 마테차를 주는 소리가 났는데, 넌 정말 마시고
싶지 않아?"

"그래……. 믿을 수가 없으니까."

"……."

"아침식사는 뭘로 할까? 차를 마실까, 아니면 커피를 마실까?"

"사랑스러운 몰리나, 넌 뭘 마실 거야?"

"차를 마실 거야. 네가 커피를 마시고 싶다면 커피도 괜찮아. 어차피 물 끓여서 만드는 건 똑같으니까. 아니, 별일 아니라는 소리야. 네가 마시고 싶은 걸로 해."

"고마워. 커피 좀 만들어줘."

"발렌틴, 그전에 문 열어달라고 할까?"

"그래, 지금 문 좀 열어달라고 해."

"좋아……."

"……."

"너, 내가 왜 커피 마시고 싶어 하는지 알아?"

"아니……."

"정신 똑바로 차리고 공부하려고 그래. 많이는 아니지만 한두 시간쯤, 아니 조금 더 할 거야. 아주 열심히 말이야. 예전의 리듬을 다시 찾을 때까지는."

"잘 생각했어."

"……그런 다음 점심 먹기 전에 조금 쉬고."

"……."

"몰리나…… 잠 잘 잤어?"

"잘 잤어……."

"이제 기분은 괜찮아?"

"응, 하지만 아직도 멍한 것 같아……. 생각이 나질 않아, 아무것도 생각할 수가 없어."

"그건 좋은 거야……. 가끔씩은."

"난 괜찮아……. 기분이 좋아."

"……."

"말하기조차 겁나, 발렌틴."

"말하지 말아……. 생각하지도 말고."

"……."

"몰리나, 기분이 괜찮은 것 같으면 아무 생각도 하지 말아. 네가 뭘 생각하든지, 자칫 잘못하면 기분이 상할지 모르니까."

"너는?"

"나도 아무것도 생각하고 싶지 않아. 난 공부만 할 거야. 그래야 아무 생각도 나지 않을 테니까."

"그런데 무슨 생각을 하고 싶지 않다는 거야? 어젯밤 일을 후회하는 거야?"

"아니, 난 아무것도 후회하지 않아. 시간이 지날수록 섹스는 순수 그 자체라는 확신이 들어."

"뭘 좀 부탁할 수 있을까? 아주 중요한 건데……."

"……."

"오늘은 아무것도 말하지 말고 토론하지도 말아. 오늘만 그렇게 해줘."

"네 뜻대로 해줄게."

"왜 그러느냐고 묻지 않아?"

"왜 그런데?"

"내 기분이…… 내가 아주…… 아주 기분이 좋거든. 그래서 이 기분을 망치고 싶지 않아서 그래."

"알았어."

"발렌틴…… 어렸을 때부터 이렇게 기분이 좋아본 적이 없었어. 엄마가 장난감이나 그런 비슷한 것을 사주기 시작했을 때부터 말이야."

"그럼 이렇게 하면 어떨까? 멋진 영화를 생각해 봐……. 그리고 내 공부가 끝나면 식사 준비하면서 이야기를 들려주는 거야."

"좋아……."

"……."

"어떤 영화 이야기를 해줄까?"

"네 맘에 쏙 드는 영화로 해줘. 내 생각은 하지 말고."

"네가 좋아하지 않으면?"

"그렇지는 않을 거야. 몰리나, 네가 좋아하면 나도 좋아할 거야. 내가 좋아하지 않는 것일지라도."

"……."

"그렇게 잠자코 있지 말아. 네가 좋아하면 나도 기쁘다는 뜻에서 그렇게 말했을 뿐이야. 내가 너한테 빚을 지고 있으니까. 아니, 그런 말이 아니야. 어떻게 말해야 하지? 넌 날 잘 대해주었고, 난 그런 너에게 고마움을 느끼고 있어. 널 기분 좋게 해줄 수 있는 것이 있다고 생각하니…… 내 마음도 편해져."

"정말이야?"

"정말이지, 몰리나. 내가 알고 싶은 게 뭔지 알아? 좀 엉뚱

하긴 하지만……."

"말해봐……."

"네가 아주 좋아했던 장난감이 어떤 것이었는지 기억나면 말해줘. 네 엄마가 사준 것 중에서…… 가장 네 마음에 들었던 것 말이야."

"여자 인형인데……."

"설마……."

"왜 그렇게 날 비웃지?"

"어이구, 빨리 문을 열어주지 않으면, 바지에 쌀 것 같은데……."

"그런데 왜 그렇게 웃어?"

"그게…… 어이구, 죽겠네……. 아아, 훌륭한 심리학자라는 내가 이 모양이니……."

"무슨 소리야?"

"아무것도 아니야. 그 장난감과…… 나 사이에 어떤 관계가 있는지 알고 싶었어."

"그럼, 그럴 만도 하네……."

"확실히 남자 인형은 아니었지?"

"아니야. 금발머리를 세 갈래로 딴 여자 인형이었어. 티롤 지방의 옷을 입고 눈을 깜박거렸어."

"어이구, 왜 빨리 문을 안 열지, 더 이상 참을 수가 없는데……."

"재수 없게 내가 너와 감방을 함께한 이후로 네가 웃는 걸 보는 건 이번이 처음이야."

"그렇지 않아."

"정말이야, 맹세컨대 네가 웃는 모습을 본 적이 없어."

"하지만 웃은 적이 여러 번 있었는데…… 너 때문에 말이야."

"그래, 그렇지만 항상 불이 꺼졌을 때만 웃었지. 맹세컨대 네가 웃는 모습을 본 적이 없어."

      · · · · · · · · · · · · · · ·

"아주 무더운 멕시코의 항구였어. 그날 새벽 어부들은 돛단배를 타고 바다로 나가고 있었어. 조금만 있으면 날이 밝아 올 시간이었어. 멀리 음악소리가 들려왔지. 바다에서 보이는 건 단 하나, 그건 불이 환하게 켜진 화려한 집뿐이었어. 커다란 발코니가 있었는데 그곳에서는 아름다운 정원이 내려다보였지. 정원에는 재스민 꽃만 가득했어. 그리고 울타리에는 야자수가 줄지어 있었고, 울타리 뒤에는 해변이 있었어. 가면 무도회에 남아 있는 사람은 거의 없었어. 오케스트라가 마라카스와 봉고로 아주 멋지게 음악을 연주했지. 느린 곡이었어. 하바네라풍이었지. 몇 안 되는 커플만 춤을 주고 있었어. 그중에서도 한 커플은 아직도 가면을 쓴 채 춤을 추었어. 그 유명한 베라크루스의 카니발이 거의 끝나가는 참이었지. 그때 불행하게도 재의 수요일을 알리는 해가 떠올랐어. 가면을 쓴 커플은 나무랄 데 없이 멋진 한 쌍이었지. 여자는 집시로 변장했는데, 나비처럼 잘록한 허리에 머리칼은 검고 키가 큰 여자였어. 긴 머리칼은 가운데 가르마를 타서 허리까지 늘어뜨렸지. 남자는 건장하고 여자와 마찬가지로 머리칼이 검었고, 구레나룻을 길렀어. 그리고 머리칼은 한쪽으로 물결모양으로 구불거렸고 콧수염을 길렀지. 그녀의 코는 조그맣지만 오뚝했고, 옆모습은 아주 가냘퍼 보였지만 개성이 있었어. 이마에는 금화를 붙이고 있었고, 목둘레에 고무줄을 넣어 주름이 들어간 헐렁한 블라우스를 입고 있었어. 한쪽 어깨, 아니 양쪽 어깨가 모두 보이는, 집시들이 입는 블라우스였어. 내 말 알아듣겠어?"

"대충은 알겠어. 하지만 그런 건 별로 중요한 게 아니니까 계속해."

"그리고 허리는 꽉 조여져 있었지. 치마는……."

"목선은 어땠는지 잘 말해봐. 건너뛰지 말고."

"좋아. 당시는 아주 깊이 파인 목선이 유행하던 때였어. 그래서 가슴이 살짝 들여다보였지. 그렇지만 두 개의 V자처럼 브래지어로 들어올려서 그랬던 건 아니었어. 조금만 보였지만 무언가가 있다는 걸 알 수 있었어. 가슴을 보는 것과 같았지. 아니, 가슴을 상상하게 한다고 하는 편이 맞을 것 같아."

"하지만 이 경우는 어땠어? 가슴이 컸어, 아니면 작았어?"

"컸어. 그리고 치마는 확 펼쳐졌어. 스카프 천으로 만든 큰 치마였는데 허리에는 얇은 실크로 만든 갖가지 색깔의 스카프들이 주렁주렁 매달려 있었어. 그래서 춤을 추면 치마 사이로 다리선이 보였어. 하지만 보일락 말락 할 정도였지. 남자는 도미노 스타일, 그러니까 검은 망토를 둘렀는데, 망토 밑에는 양복 상의를 입고 넥타이를 맸지. 그는 여자에게 이 음악이 오케스트라가 연주하는 마지막 곡이라고 하면서, 이젠 가면을 벗을 시간이라고 말했어. 하지만 남자에게 안 된다면서, 그는 그녀가 누구인지, 또 자신도 그가 누구인지 모른 채 그 밤을 끝내야 한다고 했어. 그리고 그들은 두 번 다시 만나서는 안 되며, 카니발 무도회의 멋진 만남이지만, 축제의 하룻밤에 불과할 뿐이라고 했어. 그러나 그는 고집을 굽히지 않고 자기 가면을 벗어버렸어. 아주 잘생긴 청년이었어. 그는 평생 그녀를 기다려왔다면서 절대로 그녀를 놓아주지 않겠다고 했어. 그때 환상적인 다이아몬드 반지를 끼고 있는 그녀의 손가락을 보았어. 그는 그녀에게 약혼했냐고 물었어. 그녀는 그렇다고 대답했지. 그러고는 화장실에 가서 화장을 고쳐야 하니까 밖에 있는 차 안에서 기다려달라고 부탁했어. 그 순간 남자는 치명적인 실수를 범했어. 정말로 밖으로 나와 그녀를 기다렸던 거야. 하지만 그녀는 나타나지 않았지. 이제 무대는 바뀌어 멕시코의 수도인 멕시코시티였어. 그 청년은 주요 석간신문의 기자로 일하고 있었어. 아, 참! 한 가지 잊어버렸네. 마지막 곡에 맞춰 춤을 추는 동안, 그녀는 음악이 멋지다면서 가사가 없는 게 유감이라고 말했지. 그러자 그는 자기가 아마추어 시인이라고 말했어. 어느 날 오후 그는 사람들이 쉴새 없이 드나드는 시장바닥 같은 신문사 편집실에 있었어. 그때 그는 그곳에서 오래전에 은퇴한 여배우이자 가수였던 한 여자가 영향력 있는 실업가의 보호 아래 살고 있다는 일종의 스캔들 기사가 여러 장의 사진과 함께 준비되고 있는 것을 보았어. 마피아와 연관되어 암흑가를 쥐고 흔드는 무서운 갑부인 그 실업가의 이름은 밝히지 않은 기사였어. 사진을 보면서 청년은 아름다운 그 여인에 대해 생각하고 있었지. 그녀는 싸구려 극장식 홀에서 시작해 드라마의 스타로 대성공을 거둔 즉시 은퇴해 버렸어. 청년은 자기가 잘 알고 있는 여자 같다는 인상을 받았지. 하지만 진귀한 다이아몬드 반지를 끼고서 샴페인을 마시고 있는 그녀의 손을 보는 순간, 그녀가 누구인지는 의심의 여지가 없어졌어. 청년은 아무것도 모른 체하면서, 그 기사를 확인해 보았어. 그러자 동료 기자들은 이 기사가 나오면 엄청난 센세이션을 불러일으킬 것이라면서, 그녀가 무대에서 옷을 벗는 사진이 빠져 있는데, 이 사진도 곧 입수될 것이라고 말해주었어. 편집실에는 그녀의 주소도 적혀 있었어. 그녀를 염탐하고 있었거든. 그러자 청년은 주소를 몰래 적어가지고 그 집으로 찾아갔어. 그녀는 눈이 부셨지. 침대에서 막 일어난 그녀는 검은 실크 네글리제를 입고 있었거든. 그 집은 초현대식 아파트였어. 전등이 촘촘히 붙어 있는 조명등이 불빛을 사방으로 환하게 비추고 있었기 때문에, 어느 곳에서 빛이 나오는지 알 수 없었어. 집 전체가 환한 융단으로 치장되어 있었어. 커튼도, 소파도, 둥근 탁자까지 모두 융단커버를 씌워놓았어. 그녀는 소파에 기대어 그의 말을 들었지. 그는 그간의 일을 이야기하고, 사진과 그녀에 관해 쓴 기사를 모두 숨겨버리겠다고 약속했어. 그럼 기사가 실릴 수 없을 테니까 말이야. 그녀는 진심으로 고마워했어. 그러자 그는 황금으로 치장된 새장에 갇혀 있는 것이 행복하냐고 물었어. 그녀는 그런 식으로 말하는 것이 싫었어. 그래서 사실대로 말하기 시작했지. 그녀는 한 계단, 한 계단씩 올라가 가장 높은 계단에 올라섰지만,

그런 무대의 싸움에 지쳐 있었기 때문에 좋은 사람이라 믿었던 그 남자의 청혼을 물리칠 수 없었다고 말했어. 갑부였던 그 남자는 그녀에게 세계일주를 시켜주었지만, 자기 나라로 되돌아오자 점점 심하게 질투하기 시작했으며, 그래서 그녀를 죄수처럼 집 안에만 가두어놓았다고 말했어. 그녀는 아무것도 하는 일 없이 지내는 데 싫증을 느꼈고, 다시 연기하게 해달라고 애원했지만, 그는 그녀의 말을 들어주지 않았어. 청년은 그녀를 위해서라면 무슨 일이든 할 수 있다면서, 상대 남자는 전혀 두렵지 않다고 말했어. 그녀는 소파에 기대어 그를 뚫어지게 바라보면서 담배를 꺼냈어. 그는 담뱃불을 붙여주려고 그녀에게 가까이 가서 그 여자한테 키스를 했어. 그러자 그녀는 그를 꼭 껴안았지. 잠시 동안 그녀는 충동에 사로잡혀서 그가 필요하다고 말했어……. 그러자 남자는 자기와 함께 떠나자고 했어. 보석, 가죽, 옷, 갑부를 모두 버린 채 말이야. 그러고는 자기를 따라오라고 했어. 그녀는 두려웠어. 그러나 청년은 그녀에게 겁먹지 말라면서, 둘이 함께 멀리 도망칠 수 있다고 했어. 그녀는 며칠만 시간 여유를 달라고 했어. 하지만 그는 지금 당장 결정하라고 단호하게 말했어. 그러자 그녀는 돌아가 달라고 부탁했어. 그는 안 된다고 하면서, 그녀 없이는 그곳에서 한 발자국도 움직이지 않을 것이라고 했어. 그러면서 팔을 붙잡고는 마구 흔들었지. 마치 두려움을 떨쳐버리려는 것처럼 말이야. 그러자 그녀가 반항했어. 바로 그 청년에게 말이야. 그리고 남자들은 모두 똑같다면서, 자기는 물건이 아니라고 했어. 남자들이 변덕에 따라 마음대로 할 수 있는 물건이 아니니까, 스스로 결정하게 해달라고 했어. 그러나 그는 다시는 그녀를 보고 싶지 않다고 하면서 문 쪽으로 갔어. 너무 놀란 그녀는 잠시만 기다려달라고 말하고는 침실로 가서 지폐 한 뭉치를 들고 나왔어. 그리고 기사를 나오지 못하게 막아준 대가라고 했어. 하지만 그는 그 돈을 그녀의 발밑으로 던져버리고는 밖으로 뛰쳐나왔어. 그러나 거리로 나서자, 자신의 경솔한 행동을 후회하기 시작했지. 어찌할 바를 몰랐던 그는 술을 마시러 술집으로 들어갔어. 그곳은 뿌연 연기로 가득 차 있어서, 피아노를 치고 있던 맹인의 모습만 어렴풋이 볼수 있었어. 그 맹인은 그가 그녀와 함께 카니발에서 춤을 추었던 아주 느리고 아주 슬픈, 열대지방의 노래를 연주했지. 청년은 마구 술을 마셨어. 그리고 그녀를 생각하면서 그 곡의 가사를 쓰기 시작했어. 그러고는 노래를 불렀어. 청년 역을 맡은 남자는 사실 유명한 가수였거든. '당신이…… 고독에 갇힌 죄수더라도…… 당신의 영혼은 내게…… 사랑한다고 말할 거예요.' 그다음이 어떻게 되더라? 조금 더 노래를 부르는데, 이렇게 노래했어. '당신의 눈은 내 마음을 괴롭게 하고, 당신의 손도 내 마음에 상처를 주었어요. 당신의 입술도 내게 상처를 주지요……. 거짓말하는 그대의 입술, 내 그림자에게 나는 묻는답니다. 그토록 사랑하는 그 입술이, 고귀한 키스를 나누었던 그 입술이…… 고귀한 키스…….' 그다음이 뭐더라? 대충 이렇게 노래했어. '……그 입술은 다시 거짓말을 하겠지요.' 그리고 이렇게 이어졌어. '운명의 ……검은 꽃, 무정하게 우리를 갈라놓더라도, 당신이 ……나만의 것이 되는 날이 오리라, 내 것만

이…….' 이 볼레로 들어본 적 있어?"

"들어본 것 같지 않은데. 잘 모르겠어……. 계속해."

"다음 날 신문사에서는 모든 직원들이 그녀에 관한 기사를 찾았지만 찾을 수가 없었지. 청년이 자기 책상 서랍에 넣고 열쇠로 잠가버렸으니까. 아무것도 찾지 못하자, 편집부장은 그녀의 신상에 관한 자료를 다시 모으기는 불가능하다면서, 이제 그 일은 잊어버리자고 말했어. 청년은 안도의 한숨을 내쉬었어. 그리고 조금 머뭇거린 후에…… 그녀의 집에 다이얼을 돌렸어. 그리고 그녀에게 전혀 걱정하지 말라면서 이제 그 기사는 안 나올 것이라고 말했어. 그녀는 고맙다고 했고, 그는 전날 집에서 했던 말을 모두 용서해 달라면서, 그녀를 다시 만나고 싶다고 했어. 그리고 약속을 정했지. 그녀는 그 약속을 받아들였어. 그는 신문사에 외출을 허가해 달라고 했고, 부장은 외출을 허락했어. 그러면서 부장은 그에게 며칠 전부터 안색이 안 좋아 보인다고 덧붙였지. 그건 그렇고, 그녀는 외출 준비를 했어. 밑에 블라우스를 입지 않아도 되는 벨벳으로 만든 검은색 재킷을 입었어. 무늬가 새겨진 아주 예쁜 재킷으로 당시에 유행하던 옷이었지. 그리고 가슴에는 반짝이는 브로치를 달고, 망사가 쳐진 흰 모자를 썼어. 머리 뒷모습이 마치 흰 구름처럼 보이게 하는 모자였지. 머리는 세 갈래로 땋아 묶었어. 옷 치장을 마치고 모자와 멋진 조화를 이루는 흰 장갑을 끼고 있을 때였어. 그녀는 이 약속이 위험을 초래하지 않을까 생각하면서, 약속 장소에 가야 할지, 아니면 가지 말아야 할지 망설였어. 왜냐하면 바로 그때 거부가 들어와서 그녀에게 어디로 가느냐고 물었거든. 머리가 허옇고, 쉰 살이 조금 넘어 보이는 조금은 뚱뚱한 남자였는데, 남성미가 철철 흘렀어. 그녀는 쇼핑을 간다고 대답했어. 그러자 그는 자기도 함께 따라가겠다고 했지. 하지만 그녀는 옷감을 골라야 하기 때문에 매우 지루할 것이라고 둘러댔어. 그 거부는 무엇인가를 눈치챈 듯한 표정을 지었지만 아무 말도 하지 않았어. 그러자 그녀는 그런 기회를 틈타 그에게 싫은 얼굴을 할 권리는 없다면서, 그가 원하는 대로 자기는 모든 것을 다 해주었다고 말했어. 무대에 복귀하는 것도, 라디오에서 노래하는 것도 다 포기했으니 쇼핑 가는 것까지 못마땅히 여기는 것은 너무하지 않느냐고 따졌어. 그러자 거부는 일을 보러 나갈 테니, 무엇이든 그녀가 원하는 것이면 사라고 했어. 하지만 그를 속이고 있다는 사실을 아는 날에는…… 그녀 없이는 살 수 없으니까 그녀에게 복수를 하진 않겠지만, 그녀에게 겁 없이 접근하는 놈은 가만두지 않겠다고 했지. 거부는 집을 나갔어. 잠시 후에 그녀도 나갔어. 하지만 운전사에게 무슨 말을 해야 할지 몰랐어. 그녀의 귀에는 아직도 '당신에게 겁 없이 접근하는 놈은 가만두지 않을 거야.'라는 거부의 말이 생생히 울려왔거든. 그러는 동안 청년은 화려한 고급 술집에서 그녀를 기다렸지. 그는 시계를 보았어. 그러고는 그녀가 오지 않을 것이라고 생각하기 시작했어. 다시 위스키를 시켰어. 더블 샷으로 말이야. 한 시간이 지나고 두 시간이 지났어. 그는 완전히 술에 취해 있었지. 하지만 아무렇지도 않은 듯이 자리에서 일어나 똑바로 걸어가기 시작했어. 신문사 편집실로 되돌아가 자기 책상에 앉아서 사환에게 커피를 더블로 갖다달라고 했어. 모든 것을 잊어버리려는 것처럼 미친 듯이 일했어. 다음 날 그는 평소보다 일찍 사무실에 출근했어. 부장은 깜짝 놀라면서, 자기를 도와주러 일찍 나와서 정말 기쁘다고 했어. 그날은 일이 아주 많은 날이었거든. 그는 한눈팔지 않고 열심히 일했어. 그래서 그날 업무는 일찍 끝낼 수 있었어. 부장이 부탁한 기사를 제출하자, 부장은 아주 멋지게 썼다면서 그를 칭찬했어. 그러고는 퇴근해도 좋다고 했어. 청년은 퇴근하면서 술 한잔하자고 권하는 친구와 함께 술을 마시러 갔어. 그는 처음에 거절했지만, 그 동료가 자기와 함께 있어달라고 부탁해서 어쩔 수가 없었지. 그런데…… 아니야, 잠깐만 기다려봐. 거기 사무실에서 술 한잔하자고 한 사람은 부장이었어. 청년이 혼자서 그날의 문제를 전부 해결했거든. 그 일은 정부 내의 대규모 횡령 사건에 관한 기사였어. 그래서 부장이 축하하기로 한 거였지. 청년은 잔뜩 술에 취해 그곳을 나왔어. 그가 마신 포도주 때문에 그는 더욱 우울해졌지. 정신을 차려보니 바로 그 여자의 집 앞에 와 있었어. 참을 수가 없어서 건물 안으로 들어가 아파트 초인종을 눌렀어. 식모가 무슨 용건 때문에 왔느냐고 물었어. 그는 안주인과 할 말이 있다고 했어. 그때가 오후 5시였는데, 그녀는 그 시간에 거부와 함께 차를 마시고 있었어. 거부는 전날 일을 사과하려고 그녀에게 멋진 보석을 갖고 왔던 거야. 에메랄드 목걸이였지. 그녀는 식모에게 집에 없다고 말하라고 했어. 하지만 그는 이미 집 안으로 들어와 있었어. 그러자 그녀는 일을 수습하려고 했고, 갑부에게 기사에 관해 말해주면서,

청년에게 고맙다고 했어. 그리고 갑부에게는 청년이 돈을 원하지 않았다고 말했지. 그녀는 어떻게 그런 상황을 해결해야 할지 정말로 모르는 것 같았어. 하지만 그는, 그러니까 청년은 그녀가 갑부와 팔짱 끼는 모습을 보자 화가 치밀어 올랐어. 그래서 그녀는 역겨운 여자며, 자기를 영원히 잊어주면 고맙겠다고 말했어. 그녀뿐만 아니라 갑부도 말 한마디 하지 못했지. 청년은 집을 나갔어. 그런데 탁자 위에 종이 한 장을 놓고 갔는데, 그 종이에는 청년이 쓴 노래의 가사가 적혀 있었어. 갑부는 그녀를 쳐다보았어. 그녀의 눈에는 눈물이 가득 고여 있었어. 청년을 사랑하기 때문이었지. 그런 사실을 부인할 수 없었던 거야. 그녀는 자기 자신을 속일 수 없었던 거였지. 이것이 상황을 더욱 악화시켰어. 갑부는 그녀의 눈을 빤히 주시하더니 그 버르장머리 없는 기자에게 어떤 감정을 느끼고 있느냐고 물었어. 그녀는 대답할 수가 없었어. 목이 메어버렸거든. 하지만 그때 그녀는 벌겋게 상기된 갑부의 얼굴을 보았어. 그녀는 겁에 질려 침을 꿀꺽 삼키면서, 그 괘씸한 기자는 자기와 아무런 관계도 없으며, 단지 신문 기사 문제로 알게 되었을 뿐이라고 말했어. 그러자 갑부는 청년이 마피아의 문제를 가차 없이 조사하는 신문사의 기자라는 사실을 알게 되었어. 그는 청년을 매수하려고 그 기자의 이름이 무엇이냐고 물었어. 하지만 그 여자는 갑부가 정말 원하는 것은 그 청년에게 복수하려는 것일지도 모른다는 생각에 겁에 질려…… 이름을 말하지 않았어. 그러자 갑부는 그녀의 뺨을 사정없이 후려치고 바닥에 밀어버린 다음, 집을 나갔어. 그녀는 족제비 털처럼 보이는 카펫에 쓰러져 있었지. 흰 족제비 털 위에 쓰러져 있는 그녀의 검은 머리는 더욱 검게 보였어. 눈물은 반짝이는 별 같아 보였고…… 고개를 들었어……. 그리고 융단으로 덮인 탁자 위에…… 놓인 종이를 보았어. 일어나서 그 종이를 집고 읽기 시작했어. '당신이…… 고독에 갇힌 죄수더라도…… 당신의 영혼은 내게…… 사랑한다고 말할 거예요. 운명의…… 검은 꽃, 무정하게 우리를 갈라놓더라도, 당신이…… 나만의 것이 되는 날이 반드시 오리라, 내 것만이.' 그러자 그녀는 온통 구겨진 종이를 꼭 움켜쥐고 자기 가슴으로 가져갔어. 그녀의 마음도 그 종이만큼 구겨져 있었을 거야. 아니 그것보다 더 많이 구겨져 있었을 거야."

"계속해."

"한편 청년은 완전히 실의에 빠져 직장으로 돌아가지 않고 술집을 전전했어. 신문사에서 그를 찾았지만 찾을 수가 없었어. 그에게 전화도 했지만, 수화기를 들었다가 부장의 목소리가 들리면 그냥 전화를 내려놓았어. 그렇게 며칠이 지난 어느 날 거리에서 자기가 일하던 신문에 다음 날 연예계에서 은퇴한 거물급 스타의 사생활에 관한 특종이 실릴 예정이라는 기사를 보았어. 그는 화가 나 몸을 부르르 떨면서 신문사로 달려갔지. 밤이었기 때문에 신문사는 모두 닫혀 있었어. 그가 신문사로 들어가는데도 야간 경비원은 전혀 의심하지 않았지. 자기 책상으로 갔는데, 자기가 예전에 앉아 있었던 책상 서랍들이 모두 다 부서진 채 열려 있었어. 그 책상을 다른 기자에게 주기 위해 그랬던 거지. 물론 그곳에서 그녀에 관한 모든 자료를 발견했던 거야. 그는 신문사에서 멀리 떨어진 인쇄 공장으로 달려갔어. 그가 도착할 때는 이미 아침이 환하게 밝아 그날 석간신문이 윤전기에 돌아가고 있었지. 그는 이성을 잃고 그 기계를 마구 두들겨대기 시작했어. 그래서 그날 신문을 모두 엉망으로 만들어버렸어. 잉크가 튀었기 때문에 모든 게 엉망이 되었지. 수십만, 아니 수백만 페소의 손실을 초래하는 사보타주 행위였어. 그렇게 한 다음 그는 그 도시에서 모습을 감추었어. 하지만 기자 조합에서 추방되었기 때문에, 기자로서 평생 더는 일을 할 수 없었지. 청년은 술에 취하고 또 취한 채, 기억을 더듬어 베라크루스의 해변가로 왔어. 바다를 바라보는 해변가의 허름한 술집에서 베라크루스의 전형적인 오케스트라가 작은 판이 줄지어 있는 악기를 연주했지……."

"실로폰이군."

"발렌틴, 넌 정말 모르는 게 없어. 어떻게 알았지?"

"이야기나 계속해. 난 지금 한창 이야기에 빠져 있으니까."

"그래. 그 악기로 아주 슬픈 멜로디를 연주했어. 그는 하트 무늬와 갖가지 이름과 저속한 말들이 가득 새겨진 탁자 위에 면도칼로 노래 가사를 쓰면서 노래를 부르기 시작했어. 이런 내용의 가사였지. '……당신에게 사랑과 그 꿈을 말할 때…… 태양과 온 하늘이 당신을 비출 때, 당신은 날 기억하나요…… 내 이름을 말하지 말아요! 당신은 착한 남자의 사랑을…… 느낄 테니까요……. 당신의 과거를 물으면, 그때는 거짓말을 하세요. 당신은 머나먼, 아주 이상한 세상에서 왔다고 말하세요…….' 그러면서 그녀를 생각했어. 아니, 소주잔 속에서 그녀를 보고 있었다고 하는 편이 낫겠어. 소주잔 속의 그녀는 점점 커지더니 마침내 진짜로 그녀가 되어 싸구려 술집을 배회하고 있었어. 그녀는 그를 바라보면서 나머지 가사를 불렀어. '……난 괴로움이란 몰라요, 난 사랑을 알지 못해요, 한 번도 눈물을 흘리지 않았어요…….' 그러자 그는 그녀를 보면서, 사람들 한가운데서 노래를 불렀어. 술집 손님들은 너무나 취해 두 사람의 만남을 보지도 못하고 그들의 노랫소리를 듣지도 못하고 있었어. '……가는 곳마다 당신의 사랑을 말할 거예요. 황금빛 꿈처럼…….' 그러자 그녀가 이어받았어. '……날 미워하지 말아요. 내 이별이 당신을 불행하게 했다고 말하지 말아요…….' 그러자 그는 자기 옆에 앉아 있는 그녀를 생생하게 떠올리면서 이렇게 노래했어. '내 과거를 물으면, 그때는 거짓말을 할 거예요. 난 이상한 세상에서 왔다고 말할 거예요…….' 두 사람은 눈에 눈물을 가득히 머금고 서로를 바라보면서 아주 조그만 목소리로 함께 노래했어. 들릴락 말락 하게 속삭이는 소리였어. '……난 고통이란 몰라요, 난 사랑에서 이겼어요, 그리고 한 번도 눈물을 흘리지 않았어요…….' 그는 남자인 자신이 울고 있다는 사실이 부끄러워 눈물을 닦았어. 그러자 사방을 더 분명하게 볼 수 있었어. 그런데 그녀는 옆에 없었지. 너무 절망적인 순간이었어. 그래서 술잔을 움켜잡고 술을 들이키려고 했지. 술잔 바닥에 보이는 건 머리를 헝클어뜨린 자신의 모습뿐이었어. 그러자 잔을 힘껏 벽에 던져버렸어. 술잔은 산산조각이 났지."

"왜 그렇게 잠자코 있지?"

"……."

"그런 표정 짓지 마……."

"……."

"젠장! 오늘 여기에는 슬픔이란 없다고 말했잖아. 슬픔은 없단 말이야!"

"날 너무 흔들지 마."

"오늘 우린 감방 밖에 있는 사람들을 이길 수 있어."

"난 무서워."

"너무 슬퍼하지도 놀라지도 말아……. 내가 원하는 건 단지 너와의 약속을 지키고 싶다는 거야. 언짢은 일은 모두 잊게 해주고 싶어. 오늘 나는 너에게 슬픈 생각을 하게 하지 않을 거라고 약속했어. 난 이 약속을 지킬 거야. 전혀 힘든 일이 아니야. 네게 슬픈 일을 잊게 하는 게 얼마나 쉬운데…… 내 능력이 닿는 동안은, 적어도 오늘은…… 네게 슬픈 생각을 하게 만들지는 않을 거야."

13장

"밤에는 밖의 날씨가 어떨까?"

"글쎄, 몰라나. 춥진 않아도 눅눅하겠지. 틀림없이 구름도 끼어 있을 거고. 구름이 아주 낮게 끼어 있겠지. 거리의 가로등 불빛을 반사하는 그런 구름이 말이야."

"그래, 틀림없이 그런 밤 날씨일 거야."

"거리는 촉촉이 젖어 있을 거야. 특히 돌이 깔린 길은 말이야. 비는 내리지 않았더라도 안개 같은 게 끼어 있을 테니까."

"발렌틴…… 난 습기 찬 날씨만 되면 신경이 예민해져. 온몸이 가려워지거든. 그런데 오늘은 그렇지 않아."

"나도 기분이 좋아."

"밥 먹은 것 괜찮아?"

"응, 그런데 음식이……"

"겨우 이것밖에 없어!"

"모두 내 잘못이야, 몰라나."

"아니야, 우리 둘 다 잘못이야. 보통 때보다 더 많이 먹었으니까."

"꾸러미를 가져온 게 언제였지?"

"나흘 전이야. 내일 먹을 거라고는 치즈가 조금 있고, 빵도 조금, 마요네즈도……."

"오렌지 마멀레이드가 남아 있어. 그리고 푸딩도 반쯤 남아 있어. 구아버 페이스트도 있어."

"그것밖에는 없잖아, 발렌틴."

"아니야. 통조림 과일도 한 조각 남았어. 네가 먹으려고 남겨둔 감도 있고."

"먹기 아까워서 안 먹고 놔둔 건데, 먹을 기회가 없었어. 하지만 내일 반씩 나누어 먹어야지."

"안 돼, 그건 네 몫이야."

"아니야. 내일은 감방 음식을 먹고 디저트로 감을 먹으면 돼."

"그 문제는 내일 생각해 보자."

"그래. 나도 지금은 아무 생각도 하고 싶지 않아, 발렌틴. 그냥 아무 생각 없이 있고 싶어."

"졸려?"

"아니, 괜찮아. 마음이 아주 편안해……. 아니 그 이상이야……. 내가 바보 같은 소릴 하더라도 화내지 마. 난 지금 몹시 행복하니까."

"그래, 넌 틀림없이 그럴 거야."

"행복하다고 느끼는 것은 너무 멋진 일이야. 발렌틴, 넌 알지 모르지만…… 행복이 영원히 지속된다면, 기분이 상해 싸우는 일은 결코 없을 거야."

"나도 기분이 좋아. 이 너덜거리는 침대도 따뜻해졌어. 잠을 푹 잘 수 있을 것 같아."

"발렌틴, 가슴속에 온기 같은 것이 느껴져. 세상에서 가장 멋진 느낌이야. 머리는 맑고, 아니 그게 아니라 따뜻한 수증기로 가득 찬 것 같아. 몸 전체가 그런 수증기로 가득 찬 느낌. 잘 모르겠지만, 아직도…… 네가 날 만지고 있는 것 같은…… 그런 느낌이 들어."

"……"

"이런 말 해서 기분 나빠?"

"아니."

"전에도 말했듯이, 네가 여기에 있는 동안 난 내가 아니야. 그런 생각을 하면 마음이 가벼워져. 그다음에는 네가 침대에 있더라도 내가 잠들기까지는 역시 난 내가 아니야. 이상한 일이지만…… 글쎄 어떻게 설명해야 좋을까?"

"자, 말해봐."

"너무 재촉하지 말아. 정신을 집중할 수 있게 해줘……. 내가 혼자 침대에 있더라도, 네가 되는 것은 아니야. 난 여자도 남자도 아닌 다른 사람이 되는 거야. 하지만 무언가를 느낄 수 있는……."

"위험에서 벗어났다는 느낌……."

"그래, 바로 그거야. 그걸 어떻게 알았어?"

"나도 그렇게 느끼니까."

"왜 그렇게 느껴질까?"

"모르겠어……."

"발렌틴……."

"왜?"

"한 가지 말하고 싶은 게 있는데…… 비웃지 마."

"말해봐."

"네가 내 침대로 올 때마다…… 그러고 나서 일단 잠이 들면, 난 더 이상 이 잠을 깨지 않았으면 하고 생각해. 물론 홀로 계실 엄마한테는 미안하지만…… 하지만 나만을 생각한다면, 난 잠을 깨고 싶지 않아. 이건 내 머릿속에서만 생각했다가 지나가는 그런 것이 아니야. 정말 내 유일한 소원은 죽는 거야."

"죽기 전에 영화를 끝마쳐야 돼."

"어휴, 아직 많이 남았어. 오늘 밤에도 끝나지 않을 거야."

"요 며칠 새 조금이라도 영화 이야기를 해주었다면 오늘 밤에 끝낼 수 있었을 거야. 왜 계속 이야길 해주지 않았지?"

"나도 모르겠어."

"내게 들려주는 마지막 영화라고 생각해서 그럴 거야."

"아마 그래서 그럴 거야."

"잠자기 전에 조금만 이야기해 줘."

"하지만 끝나려면 아직 멀었는데."

"네가 할 수 있을 때까지 이야기해 줘."

"좋아, 어디까지 말했지?"

"남자가 선술집에서 노래를 했어. 그런데 여자가 소주잔 바닥에서 나타났어."

"그래, 그녀와 함께 듀엣으로 노래를 불렀어. 그건 그렇고, 그녀는 거부를 버리고 집을 나왔어. 거부에게 의지해 살고 있다는 사실이 수치스럽게 느껴졌기 때문이지. 그녀는 다시 일을 하기로 마음먹었어. 나이트클럽에 가수로 출연할 예정이었어. 그날은 바로 그녀가 데뷔하는 날이었어. 밤이 되면 다시 관객과 만난다는 사실에 그녀는 몹시 긴장했지. 그날 오후에 총리허설이 있었어. 평소에 입던 옷들과 마찬가지로, 그녀는 긴 옷을 입고 출연했어. 어깨끈이 없이 가슴에 악센트를 주면서, 나비처럼 허리를 잘록하게 만들어주는 옷이었지. 그리고 확 펼쳐지는 치마를 입었어. 모두 검은색 스팽글을 달고 있었어. 하지만 스팽글 때문에 옷 전체가 빛을 발하는 듯했어. 헤어스타일은 단순했어. 가운데 가르마를 탄 긴 머리는 어깨까지 늘어뜨렸지. 피아니스트가 반주를 시작했어. 무대에는 흰 융단커튼만 있었는데, 커튼 양쪽도 마찬가지로 흰 융단끈으로 묶여 있었어. 그녀는 가는 곳마다 융단의 감촉을 느끼려고 했거든. 한쪽에는 흰 대리석처럼 보이는 그리스식 기둥이 있었어. 피아노는 흰색의 그랜드피아노였지. 하지만 피아니스트는 검은 턱시도를 입고 있었어. 그 클럽에는 모든 사람이 미친 듯이 일을 하고 있었어. 테이블도 정리하고, 바닥도 닦고, 못을 박고…… 그녀가 등장하자 피아노가 울리기 시작했어. 그러자 일하고 있던 모든 사람이 입을 다물었어. 아니, 아직 그 대목 차례가 아니야. 피아노 소리가 나자 멀리서 마라카스 리듬이 들릴락 말락 하게 은은히 울려 퍼졌어. 그러자 그녀는 자기 손이 떨리고 있다는 사실을 알았지. 그녀의 눈은 사랑으로 가득 차 있었어. 무대 뒤에 있는 프롬프터[21]에게 담배를 건네주고 나서 다시 그리스식 기둥 옆으로 돌아왔어. 그러니까 자기 위치로 온 것이지. 그러고는 나지막하고 아름다운 목소리로 첫 곡을 부르기 시작했어. 청년을 생각하면서 거의 말하듯 노래했어. '모두들 곁에 없으면 잊는다고 말들 하지요……. 하지만 난 그건 사실이 아니라고 그대에게 말하고 싶어요. 내가 당신과 함께 보낸 마지막 순간부터, 내 삶은 너무나 슬픈 나날만 이어졌어요.' 그때 무대 뒤에 숨어 있던 오케스트라가 힘차게 연주하기 시작했고 그녀는 목소리를 높였어. '그대여, 그대는…… 내가 그토록 소중하게 간직하던…… 그대를 위해 간직한 키스를 훔쳐갔나요? 그래요, 그대에게 주기 위해서였어요…….' 그 대목에서 오케스트라가 다시 연주를 시작했고, 그녀는 무대 중앙으로 걸어 나와 목소리를 최대로 높여 열창했어. '우리가 그토록 사랑했는데, 그대는 어떻게 날 버릴 수 있나요. 그대는 내 가슴속에 고이 간직하던 황홀한 사랑을 찾아냈어요……. 그대는 비록 멀리 있지만, 내가 그대에게 바친 그런 사랑을 갈망하며 어린아이처럼 울고 있을 거예요…….'"

"듣고 있으니까, 계속 이야기해."

"노래가 끝나자 그녀는 완전히 자기 자신에 취해 있었어. 그날 밤에 개관할 나이트클럽을 정리하고 있던 사람들은 우레

---

21) 무대 뒤에 숨어 대사를 일러주는 사람.

같은 박수를 쳤지. 그 소리를 듣자 그녀는 정신을 차릴 수 있었어. 그녀는 흡족한 마음으로 분장실로 가면서, 그녀가 갑부의 손아귀에서 벗어나 다시 일하고 있다는 사실을 청년이 알게 될 것이라고 상상했어. 하지만 생각지도 못한 놀랄 만한 소식이 그녀를 기다리고 있었지. 갑부가 그 나이트클럽을 사서 그녀가 다시 활동하기 전에 클럽을 닫아버리라고 명령을 내린 것이었어. 그리고 그녀의 액세서리와 귀금속도 차압하라는 지시도 내렸지. 갑부는 보석상과 짜고 그녀가 보석값을 지불하지 않은 것처럼 일을 꾸몄던 거야. 그녀는 즉시 갑부가 자기를 다시 차지하기 위해 일을 방해하고 있으며, 그녀의 생계수단마저 끊어버리려 하고 있다는 사실을 즉시 알아차렸어. 하지만 그녀는 굴복하지 않고, 자기 매니저에게 좋은 조건으로 계약을 맺을 때까지 무슨 일이건 닥치는 대로 하기로 마음먹었다고 말했지. 한편 청년은 베라크루스에 있었는데, 모아놓은 돈이 다 떨어지고 있어서 일자리를 찾아야만 했지. 하지만 기자 조합의 블랙리스트에 올라 있어서 기자 일은 더 이상 할 수가 없었어. 다른 일은 아무도 그를 추천해 주는 사람이 없어서 할 수 없었고. 게다가 술에 너무 찌들어 얼굴은 말이 아니었고, 그의 용모도 엉망이 되어버려 아무데서도 그에게 일자리를 주려고 하지 않았어. 마침내 그는 제재소의 막일꾼으로 일하게 되었어. 하지만 며칠 일하고 나니 기운이 완전히 빠져버렸지. 술에 중독되어 몸이 말을 안 듣는 데다가 식욕도 없었어. 음식이 목에서 넘어가질 않았거든. 어느 날 점심시간에 쉬고 있는데, 한 동료가 무엇이든 먹어야 된다고 하는 바람에 음식을 한 입 넣었는데 넘어가질 않았어. 목만 마르고 갈증만 났지. 그날 오후 그는 정신을 잃고 쓰러졌어. 열이 올라 헛소리를 하면서 그는 그녀를 불렀어. 그러자 동료 한 사람이 그의 수첩을 샅샅이 뒤져서 그녀의 주소를 찾아냈지. 그녀에게 멕시코시티로 전화를 했어. 물론 그녀는 전에 살고 있던 화려한 아파트에 있지 않았지. 하지만 아주 마음씨 착한 하녀는 그녀에게 메시지를 전해주었어. 그때 싸구려 하숙집에 머물고 있던 그녀는 즉시 베라크루스로 달려가려고 했어. 그런데 바로 그때 가장 가슴 아픈 장면이 나왔어. 차비가 없었던 거야. 그래서 하숙집 주인에게 돈을 빌려달라고 했는데, 그는 안 된다고 한마디로 거절했지. 하숙집 주인은 뚱뚱하고 혐오스럽게 생긴 늙은이였어. 그러자 그녀는 넌지시 그에게 무언가를 암시하는 표정을 지었어. 그러자 추잡한 늙은이는 당장 돈을 빌려주겠다고 했어. 하지만 그 대신…… 생략할게, 알아서 상상해. 그 늙은이가 그녀의 방에 들어가는 장면이 보였어. 그녀는 늙은이에게 한 번도 자기 방에 들어오도록 허락하지 않았지. 청년은 병원에 있었어. 의사가 수녀와 함께 들어와 차트를 보면서 환자의 병이 어떻게 진행되고 있는지 살펴보았어. 의사는 그의 맥박을 짚어보고는 눈 흰자를 검사했어. 그리고 그에게 이젠 많이 호전되었다고 말했어. 하지만 아주 조심해야 한다면서, 술은 절대 마시면 안 되고, 제때에 식사를 하고 영양가 있는 음식을 먹어야 하며, 충분한 휴식을 취해야 한다고 말했어. 그런 말을 듣자, 그는 이렇게 가난에 쪼들린 상태에서 어디에서 돈을 구할 수 있을까…… 이 문제를 생각하고 있었어. 그때 문 틈새로 저 멀리 있는 병동 끝쪽에 믿을 수 없는 존재가 나타난 것을 보았지. 그녀는 혹시 청년을 찾을 수 있을까 해서 환자마다 유심히 살피면서 그가 있는 쪽으로 다가오고 있었어. 아주 천천히 오고 있었지. 모든 입원 환자들이 홀린 듯이 그녀를 바라보았어. 전혀 몸치장을 하지 않았지만, 흰 옷을 입은 그녀는 너무도 멋져 보였어. 머리를 뒤로 묶은 채 헐렁한 원피스를 입고 있었어. 보석은 하나도 걸치지 않았어. 물론 보석이 없는 것은 당연했지. 그러나 그런 사실은 그녀가 거부와의 사치스러운 생활을 청산했다는 것을 뜻했어. 그래서 청년에게 그런 옷차림은 아주 특별한 의미가 있었지. 그를 본 그녀는 자기 눈을 믿을 수가 없었어. 그의 몸이 너무도 상해 있었거든. 그런 그를 보자, 그녀의 눈에 눈물이 가득 고였지. 바로 그곳에 있던 의사가 청년에게 이젠 퇴원해도 된다고 말했지만, 그는 갈 곳이 없다고 말했어. 그러자 그녀는 갈 곳이 있다고 대답했어. 조그맣고 허름하지만 정원이 있는 집이 한 채 있다고 했어. 야자수 그늘도 있고 소금 냄새를 풍기는 바닷바람도 불어오는 곳이라고. 그녀는 베라크루스의 변두리 끝쪽, 즉 농촌과 같은 곳에 집을 한 채 빌렸던 거야. 그들은 함께 병원을 나섰어. 그는 몸이 쇠약했기 때문에 현기증을 느꼈지. 그녀는 침대를 정리하기 시작했어. 그러자 그는 해먹을 설치하는 편이 나을 것 같다면서, 집을 에워싸고 있는 정원의 수많은 야자수 중에서 두 그루를 골라 해먹을 묶어달라고 했어. 그러고는 해먹에 누웠어. 그들은 서로 손을 잡은 채 눈을 떼지 못하고 하염없이 상대방을 바라보았지. 그는 그곳에 그녀와 함께 있으니까 곧 회복될 거라면서, 몸이 나으면 좋은 일자리를 찾아 그녀의 짐이 되지 않겠다고 말했어. 그녀는 저금해 놓은 돈이 있으니 그런 것 때문에 걱정할 필요는 없다고 대답했어. 그러면서 그가 완쾌되지 않으면, 일하러 내보내지 않을 것이라고 말했지. 아무 말도 하지 않은 채 그들이 사랑의 눈길을 주고받았을 바로 그때 어부들의 노래가 울려 퍼졌어. 현악기로 연주하고 있었는데, 아주 아름다운 음악이었어. 기타였는지 하프였는지 잘 모르겠어. 그러자 그는 거의 속삭이는 목소리로 이 곡에 가사를 붙이기 시작했어. 노래를 한다기보다는 오히려 거의 말하는 느낌이 들 정도였지. 저 멀리 들려오는 악기 소리에 맞추듯 아주 느린 선율이었어. '당신은 내 마음속에 있고…… 나도 당신 마음속에 있어요……. 이젠 울 필요도 고통받을 이유도 없어요……. 내가 행복을 말하지 않는 것은…… 세상 사람들이 이 행복을 알지 못하게 하기 위해서예요……. 내 가슴속에는 살고 싶은…… 그리고 사랑하고 싶은 욕망이 솟구쳐 큰 소리로 울려오고 있어요……. 난 행복해요……. 당신도 행복해요……. 당신은 날 사랑하고, 난 더욱 당신을 사랑해요……. 난 사랑에 빠져 지난 일을 잊었어요……. 난 오늘 행복해요……. 날 위해 우는…… 당신을 보았기 때문이에요.'"

"멈추지 말아."

"며칠이 지나자 그의 몸은 많이 좋아졌어. 하지만 그녀가 밖으로 나가는 것을 허락하지 않을까 걱정이 되었어. 심지어 그녀는 매일 밤 자신이 노래하는 초호화 호텔에도 오지 못하게 했지. 그는 점차 질투하기 시작했어. 신문에 왜 그녀 같은 스타가 쇼를 한다는 광고가 나오지 않느냐고 물었어. 그러자 그녀는 거부가 자기 뒤를 밟지 못하게 하기 위해서 그랬다고 대답했어. 그리고 그녀는 거부가 호텔에서 청년을 보면 죽여버리라고 지시할 수도 있다고 덧붙였어. 그러나 청년은 그녀가 거부와 만나고 있을지도 모른다고 생각하기 시작했어. 어느 날 청년은 국제적인 쇼를 상연하는 나이트클럽이 있는 초호화 호텔로 갔어. 하지만 그녀의 이름은 어디에서도 볼 수 없었지. 아무도 그녀를 알지 못하고 보지도 못했다는 거야. 단지 몇 년 전에 이름을 떨쳤던 스타라는 사실만 기억할 뿐이었지. 그러자 그는 자포자기에 빠져 술집들이 늘어선 항구 지역을 배회했어. 그때 모퉁이의 가로등 아래에서 손님들을 찾고 있는 그녀의 모습을 보았어. 그는 자기 눈을 의심했어. 그녀는 그런 식으로 청년을 돌보기 위해 돈을 벌었던 것이야! 그는 그녀가 자신을 보지 못하게 숨었어. 그러고는 맥이 빠져 집으로 돌아왔지. 그녀가 새벽에 돌아오자 그는 잠을 자는 척했어. 그때까지 그런 일은 한 번도 없었어. 다음 날 그는 일찍 일어나 일자리를 찾으러 나갔어. 그녀한테는 아무 핑계나 대었지. 해가 질 무렵에 돌아왔지만, 아무 소득도 없었어. 그녀는 몹시 걱정하고 있었어. 그는 일이 잘 되어가고 있다고 말했어. 그녀가 길거리로 일하러 나가는 시간이 돌아오자, 그러니까 그녀 말대로라면 노래를 부르러 갈 시간이 돌아오자, 청년은 나가지 말라고 애원했어. 밤에는 도처에 위험이 도사리고 있으며, 두 번 다시 그녀를 볼 수 없을지 걱정이 되니 제발 자기와 함께 있어달라고 했어. 그녀는 너무 걱정하지 말라고 했어. 그리고 집세를 내야 하니까 반드시 일을 하러 나가야 된다고 말했어. 의사는 청년 모르게 아주 비용이 많이 드는 새로운 치료법을 제안했는데, 다음 날 당장 둘이 의사를 만나러 가기로 했던 거야. 그녀는 집을 나갔어……. 그러나 그는 자기가 그녀에게 무거운 짐이 되었다는 사실을 알았어. 청년은 그녀가 자기를 구하기 위해 그녀 자신을 버렸다는 것을 깨달았어. 청년은 밤에 항구로 돌아오는 어부들의 배를 바라보았어. 그러고는 해변으로 걸어갔어. 아주 멋진 보름달이 빛나고 있었어. 보름달은 열대의 밤에 밀려오는 부드러운 파도 속에서 조각조각 부서졌어. 바람 한 점 불지 않는 아주 적막한 밤이었지. 반면에 청년의 마음은 이와 반대였어. 어부들은 입을 다문 채 콧노래로 합창했어. 아주 슬픈 가락이 울려 퍼졌어. 청년은 자기의 절망을 말로 표현하면서 가락에 맞추어 노래했지. '…… 내 고독의 어둠 위로…… 당신을 산산이 짓밟는 달이여…… 어디로 갔을까? 당신은 어디로 갔을까? ……오늘 밤 당신은 하염없이 떠돌아다닐 것이라고 말해주오……. 이제 당신은 떠났고…… 누구와 함께? 당신은 지금 누구와 함께 있을까? …… 그녀에게 말해주오. 난 그녀를 사랑하고 있으며…… 기다림에 지쳐 죽을 것 같다고…… 돌아오라고, 지금 당장 돌아오라고…… 밤에 떠돌아 다니는 것은 몸에 좋지 않고, 몸을 상하게 한다고…… 또 괴로움만 더할 뿐이라고…… 그리고 울면서 끝이 난다고…….' 그녀가 새벽에 돌아와 보니 그는 이미 집에 없었어. 그는 종이 한 장만 남겨두고 떠나버렸던 거야. 그 종이에는 그가 그녀를 미치게 사랑하고 있지만 그녀의 짐이 되기는 싫으며, 제발 그를 더 이상 찾지 말라고 적혀 있었어. 하느님이 다시 그들을 맺어주길 원하신다면 서로 찾지 않아도 다시 만나게 될 테니까……. 그녀는 그곳에 수북이 쌓인 담배꽁초를 보았어. 청년은 깜빡 잊고 그곳에 성냥갑을 놓아두었는데, 그 성냥갑에는 항구 술집의 이름이 새겨져 있었지. 그래서 그녀는 그가 자기를 보았다는 사실을 알게 되었는데…….”

“거기서 끝나?”

“아니야, 아직 더 남았어. 마지막 부분은 내일을 위해 남겨둘게.”

“너, 졸리구나.”

“아니야.”

“그럼 왜 그래?”

“이 영화 때문에 내 기분이 나빠지는 것 같아. 무엇 때문에 영화 이야기를 시작했는지 모르겠어.”

“……”

“발렌틴, 어쩐지 나쁜 예감이 들어.”

“어떤 예감인데?”

“날 다른 감방으로 옮길 것만 같다는 예감이 들어. 그런 다음, 날 석방시키지 않을 것 같아. 그럼 난 더 이상 널 볼 수 없을 것 같다는…….”

“……”

“난 기분이 매우 좋았어. 그런데 이 영화 이야기를 하면서 다시 마음이 울적해졌어.”

“그런 일을 지레짐작하는 건 바람직하지 않아. 앞으로 일어날 일을 네가 어떻게 알겠어…….”

“뭔가 나쁜 일이 일어나지 않을까 두려워.”

“어떤 나쁜 일?”

“이봐, 내가 출옥한다는 것은 엄마의 건강을 위해서만 좋은 일일 뿐, 다른 것은 하나도 좋은 게 없어. 그런데 내가 떠나버리면 아무도 널 보살펴 주지 않을 거라는 걱정이 들어서…….”

“네 자신에 대해선 생각하지 않아?”

“응, 생각하지 않아.”

“…….”

“…….”

“몰리나, 묻고 싶은 것이 한 가지 있어.”

“뭔데?”

“아주 복잡한 것인데…… 좋아, 이거야. 넌 신체적으론 나처럼 남잔데…….”

“음, 그런데…….”

“그래. 넌 아무런 열등감도 없어. 그런데 왜…… 남자처럼 행동할 생각을 하지 않는 거지? 여자와의 관계를 말하려는 것은 아니야. 여자들은 네게 매력적인 존재가 아니니까. 그것과는 다른 의미의 남자, 즉 왜 남성적인 태도를 가지려고 하지 않느냐는 거지.”

“안 돼, 난 그렇게 할 수가…….”

“왜 안 되는데?”

“그냥 안 된다니까 그래.”

"그 점이 바로 내가 이해가 되지 않는 점이야…… 동성애자들이 모두 다 그런 건 아니야."

"그래. 동성애자들 중에서도 별의별 종류가 다 있어. 하지만 난 안 돼, 난…… 그런 게 아니면 쾌감을 느낄 수 없는걸."

"이봐. 이런 문제는 하나도 이해할 수가 없어. 하지만 대충이라도 설명하고 싶어."

"그럼 난 듣고 있을게."

"내가 말하고 싶은 것은 네가 여자가 되고 싶더라도…… 그것 때문에 열등한 존재라고 느끼지는 말라는 거야."

"……."

"내 말 알아들었는지 모르겠군. 넌 어떻게 생각하니?"

"……."

"네가 호의를 베풀거나 용서를 빌 필요는 없다는 것이지. 비록 네가 좋아서 하는 것일지라도. 그러니까…… 복종할 필요가 없다는 말이야."

"하지만 어떤 남자가 내 남편이라면…… 그는 명령을 해야만 돼. 그래야만 직성이 풀리니까. 그게 자연스러운 거야. 남편이란 한 가정의 가장이니까……."

"아니야. 가장과 주부는 동등한 위치에 있어야 돼. 그렇지 않으면, 그건 착취야."

"그러면 남자다운 매력이 없어지는데."

"뭐라고?"

"그래. 이건 밝혀서는 안 되는 건데, 네가 알고 싶어 하니까…… 남자다운 매력은 한 남자가 널 안을 때…… 그가 조금은 두렵다는 느낌을 받게 되어야 비로소 느껴지는 거야."

"아니야. 그건 잘못된 거야. 누가 네 머리에 그런 생각을 집어넣었는지는 모르지만, 그건 아주 잘못된 생각이야."

"그래도 난 그렇게 느끼는걸."

"넌 그렇게 느끼는 것이 아니야. 네 머리에 그런 엉터리 생각을 집어넣은 사람들이 널 그렇게 만든 거야. 여자라고 해서, 뭐랄까…… 순교자가 될 필요는 없어. 이봐…… 내가 아프지만 않았더라도, 나를 동등하게 대해달라고 애원했을 거야. 하지만 그랬다간 너무 아플 것 같아서 말을 못 했어. 남자다움이라는 것은 전혀 쓸데없는 것이라는 것을 보여주기 위해 그렇게 부탁하고 싶었어."

"이제 그런 이야기는 하지 말아. 아무런 결론도 낼 수 없으니까."

"아니, 그 반대지. 난 이 문제에 대해 토론하고 싶어."

"하지만 난 싫어."

"왜 싫지?"

"싫으니까 싫은 거야. 이제 그만해. 제발 부탁이야."

14장

소장 그래, 자네 국장 좀 바꿔주게……. 고맙네……. 그동안
잘 있었소! 그쪽 일은 어떻소? 여긴 별 진전이 없소.
그래, 바로 그것 때문에 전화한 것이오. 조금 후에 이
리로 올 것이오. 몰리나에게 일주일의 시간을 더 주었
다는 사실을 기억하는지 모르겠소. 그리고 아레기한테
는 몰리나가 가석방 명단에 올라 있기 때문에 다음날
로 감방을 바꿀 것이라고 알려주기로 했었소. 맞소, 바
로 몰리나가 생각해 낸 것이었소. 맙소사…… 그렇소,
시간이 없소. 물론이오. 게릴라에게 반격을 가하기 전
에 이 정보가 필요하다는 것은 나도 알고 있소. 그렇
소, 잠시 후면 이 곳으로 올 것이오. 그래서 그전에 당
신에게 전화를 하는 것이오. 가령 그가 우리에게 아무

정보도 제공하지 않을 경우에는…… 전혀 불지 않는
다면, 그러니까 조금도 진전이 없을 경우에는, 몰리나
를 어떻게 하는 게 좋겠소? 그렇게 생각한다면…… 며
칠 내로 하는 것이 좋겠소? 내일 당장 하라고? 왜 내
일이오? 그래, 물론 시간 낭비할 필요가 없지. 알겠소.
오늘은 아니고. 그래야 아레기가 무언가를 계획할 시
간이 있을 테니까. 좋소. 아레기가 몰리나에게 메시지
를 주면, 몰리나가 우리를 그들의 은신처로 인도할 테
니까. 문제는 우리가 미행을 하고 있다는 사실을 몰리
나가 눈치채지 못하게 하는 것이오. 하지만…… 몰리
나의 태도가 좀 수상하오. 뭐라고 설명할 수 없는 그
런 이상한 태도가 느껴진단 말이오. 몰리나가 나와의
약속을 지키지 않는다는, 즉 나한테 뭔가 숨기고 있다
는 느낌이 들어서…… 몰리나가 그자들 편으로 돌아
섰다고 생각하오? 그래, 아레기 일당들에게 보복을 받
을지도 모른다는 두려움 때문에 그럴 수도 있지. 그렇
소. 아레기 역시 그걸 이용했는지 모르겠군, 어떤 방법
으로 했는지는 모르겠지만…… 그래서 그럴 수도 있겠
어. 몰리나 같은 놈이 어떻게 행동할지 점치는 건 어려
운 일이오. 좌우간 그놈은 변태니까.

물론 또 다른 가능성도 있소. 그건 몰리나가 어느 쪽
과도 손잡지 않은 채 나갈 경우요. 물론 우리 쪽도 아
니고 아레기 쪽도 아니게 말이오. 그러니까 몰리나 자
신만을 생각하게 하는 것이오. 그렇소, 충분히 시험

해 볼 가치는 있소. 그리고 또 다른 가능성도 있소. 그렇소, 말하는 데 방해해서 미안하오……. 이 가능성은 다음과 같소. 만일 몰리나가 우리에게 아무런 도움도 주지 않는다면…… 그러니까 오늘과 내일 아침 석방될 때까지 아무런 정보도 주지 않는다면…… 그리고 출옥한 뒤에도 아레기의 동료에게 우리를 데려가지 않는다면…… 좋소, 바로 이런 경우에 또 하나의 가능성이 남아 있는 것이오. 이 계획은 이렇소. 신문에 내든지, 아니면 어떤 방법으로든 모 요원이 경찰에게 아레기 일당의 은신처에 관한 정보를 제공했으며, 이 요원은 형무소에서 비밀리에 활동했다고 알리는 것이오. 아레기 일당이 이 사실을 알게 되면 보복하기 위해 그를 찾아갈 것이고, 그럼 그곳에서 놈들을 습격하는 것이오. 좌우간 몰리나가 나가게 되면 수많은 가능성이 생기게 되오. 아, 그러니 나도 기쁘오.

고맙소, 고맙소. 몰리나가 사무실을 나가면 바로 다시 전화하겠소. 알겠소. 그렇게 하기로 합시다. 나도 동의하오……. 곧 전화하겠소……. 그럼 조금 있다 말하도록 합시다.

소장 들어오게, 몰리나.

피고 안녕하세요, 소장님.

소장 간수, 이제 됐네. 우리 둘만 있게 해주게.

간수 알겠습니다, 소장님.

소장 요즘 어떤가, 몰리나?

피고 잘 지내고 있어요, 소장님.

소장 새로운 것 좀 있나?

피고 그저 그래요, 소장님.

소장 무슨 진전이 있느냐고?

피고 아무것도 없는 것 같아요, 소장님…… 생각해 보세요, 제가 그것 말고 무얼 더 원하겠어요…….

소장 전혀 아무것도 없단 말이지…….

피고 예, 아무것도.

소장 이봐, 몰리나. 자네가 정보를 준다면, 난 자넬 석방할 만반의 준비가 되어 있어. 그러니까 자네의 가석방 서류는 이미 준비되었네. 내가 사인만 하면 돼.

피고 소장님…….

소장 유감이군.

피고 제가 할 수 있는 건 다 했어요, 소장님.

소장 아무런 암시조차 없었단 말인가? 아주 조그만 단서도 없었단 말이야? ……우리가 행동을 취할 수 있는 것이면 충분한데…… 작은 단서라도 있어야, 자네 서류에 사인할 수 있는 명분이 되는데…….

피고 소장님, 제가 가장 원하는 게 뭐겠습니까? 여기서 나가는 거잖아요. 하지만 없는 것을 꾸며댈 수는 없잖아요. 그게 더 나쁜 결과를 초래할 테니까요. 정말 아레기는 죽은 사람처럼 아무 말도 하지 않아요. 입을 다문 채, 모든 걸 의심해요. 제가 아는 한에서…… 그는 사람이라고 할 수 없어요.

소장 날 똑바로 쳐다보게, 몰리나. 우리 인간적으로 말해보세. 자네와 난 사람이니까. 자네 어머니를 생각해. 얼마나 기뻐하시겠는가. 그리고 우리가 자네 신변을 지켜줄 테니, 출옥하더라도 아무 일 없을 거야.

피고 석방만 되면, 전 어찌 되든 상관없어요.

소장 정말일세, 몰리나. 어떤 종류의 보복도 두려워할 필요가 없네. 우리가 자네를 계속해서 경호할 테니까. 아주 완벽한 보호를 받을걸세.

피고 소장님, 그건 알고 있어요. 그리고 저를 경호해 줄 생각을 해주시는 점은 무척 감사하게 생각해요……. 하지만 이런 상황에서 제가 어찌해야 하죠? 사실이 아닌 것을 꾸며대는 것은 더 나쁜 일인데…….

소장 그래…… 무척 유감이군, 몰리나. 이런 조건에서 내가 자네를 위해 해줄 수 있는 일은 하나도 없어.

피고 그럼, 아무것도, 정말로 아무것도 없었다는 말로 해두자는 거예요……? 그러니까 가석방은 전혀 기대할 수 없나요?

소장 그렇다네, 몰리나. 우리에게 어떤 정보도 제공하지 않는 한, 나도 자네를 전혀 도와줄 수 없네.

피고 모범수 추천을 받을 수도 없나요? 그런 것도 안 되나요?

소장 그렇다네, 몰리나.

피고 그럼 감방은요? 저를 같은 감방에 있게 할 생각이겠죠?

소장 그럴 이유가 어디 있나? 아레기보다 말이 더 잘 통하

는 사람들과 있고 싶지 않나? 말하지 않는 사람과 있
는 것은 아주 괴로운 일이지.

피고 전…… 그가 언젠가는 제게 정보를 흘릴 것이라는 희
망을 여전히 갖고 있어요.

소장 아닐세. 자넨 이미 우릴 충분히 도와주었다고 생각하
네. 그러니 다른 감방으로 옮겨질걸세.

피고 제발 부탁이에요, 소장님. 제발…….

소장 도대체 왜 그런가? 아레기와 사랑이라도 하고 있나?

피고 소장님…… 그와 함께 있는 동안은 그가 제게 무엇인
가를 말해줄지도 모른다는 희망이…… 그리고 제게
말해주면, 제가 석방될 수 있다는 희망도…….

소장 난 잘 모르겠네, 몰리나. 좀 더 생각해 봐야겠어. 하지
만 그렇게 되리라고 믿진 않네.

피고 소장님, 정말 부탁이에요. 제발 좀…….

소장 진정하게, 몰리나. 난 더 이상 할 말이 없네. 그만 돌아
가게.

피고 고마워요, 소장님. 저를 여러모로 도와주신 데 대해 감
사를…….

소장 이제, 그만 가보게.

피고 감사합니다…….

소장 그럼 잘 가게, 몰리나.

간수 부르셨습니까, 소장님?

소장 그래. 피고를 데리고 가게.

간수 알았습니다, 소장님.

소장 그전에 피고에게 할 말이 있네. 몰리나…… 내일 그 감방에서 나와야 하니 물건을 모두 챙기도록 하게.

피고 제발 부탁이에요…… 제발 저의 유일한 희망을 빼앗지 마세요.

소장 잠깐만. 아직 말이 끝나지 않았네. 내일 가석방으로 나가야 하니까 준비를 해두게.

피고 소장님…….

소장 그래, 내일이야. 아침 업무가 시작하자마자 나갈걸세.

피고 고마워요, 소장님…….

소장 행운을 비네, 몰리나.

피고 고마워요, 소장님. 감사합니다…….

소장 괜찮네, 이 사람아. 행운을 비네…….

피고 그 말, 정말이죠?

소장 그럼, 정말이지.

피고 믿을 수가 없어요…….

소장 믿게. 그리고 나가면 조심해서 행동하고. 이제 어린애들한테 엉뚱한 짓은 하지 말게.

피고 정말 내일이죠?

소장 그래, 내일 업무가 시작되면 바로 나가게 될 거야.

피고 고마워요…….

소장 됐네. 난 할 일이 많으니 이제 그만 가보게.

피고 감사합니다, 소장님.

소장 천만에.

피고 아! 한 가지 말씀드릴 게…….

소장 뭔데?

피고 내일 나가더라도, 집에서, 아니면 변호사가 면회를 왔
다면…….

소장 말해봐…… 간수더러 잠시 나가 있으라고 할까?

피고 아니에요. 그러니까…… 면회를 왔다면, 제가 내일 출
옥한다는 것을 확실히 몰랐을 테고…….

소장 그게 무슨 소린가……? 난 이해가 잘 안 돼. 무슨 소린
지 설명해 보게. 난 할 일이 많단 말일세.

피고 예, 만일 면회를 왔다면, 꾸러미를 가져왔을 텐데……
아레기의 눈을 속이려면…….

소장 아니야. 아무 상관없네. 변호사가 내일 자네가 석방된
다는 사실을 알았기 때문에 아무것도 가져오지 않았
다고 말하게. 내일부터는 집에서 밥을 먹을 테니까, 몰
라나.

피고 저 때문에 그런 것이 아니에요. 아레기 때문에…… 눈
을 속이려면…….

소장 너무 걱정하지 말게, 몰리나. 그렇게 말하면 돼.

피고 죄송해요, 소장님.

소장 행운을 비네.

피고 고맙습니다. 이 모든 것이 다…….

· · · · · · · · · · · · ·

"불쌍한 발렌틴, 내 손을 쳐다보고 있구나."

"미처 몰랐어. 일부러 그런 건 아니었어."

"눈이 완전히 갔는걸, 가련한 내 사랑……."

"무슨 그런 말을…… 그런데 어떻게 됐지. 빨리 말해봐."

"꾸러미를 가져오지 않았어. 날 용서해 줘."

"네가 뭘 잘못했기에……."

"아아, 발렌틴……."

"왜 그래?"

"아아, 넌 몰라……."

"왜 그렇게 알 수 없는 말만 하는 거지?"

"넌 모를 거야……."

"이봐…… 무슨 일이야? 말해보란 말이야!"

"내일 난 떠나."

"이 감방을 떠난다고?…… 그게 무슨 뚱딴지같은 소리야!"

"아니야, 진짜야. 난 내일 석방돼."

"그럴 수가……."

"그래, 가석방이 결정됐어."

"그래, 아주 좋은 일인데. 잘된 일이야……."

"난 잘 모르겠어……."

"믿어지지가 않아……. 그것보다 더 좋은 일이 어디 있어!"

"하지만 넌? ……넌 혼자 있게 되잖아."

"아니야, 난 믿을 수가 없어. 이렇게 갑자기 행운이 통째로 굴러들어 오다니. 몰리나! 너무 멋져, 멋지단 말이야……! 이것 틀림없는 사실이지? 날 놀리는 거 아니지?"

"아니야, 정말이야."

"정말 좋은 소식이군."

"내 일로 이렇게 기뻐해 주다니, 넌 너무 좋은 사람이야."

"그래, 난 너 때문에 몹시 기뻐. 그리고 다른 일 때문에도 그래…… 너무 근사해!"

"뭐가? 뭐가 그렇게 근사하다는 거야?"

"몰라나, 넌 나 대신 멋진 일을 해낼 수 있을 거야. 아무 위험도 없을 거라고 확신할 수 있어."

"뭐가?"

"이봐…… 요즘 며칠 동안 아주 근사한 행동 계획이 떠올랐어. 그런데 내 동지들에게 이 계획을 전해줄 수가 없다는 것을 생각하면, 안달이 나 죽을 지경이었거든. 어떻게 하면 방법을 찾을 수 있을까 머리를 쥐어짜고 있었는데…… 그런데 바로 네가 쟁반에 해결책을 가져온 거야."

"아니야, 발렌틴. 난 그런 일에는 도움이 되질 못해. 쓸데없는 소리 하지 말아."

"잠깐만 내 말을 들어봐. 아주 쉬울 거야. 내가 말한 것을 모두 기억하기만 하면 돼. 그걸로 충분해. 그럼 일은 모두 끝난 거야."

"안 돼, 쓸데없는 소리 집어치워. 내가 무슨 짓을 하든지 너와 한패가 아닌지 보기 위해 날 미행할 거란 말이야."

"그런 건 별문제가 안 돼. 며칠간, 그러니까 한 보름쯤 가만히 있는 거야. 그리고 널 미행하고 있는지 아닌지 알 수 있는 방법도 알려줄게."

"아니야, 발렌틴. 난 가석방으로 나가는 거야. 그래서 조금이라도 무슨 일이 생기면 날 다시 감방에 가두어버릴 거란 말이야."

"눈곱만큼의 위험도 없다고 네게 확언할 수 있어."

"발렌틴, 제발 부탁이야. 아무것도 알고 싶지 않아. 그들이 어디에 있는지, 누구인지, 아무것도 알고 싶지 않단 말이야."

"넌 언젠가 나도 나가게 되길 바라지 않니?"

"여기서?"

"그래, 자유의 몸으로."

"왜 바라질 않겠어……."

"그럼 네가 날 도와주어야 돼."

"이 세상에서 네가 여기서 나가는 것만큼 내가 원하는 게 어디 있겠어. 하지만 내 말 좀 들어봐. 네가 잘되길 바라기 때문에 부탁하는 거야……. 나한테 아무 정보도 말하지 말아. 네 동지들에 대해 아무것도 말해주지 마. 난 그런 일엔 소질이 없어. 만약 내가 잡히기라도 하면, 난 모두 다 불어버리고 말 거야."

"내 동지들에 대해 책임을 지는 건 나지, 네가 아니야. 네게 부탁하는 것은 내가 보기에 전혀 위험하지 않기 때문이야. 네가 할 일은 며칠 동안 그냥 있다가, 네 집 전화가 아닌 공중전화에서 전화를 하는 것뿐이야. 그리고 가짜로 만날 장소를 정하는 거야."

"왜 만나는 장소를 가짜로 하는 거지?"

"응, 그건 우리 동지들의 전화가 도청당하고 있을지도 모르는 경우를 대비하기 위해서지. 그래서 장소에 관해서는 암호를 써야만 돼. 가령 '리오 데 오로' 제과점이라고 말하면, 그들은 그곳이 아니라 다른 장소라는 것을 알고 있어. 우리가 전화로 말할 때는 항상 그렇게 하거든. 내 말 알아듣지? 우리가 어떤 장소를 지칭하더라고, 실제로 우리는 다른 장소를 말하고 있는 것이야. 가령 모누멘탈 극장은 우리 동료의 집이고, 플라자 호텔은 보에도 지역에 있는 거리 모퉁이를 의미하는 거지."

"난 겁나, 발렌틴."

"너에게 모두 설명해 주면, 겁나지 않을 거야. 메시지를 전하는 것이 얼마나 쉬운 일인지 알게 될 거야."

"하지만 전화가 도청되고 있다면 나도 위험하잖아, 그렇지?"

"목소리를 바꾸어서 공중전화로 통화한다면 괜찮아. 그건 이 세상에서 가장 쉬운 일이야. 내가 어떻게 하는지 가르쳐줄게. 목소리를 바꾸는 데는 수천 가지 방법이 있어. 입에 캐러멜을 물고 할 수도 있고, 혀 밑에 이쑤시개를 넣고 할 수도 있고…… 이것 봐, 얼마나 쉬워."

"아니야, 발렌틴……."

"조금 있다가 다시 말하기로 하자."

"안 돼!"

"네 마음대로 해……."

"……."

"왜 그래?"

"……."

"고개를 숙이지 말아…… 날 좀 쳐다봐, 부탁이야."

"……."

"베개에 얼굴 파묻지 말아…… 제발 부탁이야."

"발렌틴……."

"왜 그래?"

"미안해, 널 혼자 두게 되어서."

"미안해할 필요 없어. 네 엄마를 볼 수 있고 또 엄마를 돌볼 수 있다는 사실에 만족해야 돼. 네가 원한 건 바로 그것이었잖아. 내 말이 틀렸어?"

"……."

"자, 나 좀 쳐다봐."

"만지지 말아."

"그래, 좋아. 몰리나."

"……날 그리워할 거야?"

"물론이지. 보고 싶을 거야."

"발렌틴, 난 한 가지 약속을 했는데, 누구한테 했는지는 잘 모르겠어. 아마 하느님한테 한 것 같아. 하느님을 믿진 않지만."

"음……."

"내가 평생 가장 원했던 것은 엄마를 돌보기 위해 이곳을 나가는 것이었어. 그래서 어떤 희생도 감수했지. 내 일은 모두 다 뒤로 미루었어. 난 무엇보다도 엄마를 돌볼 수 있게 해달라고 기도했어. 그리고 내 소원은 이루어졌어."

"그럼 만족해야지. 넌 참 훌륭한 놈이야. 네 자신을 먼저 생각하지 않고 다른 사람을 먼저 생각하니 말이야. 그런 네 자신을 자랑스럽게 여겨야 돼."

"그런데 그게 잘한 일이라고 생각하니, 발렌틴?"

"무슨 소리야?"

"그럼 나한테는 항상 아무것도 남지 않잖아…… 인생을 살면서 내 것은 하나도 남지 않는다는 것이 정말로 공평하느냐는 말이야."

"그래, 네 말도 일리가 있어. 하지만 넌 엄마가 있어. 그건네 책임이야. 그리고 넌 그 책임을 받아들여야만 되고."

"그래, 그 말은 맞아."

"그런데?"

"내 말 좀 들어봐. 엄마는 자기의 삶을 살았어. 그녀는 살대로 다 살았단 말이야. 남편도 있었고, 자식도 가졌고…… 엄마는 이미 늙었어. 엄마의 인생은 거의 다 끝났는데……."

"하지만 아직도 살아 계시잖아."

"그래. 그리고 나도 살아 있어…… 그런데 내 삶은 언제부터 시작하지? 언제가 되어야 내 것을 만질 수 있고, 내 것을가질 수 있지?"

"몰리나, 각자의 상황에 만족해야 돼. 석방된다니 넌 횡재한거나 다름없어. 그것에 만족하도록 해. 밖에 나가면 넌 다시시작할 수 있을 거야."

"난 너와 함께 남고 싶어. 지금 단 한 가지 내 소원은 너와함께 있는 거야."

"……."

"이런 것에 대해 말하는 게 부끄럽니?"

"아니…… 괜찮아, 으…… 응, 그래."

"뭐가 그런데?"

"그거 말이야. 좀 창피해."

"발렌틴, 내가 메시지를 전해주면, 네가 곧 나올 수 있을 것 같다고 생각하니?"

"그럼. 그건 우리의 대의명분을 도와주는 하나의 방법이기도 해."

"하지만 널 금방 석방시켜 준다는 말은 아니잖아. 네 말은 내가 그렇게 하면 좀 더 빨리 혁명을 할 수 있다는 말이잖아."

"그래, 몰리나."

"다른 이유로 널 석방시켜 주는 게 아니잖아."

"네 말이 맞아, 몰리나."

"……."

"너무 복잡하게 생각하지 말아. 그런 건 생각하지 마. 나중에 말하자."

"말할 시간이 많이 남아 있지 않아."

"밤새도록 할 수 있어."

"……."

"그리고 영화 이야기도 끝내줘야 돼. 절대로 잊으면 안 돼. 며칠 전부터 영화 이야기를 들려주려고 하지 않았잖아."

"그 영화를 떠올리면 몹시 우울해져."

"모든 게 널 우울하게 만들고 있구나……."

"그래, 네 말이 맞아…… 한 가지만 빼놓고는."

"쓸데없는 소리 하지 마."

"그래, 하지만 그건 불행하게도 사실이야. 모든 것이 날 슬

프게 해. 감방을 바꾸는 것도 날 우울하게 하고, 석방되는 것
도 날 슬프게 해. 한 가지만 빼놓고는⋯⋯."

"밖에 나가면 잘 지낼 수 있을 거야. 여기 감방에서 있었던
모든 일은 잊어버릴 거야. 두고 봐."

"난 잊고 싶지 않은걸."

"됐어⋯⋯. 이젠 쓸데없는 소리 그만해! 더 이상 날 놀리지
마. 제발 부탁이야!!"

"미안해."

"⋯⋯."

"발렌틴, 날 용서한다고 말해줘."

"⋯⋯."

"영화 이야기 해줄게. 네가 원한다면 끝까지 해줄게. 그런
다음에는 내 문제로 널 귀찮게 하지 않을게."

"⋯⋯."

"발렌틴⋯⋯."

"왜?"

"메시지는 전하지 않을래."

"알았어."

"여기서 나가기 전에 너에 관해 불라고 취조하지 않을까 두
려워."

"네 마음대로 생각해."

"발렌틴⋯⋯."

"왜?"

"화났어?"

"아니."

"영화 이야기 끝까지 해줄까?"

"아니. 넌 별로 하고 싶은 기분이 아니잖아."

"네가 원하면 끝까지 해줄게."

"그럴 필요 없어. 어떻게 끝날지는 상상이 가니까."

"행복하게 끝난다고 생각해? 그렇지?"

"모르겠어, 몰라나."

"그것 봐, 넌 모르잖아. 내가 얘기해 줄게."

"마음대로 해."

"어디까지 말했지?"

"잘 기억이 나질 않아."

"자…… 아마 남자는 여자가 자기를 먹여살리기 위해 창녀가 되었다는 사실을 알았고, 그녀는 그가 그 사실을 알게 되었다고 생각한 데까지 했을 거야. 그리고 새벽에 집에 돌아와 보니, 그는 집에 없었지."

"그래, 거기까지 했어."

"그런 일이 있은 후, 갑부는 그녀가 가난에 허덕이면서 비참한 생활을 하고 있다는 것을 알고 그녀를 찾아다녔어. 자기가 한 행동을 깊이 뉘우치고 있었지. 그날 아침 바다가 바라보이는 허름한 집 앞에 근사한 자동차가 멈추었어. 갑부의 운전사가 운전을 했는데, 갑부가 그녀를 데려오라고 보낸 거였어. 그녀는 가지 않겠다고 했어. 그러자 한참 후에 갑부가 직접 찾아왔어. 그녀에게 자기를 용서해 달라면서, 그녀를 사랑했으며, 그녀를 잃은 절망감 때문에 모든 일을 저지른 거라고 말했어.

그녀는 그동안 있었던 일을 말하면서 흐느껴 울기 시작했어. 그러자 갑부는 몹시 뉘우치면서, 그녀가 그런 희생을 할 정도로 그 청년을 진실로 사랑하고 있으며, 앞으로도 그를 영원히 사랑할 것이라고 말했어. 그리고 '이건 당신 것이오.'라고 말하면서 보석 상자를 건네주었어. 거기에는 그녀의 보석이 들어 있었지. 갑부는 그녀의 이마에 키스하고서 집을 나갔어. 그러자 그녀는 정신 나간 여자처럼 사방으로 청년을 찾아다니기 시작했어. 보석을 팔아 최고의 병원에서 최고의 의료진에게 그의 병을 치료하게 하고도 남을 만한 돈이 생겼기 때문이야. 하지만 그 어느 곳에서도 청년을 찾을 수는 없었어. 그녀는 감옥과 병원들까지 찾아다니기 시작했어. 그러다가 마침내 중환자실에서 그를 발견했어. 처음에는 술로, 그러고 나서는 배고픔과 추위로 그의 몸은 완전히 망가져 버렸어. 갈 곳이 없어서 추운 밤에도 해변가에 쓰러져 잤거든. 그는 그녀를 보더니 미소를 짓고는 안고 싶으니 가까이 오라고 했어. 그녀는 침대 옆으로 갔지. 그들은 꼭 껴안았어. 그는 그녀에게 지난 밤에는 몸이 너무 안 좋아서 죽을까 두려웠다고 말했어. 하지만 그날 아침 죽을 고비를 넘기자, 아직 몸이 낫지 않았더라도 그녀를 찾으러 나갈 생각이었다고 했어. 청년은 그들을 헤어지게 만든 것들은 전혀 중요하지 않고, 이젠 어떤 방법으로든 다시 시작할 수 있다고 생각했거든. 그러자 그녀는 그의 말을 확인하려는 듯 침대 머리맡에 서 있던 수녀 간호사를 보았어. 하지만 수녀는 아니라는 표시로 보일락 말락 하게 고개를 가로저었어. 그는 아주 중요한 일간 신문사에서 자기에게 일자리를 제안했으며, 또 자기를 특파원으로 해외로 보낼 것이라고 했어. 그러면 그녀와 함께 모든 것을 떨쳐버린 채 함께 멀리 가자고, 그러면 자기들이 받은 모든 고통을 잊게 될 것이라고 말했어. 바로 그때 그녀는 그가 고열로 헛소리를 하고 있다는 사실을 알아챘지. 그는 위중한 상태였던 거야. 그는 그녀에게 곡에 붙일 가사를 썼다면서, 그 가사에 맞춰 곡을 붙여 노래를 불러달라고 했어. 그는 그 가사를 한 마디씩 힘없이 말했어. 그녀는 가사를 따라 불렀어. 바다에서 흘러나오는 것 같은 배경음악이 울려 퍼졌지. 그는 고열 때문에 상상의 나래를 펼치고 있었어. 그녀와 함께 찬란한 황혼녘의 햇빛 아래에서 어부들이 일하는 선창을 바라보고 있다고 상상하고 있었어. '……슬플 때는 당신을 생각합니다……. 기쁠 때도 당신을 생각합니다. 다른 눈을 바라보아도, 다른 입술에 키스를 해도, 다른 향수 냄새를 맡아도…… 난 당신을 생각합니다…….' 그들은 선창가에서 수평선을 쳐다보았어. 돛단배가 가까이 다가왔지. '……당신을 내 마음 깊은 곳으로 데려갑니다……. 당신을 내 영혼 속으로 데려가 당신을 기억하렵니다.' 돛단배는 어부들이 쓰고 있던 조그만 선착장으로 다가왔어. 선장은 풍향이 좋아서 닻을 즉시 올려야 하니까, 얼른 배에 오르라는 신호를 어부들에게 보냈어. 그러면서 두 사람을 멀리 조용한 바다로 데려가라고 지시했어. 노래가 계속되었어. '내가 당신을……이토록 사랑하게 될 줄은…… 생각도 못 했답니다……. 내 마음을 빼앗아 갈 줄은 생각도 못 했습니다……. 그래서 내 인생은…… 멀리 있으나…… 가까이 있으나 항상 당신을 그립니다…….' 그는 뱃머리에서 그녀를 포옹한 채 끝없이 펼쳐진 바다를 바라보았어. 수평선 너머로 해가 졌기 때문에 바다와 하늘밖에는 보이지 않았어. 그때 여자는 노래 가사가 아름답다고 말했어. 하지만 아무 대답도 들리지 않았어. 그는 눈을 뜬 채 움직임이 전혀 없었지. 아니, 그가 살아서 본 마지막 장면은 두 사람이 뱃머리에 서서 행복을 향해 영원히 포옹하는 모습이었어."

"이야기가 너무 슬픈데……."

"아직 끝나지 않았어. 그러자 그녀는 그를 껴안고는 마구 흐느껴 울었어. 그녀는 보석을 팔아 생긴 돈 전부를 그곳에 있던 수녀에게 주었어. 가난한 사람들을 위해 써달라면서 말이야. 그러고는 정신 나간 사람처럼 걷고 또 걸었어. 그녀는 며칠 전까지 그들의 행복한 보금자리였던 허름한 집에 도착했어. 그녀는 해안가를 걷기 시작했어. 해가 질 무렵이었지. 그런데 청년의 노래를 부르는 뱃사공들의 노랫소리가 들려왔어. 청년의 노래를 듣고 외워버렸거든. 젊은 연인들이 석양을 바라보고 있었어. 청년과 그녀가 다시 만났을 때 행복에 젖어 부른 노래가 들려왔어. 지금은 물론 뱃사공들이 노래를 부르고 있었지. 사랑에 빠진 연인들은 그 노래를 듣고 있었어. '……당신은 내 마음속에 있고, 나도 당신 마음속에 있어요. 이젠 울 필요도 고통받을 이유도 없어요. 내가 행복을 말하지 않는 것은 세상 사람들이 이 행복을 알지 못하게 하기 위해서예요……. 내 가슴속에는 살고 싶은…… 그리고 사랑하고 싶은 욕망이 솟구쳐 큰 소리로 울려오고 있어요…….' 그때 늙은 뱃사공이 그녀에게 청년의 안부를 물었어. 그녀는 그가 이 세상을 떠났지만, 청년은 그들과 항상 함께 있을 것이니까 괜찮다고 말했어. 비록 한 곡의 노래 속에 어려 있는 추억밖에는 아무것도 아니지만 말이야. 이미 저물고 있는 해를 바라보면서 그녀는 혼자 계속 걷고 있었어. 그러자 다시 노랫소리가 들려왔어. '난 행복해요. 당신도 행복해요…… . 당신은 날 사랑하고, 난 더욱 당신을 사랑해요…… . 난 사랑에 빠져 지난 일을 잊었어요…… . 난 오늘 행복해요…… . 날 위해 우는…… 당신을 보았기 때문이에요.' 날이 거의 어두워졌기 때문에 저 멀리로 정처 없이 걷고 있는 그녀의 실루엣만 희미하게 보였어. 마치 고통에 방황하는 영혼처럼 걷고 있었지. 그런데 갑자기 그녀의 얼굴이 클로즈업되면서 아주 크게 보였어. 눈에는 눈물이 가득 고여 있었어. 하지만 입가에는 미소를 짓고 있었어…… . 이 이야기는 이렇게 막을 내렸어…… . 이제 끝이야.”

“그랬구나…… .”

“아주 이상하게 끝나지?”

“아니, 아주 멋진데. 그 부분이 영화에서 가장 멋진 부분이야.”

“왜 그렇게 생각해?”

“그녀는 모든 것을 다 잃었지만 적어도 일생에 한 번은 진정한 관계를 가질 수 있었던 것에 만족한다는 의미니까. 비록 그와의 관계는 끝났을지언정…… .”

“행복하다가 모든 것을 다 잃어버리면 더욱 고통스럽지 않을까?”

"몰리나, 한 가지 명심해 두어야 할 게 있어. 사람의 일생은 짧을 수도 있고 길 수도 있지만, 모두 일시적이야. 영원한 것이라고는 아무것도 없어."

"그래, 맞아. 하지만 조금 더 오래가는 것은 있어."

"우린 현실을 있는 그대로 받아들여야 해. 좋은 일이 일어나면 오래 지속되지 않더라도 소중히 여길 줄 알아야 해. 영원한 것은 아무것도 없으니까."

"말은 쉽지. 하지만 그걸 진정으로 느낀다는 것은 다른 문제야."

"그러면 합리적으로 생각해서 자기 자신을 납득시켜야지."

"그래, 맞아. 하지만 이성이 이해할 수 없는 가슴속의 이성이 있지. 아주 유명한 프랑스의 철학자가 한 말이야. 그래서 내가 널 비웃고 있는 거야. 그가 누군지 이름까지도 기억할 수 있어. 바로 파스칼이야. 어때, 졌지!"

"널 그리워할 것 같아, 몰리나……."

"영화 이야기를 해줄 사람이 없을 테니까……."

"영화 이야기까지도……."

"……."

"통조림에 든 과일을 볼 때마다 네가 생각날 거야."

"……."

"치킨집 윈도에서 바비큐 치킨을 볼 때마다 널 기억할 거야."

"……."

"언젠가는 나도 여기서 나가는 횡재를 할지도 모르니까."

"내 주소 적어줄게."

"좋아."

"발렌틴…… 무슨 일이 생길 때면, 난 항상 말이나 행동을 조심했어. 네가 먼저 요구하지 않으면, 나도 너한테 하나도 부탁하지 않으려고 했거든. 자발적으로 말이야."

"그래, 나도 알아."

"그런데 작별 선물로 너한테 한 가지 부탁하고 싶은데……."

"그게 뭔데?"

"네가 한 번도 해주지 않은 거야. 우리가 이것보다 더한 것은 했지만……."

"뭐지?"

"키스."

"그렇군. 네 말이 맞아."

"하지만 내일 해줘. 나가기 전에 말이야. 너무 놀라지 말아. 지금 해달라는 것은 아니니까."

"좋아."

"……."

"……."

"한 가지 궁금한 점이 있는데…… 나한테 키스하는 것, 아주 싫어?"

"음…… 네가 처음에 말해준 영화의 여주인공처럼 네가 표범으로 변하지나 않을까 두려워서 그래."

"난 표범여인이 아니야."

"그래 맞아, 넌 표범여인이 아니야."

"표범여인이 된다는 건 아주 슬픈 일이야. 아무도 그녀에게 키스를 할 수가 없으니까. 아무도."

"넌 거미여인이야. 네 거미줄에 남자를 옭아매는……."

"아주 멋진 말인데! 그 말, 정말 맘에 들어."

"……."

"발렌틴, 너와 우리 엄마는 내가 이 세상에서 가장 좋아하는 사람이야."

"……."

"내 생각 많이 할 거야?"

"너한테 많은 것을 배웠어……. 몰라나……."

"그건 또 무슨 소리야? 난 멍청인데……."

"행복하게 지내길 빌어. 그리고 나를 좋은 놈으로 기억해 줬으면 좋겠어. 내가 널 생각하는 것처럼……."

"그런데, 나한테 뭘 배웠지?"

"설명하기 아주 어려운 것이야. 하지만 나한테 여러 가지를 생각하게 해주었어. 이건 확실히 말할 수 있어……."

"네 손은 항상 따뜻해, 발렌틴."

"네 손은 항상 차고."

"발렌틴, 너한테 한 가지 약속할게. 널 떠올릴 때마다, 난 행복할 거야. 네가 나한테 가르쳐준 대로 말이야."

"그리고 한 가지 더 약속해 줘……. 다른 사람들이 널 무시하지 않도록 행동하고, 아무도 널 함부로 다루게 하지 말고, 착취당하지도 말아. 그 누구도 사람을 착취할 권리는 없어. 한 얘기 또 해서 미안해. 전에 한 번 말했는데, 넌 그 말을 별로 달갑게 여기질 않았어."

"……"

"몰리나, 남한테 무시당하면서 살지 않겠다고 약속해 줘."

"그래, 약속할게."

"……"

"벌써 책을 덮어, 이렇게 일찍?"

"……"

"전깃불 끌 때까지 기다리지 않을 거야?"

"……"

"옷 벗기면 추울까?"

"……"

"넌 너무 근사해……"

"……"

"아……"

"몰리나……"

"왜?"

"아무것도 아니야……. 괜찮아?"

"응, 괜찮아……. 아아, 그래, 그래, 바로 그거야."

"아프니?"

"지난번에 했던 방법이 나은 것 같아. 내가 다리를 올릴게. 그래, 그렇게 어깨 위에."

"……"

"그렇게……"

"조용히…… 잠시만 조용히 해."

"그래……"

"……."

"발렌틴……."

"왜?"

"아무것도…… 아무것도 아니야……."

"……."

"발렌틴……."

"……."

"발렌틴……."

"무슨 일이야?"

"아니야, 아무것도. 바보 같은 소린데…… 네게 말하고 싶은
게 있어."

"뭔데?"

"아니, 말하지 않는 게 나을 것 같아."

"……."

"……."

"몰리나, 도대체 뭔데 그래? 오늘 나한테 부탁한 것을 부탁
하고 싶어서 그래?"

"그게 뭔데?"

"키스."

"아니야, 그게 아니라 다른 거야."

"지금 키스해 줄까?"

"그래, 네가 싫지 않다면."

"날 화나게 하지 말아."

"……."

“…….”

“고마워.”

“고마워해야 될 사람은 나야.”

· · · · · · · · · · · · ·

“발렌틴…….”

“…….”

“발렌틴, 벌써 자?”

“왜 그래?”

“발렌틴…….”

“말해봐.”

“네 동지들에게 건네줄…… 정보를 모두 말해봐.”

“네가 원한다면.”

“그리고 내가 해야 할 일도 전부 말해줘.”

“좋아.”

“내가 완전히 완전하게 외울 때까지…….”

“그래, 알았어…… 아까부터 말하고 싶었던 것이 바로 이
거야?”

“응…….”

“…….”

“하지만 한 가지, 아주 중요한 게 있어…… 발렌틴, 정말 내
가 나갈 때 심문하지 않을 거라고 확신할 수 있어?”

“물론이지, 확신해.”

"그럼, 네가 말하는 것을 전부 다 할게."

"내가 지금 얼마나 기쁜지 넌 모를 거야."

15장

이 달 9일에 가석방된 피고인 3018호, 루이스 알베르토 몰리나에 관한 보고서. 본 보고서는 전화도청 부서 TISL과의 협조로 감시 기관인 CISL이 작성함.

9일, 수요일 피고는 오전 8시 30분에 석방되어 오전 9시 5분에 택시를 이용해 집에 도착함. 후라멘토 5020번지에 있는 집에서 온종일 외출하지 않은 채 창문으로 여러 번 사방을 둘러봄. 그중 특이할 만한 사항은 몇 분간에 걸쳐 북서쪽을 뚫어지게 쳐다보았다는 것임. 그의 아파트는 3층에 있었으며 건너편에 높은 가옥은 없었음.

10시 16분에 전화를 해서 랄로를 찾음. 랄로가 전화를 받자 몇 분 동안 여자 말투로 말함. 전화 통화 중 몇 개의 상이한 이름이 오갔는데, 그 이름들은 테레사, 니, 치나, 페를라, 카라콜라, 페피타, 카를라와 티나임. 랄로라는 사람은 주로 피고인에게 형무소에서 누구를 정복했는지에 관해 말해달라고 조름. 피고는 형무소에서 성관계를 가질 수 있다는 말은 모두 거짓이며, 단 한 번도 즐길 기회가 없었다고 대답함. 주말에 함께 영화관에 가기로 약속함. 자기들끼리 서로 새로운 이름으로 부르면서 웃음.

18시 22분에 피고는 롤라 이모에게 전화함. 그녀와 오랫동안 통화함. 그녀는 확실히 피고 어머니의 여동생으로 보임. 주로 피고 어머니의 건강에 관해 말했으며 이모는 자기도 역시 아팠기 때문에 피고의 어머니를 돌볼 수 없었다고 말함.

10일, 목요일 피고는 오전 9시 35분에 밖으로 나와 세탁소로 향함. 그곳은 팜파가(街)와 트리운비라토가(街)가 만나는 곳, 즉 그의 집에서 두 블록 떨어진 곳에 위치함. 그곳에 커다란 옷 보따리를 맡김. 그러고 난 후 가마라가(街)를 돌아 그곳에서 반 블록 떨어진 상점으로 감. 집으로 돌아오는 길에 담배를 사기 위해 가판대에 멈춤. 그곳은 아발로스가(街)에 위치한 곳으로 거의 팜파가(街)와 만나는 지점임. 그곳에서 집으로 돌아감.

11시 4분에 친척들의 전화를 받았는데 전화를 건 사람들은 숙부 아르투로와 이모 마리아 에스테르라는 사람이었음. 그들은 피고에게 행운을 빈다고 말함. 이 통화가 끝난 즉시 여자 사촌으로 추정되는 에스텔라라는 젊은 목소리의 사람에게 전화함. 피고는 이 여사촌을 어떤 때는 치차라고 부르기도 하고, 어떤 때는 치차 이모라고도 부름. 이모는 피고에게 모범수로 형기를 채우기 전에 출소한 것을 축하한다고 함. 피고를 다음 일요일 점심식사에 초대했으며, 대화 중 이상한 말들이 오갔지만 아마도 이것은 피고가 음식을 더 준비하라고 할 때 사용하던 어릴 적 말투이며, 상대방이 이를 다시 말했기 때문이라고 보임. 피고는 무엇을 먹고 싶으냐는 막연한 물음에 사자고기라고 대답함. 이 모든 것이 어린아이들이 쓰는 속어로 보이지만 주목할 필요가 있음. 날씨가 쌀쌀했지만, 17시에 피고는 창문을 열고 어제와 마찬가지로 오랫동안 북서쪽을 바라보았음. 18시 46분에는 전날 전화를 했던 랄로가 다시 전화를 해서 여자 친구의 차로 드라이브를 하자고 했으며, 피고는 어머니와 이모와 함께 저녁을 먹기 위해 21시까지 돌아온다는 조건으로 이 제의를 수락함. 쿠카라는 이모는 같은 아파트에 살고 있으며 아침에는 빵집과 우유가게에서 물건을 샀음. 오후에도 트리운비라토가(街)와 루즈벨트가(街)가 만나는 길모퉁이에서 여섯 블록 떨어진 슈퍼마켓에 갔음. 통화가 끝나고 몇 분 후, 피고는 아파트에서 내려와 문 앞에서 기다림. 곧 피아트 차를 탄 두 명이 도착함. 랄로가 말한 것과는 달리, 남자 한 명과 여자 한 명이 아니었음. 약 40세 정도로 보이는 일행 중 한 명은 차에서 내리자마자 피고를 얼싸안으며 감동 어린 표정으로 두 뺨에 키스함. 하지만 또 다른 한 명은 운전석에서 내리지 않은 채 그대로 있었으며, 서로 악수만을 한 것으로 보아 피고를 잘 모르는 사람 같았음. 약 50세로 추정됨. 차를 타자 팜파가(街)를 지나 카빌도가(街)로 직진함. 그리고 카빌도가(街)에서 태평양로까지 간 다음, 산타페가(街), 오월 광장, 오월로, 국회로, 카야오가(街), 코리엔테스가(街), 재정복가(街)와 산텔모 지역의 여러 거리를 지남. 그런 다음 이 지역에서 번성하고 있는 카페 콘서트라는 새로운 술집 앞에서 잠시 멈춤. 또한 골동품가게 앞에서도 정차함. 피고는 누군가가 자기를 미행하는지 보기 위해 수차례에 걸쳐 뒤를 돌아보았음. 산텔모 지역부터는 멈추지 않고 곧장 피고의 주소지로 돌아옴.

어제 피고가 랄로라는 사람과 나눈 대화의 여자 이름 속에 숨겨진 암호를 신중히 검토할 필요가 있다는 전화도청 부서 요원들의 의견과 관련해, 대화의 말투가 농담조였고 어조가 지극히 무질서하다는 점이 지적되었음. 하지만 어느 정도 주의를 요함.

11일, 금요일 11시 45분에 쉰 목소리의 인물로부터 전화가 걸려옴. 피고는 그를 '대부'라고 불렀으며, 어느 순간 갑자기 목소리의 톤이 긴장되고 위장된 것으로 들려 수상한 전화 같았음. 하지만 대화 내용은 앞으로의 피고의 행실에 관한 것이었음. 정말 피고의 대부로 보이는 사람은 거리에서, 특히 직장에서 품행을 방정히 할 것을 충고하면서, 피고가 수감된 이유는 디스플레이어로 일하던 가게에서 미성년자와의 관계를 맺었기 때문이라는 사실을 상기시킴. 대화는 아주 냉랭했으며 서로를 힐책하면서 끝남. 몇 분 후 이미 언급되었던 랄로에게 전화함. 평소대로 여러 상이한 여자 이름을 댔는데 이번에는 여배우들의 이름이라 추정됨. 대화에 나온 이름은 그레타, 마를렌, 마릴린, 메를레, 지나, 제디(?)였음. 어떤 암호를 사용하는 것이 아니라, 전과 같이 농담을 하고 있는 것으로 보임. 대화는 즐거웠으며, 그 친구는 피고에게 몇몇 아는 친구들이 몇 개의 쇼윈도가 있는 부티크를 개점하려고 하는데, 예산 문제 때문에 다른 디스플레이어와 급료에 관한 합의가 이루어지지 않고 있다고 말함. 피고에게 다음 월요일에 전화하라면서 전화번호와 주소를 줌. 전화번호는 42-5874였으며 주소는 베루티가(街) 1805번지임. 15시에 피고는 집에서 나와 스무 블록이 넘는 카빌도가(街)까지 걸어가서 벨그라노 장군 극장에 들어감. 극장에는 거의 사람이 없었으며 그는 혼자 앉아 아무와도 말하지 않음. 극장에서 나오기 전에 소변을 보러 화장실에 감. 그곳은 매우 비좁았기 때문에 피고가 눈치채지 못하게 미행하지 않음. 화장실에 들어간 즉시 나옴. 반대편 거리로 걸어서 집까지 오는 도중에 주의 깊게 가옥과 상점들을 쳐다보았음. 19시가 되기 조금 전에 집으로 들어감.

잠시 후 어느 장소로 전화를 했는데 그곳은 '식당입니다.'라고 대답함. 식당 이름은 스탠드바 혹은 레스토랑의 카운터에서 나는 소음과 말소리로 알아들을 수 없었음. 피고는 가브리엘을 바꿔달라고 함. 즉시 그가 전화를 받았고, 그는 놀라움을 금치 못함. 하지만 곧 다정한 목소리로 바뀜. 위 인물은 남자 목소리였으며 아마도 부에노스아이레스시의 하층계급 출신으로 보임. 피고가 가브리엘이라는 사람의 출근 시간에 식당으로 가지 못할 경우, 시간에 맞추어 전화하기로 함. 가브리엘은 식당의 웨이터로 보임. 대화 중 특정 부분이 명확지 않았으므로 가브리엘의 신상을 조사할 필요가 있음. 결정적인 단서로 사료됨. 전화를 끊은 즉시 피고는 창밖을 바라보았지만, 창문을 열지는 않음. 추위 때문인 것 같음. 하지만 커튼을 젖히고 몇 분 동안 시선을 고정했음. 평소처럼 거리를 내려다보는 것이 아니라 위쪽을 쳐다보았음. 지난번과 마찬가지로 오늘도 북서쪽을 바라보았음. 즉 후라멘토가(街)와 바우네스가(街)의 교차로, 좀 더 정확하게 방향을 표시하자면, 교도소가 있는 비야데보토 지역 방향을 쳐다보았음.

12일, 토요일 어머니, 이모와 함께 집에서 나와 택시를 타고 15시 25분에 카빌도가(街)에 있는 그란사보이 극장에 도착함. 그들은 나란히 앉아 있었으며 아무와도 말하지 않음. 17시 40분에 극장을 나와 이번에는 몬로에가(街)와 카빌도가(街)가 만나는 사거리에서 버스를 탐. 집에서 한 블록 떨어진 곳에서 내려 웃으면서 걸었음. 빵집에 들러 빵가루를 구입함. 19시에 피고는 식당으로 전화를 함. 이번에는 마요르킨 식당이라고 말하는 소리를 분명히 들을 수 있었음. 가브리엘이 전화를 받았고, 피고는 어머니와 함께 있어서 식당에 갈 수 없었다고 말함. 가브리엘은 월요일에 낮근무를 한다면서, 내일 일요일은 항상 그렇듯이 식당을 열지 않는 다고 말함. 가브리엘은 약속이 미루어져 기분이 좋지 않은 듯 보였음. 지난 보고서에 언급했듯이 그 지역의 비밀감시 기관을 통해 가브리엘의 신상을 조사하기 시작함. 보고서 는 내일 당 조사실에 도착할 예정임.

13일, 일요일 신상 보고서 입수. 스페인 식당인 마요르킨 식당 은 살타가(街) 56번지에 위치함. 50년 전부터 영업해 온 마 요르킨 레스토랑 지배인은 가브리엘 아르만도 솔레가 그곳 에서 5년 전부터 웨이터로 일해왔으며, 그의 정직성에 대해 서는 추호도 의심의 여지가 없다고 밝힘. 좌익 사상에 물들 지 않았으며 노동조합 모임에도 참석하지 않고, 정치 활동 과도 전혀 연관되지 않음.

피고의 집에 10시 43분에 걸려온 전화가 유일한 통화였음. 전화를 한 사람은 며칠 전에 전화를 했던 치차 이모였으며, 그녀는 혀 짧은 소리로 이번에는 틀림없이 집에서 13시에 기다리겠다고 말함. 그리고 요리를 준비했으니 늦게 도착하 지 말라고 신신당부했는데, 처음에는 불명확해서 요리 이 름을 잘 알 수 없었으나, 후에 카넬로니로 판명됨. 12시 30분 에 피고와 어머니, 숙모가 집에서 나와 트리운비라토가(街) 와 팜파가(街)가 만나는 사거리에서 택시를 탐. 파트리시오 스 지역에 있는 테안푸네스가(街) 1998번지의 단층집 앞에 서 내림. 비대하고 머리가 흰 여인이 현관에서 아주 다정하게 그들을 맞이함. 18시 55분에 그 집에서 나왔으며 나이가 불분명한 한 여자가 피아트 600으로 그들을 집까지 데려다 줌. 특이할 만한 사항은 택시 운전사가 자기를 뒤쫓고 있다는 사실을 눈치채고 주행 중 수차례에 걸쳐 뒤를 돌아보았으며, 피고도 여러 번 뒤를 돌아보았다는 사실임. 두 여인은 뒤를 돌아보지 않음. 돌아오는 길에서는 피아트를 몰던 여자 운전사는 아무것도 눈치채지 못한 것 같음.

14일. 월요일 10시 5분에 피고는 이미 언급된 적이 있는 부티크로 전화함. 베루티가(街)에 있는 부티크의 전화는 금요일 11시부터 도청됨. 사건이 일어나기를 기다리기 위해 부티크에 대한 조사는 하지 않음. 전화를 받은 사람은 피고에게 함께 일하자면서, 다음 주 월요일인 21일에 월급을 상의하고 싶으니 들러달라고 함. 그리고 앞으로 일주일 정도면 끝날 내부수리 공사에 공사 책임자가 예산을 초과했다고 불평했으며, 따라서 디스플레이어에게 월급을 제대로 지불할 수 없다고 말함. 이어서 피고는 식당으로 전화해서 웨이터인 솔레와 통화함. 그에게 어머니와 함께 있어야 하기 때문에 시내로 나갈 수 없다고 말함. 솔레는 기분이 매우 언짢은 듯했으며 새 약속 시간은 정하지 않음. 피고는 이번 주중에 다시 전화하기로 약속함. 솔레가 피고와 접촉할 가능성은 거의 없어졌지만, 계속해서 마요르킨 레스토랑의 전화를 도청할 필요가 있음. 15시에 피고는 창가에 모습을 드러냈으며 평상시와 마찬가지로 북서쪽을 멍하니 바라보았음. 16시 18분에 집에서 나와 가판대에서 잡지 두 권을 구입함. 활자가 커서 두 권 중 한 권은 주간지 《클라우디아》라는 것을 확인할 수 있었음. 그 가판대에서는 정치성이 있는 잡지는 팔지 않는 것으로 판명됨.

· · · · · · · · · · · ·

20일 일요일 랄로가 11시 48분에 전화해서 지난주 일요일처럼 메차 오르티스와 함께 차를 타고 드라이브하자고 제안함. 이 이름은 아마도 지난번에 피아트를 운전했던 사람의 별명으로 추정됨. 상이한 이름을 대곤 했지만, 이 이름들이 어떤 암호를 의미하는 것 같지는 않다고 보임. 사용된 이름들은 델리아, 미르타, 실비아, 니니, 리베르, 파울리나 등이었으며, 이 이름들은 수년 전에 명성을 떨쳤던 아르헨티나 여배우들의 이름임이 확실함. 피고는 어머니와의 약속을 이유로 이 제안을 거절함. 15시 15분에 창가에 나타남. 이번에는 창문을 열었는데, 햇빛이 있었고 춥지 않아서 열었다고 추정됨. 평소에 보던 방향을 오랫동안 바라보았음. 17시 04분에 어머니와 함께 나와 팜파가(街)와 트리운비라토가(街)가 만나는 모퉁이에서 버스를 타고 5월가(街)와 리마가(街) 교차로에서 내림. 아베니다 극장이 있는 곳까지 두 블록을 걸어감. 사르수엘라[22]를 보기 위해 표를 산 후, 상연 시간인

---

22) 스페인의 뮤지컬 코미디의 한 종류.

18시 15분까지 쇼윈도를 살펴보기 위해 길을 건넘. 그사이에 피고는 화장실에 갔으나 아무와도 말하지 않음. 극장 좌석에 앉아 아무와도 말하지 않았으며 20시 40분에 극장을 나옴. 5월가(街)와 만나는 산티아고 에스테로가(街) 모퉁이에 있는 제과점에서 링도너츠와 초콜릿을 마심. 아무와도 말하지 않음. 5월가(街)와 베르나르도 데 이리고옌가(街) 교차로에서 극장에 갔을 때와 똑같은 경로로 버스를 타고 귀가함.

21일 월요일 피고는 8시 37분에 집을 나와 버스를 타고 카빌도가(街)까지 감. 거기에서 다시 버스를 타고 산타페가(街)와 카야오가(街)가 만나는 사거리에서 내림. 그곳에서 다섯 블록을 걸어 베루티가(街) 1805번지에 있는 가게까지 감. 피고는 두 명의 남자와 대화하면서 함께 쇼윈도로 쓸 공간을 보았음. 그들은 피고에게 커피를 대접함. 그곳에서 나와서 올 때와 동일한 방법으로 집으로 향함. 11시 30분에 친구인 랄로가 일하는 갈리시아 은행으로 전화함. 그들은 조심스럽게 대화했는데, 이는 상대방이 직장에 근무 중이었기 때문으로 추정됨. 피고는 아직 월급이 확정되지는 않았지만, 다음 날부터 일할 준비가 되었다고만 말함. 또 다른 통화는 롤라 이모와 나눈 대화로, 그녀는 피고의 어머니와 말했으며 피고가 취직될 것이라는 소식에 기뻐함.

22일 화요일 피고는 8시 5분에 집을 나와 9시가 거의 다 되어 마지막 두 블록을 뛰어서 부티크에 도착함. 12시 30분에 아야쿠초가(街)와 리오밤바가(街) 사이에 있는 훈칼가(街)에 위치한 카페에서 점심식사를 하기 위해 외출함. 그곳에 있는 공중전화로 피고가 전화함. 전화번호를 세 번 돌리고 나서 즉시 수화기를 놓았다는 사실에 주목할 필요가 있음. 그리고 난 후 약 3분간 통화함. 이는 피고가 일하는 가게에 전화가 있으며, 그곳 카페에서는 줄을 서야만 전화를 할 수 있었다는 사실로 미루어 볼 때, 이상한 통화로 여겨짐. 즉시 피고의 집, 마요르킨 식당, 그의 친구가 일하고 있던 은행 등의 전화를 조사했으나, 그 어느 쪽과도 통화하지 않았음이 밝혀짐. 피고는 직장에서 19시에 퇴근하여 20시가 약간 넘어 집에 도착함.

23일 수요일 피고는 7시 45분에 집을 나와 8시 51분에 직장에 도착함. 10시에 랄로의 집에 전화를 걸어 친구인 랄로와 통화하면서, 일자리를 추천해 준 것에 대해 고맙다고 함. 그리고 나서 랄로는 소라야라는 가게 주인 중의 한 사람에게 전화를 바꿔주었음. 대화 중에 그를 소라야라고 부르는 이유가 밝혀짐. 그는 '넌 아이를 가질 수 없는 여자이기 때문에 항상 그렇게 불렀어.'라고 말함. 상대편, 즉 랄로는 그를 같은 이유로 파비올라 왕비라고 불렀음. 이와 같이 이름이 계속 바뀌는 것은 미리 계획된 것이 아니며, 암호와는 관계없는 장난으로 보임. 12시 30분에 피고는 직장에서 나와 택시를 타고 상업은행 본점에 도착함. 저축예금 취급 창구로 가서 현금을 인출한 후, 수이파차가(街) 157번지에서 택시를 타고 대서소로 들어감. 대서소에서는 미행이 불가능했음. 18분 후 그곳에서 나와 택시를 타고 베루티가(街)에 있는 직장으로 돌아옴. 그곳에서 아침에 집에서 가져온 샌드위치 꾸러미를 펼치고는 가게 주인 한 명과 함께 천의 길이를 재면서, 서서 샌드위치를 먹었음. 19시 20분에 퇴근하여 평소에 이용하던 교통수단을 통해 20시 15분에 집에 도착함. 21시 4분에 집에서 나와 버스를 타고 페데리코 라크로세가(街)와 알바레스 토마스가(街)가 만나는 길모퉁이에서 내림. 그리고 그곳에서 다시 버스를 타고 코르도바로와 메드라노가(街)가 만나는 곳까지 옴. 그곳에서 솔레르가(街)와 메드라노가(街)가 만나는 곳까지 걸어감. 메드라노가(街) 길모퉁이에서 멈추어서 한 시간가량 기다림. 이 장소는 몇 미터만 더 가면 다른 길인 코스타리카가(街)와 만나는 곳이라 사방을 훤히 둘러볼 수 있는 곳임. 따라서 이 약속 장소에 나오는 사람은 피고를 완벽하게 감시할 수 있는 곳임. 이런 상황으로 볼 때, 이 장소는 경찰 감시망을 피하는 데 경험이 풍부한 사람이 선정했으리라 추측됨. 피고는 아무와도 말하지 않은 채 기다리고 있었음. 여러 대의 차가 지나갔으나, 아무 차도 그의 앞에 멈추지 않음. 피고는 집으로 돌아왔고 미행에 대해선 눈치채지 못한 것 같음. 본부는 피고가 누군가와 약속했지만 만날 사람이 감시를 눈치챈 것 같다는 의견을 보임.

24일 목요일 별도의 보고서에 의하면 피고는 구좌에 필요한 최
　소한의 금액만을 남기고는 예금 전부를 은행에서 인출함.
　수감되기 전부터 예치된 돈임. 호세 루이스 네리 카스트로
　대서소에는 어머니의 이름 앞으로 봉한 봉투 한 장을 남겨
　놓았는데, 상기된 사무실 책임자의 증언에 따르면, 이 봉투
　에는 피고가 인출한 예금이 들어 있었음. 피고는 자신의 행
　동을 최소한으로 국한함. 오전에 출근하여 샌드위치와 커
　피를 마심. 해당 점포에서 하루에 수차에 걸쳐 커피를 마
　심. 20시 10분에 아무 곳도 들르지 않고 바로 집으로 귀가
　함. 한편 상부의 명령에 따라 아레기가 피고 몰리나에게 꾸
　며댄 허위 자백과 몰리나가 첩보부 요원으로 형무소에 잠
　입했다는 기사를 신문에 배포한다는 계획은 취소되었다는
　사실을 기록함. 이런 결정은 피고가 아레기 일당과 접촉할
　가능성이 있으며, 심지어는 그 접촉이 임박했다고 보이기
　때문임.

25일. 금요일 피고는 아침에 직장에 출근함. 12시 30분에 직
　장에서 나와 그곳에서 몇 블록 떨어진 라스에라스가(街)
　2476번지의 피자집에서 혼자 점심식사를 함. 그곳으로 가
　기 전에, 공중전화에서 전과 마찬가지로 세 번 전화를 건
　다음, 세 번 수화기를 놓음. 통화 시간은 매우 짧았음. 혼자
　식사함. 겨우 맛만 본 채, 거의 대부분의 음식을 남김. 직장
　으로 돌아옴. 18시 40분에 퇴근하여 카야오가(街)에서 국
　회까지 버스를 탔고, 그곳에서 지하철로 호세 마리아 모레

노역까지 감. 리글로스와 포르모사가(街)까지 걸어감. 그곳에서 30분간 기다림. 30분 동안 아무도 그와 접선하러 나오지 않을 경우, 체포하여 심문하라는 본부의 명령이 있었음. 순찰차에서 대기 중이던 두 명의 감시기관 요원이 그를 체포함. 피고는 신분증을 보여달라고 요구함. 그 순간 달리고 있던 차에서 발포함. 감시기관 요원인 호아킨 페로네와 피고가 부상으로 쓰러짐. 몇 분 후에 경찰차가 도착했지만 극좌파들의 차를 잡지는 못함. 두 부상자 중에서 몰리나는 경찰이 응급처치를 하기 전에 사망함. 감시요원 페로네는 대퇴부(大腿部) 부상과 넘어질 때 심한 타박상을 입음. 바스케스와 경찰차에 타고 있던 요원들은 사건 전개로 볼 때, 극좌파들이 몰리나의 자백을 막기 위해 피고를 제거한 것으로 보인다는 의견을 피력함. 그리고 피고가 사전에 은행구좌에서 예금을 인출한 것은 자신에게 어떤 사태가 발생할 수 있다는 것을 두려워했음을 시사한다고 보임. 또한 자신이 감시받고 있다는 사실을 알고 있으며, 감시요원들이 극좌파들과의 접촉 도중에 습격할 수 있다는 사실을 알면서도 계획을 수행한 것은 ⑴ 극좌파들과 함께 도망을 가거나 ⑵ 극좌파들이 자신을 제거할 것을 각오했다는 두 가지 이유 중 하나라고 생각됨.

본 보고서는 원문과 관계기관에 배포할 목적으로 복사본 3부가 작성되었음.

15장

16장

"어떤 상처가 가장 아프지요?"

"아아…… 아…… 아아아……."

"아레기 씨, 말하지 말아요……. 그렇게 아프면."

"여…… 여기…… 여기가……."

"3도 화상을 입으셨군요. 개자식들."

"아아…… 아아…… 제발…… 그만……."

"며칠 동안이나 먹지 못했죠?"

"사…… 사흘…… 사흘간."

"빌어먹을 놈들 같으니……."

"……."

"내 말 잘 들어요. 아무 말도 하지 않겠다고 약속하세요."

"……."

"그런지 아닌지 고개를 흔들어보세요. 당신을 너무 잔인하게 다루었군요. 아무래도 며칠 동안은 몹시 아플 거예요……. 내 말 잘 들어요. 지금 이 응급실에는 아무도 없으니까, 내가 몰래 모르핀 주사를 놓아주겠어요. 그럼 편안해질 거예요. 만일 좋다면 고개를 흔들어보세요. 하지만 아무한테도 말하면 안 돼요. 그들이 알게 되는 날엔 난 당장 쫓겨나요."

"……."

"됐어요. 조금만 지나면 괜찮을 거예요."

"……."

"그렇죠. 주사 한 대 맞는 거지요. 그럼 통증이 가라앉을 거예요."

"……."

"마흔까지 세어보세요."

"*하나, 둘, 셋, 넷, 다섯, 여섯, 일곱, 여덟, 아홉, 열, 열하나, 열둘, 열셋, 열넷, 열다섯.*"

"믿을 수 없을 정도로 많이 구타당했군요. 게다가 허벅지에 화상이라니……. 상처가 아물려면 적어도 몇 주는 걸릴 거예요. 하지만 모르핀 주사를 놓아주었다는 말은 절대로 입 밖에 내서는 안 돼요. 안 그러면 난 여길 그만두어야 하니까요. 내일이면 통증이 조금 가실 거예요."

"*……스물아홉, 서른, 서른하나, 서른둘, 서른…… 셋, 서른…… 다음 숫자가 뭐더라? 이젠 아무 발소리도 들리지 않아, 날 더 이상 쫓아오지 않는 게 사실일까? 길을 알고 앞에서 이끌어주는 당신이 아니었다면, 너무 어두워 난 한 발짝도 앞*

으로 나아갈 수 없었을 거야, 혹시 우물에라도 빠지지 않을까 겁이 나서 말이야. 그런데 내가 먹지도 못한 채 이렇게 기진맥 진해 있는데, 그토록 시간이 많이 흘렀을 수가 있을까? 내가 가끔씩 졸고 있다면, 어떻게 우물에 빠지지 않고 걸어갈 수 있을까? '겁내지 말아요, 발렌틴, 간호사는 좋은 사람이에요, 당신을 잘 간호해 줄 거예요.' 마르타…… 어디에 있지? 언제 여기로 왔지? 난 자고 있기 때문에 눈을 뜰 수가 없어, 하지만 나한테 가까이 와줘, 마르타…… 내게 계속해서 말해줘, 날 만져줄 수는 없을까? '너무 두려워하지 말아요, 난 당신 말을 듣고 있어요, 하지만 한 가지 조건이 있어요, 발렌틴.' 그게 무엇이지? '당신이 생각하는 걸 숨기지 말고 모두 말해주세요, 당신이 숨기면, 난 지금 이 순간 당신 말을 듣고 싶어도 들을 수가 없으니까요.' 우리 말을 엿듣는 사람은 없나? '아무도 듣고 있지 않아요.' 마르타, 난 몹시 아팠어…… '지금은 어떤지 알고 싶어요.' 듣는 사람이 아무도 없을까? 내가 내 동지들에 관해 발설하기를 기다리는 사람 말이야, '아무도 없어요.' 사랑하는 마르타, 난 마음속으로 당신 말을 듣고 있어, '그건 내가 당신 마음속에 있기 때문이에요.' 그게 확실해? 영원히 그럴 수 있을까? '아니에요, 그건 당신이 내게 숨기지 않는 것처럼, 나도 당신에게 비밀이 없을 때만 가능한 것이지요.' 그럼 당신에게 전부 말해줄게, 이 착한 간호사가 긴 터널을 지나 출구까지 나를 데려다주었어, '몹시 어둡나요?' 그래, 간호사는 아주 멀리 보이는 터널 안쪽에 한 줄기 빛이 있다고 말했어, 그런데 내가 잠자고 있기 때문에 그 말이 맞는지 알 수가 없어, 알려고 하면 할수록 눈이 감겨, '지금 무슨 생각을 하고 있어요?' 눈꺼풀이 너무 무거워 눈을 뜰 수가 없어, 난 지금 너무나 졸려, '나는 물 흐르는 소리를 듣고 있어요, 당신도 듣고 있나요?' 돌 사이로 흐르는 물은 항상 깨끗하지, 물 흐르는 데까지 손을 뻗을 수만 있다면, 손가락에 물을 적시고, 눈에도 물을 적셔서 잠을 깨고 싶어, 하지만 난 두려워, 마르타, '잠이 깨면 당신이 감방에 있다는 사실을 알게 될까 두려운 거예요.' 그럼 누군가가 날 도망치게 도와준다는 것이 사실이 아니란 말이야?, 기억이 나질 않아, 하지만 손과 얼굴에서 느껴지기 시작하는 이 따스함은 마치 태양의 열기 같아, '날이 밝았을 수도 있겠네요.' 물이 깨끗한지는 잘 모르겠어, 한 모금 마셔볼까? '물이 흐르는 방향을 따라가면 틀림없이 출구가 나올 거예요.' 그건 사실이야, 하지만 지금 난 사막을 보고 있는 것 같아, 나무 한 그루 없고, 집도 한 채 없으며, 내 눈에 보이는 것은 끝없이 계속된 사구(砂丘)뿐이야, '사막이 아니라, 바다가 아닐까요?' 그래, 바다야, 아주 뜨거운 모래사장이 곳곳에 있어, 발바닥을 데지 않으려면 뛰어다녀야 할 것 같아, '그리고 또 뭐가 더 보이죠?' 바닷가 이쪽저쪽을 둘러봐도 도화지에 색칠한 돛단배는 보이지 않아, '그럼 무슨 소리가 들리죠?' 아무 소리도 들리지 않아, 마라카스 소리는 들리지 않아, 단지 파도 소리만 들릴 뿐이야, 가끔 바위에 철썩하고 부딪치는 커다란 파도가 야자수 숲이 시작되는 곳까지 밀려들어, 마르타…… 모래밭에 꽃 한 송이가 떨어진 것 같아, '야생란인가요?' 파도가 밀려오면 바닷물 속으로 잠겨버릴 거야, 내가 그 꽃을 잡으려

.

는 순간에 왜 바람에 날아가 버리는 거지? 그 꽃은 바람에 날려 바닷물 속으로 사라져, 난 잠수할 줄 알거든, 난 물속으로 뛰어들어, 그런데 꽃이 떨어졌다고 확신하던 곳에…… 지금은 한 여인만 보여, 섬 아가씨 말이야, 그녀가 그토록 빨리 헤엄쳐서 도망가지만 않았어도 그녀를 따라잡을 수 있을 것 같았는데, 그런데 난 그녀를 따라잡을 수가 없어, 마르타, 게다가 물속에서는 소리를 지를 수도 없고 겁먹지 말라고 말할 수도 없어, '물속에서는 사람들이 생각하는 것을 들을 수 있어요.' 그녀는 무서워하지 않고 날 바라보고 있어, 남자 셔츠를 가슴에 두르고 있어, 하지만 난 지금 너무 피곤해, 물속에서 수영을 해서 그런지 더 이상 폐 속에 공기가 남아 있질 않아, 하지만 마르타, 섬 아가씨가 내 손을 잡고 날 육지로 데려가서는, 말하지 말라는 표시로 손가락 하나를 입술에 갖다 대, 물에 젖은 셔츠가 너무 세게 묶여 있어서 내 도움 없이는 풀 수가 없어, 내가 매듭을 푸는 동안 그녀는 다른 쪽을 바라보고 있어……. 난 내가 벌거벗은 것을 잊고 있었어, 난 지금 그녀를 애무하고 있어, 섬 아가씨는 부끄러워 얼굴이 빨개진 채 내 품에 안겨, 내 손은 따뜻해, 그래서 그녀를 어루만지면서 물기를 닦아주고 있어, 난 그녀의 얼굴과 허리까지 내려오는 긴 머리, 엉덩이, 배꼽, 가슴, 어깨, 배, 다리, 발을 만지고는 다시 배를 어루만지고 있어, '그녀가 바로 나라고 생각할 수 있나요?' 그래, '하지만 그녀에게는 아무 말도 하지 말아요, 어떤 투정도 하지 마세요, 그녀가 바로 나라고 생각하세요, 조금 다르긴 하지만 말이에요.' 섬 아가씨는 입술에 손가락을 갖다 대면서 아무 말도 하지 말라고 신호하고 있어, 하지만 마르타, 당신에게는 전부 다 말해줄게, 난 당신에게서 느꼈던 것과 똑같은 것을 지금 느끼고 있어, 당신이 나와 함께 있기 때문이야, 내 몸 안에서 희고 따뜻한 물줄기가 금방이라도 터져 나올 것 같아, 그 액체로 난 그녀를 가득 적셔줄 거야, 아아, 마르타, 너무 행복해, 당신에게 모두 말해줄게, 그러니 가지 말아, 당신이 영원히 나와 함께 있을 수 있도록 말이야, 아니 지금 이 순간, 바로 이 순간에 가려는 것은 아니겠지! 지금이 최고의 순간이야, 됐어, 움직이지 말아, 그냥 잠자코 있는 편이 나아, 그래, 됐어, 조금 있다가 다시 말해줄게, 섬 아가씨는 눈을 감고 있어, 졸리기 때문이야, 쉬고 싶은 모양이야, 그런데 내가 눈을 감게 되면 언제 다시 눈을 뜨게 될지 누가 알겠어? 눈꺼풀이 너무 무거워, 난 눈을 감고 있어서 밤이 오더라도 알 수가 없을 거야, '춥지 않아요? 지금은 밤이에요, 당신은 지금 아무것도 입지 않은 채 잠을 자고 있어요, 바다 공기가 너무 싸늘해요, 밤새 춥지 않았어요? 말해보세요.' 그래, 춥지 않았어, 내 등 밑에는 보드랍고 따뜻한 침대시트가 깔려 있어, 내가 섬에 도착한 후부터 항상 이 침대시트 위에서 잠을 잤어, 그런데 당신에게 어떻게 설명해야 할지 모르겠어, 하지만 내가 보기에 이 침대시트는…… 정말 보드랍고 따뜻해, 그건 바로 여자의 살결이야, 여기에서 난 그 살결밖에는 아무것도 볼 수가 없어, 누워 있는 여자의 살결밖에는 아무것도 볼 수 없어, 난 그녀의 손바닥에 있는 모래알과 같아, 그녀는 바다 위에 누워서 손을 들고 있어, 이곳에서 나는 이 섬이 바로 여자라는 사실을 알 수 있어, '섬 아가씨란 말이죠?' 너무 멀리 있어서 얼굴은 잘 보이지 않아, '그럼, 바다는요?' 평소처럼 난 물속을 헤엄치고 있어, 그렇지만 바다 밑은 너무 깊어 잘 보이질 않아, 하지만 물속에서 우리 어머니는 내가 생각하고 우리가 말하는 모든 것을 듣고 계셔, 어머니가 내게 뭐라고 물어보는지 알고 싶어? '예.' 좋아, 그럼…… 신문에 실렸던 기사가 모두 사실이냐고 묻고 계셔, 내 감방 동료가 총에 맞아 죽었고, 그의 죽음은 모두 내 잘못 때문이며, 그를 그토록 비참하게 만든 게 미안하지도 않느냐고 묻고 계셔, '당신은 뭐라고 대답했어요?' 내 잘못이었고 그래서 난 지금 슬퍼하고 있다고, 하지만 훌륭한 대의명분을 위해 희생하면서 그가 슬퍼했는지 기뻐했는지는 그만 알 테니까 슬퍼할 필요는 없다고, 아, 제발 그랬으면 좋겠어! 마르타, 부디 난 그가 정말로 행복하게 죽었기를 진심으로 바라, '왜 훌륭한 대의명분이지요? 음…… 난 그가 스스로 그런 죽음을 택했다고 생각해요, 영화의 여주인공들이 그렇게 죽었으니까요, 그러니 훌륭한 대의명분과는 전혀 상관이 없어요.' 그 자신만이 알겠지, 아니 그 자신도 모를지 몰라, 하지만 난 감방에서 잠을 이룰 수가 없어, 매일 밤 자장가처럼 그의 영화 이야기를 듣는 습관이 들었기 때문이야, 내가 언젠가 자유의 몸이 되더라도 이젠 그에게 전화할 수도, 저녁식사에 초대할 수도 없어, 그는 나를 수없이 저녁식사에 초대했는데 말이야, '지금 가장 먹고 싶은 것이 무엇이죠?' 지금 난 물밖으로 머리를 내밀고 수영하고 있어, 그래야만 섬의 해변을 볼 수 있으니까, 모래사장까지 오니 무척 피곤해, 햇빛도 이젠 그리 따갑지 않으니 더 이상 타지도 않겠지, 밤이 되기 전에 정글에서 과일을 찾아야겠어, 야자수 숲과 칡넝쿨 숲이 어우러져 얼마나 멋진지 넌 상상도 할 수 없을 거야, 밤에는 모든 것이 은빛으로 뒤덮인 것 같아, 영화가 흑백이거든, '그럼, 배경음악은 어때요?' 마라카스와 북소리가 은은하게 울려 퍼지고 있어, '위험하단 신호가 아닐까요?' 아니야, 스포트라이트가 강하게 비추면 반짝이는 긴 옷을 입은 아주 이상한 여인이 나타난다는 것을 알려주는 음악이야, '몸에 꽉 조이는 은빛 라메로 만든 옷인가요?' 그래, '그럼, 얼굴은 어때요?' 가면을 쓰고 있어, 역시 은빛이야, 하지만…… 가엾게도…… 움직일 수가 없어, 그녀는 정글이 가장 우거진 곳에 있는 거미줄에 걸려들었거든, 아니야, 거미줄이 그녀의 몸에서 자라고 있고 허리와 엉덩이에서도 거미줄이 나오고 있어, 거미줄은 그녀 신체의 일부분이야, 끈끈한 밧줄 같은 털이 수북이 나와 있어, 구역질이 날 것만 같은 털이야, 하지만 쓰다듬으면 아주 부드러운 실 같을 거야, 그것을 만졌을 때 아주 인상적이었어, '말은 하지 않아요?' 응, 아무 말도 하지 않아, 울고만 있어, 아니 웃고 있지만 가면 위로 눈물이 떨어지고 있어, '다이아몬드처럼 반짝이는 눈물인가요?' 그래, 난 그녀에게 왜 우느냐고 물어, 그러자 영화 맨 마지막에 그녀의 얼굴이 스크린 전체를 덮을 정도로 클로즈업되면서 그녀는 내게 왜 우는지 잘 모르겠다고 대답해, 영화가 수수께끼처럼 끝나거든, 그래서 난 그렇게 끝나는 게 좋다고, 그게 영화에서 가장 멋진 장면이라고 말해, 그게 의미하는 것은…… 그녀는 내 말을 가로막으면서 내가 모든 것에 이유를 붙이려 하고, 인정할 용기는 없을 테지만 사실상 그것은 내가 배가 고프기 때문이라고 했어, 그러고는 날 쳐다보았어, 그런데 점점 더 슬픈 얼굴을 짓고는 점점 눈물을 더 많이 흘렸지, '다이아몬드 같은 눈물 말이죠?' 난 뭘 해야 그녀의 슬픔을 덜어줄 수 있는지 몰랐어. '난 당신이 무엇을 했는지 모두 알고 있어요, 하지만 난 질투하지 않아요, 당신은 그녀를 더 이상 만날 수 없을 테니까요.' 그녀는 몹시 슬퍼하고 있었어, 당신은 눈치챘지? '하지만 당신은 그런 걸 보고 좋아했어요, 그건 절대로 용서 못 해요.' 하지만 난 그녀를 두 번 다시 볼 수 없을 거야, '배가 고프다는 게 사실인가요?' 그래, 정말이야, 거미여인이 손가락으로 내게 정글 속에 있는 길을 가리켰어, 그래서 수많은 먹거리를 찾았는데 지금 무엇부터 먹어야 될지 모르겠어, '아주 맛있어요?' 그래, 바비큐 닭다리 한 개, 신선하고 커다란 치즈와 둥근 햄말이, 통조림에 들어 있는 아주 맛있는 감 한 조각을 먹어, 그리고 마지막으로 디저트로 내가 좋아하는 구아버 페이스트를 숟가락으로 떠먹고 있어, 아주 많아서 음식이 떨어질 염려는 없어, 그리고 나니 잠이 쏟아져, 마르타, 거미여인 덕분에 발견한 음식을 모두 먹고 나니, 내가 얼마나 잠을 자고 싶은지 당신은 상상도 할 수 없을 거야, 구아버 페이스트 한 숟가락을 더 먹고 나서 잠을 잔 후에…… '벌써 잠에서 깨고 싶어요?' 아니야, 나중에 깨고 싶어, 맛있는 것들을 너무 많이 먹어서 아주 깊은 잠을 자고 있어, 난 당신과 꿈속에서 계속 말하고 싶어, 괜찮겠지? '물론이죠, 이건 꿈이에요, 그리고 우린 지금 말하고 있어요.

당신이 잠을 깨더라도 걱정하지 마세요, 이젠 아무도 우리를 갈라놓지 못할 거예요, 우린 가장 어려운 일이 무엇인지를 알았으니까요.' 우리가 깨달은 가장 어려운 일이 뭐지? '내가 당신 마음속에 살아 있고, 그래서 당신과 항상 함께 있다는 것, 그래서 당신은 절대로 혼자 있지 않게 될 것이라는 사실이죠.' 당연하지, 난 그 말을 결코 잊을 수가 없을 거야, 우리 두 사람이 똑같이 생각한다면, 우린 함께 있게 될 거야, 비록 볼 수는 없어도 말이야, '바로 그거예요.' 그럼 내가 섬에서 잠을 깨면 당신은 나와 함께 갈 수 있겠네, '이토록 아름다운 곳에 영원히 있고 싶지 않아요?' 아니, 이젠 됐어, 충분히 쉬었어, 음식도 모두 먹고 한잠 푹 자고 나니 다시 기운이 솟아나, 내 동지들이 계속 투쟁하기 위해 날 기다리고 있어, '당신 동지들 이름, 그 말이 바로 내가 듣고 싶지 않은 말이에요.' 마르타, 얼마나 사랑하는지 당신은 모를 거야! 이 말만은 당신한테 할 수 없었어, 당신이 그것을 물어볼지 몰라 두려웠고, 그러면 당신을 영원히 잃어버릴 것 같았어, '아니에요, 사랑하는 발렌틴, 그런 일은 결코 없을 거예요. 이 꿈은 짧지만 행복하니까요.'"

대중문화와 고급문화의 간극은 존재하는가

1 왜 마누엘 푸익을 말하는가

1998년 수전 손탁이 멕시코를 방문했을 때, 그곳 기자들은 그녀가 도스토옙스키와 도어즈 중에서 하나를 선택해야 한다면, 도스토옙스키를 고를 것이라고 말한 『해석에 반대하여』의 한 대목을 떠올렸다. 그러면서 현재의 문화를 대변할 수 있는 것은 무엇이냐고 물었다. 그러자 손탁은 도스토옙스키와 도어즈의 대립 관계는 고급문화와 대중문화가 첨예하게 대립하고 있었고 지식인들이 고급문화의 정통성을 수호하고 있었을 때의 문제였으며, 현재의 문제는 사람들이 대중오락 문화에 너무나 큰 매력을 느낀 나머지 그것이 없이는 현재를 생각할 수 없다는 점이라고 대답했다. 그러면서 현재의 지식인은 진지함과 정치성의 개념을 탈피하여, 대중문화를 깊이 염두에 두어야 한다고 지적했다.

이런 수전 손탁의 생각은 아르헨티나의 작가 마누엘 푸익의 작품 세계와 일치한다. 「거미여인의 키스」가 영화 팬들에게 알려지면서부터 회자되기 시작한 마누엘 푸익의 작품은 대중문화와 고급문화의 경계가 가변적임을 보여주는 현대 라틴아메리카 소설의 대표적인 예이다. 그러나 푸익과 손탁의 경우에는 적어도 두 가지의 차이점을 엿볼 수 있다. 첫째는 푸익이 1960년대 말부터 대중문화의 중요성을 인식한 반면에, 수전 손탁은 그것을 1980년대 후반에야 비로소 깨달았다는 것이다. 둘째로 푸익은 고급문화의 전통과 대중문화의 전통을 한데 아우르고, 고급문화와 대중문화 사이에 형성된 위계질서에 도전하면서 소설에 관한 새로운 사고방식과 새로운 서술방식을 만들려고 노력한다. 반면에 손탁은 이런 경계 파괴보다는 오히려 대중문화가 고급문화를 압도하므로 그것을 수용해야 한다는 입장을 견지하고 있는 듯하다.

　한국뿐 아니라 세계적으로도 푸익의 명성을 떨치게 만든 작품은 『거미여인의 키스』(1975)였다. 그러나 1960년대 말에 실험적인 소설을 출판하면서부터, 이미 그는 라틴아메리카의 촉망받는 작가로 인정받고 있었다. 여기에서 '실험적'이란 숨겨진 내면의 탐구와 같이 형이상학적이며 어려운 소설이 아니라, 대중문화와 고급문화의 경계를 파괴하면서 현대문학이 나아갈 지평을 제시한 모험적인 작품이란 의미이다. 하지만 그의 작품은 흔히 볼 수 있는 대중문학과는 많은 차이를 지닌다. 그것은 바로 그의 작품 속에서는 손탁이 배제했던 '진지함'이 오락성이나 대중의 심금을 울리는 '위안구조'로 함께 사용되고 있으며, 라틴아메리카의 현실과 소외된 자들의 현실이 깊이 배어 있기 때문이다. 이렇듯 마누엘 푸익은 순수문학과 대중문학의 경계에 서 있으면서, 소수의 독자에게만 읽히는 소설이 아니라 다수의 독자들이 좋아하는 고급문학을 만들어 낸 작가이다. 이 점이 바로 현대를 살아가는 우리가 눈여겨보아야 할 점이다.

2 마누엘 푸익의 인생 여정

마누엘 푸익은 1932년 아르헨티나의 헤네랄 비예가스라는 조그만 마을에서 태어났다. 그는 그곳에서 유년 시절을 보낸다. 그의 아버지 발도메로 푸익은 사업가였으며, 어머니 마리아 엘레나 델레돈네는 약사였다. 그는 다섯 살 이후 따분하고 폐쇄적인 마을에 진력이 난 어머니의 손에 이끌려 영화관을 출입하기 시작한다. 그는 《리뷰(Review)》라는 잡지에서 "나는 거의 항상 저녁 6시에 영화를 보러 갔습니다."라고 말한다. 당시 어린 푸익은 1930년대와 1940년대 할리우드에서 만들어진 멜로드라마와 뮤지컬 영화를 주로 보는데, 이런 영화들은 후에 그의 작품에 커다란 영향을 끼치게 된다. 한편 헤네랄 비예가스는 『리타 헤이워스의 배반』(1968)과 『조그만 입술』(1969)의 주요 무대로 등장한다.

1945년 푸익은 중등교육을 받기 위해 부에노스아이레스로 향한다. 푸익은 당시의 상황을 "학교는 끔찍했고, 아이들은 냉정했습니다. 나는 어머니가 몹시 그리웠습니다. 나의 유일한 위안은 매주 일요일 상영 시간에 맞추어 극장에 가는 것이었습니다."라고 회상한다. 1949년 푸익의 가족은 모두 부에노스아이레스로 이사를 오지만, 그는 영화관에 가는 습관을 버리지 않는다. 중고등학교를 마친 후, 푸익은 부모의 성화에 못 이겨 대학에서 잠시 건축을 공부한 다음, 이내 전공을 철학으로 바꾼다. 그러나 푸익이 진정으로 꿈꾸었던 직업은 영화감독이었다. 1956년 그는 로마에서 공부할 수 있는 장학금을 받게 되고, 로마의 실험영화센터에서 공부한다. 이곳에서 그는 여러 영화감독과 함께 작업할 기회를 갖는다. 또한 런던과 로마에서 번역가로 일하며(1956~1957), 스톡홀름에서는 접시닦이로 일한 후(1958~1959), 1960년에는 아르헨티나로 잠시 귀국한다. 그는 유럽과 아르헨티나에서 조감독으로 일하기도 하며, 1961년에는 다시 로마로 돌아가 영상번역을 한다.

1963년에 그는 미국으로 건너가 에어프랑스에서 근무한다. 이 기간(1963~1967) 푸익은 비로소 작가로서 활동하기 시작한다. 푸익은 1965년 2월에 『리타 헤이워스의 배반』이란 작품을 탈고하는데, 이 작품은 그해 12월에 스페인의 세익스바랄 출판사의 문학상 최종 후보에까지 오른다. 이 소설을 그해에 출판하기로 계약했지만, 이후 검열에 걸려 출판하지 못하다가, 1968년에 되어서야 비로소 빛을 본다. 푸익은 이것을 부에노스아이레스의 조그만 출판사가 건 '모험'이었다고 말한다. 그러나 1년 후, 이 책은 베스트셀러가 되고, 프랑스의 《르몽드》지는 이 작품을 1968~1969년 최고의 소설로 꼽는다.

1967년 푸익은 아르헨티나로 돌아간다. 조국에 있으면서, 그는 두 번째 작품인『조그만 입술』의 영감을 얻고, 집필을 시작한 지 2년 후인 1969년, 이 작품을 완성한다. 이 책은 외국 비평가들에게는 극찬을 받지만, 표현의 자유가 억압되었던 아르헨티나의 국내 비평가들에게는 좋은 평을 받지 못한다. 그러나 출판되자마자 베스트셀러의 대열에 오르게 되고, 푸익은 작가로서 순탄한 길을 걷는다.

이후 1973년 5월에 푸익의 세 번째 소설이자 왕자웨이 감독의 영화「해피 투게더」의 원작으로 알려진『부에노스아이레스 사건』이 출판된다. 그런데 같은 시기에 캄포라가 대통령의 자리에 오르고, 표현의 자유가 허락되면서 푸익은 비평가들이 훌륭한 평을 해주리라 기대한다. 그러나 그의 기대는 수포로 돌아간다.『부에노스아이레스 사건』은 페론에 대한 비판적인 평가와 자위행위를 비롯한 노골적인 성행위 묘사로 인해 독자들에게도 큰 평가를 받지 못할 뿐 아니라, 비평계의 주목도 받지 못한다. 같은 해 7월에 캄포라 대통령이 사임하고 아르헨티나가 다시 군부 체제로 회귀할 조짐을 보이자, 푸익은 9월에 이탈리아로 건너간다. 그리고 다음 해 1월에 페론과 군사정부는『부에노스아이레스 사건』을 판금한다. 이 소식을 듣자, 푸익은 귀국을 단념하고 오랜 망명길에 오르게 된다.

그는 첫 망명지로 멕시코를 택하면서『거미여인의 키스』를 쓰기 시작한다. 그러면서 1970년 중반 뉴욕으로 거주지를 옮기고, 그곳 대학에서 스페인어 강좌를 맡으면서, 경제적인 문제를 해결한다.『거미여인의 키스』는 1976년에 스페인에서 출판되지만, 정치범과 동성연애를 다루고 있다는 이유로 아르헨티나 내에서는 판매 금지를 당한다. 그러나 해외에서 이 작품은 대성공을 거둔다. 이것은 푸익이 지닌 소설의 힘이 얼마나 큰지를 보여줌과 동시에 독자들이 그가 선택한 소재에 많은 관심을 보이고 있음을 증명해 주었다.

이 작품은 엑토르 바벤코(Héctor Babenco) 감독에 의해 영화화되었으며, 1983년에 푸익은 이 작품을 희곡으로 만들어 『스타의 망토 아래서』란 이름으로 출판한다. 이후 푸익은 다시 멕시코로 거주지를 옮기고, 다시 뉴욕으로, 그리고 다시 뉴욕에서 리우데자네이루로 옮기면서 『천사의 음부』(1979), 『이 글을 읽는 사람에게 영원한 저주를』(1980), 『보답받은 사랑의 피』(1982), 『열대의 밤이 질 때』(1988)를 발표한다. 1990년 7월 22일 심장마비로 죽을 때까지 푸익은 소설과 드라마를 쓰는 등 왕성한 창작 활동을 한다.

3 『거미여인의 키스』를 어떻게 읽을 것인가

흔히들 라틴아메리카 문학 하면 '환상문학'이나 '마술적 사실주의'를 떠올린다. 『거미여인의 키스』에도 이런 요소들이 약간 등장하긴 하지만, 작품 세계를 지배할 정도로 중요성을 띠지는 않는다. 그래서 이 작품에 대한 대부분의 연구는 주로 대중문화에서 나타나는 '성 억압' 문제와 관련하여 푸코적 접근을 하거나, 아니면 이 작품이 대중문화를 어떤 식으로 이용하고 있는지를 살펴보는 것으로 이루어져 있다. 여기에서는 푸익의 고유 상표처럼 되어버린 '중고언어(中古言語)', 즉 남이 쓴 말을 다시 쓰는 '상호텍스트성'적인 관점에서 살펴보기로 한다.

『거미여인의 키스』는 비야 데보토라는 형무소에 수감된 두 죄수의 대화로 구성되어 있다. 이 중에서 발렌틴은 게릴라 활동을 하다가 검거되어 수감된 정치범이며, 또 다른 한 명은 미성년자 보호법 위반으로 구속된 몰리나라는 동성애자이다. 여기서 몰리나는 감옥 생활의 따분함을 잊기 위해 그가 보았던 영화를 발렌틴에게 이야기한다. 그리고 발렌틴은 마르크스주의에 입각해 영화에 대한 평을 한다. 소설 첫 부분에서는 대중문화에 물든 몰리나와 좌익 이데올로기로 무장한 발렌틴 사이에 많은 차이가 있음을 보여준다. 이런 식으로 소설이 진행되다가 몰리나가 다섯 번째 영화를 이야기하던 중 그들은 육체적인 사랑을 하게 된다. 이것은 상반된 두 세력, 즉 부르주아와 좌익 혹은 극단적인 성 해방주의자와 극단적인 좌익주의자의 결합을 상징한다. 이 소설의 마지막은 전기 고문을 받은 발렌틴이 형무소 의무실에서 몰리나라는 거미여인을 꿈꾸면서, 몰리나가 이야기한 영화를 자신의 영화로 만들면서 끝을 맺는다.

이 소설에서 게릴라인 발렌틴은 처음에 몰리나를 의식이 결여된 인물로 간주해 무시하는데, 이것은 평등을 추구하는 게릴라 자신이 성과 정치에 얼마나 불평등한 관점을 가지고 있는지를 보여준다. 또한 고문이나 비밀경찰 등 다분히 현실

참여적인 요소도 많이 내포되어 있지만, 이 소설의 근간을 이루는 것은 몰리나가 이야기하는 여섯 편의 영화와 한 편의 유행이다. 차갑고 이성적인 사상이 아닌 실제의 따뜻한 인간애를 드러내는 이런 대중문화는 동성애자가 게릴라처럼 폭력에 휘말려 희생당하고, 게릴라는 동성애자처럼 대중영화를 자신의 드라마로 만드는 현상을 이해하는 데 중요한 역할을 한다.

사실 영화에 영향을 받은 소설가들은 많이 있다. 그러나 그들이 대부분 예술 영화에 기반을 둔 것과는 달리,『거미여인의 키스』에 등장하는 몰리나는 텔레비전에서 상영되는 이류급의 할리우드 영화를 이야기하면서, 그 영화들을 통해 간접적으로 자신의 의사를 표현한다. 그가 이야기하는 여섯 편의 영화 중에서 세 개는 어느 정도 원작에 바탕을 두고 변형한 것이다. 이 영화들은 자크 투르뇌(Jacques Tourneur) 감독의 「캣피플(Cat People)」, 존 크롬웰(John Cromwell) 감독의 「매혹의 오두막(The Enchanted Cottage)」과 웨일(James Whale) 감독의 「좀비와 함께(I Walked with a Zombie)」이다.

또한 구체적 확인이 불가능한 다른 세 편의 영화 중에서 하나는 1930년대 나치의 선전물로 쓰였던 표현주의 영화이며, 또 다른 하나는 상류사회의 분위기와 게릴라의 이야기를 병치시킨 영화인데, 이것은 작가의 상상에 의해 만들어진 작품이다. 그리고 소설의 마지막 부분을 장식하고 있는 영화는 1940년대부터 제작되기 시작한 카바레풍의 여러 멕시코 영화들을 발췌해 한데 모아놓은 것이다.

이 여섯 편의 영화에서 각각의 장르적 특성과 그것들이 야기하는 심리 상태를 자세히 살펴보면, 발렌틴을 유혹해 진정한 사랑으로 길을 엮어 나가려는 몰리나의 의도를 간파할 수 있다. 이렇게 각 영화들은 '유혹과 정복'의 측면에서 서로 연결되어 있지만, 동시에 소언술(micro-récit)로써 독립적인 단위를 유지하는 병렬 구조를 띠면서 그들이 처한 상황을 대변해 주고 앞으로 전개될 소설 내용을 강하게 암시하기도 한다. 그래서 이 작품을 이해하기 위해서는 위에 언급한 영화들을 자세하게 읽어볼 필요가 있다.

(1) 「캣피플」과 유혹의 시작

『거미여인의 키스』의 1장과 2장을 구성하고 있는 이 영화는 이레나라는 고양이의 얼굴을 한 이국적인 여주인공을 묘사하면서 시작된다. 이 여인은 사랑하는 남자의 키스를 받으면 공격적인 표범으로 변하는 성질을 지니고 있다. 몰리나가 발렌틴에게 말해주는 이 영화는 터너 감독의 「캣피플」에 바탕을 두고 있지만, 실제로는 몰리나의 의도에 의해 변형되어 있다. 예를 들면 원 영화에서 정신과 의사는 이레나의 심리보다는 그녀의 육체에 관심을 갖는 장면이 부각되어 있지만, 몰리나는 이런 것을 거의 말하지 않으면서 자신의 의도를 숨긴다.

이렇게 몰리나는 기존 영화의 편집자 혹은 변형자, 또는 재창조자로서의 역할을 수행하지만, 자기가 보았던 영화임을 내

세워 이런 변형을 숨기면서 발렌틴을 유혹하기 위한 매개물로 사용한다.

이러한 현상은 몰리나가 자신의 창조적 상상력의 한계를 느낄 때마다 "그다음에 어떻게 되는지 잘 모르겠는데." 아니면 "잘 기억이 나지 않아서……."라는 말로 얼버무리는 데서 찾아볼 수 있다. 하지만 몰리나가 젊은 설계사를 묘사하고 있을 때, 발렌틴은 몰리나가 영화를 변형하고 있는 것을 눈치채고는 "영화의 반은 네가 만들어내고 있었다는 말이네."라고 말한다. 이러한 갑작스러운 지적에 몰리나는 "아니야, 내가 마음대로 만든 것이 아니야. 맹세할 수 있어. 하지만 내가 본 것처럼 너도 볼 수 있게 하려면 부연 설명이 필요할 때가 있어."라고 둘러댄다. 이는 몰리나가 자기의 의도에 맞게 텍스트를 재창조하거나 수정하고 있음을 시사하는 장면이다. 이런 면에서 볼 때 몰리나는 영화의 수신자이면서도 동시에 영화의 변형을 통해 발렌틴에게 서술하는 발신자로의 역할을 하고 있음을 알 수 있다.

각 영화의 수정된 내용의 주요 기능은 영화 주인공들과 몰리나와 발렌틴 사이의 역할과 그들이 처한 상황을 영화 속의 내용을 통해 상징적으로 암시하는 차원으로 이루어져 있다. 「캣피플」은 공포물(thriller)이다. 이 공포영화의 핵심을 이루는 전율적 요소인 표범여인은 몰리나의 심리 상태를 간접적으로 표현한다. 공포영화는 사회적 관습을 벗어나지 않는 한도 내에서, 공포적인 존재의 위협을 받으며 도망가는 남자 혹은 여자의 중심 이미지를 통해 인간 존재에 대한 깊은 불안감을 표현한다. 이런 관점에서 살펴보면, 몰리나의 의도는 자명해진다. 그리고 발렌틴은 소설 시작부터 몰리나에게 선정적인 표현은 언급하지 말라고 애원하지만, 몰리나는 「캣피플」의 표범여인을 발렌틴의 본능을 일깨우기 위한 도구로 사용하고 있다.

또한 소설의 주인공들은 영화 주인공들과 동일 관계를 이루고 있다. 즉 몰리나는 이레나와, 그리고 발렌틴은 심리분석가와 설계사와 긴밀한 관계를 맺으며 전개되고 있다. 표범여인의 종말은 바로 몰리나의 죽음을 예시한다. 다시 말하면, 이레나는 표범의 우리를 열다가 표범에 할퀴어 죽으며, 몰리나는 게릴라 그룹에게 발렌틴의 메시지를 전하려다 목숨을 잃게 된다.

몰리나-이레나와의 관계에 비해, 발렌틴-정신과 의사의 관계는 좀 더 미묘한 양상을 띤다. 몰리나가 발렌틴에게 영화 속의 누구와 동일시하느냐고 묻자, 발렌틴은 정신과 의사라고 대답한다. 이는 아마도 남성 우월주의(machismo)에 젖어 있고, 여주인공에 대해 논평하는 그의 행위에 기인하는 것 같다. 하지만 소설 전체의 내용을 살펴볼 때, 그의 행동은 설계사와 더 흡사하다. 이것은 몰리나가 발렌틴의 상황을 영화 속의 남자 주인공과 일치시키는 전략을 구사하기 때문이다. 이 소설에서 몰리나가 영화를 재창조하고 그들 운명의 실마리를 푸는 인물이라고 할 때 어찌 보면 이런 것은 당연한 결과처럼 보인다. 이 소설에서 발렌틴은 표범여인의 남편인 설계사처럼, 사랑하는 사람은 죽는 반면 그는 살아남는다.

(2) 독일 나치영화와 몰리나의 심리적 불안

『거미여인의 키스』의 3장과 4장에서 몰리나가 발렌틴에게 서술하는 두 번째 영화는 독일군이 프랑스를 점령하고 있던 때, 나치와 마키(프랑스 유격대원) 사이의 스파이 활동과 테러에 휘말린 프랑스 여가수 레니의 사랑 이야기이다. 이 영화를 읽으면서 우리는 영화의 여주인공인 레니의 이름을 통해 히틀러 정권의 가장 중요한 여배우였던 레니 리펜슈탈(Leni Riefenstahl)을 떠올릴 수 있다. 또한 이 영화는 모든 선전영화들이 사용하고 있는 선/악의 진부한 구조로 이루어져 있음을 알 수 있다.

이 영화 역시 「캣피플」처럼 두 작중인물의 의미를 암시적으로 보여준다. 이 영화에서 레니(몰리나)는 상이한 정치 성향에도 불구하고 프랑스인의 적인 독일군 장교(발렌틴)를 사랑하게 된다. 점령군의 반대 세력인 마키의 우두머리(교도소장)는 레니에게 무기고의 위치를 알아내라는 명령을 시달하고 그 임무를 완수할 것을 강요한다. 그녀(몰리나)는 자기가 사랑하는 사람(발렌틴)을 배반하지 않으려 하지만 결국은 마키의 임무를 받아들인다. 하지만 그 임무를 역으로 이용해 독일군이 마키의 본거지를 찾아내도록 도와준다. 그러나 바로 그 순간 이런 상황을 눈치챈 마키단의 손에 죽는다.

이 소설의 마지막 부분에서 몰리나는 마치 레니가 나치의 대의명분을 위해 희생된 것처럼 죽게 된다. 발렌틴은 가사(假死) 상태에서 이런 몰리나의 죽음에 대해 "영화의 여주인공들이 그렇게 죽었으니까."라고 평한다. 비록 이 영화는 구체적 영화 텍스트에 바탕을 두고 있지는 않지만 이러한 내용 역시 변형된 것임을 쉽게 알 수 있다. 즉 일반적으로 정치 선전영화에는 이데올로기 측면이 강하게 부각되고 개인의 감정적인 문제는 최소한으로 축소되는 것이 상례인데, 몰리나의 영화에는 반대로 개인적인 차원이 부각되고 이데올로기적인 측면은 거의 다루어져 있지 않고 있다.

이 두 번째 영화의 역할은 몰리나의 심리 상태와 밀접한 관련이 있다. 이처럼 스파이가 등장하는 영화의 기능은 탐정소설처럼 인간의 이성에 대한 신념에 근거한 것이 아니라 인간이 지닌 아노미 현상, 무질서와 불안에 대한 공포로 요약될 수 있다. 다시 말하면, 이 영화는 몰리나가 자신이 석방되기 위해 이용해야 하는 발렌틴을 흠모함으로써 느끼는 자신의 불안을 암묵적으로 상징한다. 이와 같이 나치 선전영화는 몰리나와 발렌틴의 관계를 암시하고 있으며 동시에 몰리나의 심리적 상황을 그리고 있다.

(3) 「매혹의 오두막」과 카타르시스 효과로서의 자기서술

5장에 서술된 세 번째 영화 「매혹의 오두막」은 어느 숲속에서 일어난 사랑 이야기를 다루고 있다. 이 영화에서 멋진 젊은이와 아주 추한 하녀로 이루어진 두 주인공은 육체적 사랑을 초월한 이상적 관계를 형성한다. 여기에는 자신의 얼굴과 운명이 뒤바뀌는 여러 인물이 등장한다. 가령 잘생긴 젊은이는 전

쟁에서 얻은 상처로 인해 그의 미를 잃어버리면서 추하고 일그러진 상태로 전락하며, 추하고 바보 같은 하녀는 예쁘고 세련된 여인으로 변신한다. 사나운 노처녀는 한때 결혼할 뻔했던 아주 행복하고 아름다운 여자였다.

영화 속의 잘생긴 젊은이는 신체적 특성으로 볼 때 발렌틴이지만, 사고를 당한 후에는 몰리나와 같이 사회적으로 소외된 존재이다. 또한 그는 몰리나가 자기 친구인 가브리엘과 발렌틴을 도와준 것처럼 추한 하녀를 돕는다. 한편 추한 하녀는 자신을 상대편이 보호하고 사랑하게끔 한다는 점에서 발렌틴의 역할과 유사하며, 몰리나는 암시적으로 멋진 젊은이를 유혹하는 하녀가 되기를 원한다. 이런 유사점 이외에도 이 영화는 몰리나의 사랑관을 시사한다. 몰리나는 사랑에는 성이 없다는 이상주의자인데, 그는 영화 속의 노인처럼 육체적 사랑이 아닌 영혼의 사랑만이 참다운 사랑을 추구할 수 있다고 믿는다. 몰리나는 "사랑은 아무런 대가도 바라지 않은 채 사랑할 수 있는 모든 사람을 아름답게 한다."라는 영화의 한 대목처럼, 발렌틴과의 사랑을 나눈 후 그 사랑을 유지하기 위해 목숨을 바친다.

몰리나가 이 영화를 마음속으로 이야기하는 동안, 감옥에서의 어려운 그의 생활을 상징하는 이미지가 삽입된다. 몰리나의 내면에서 얼굴에 상처를 입은 젊은이의 무서운 시선은 독서 행위가 중단된 발렌틴이 그에게 보내는 따가운 시선의 이미지와 교차된다. 이러한 이미지의 병치를 통해 몰리나는 발렌틴이 보여주는 무관심을 속으로 비난하면서 이 영화를 발렌틴에게 이야기해 주지 않고 자신의 독백을 통해 서술한다. 이렇게 몰리나는 심리적 불안정을 나타내는데, 이 영화는 이러한 힘든 상황 속에서 자신을 위로하려는 목적을 띠고 있다. 이런 면에서 카타르시스적 효과를 지닌다고 볼 수 있는데, 이를 통해 몰리나는 불가능 혹은 이루어질 수 없는 것과의 화해를 꾀하고 있다.

(4) 자동차 경주 청년과 시뮬레이션

6장과 7장에서 몰리나가 큰 소리로 이야기하는 네 번째 영화는 게릴라의 이야기와 상류사회의 분위기를 서로 대조시킨 영화이다. 이것은 푸익이 자신의 상상력을 바탕으로 만든 영화이다. 따라서 이 영화는 다른 영화들과 비교할 때 가장 허구성과 작위성이 두드러진다. 몰리나는 자기가 본 영화처럼 말하면서 실재로 존재하는 영화처럼 위장한다. 이는 허구적 상호텍스트의 생산이라 말할 수 있다. 이 허구적 텍스트는 자동차 경주에 전념하고 후에는 자신의 아버지를 구출하기 위해 게릴라가 되는 한 청년의 이야기를 중심으로 전개되고 있다.

이 청년은 반항적 행위와 혁명적 태도, 그리고 자기 어머니와의 관계에서 발렌틴의 태도와 일치한다. 또한 그를 사랑하게 되는 파리 여인은 발렌틴의 애인인 마르타와도 일치하는데, 왜냐하면 그녀들은 '위험한 여자'이고, 일반 여자들과는 달리 '확실한 것도 잊어버릴 수 있는' 여자이기 때문이다. 이 영화는 여러 면에서 발렌틴의 삶을 반영하면서 그의 환상과 어우러지고 있다. 즉 발렌틴이 꿈을 꾸면서 행하는 내면 독백은 발렌틴의 심리 상태를 보여주면서, 소설이 어떻게 진행될 것인가를 암묵적으로 말하고 있다. 가령 "아마 해방투쟁을 계속 수행하기 위해 친구를 희생시켜야만 하는 동료"나 "죽기 전에 용서를 빌고 싶었지만 시골 아가씨의 눈에서 영원한 저주를 보는 청년"과 같은 언급은 대표적인 경우이다. 이러한 발렌틴의 내면 독백은 몰리나의 위장된 영화의 효과로 재생산된 것이라고 볼 수 있다. 이러한 장면들은 텍스트의 표피구조를 변형하고 텍스트가 제시하고 있는 것을 설명하는 기호로 작용하면서, 몰리나와 발렌틴의 관계를 상상적 영화를 통해 구현하고 있다.

(5) 볼레로 「내 편지」와 기호학적 기능

상상적 영화를 통해 발렌틴에게 환상적 효과를 유도한 후, 몰리나는 발렌틴이 비웃는 볼레로를 통해 그를 결정적으로 유혹한다. 이 노래는 마리오 클라벨이 작곡하고 우고 로마니가 노래한 「내 편지」이다. 이 작품에서 몰리나가 부른 가사는 다음과 같다.

내 사랑이여, 나는 당신과 다시 대화를 합니다. 밤은 적막하고, 나는 당신과 대화를 합니다. 당신도 역시 이 순간에 우리의 사랑을 기억하고 있겠지요. 난 이런 이상하고도 슬픈 사랑의 꿈을 생각합니다……. 내 사랑이여, 비록 우리가 두 번 다시 함께 있지 못하고 항상 헤어져 있더라도…… 맹세컨대 내 영혼은 모두 당신의 것이고, 내 생각과 삶도 당신의 것입니다. 마치 이 고통처럼…….

볼레로란 대중음악은 푸익의 소설 세계에서 처음 사용된 요소는 아니다. 『조그만 입술』에서 여주인공인 마벨은 볼레로가 "많은 진실을 말해주기 때문에 대부분의 여자들의 마음을 사로잡는다."라고 말하고 있으며, 몰리나 역시 볼레로를 부르면서 이와 비슷하게 "볼레로는 수많은 진실을 말하고 있어."라고 평하면서 자신의 감정을 대변하는 매개체로 사용한다.

「내 편지」는 전에 있었던 모든 감정의 벽을 허물어뜨리는 분위기 속에서 또 다른 감정을 불러일으킨다. 몰리나는 이 볼레로를 발렌틴을 정복하기 위한 도구로 사용하는데, 발렌틴은 이 노래를 들으면서 자신이 잃어버린 사랑의 순간으로 되돌아간다. 이런 방식으로 몰리나는 발렌틴에게 참된 사랑이 무엇인지 일깨우며, 새로운 사랑을 위한 욕망을 발렌틴에게 제공한다. 이와 같이 작품에 삽입된 볼레로는 그 의미가 매우 심오하다. 일반적으로 볼레로는 현재나 미래에 대한 그 무엇보다는 과거의 지나간 사랑에 대한 감정을 노래한다. 하지만 몰리나의 의도는 볼레로를 통해 발렌틴에게 마르타와의 지나간 사랑을 회고하게 하는 동시에, 과거가 아닌 곧 일어날 그들 두 사람의 사랑을 보여준다.

이 볼레로의 마지막 가사를 보면 이러한 면은 더욱 명확해지는데, 몰리나는 잘 기억은 나지 않지만 '이 고통' 혹은 '이 쓰라림'일 것이라면서 얼버무린다. 여기서 '이 고통'은 그 자신이 조용히 발렌틴에게 받은 고통이며, '이 쓰라림'은 자신의 감정을 표현하지 못하는 몰리나의 심리 상태를 암시한다. 하지만 이 텍스트에 부재하는 볼레로의 마지막 가사는 '내 마음'인데, 몰리나가 이를 직접적으로 말하지 않는 이유는 그들 사이에서 진행될 로맨스를 숨기고자 하려는 것임을 알 수 있다.

　(6) 「좀비와 함께」와 본능 충동으로서의 공포

　9장에서 11장을 구성하고 있는 제임스 웨일의 이 영화는 몰리나가 발렌틴과의 사랑을 성취하는 데 결정적인 역할을 한다. 몰리나는 여기서 "마법사가 시체가 식기 전에 부활시킨 살아 있는 시체"인 좀비의 영화를 이야기한다. 이 영화도 다른 영화와 마찬가지로 영화의 인물과 이 작품의 인물과의 동일성을 보여준다. 이 영화에서 뉴욕에 사는 한 여인(몰리나)은 애인(발렌틴)이 기다리고 있는 카리브해의 한 섬(감옥)에 결혼하기 위해 도착한다. 그곳에서 그녀는 마법사(남성 중심주의적 억압사회)가 애인을 비롯한 모든 섬 주민에게 강요하는 섬의 터부(이미 설정된 도덕, 사회규범)와 직면한다. 그 애인은 마법사의 북소리(본능 충동)를 듣지 않으려고 노력하다가 술(정치서적 탐구)로 도피한다.

　하지만 이 모든 것이 헛된 일이 되었고, 그 여인은 남편과 행복한 결혼 생활을 이루기 위해 모든 노력을 기울인다. 이런 영화장면의 배경음악으로 "사랑이란 수많은 어려움이 도사리고 있는 어두운 오솔길 뒤에서 싸워서 이기는 사람의 차지"
라는 노래가 나오는데, 여기서 독자는 이것이 몰리나가 발렌
틴을 향한 태도뿐만 아니라, 곧 이루어질 그들간의 사랑을 예
고하고 있음을 알 수 있다. 마법사의 모든 방해에도 불구하
고 그 여인은 그 마술적 사회에서 야기된 마법으로부터 자신
의 애인을 해방하려 모든 위험을 감수한다. 그런 중에 사악
한 마법사는 번개에 맞아 죽게 된다(몰리나에 대한 발렌틴의 태
도). 이러한 상황으로 인해 그 여인은 섬을 떠나게 되고(몰리나
의 출옥) 그녀는 자신을 환송하는 주민들의 "행복에 찬 미래를
예언하는" 노래를 듣는다.

이와 같은 공포영화는 독자나 관객들이 작중 인물 및 상황
에 감정적, 정신적으로 흡수되게 함으로써 공포적 요소를 느
끼게 한다. 『거미여인의 키스』에서 몰리나가 이 영화를 이야기
할 때, 독자는 발렌틴이 이러한 대중문화의 구조에 완전히 몰
입된 상태임을 알 수 있다.

"아직 영화 이야기가 끝나지 않았지."
"듣고 싶지 않다고 했잖아."
"이야기를 제대로 이해하지도 못한 채 대충 듣는 게 미안해
서 그랬던 거야……."

이 귀신 영화에서 환상적 효과는 관객의 전망과 관련이 있
다. 즉 타인의 고통에 무관심하고 이기적 사고를 가진 사람에
게는 이렇게 악마나 환영을 통해 그의 문제점을 비유적으로

이야기하는 것이 아마도 실제적인 이야기보다 자극을 주는 데 매우 효과적이기 때문이다. 이런 효과를 통해 몰리나는 발렌틴을 결정적으로 유혹하며, 동시에 이런 몰리나의 의도에 굴복해 발렌틴은 자신이 지니고 있던 생각을 바꾸게 된다.

(7) 멕시코 영화와 멜로드라마의 의미

12장에서 14장에 걸쳐 서술되는 마지막 영화는 1950년대의 카바레풍의 여러 멕시코 영화들을 조합해 놓은 것이다. 발렌틴이 전통적인 도덕규범을 뛰어넘은 후 전개되는 이 영화는 두 죄수의 미래에 대해 강한 암시를 하고 있다. 즉 이 영화는 멕시코 멜로드라마의 전형적인 주제인 거스를 수 없는 사랑의 운명을 다루고 있다.

이 영화는 전통적으로 남성중심 사회인 멕시코를 배경으로 전개된다. 베라크루스의 카니발 축제인 가장무도회에서 시작되는 이 영화에서 독자는 카니발 개념에서 이것이 몰리나와 발렌틴의 정열과 죽음을 상징하는 것을 찾아볼 수 있다. 이 무도회에서 한 쌍의 남녀가 마지막 곡까지 가면을 쓴 채 춤을 춘 후 자신들의 정체를 밝히지 않은 채 헤어진다. 이후 장면은 갑자기 멕시코시티로 옮겨간다.

몰리나는 여기서 춤을 춘 청년은 시인이며 (발렌틴처럼) 이상주의자적 기질을 가진 기자이고, 그와 함께 춤을 춘 여자는 (몰리나같이) 관능적인 여배우임을 밝힌다.

우연히 그 청년은 그녀를 모함하는 스캔들 기사가 발행될 것을 알고는 그녀의 사생활에 관한 기사를 삭제한다. 동시에 그는 그녀가 살고 있는 거부의 집에서 함께 탈출하자고 제의하지만, 그녀는 그 제의를 거절한다. 하지만 이 젊은 기자는 이 여배우를 (몰리나가 속한) 부르주아사회에서 구출하려는 투쟁을 계속한다. 하지만 그들의 결합은 어려워진다. 그는 이 사랑을 잊기 위해 술을 찾고, 이 사실을 안 그녀는 거부의 집에서 나와 이 청년의 병을 치료하기 위해 매춘을 한다. 이 장면은 발렌틴에 대한 몰리나의 간호를 연상케 하는 장면이다. 이런 모든 노력에도 불구하고 그 청년은 자애병원에서 최후를 맞는다. 이러한 상태에서 그는 "내가 당신을…… 이토록 사랑하게 될 줄은…… 생각도 못 했답니다……. 내 마음을 빼앗아 갈 줄은 생각도 못 했습니다……. 그래서 내 인생은 멀리 있으나…… 가까이 있으나 항상 당신을 그립니다……."라고 노래한다.

이 대목은 발렌틴이 혼수상태에서 꿈을 꾸는 이 소설의 마지막 장면을 예시한다. 발렌틴의 꿈속에서 마르타/거미여인은 "내가 당신 마음속에 살아 있고, 그래서 항상 당신과 함께 있다는 것, 그래서 당신은 절대로 혼자 있지 않게 될 것이라는 사실이죠."라고 말한다. 청년은 죽지만 영화 속의 여자는 자기 애인이 지어준 노래를 회상하며 행복하게 끝을 맺는다.

이 영화는 멜로드라마에서 일반적으로 볼 수 있는 구조를 띠고 있다. 하지만 자세히 살펴보면 이 소설에서 쓰인 이 영화는 이런 전통구조와는 다름을 알 수 있다. 가령 여배우는 상류사회 출신이 아니라 싸구려 술집에서부터 시작한 배우이며,

그녀의 구원자는 왕자가 아니라 가난한 무명의 기자임을 알
수 있다. 몰리나에 의해 변형된 이 영화는 매우 중요한 소설적
요소가 되는데 몰리나가 "아주 이상하게 끝나지?"라고 묻자
발렌틴은 "아니, 아주 멋진데. 그것이 영화에서 가장 멋진 부
분이야……. 그녀는 모든 것을 다 잃었지만, 적어도 일생에 한
번은 진정한 관계를 가질 수 있었던 것에 만족한다는 의미니
까."라고 결론짓는다. 이런 방식으로 이 영화는 두 사람의 운
명을 시사한다.

마르타, 얼마나 사랑하는지 당신은 모를 거야! 이 말만은 당
신한테 할 수 없었어, 당신이 그것을 물어볼지 몰라 두려웠고,
그러면 당신을 영원히 잃어버릴 것 같았어, '아니에요, 사랑하
는 발렌틴, 그런 일은 결코 없을 거예요. 이 꿈은 짧지만 행복하
니까요.'

영화적 현실을 소설적 현실로 변형함으로써 이 멜로드라마
는 원 상태의 영화보다 더욱 풍부해지고 예술적 가치를 지니
게 됨을 알 수 있다.

(8) 또 다른 상호텍스트성으로의 각주

『거미여인의 키스』에는 9개의 긴 저자 각주(원주)가 수록되
어 있는데, 이들도 남의 말을 자기 말처럼 쓰는 상호텍스트성
을 보여주는 또 다른 구성요소이다. 두 번째 영화를 보충하고

있는 둘째 각주를 제외하고, 나머지 8개의 각주는 심리학과 사회학적 관점에서 살펴본 동성애에 대한 과학적 담론이다. 이들은 프로이트, 마르쿠제, 랭크, 올트먼 등의 이론을 소개하면서, 동성애에 대한 긍정적이고 점진적인 전망을 제시한다. 이 각주들의 근본적인 목적은 독자들에게 성의 역할은 역사적, 사회적 규범에 의해 결정된 것이라는 사실을 보여주면서, 동성애에 관한 전망을 새롭게 하기 위함이다. 하지만 이 각주들은 과학적 담론도 매우 상이하다는 점을 보여준다. 그러면서 그것들은 허구적 텍스트에 통합되면서 과학적 담론 역시 허구적 담론과 그리 다르지 않다는 것을 드러낸다.

흔히 소설에서의 각주는 독자에게 설득력을 상실한 채, 소설을 논문의 형태로 가져가기 일쑤이다. 가령 『거미여인의 키스』에 사용된 각주들은 동성애와 양성애(bisexuality)에 관한 선전물과 같은 효과를 주기 쉽다. 그러나 이 소설에서는 이런 각주가 작품을 분산시키는 것이 아니라, 작품의 통일성 내로 흡수되어 그 구조적 기능을 수행하고 있다. 예를 들면 첫 번째 각주는 "우리가 이 감방 안에 함께 있으려면, 서로 이해하면서 지내는 것이 좋잖아. 난 너 같은 성향의 사람들에 대해서는 하나도 모르거든."이라고 발렌틴이 말한 후 등장하면서, 발렌틴의 말을 설명해 주는 기능을 한다. 또한 동성애를 억압 이론에 의해 설명하는 각주는 몰리나가 "내가 그렇게 멍청한 년처럼 보여?"라면서 여성의 심리적 억압상태를 암시적으로 시사한 후 연상 형태로 나타나고 있다. 그리고 몰리나가 볼레로를 "멋져!"라고 말한 후 동성애의 가능성에 대해 언급한다.

그런데 이 단어가 라틴아메리카 내에서 여성을 상징하는 사회 언어(sociolecto)라는 점을 감안할 때, 이러한 각주 역시 텍스트의 내부구조를 유지하는 통일성 속에서 살펴볼 수 있다.

4 대중문화의 편집자로서의 몰리나와 그 의미

롤랑 바르트는 "텍스트는 직물을 뜻한다. 그런데 지금까지 사람들은 작품을 하나의 완결된 산물, 그 뒤에 의미나 진리가 감추어진 하나의 베일로 간주해 왔다. 이제 우리는 직물에서 그 끊임없는 짜임을 통해 텍스트를 만들어가는 생성적인 개념을 강조하고자 한다. 이 직물(짜임새) 안에 잠긴 주체는 거미줄을 만드는 분비액을 토해내며 약해지는 한 마리 거미와도 같이 자신을 해체한다. 신조어를 사용하자면, 우리는 텍스트 이론을 거미학(hifología, 그리스 어원인 'hifos'는 직물 또는 거미줄을 뜻한다)이라고 정의할 수 있을 것이다."라고 지적한다. 이런 점에서 텍스트를 뜨는 몰리나의 행동은 바로 텍스트를 뜨는 행위라고 말할 수 있다.

이러한 『거미여인의 키스』의 기법은 클로드 레비 스트로스 (Claude Lévi Strauss)가 말한 '조립자(bricoleur)'의 개념으로도 고찰할 수 있다. 이 조립자는 자신의 생각에 의해 창조하는 사람이 아니라 이미 만들어진 작품을 갖고 조립하고 변형하며 또한 배치하는 과정을 통해 또 다른 작품을 생산한다. 이렇게 조립자로서의 몰리나는 영화 속에서 자기의 욕망을 표현할 수 있는 가능성을 발견하면서 그 영화들을 변형시킨다. 한편 발렌틴은 처음부터 사회주의 리얼리즘에 집착해 몰리나의 영화를 소비사회의 산물로 간주하지만, 마지막 부분에 이르러 그 영화들의 포로가 되어, 몰리나의 영화들을 바탕으로 드디어 자기 자신의 드라마를 재생산하게 된다.

이런 방법으로 발렌틴은 몰리나가 말해준 영화의 또 다른 '조립자'로서의 역할을 수행한다. 소설 속에서 몰리나는 단지 수동적으로 전에 이미 존재했던 텍스트를 그대로 사용하는 순진한 사람이 아니라, 이런 자료를 자신의 의도대로 재배치하고 변형함으로써 '함정'을 쓰는 생산자로 변하게 된다. 즉 그의 영화는 바로 그가 본 영화가 아니라, 자신의 상상과 본 영화 사이에서 생산된 산물인 것이다.

5 『거미여인의 키스』가 갖는 의미

『거미여인의 키스』는 무조건적으로 대중문화를 찬양하거나 비난하는 태도를 취하지 않는다. 이 작품은 지시 대상이나 사실적인 역사적 세계를 대중문화와 접목함으로써 예술의 물신화와 대적하고 있다. 이런 점에서 현대인을 대중문화에 의해 착취된 포로로 보는 마르크스주의 문화비평과는 큰 차이를 보여준다. 특히 대중문화는 인간 잠재력의 일차원적인 상태만을 모방한다는 한계성을 피력하면서 이를 신랄하게 비판하는 마르쿠제의 『일차원적 인간』과 같은 사상과는 대조를 이룬다. 푸익의 『거미여인의 키스』는 이러한 일차원적인 요소를 통해 현대사회에서 대중문화를 어떻게 다원적 의미로 파악할 수 있을 것인지 보여준다.

그러나 이 작품은 포스트모더니즘이라는 이름하에 무비판적으로 대중문화와 경박한 현실을 사용하는 작품과는 거리가 있다. 특히 요즘 포스트모더니즘이라는 꼬리표를 달고 있는 작품들은 대부분 대중문화를 다루지만, 개인적 현실의 차원에 머물러 있을 뿐 당대의 사회적, 역사적 현실과 접목되지 못한다.

『거미여인의 키스』는 대중문화적 요소를 사용하면서 동시에 게릴라와 동성애자를 통해 당시의 억압적인 사회상을 고발한다. 즉 대중문화와 역사적 주제가 역설적으로 결합되면서, '진지한' 예술의 가식에 도전하고 있다.

또한 이 작품은 대중문화가 작가의 새로운 의식을 통해 재생산될 가능성이 있음을 보여준다. 여기서 '재생산'이란 용어는 모더니즘 계열의 소설이 '창작'의 용어를 쓴 것과 비교해 볼 때, 글쓰기 행위를 무에서 유를 창조한다는 종래의 개념과는 달리, 생산된 기존 재료를 갖고 가공 과정을 통해 이루어지는 (피에르 메나르식의) 텍스트의 무한성의 개념을 내포한다. 즉 이는 작가가 대중문화에 숨겨진 의미를 발견하고 또 자신의 의도대로 변형하며 사용할 경우 또 다른 소설 미학의 면을 보여준다는 점을 시사한다. 푸익은 대중문화를 변형하는 재생산 과정을 통해 하위문화인 대중문화를 예술적으로 승화시킨다. 모더니즘 소설이 단순한 상상에 의한 창작으로 인해 예술

지상주의라는 비판을 받으며 독자와의 거리감을 초래한 것과는 달리, 푸익의 소설은 독자를 텍스트 안으로 유혹해 독자로 하여금 새로운 미학을 알게끔 해줌으로써 현대 후기자본주의 사회의 문학생산의 단면을 보여주고 있다.

작가 연보

1932년   12월 28일 아르헨티나의 헤네랄 비예가스에서 출생한다.

1945년   중등교육을 받기 위해 혼자 부에노스아이레스로 간다.

1949년   푸익의 가족이 모두 부에노스아이레스로 이사한다.

1951년   대학에 입학한다.

1956년   로마로 가서 실험영화센터에서 공부한다.

1957년   1958년까지 로마, 파리에서 조감독으로 일한다.

1958년   1959년까지 런던, 스톡홀름에서 접시닦이로 일한다.

1960년   부에노스아이레스에서 조감독으로 일한다.

1961년   1962년까지 로마에서 영화 번역가로 일한다.

1963년   뉴욕으로 이주한다.

1963년   1967년까지 뉴욕의 에어프랑스에서 근무한다.

1965년   뉴욕에서 『리타 헤이워스의 배반』을 탈고한다.

1967년   부에노스아이레스로 돌아온다.

1969년   《르몽드》지에서『리타 헤이워스의 배반』을 1968~1969년
         최고의 소설로 평가함. 이해 두 번째 소설『조그만 입
         술』을 발표한다.

1973년   『부에노스아이레스 사건』을 출간한다.

1974년   1월에 아르헨티나를 떠나 뉴욕으로 이주. 이후 멕시코
         에 정착한다.

1976년   『거미여인의 키스』를 출간한다.

1979년   『천사의 음부』를 출간한다.

1980년   『이 글을 읽는 사람에게 영원한 저주를』을 출간한다.

1981년   리우데자네이루로 이주한다.

1982년   『보답받은 사랑의 피』를 출간한다.

1983년   희곡집『스타의 망토 아래』를 출간한다.

1985년   엑토르 바벤코 감독에 의해『거미여인의 키스』가 영화
         로 제작된다.

1988년   마지막 작품인『열대의 밤이 질 때』를 출간한다.

1990년   7월 22일 아홉 번째 작품『상대적인 습기』를 끝마치지
         못하고 세상을 떠난다.

세계문학전집 **37**

거미여인의 키스

1판 1쇄 펴냄 2000년 6월 12일
1판 73쇄 펴냄 2024년 10월 31일

지은이 마누엘 푸익
옮긴이 송병선
발행인 박근섭, 박상준
펴낸곳 (주)민음사

출판등록 1966. 5. 19. (제 16-490호)
서울특별시 강남구 도산대로1길 62(신사동) 강남출판문화센터 5층 (우편번호 06027)
대표전화 02-515-2000 팩시밀리 02-515-2007
www.minumsa.com

한국어 판 ⓒ (주)민음사, 2000. Printed in Seoul, Korea

ISBN 978-89-374-6037-1 04800
ISBN 978-89-374-6000-5 (세트)

* 잘못 만들어진 책은 구입처에서 교환해 드립니다.

세계문학전집 목록

세계문학전집은 계속 간행됩니다.